※ | SAUERLÄNDER

© Sodium Ltd.

Rhiannon Thomas hat Englische Literatur in Princeton studiert. Zurzeit lebt sie in York, England, im Schatten einer gotischen Kathedrale aus dem 13. Jahrhundert. Wenn sie sich nicht mit Fantasy-Romanen beschäftigt, schreibt sie in ihrem Blog über Feminismus und Medien: www.feministfiction.com. *Ewig* ist Rhiannon Thomas' Debütroman.

Weitere Informationen zum Kinder- und Jugendbuchprogramm der S. Fischer Verlage finden sich auf
www.blubberfisch.de und *www.fischerverlage.de*

RHIANNON THOMAS

EWIG

Wenn Liebe entflammt

Aus dem Amerikanischen
von Michaela Kolodziejcok

✻ | SAUERLÄNDER

Erschienen bei FISCHER Sauerländer

Die amerikanische Originalausgabe erschien 2016 unter dem Titel
›Kingdom of Ashes‹ bei HarperTeen, einem Imprint von
HarperCollins Publishers, New York
Copyright © 2016 by Rhiannon Thomas

Für die deutschsprachige Ausgabe:
© 2017 S. Fischer Verlag GmbH,
Hedderichstr. 114, D-60596 Frankfurt am Main
Umschlagillustration: © 2016 by Dustin Cohen / Merge Left Reps,
Inc. and LichtGespiele
Umschlaggestaltung: Norbert Blommel, MT Vreden
Satz: Dörlemann Satz, Lemförde
Druck und Bindung: CPI books GmbH, Leck
Printed in Germany
ISBN 978-3-7373-5470-7

*Für Alex,
BFF und
Schreibkomplizin*

EINS

Gesucht wegen Hochverrats und Verbrechen gegen das Königreich.
Für tausend Goldmünzen hätte selbst Aurora geglaubt, dass das lächelnde Mädchen auf dem Plakat eine Mörderin war.

Sie riss das Papier vom Baumstamm und knüllte es zusammen. Eine Woche lang war sie jetzt auf der Flucht und offensichtlich immer noch nicht weit genug gelaufen. Sogar diese kleine Siedlung am Rande des Waldes schien auf ihr Kommen vorbereitet.

Sie war so naiv gewesen zu glauben, sie könnte es schaffen. Ihre Fingernägel starrten von Schmutz, ihr Haar hing in filzigen Strähnen um ihre Schultern, und die Blasen an ihren Füßen waren blutverkrustet. Sie wusste nicht, wohin. Sie wusste nicht, wie man einen Unterschlupf baute oder Nahrung fand. Sie wusste nicht einmal, welchen Dialekt die Leute außerhalb der Hauptstadt sprachen, und würde überall herausstechen.

Und zu allem Überfluss war das Königreich nun auch noch mit Fahndungsplakaten zugepflastert, die für ihre Ergreifung eine saftige Belohnung versprachen.

Aber Aurora musste ins Dorf gehen. Sie war noch nie zuvor so hungrig gewesen. Nie zuvor hatte sie hoffen müssen, im Wald auf einen Bach zu stoßen, um Wasser trinken zu können. Nie hatte sie überlegen müssen, ob eine bestimmte Beerensorte giftig war, und sich nie Sorgen gemacht, ob sie im Laufe des Tages noch etwas zu essen bekäme. Sie hatte sich nie darum geschert, woher ihre Mahlzeiten kamen, oder daran gezweifelt, dass sie welche haben würde, und hatte ihren Teller allzu oft unangerührt stehen lassen. All die guten Dinge, die weggeworfen worden waren ... Sie brauchte dringend Nahrung, sonst würde sie es nicht sehr viel weiter schaffen, und dann würden die Soldaten des Königs sie so oder so erwischen.

Und außerdem, wer würde bei ihrem jetzigen Anblick schon vermuten, dass sie eine Prinzessin war?

Das Dorf lag ruhig im Morgengrauen. Ein paar Leute kamen die Straße entlang, aber sie waren noch so verschlafen oder so sehr mit ihren Besorgungen beschäftigt, dass sie Aurora im Vorübergehen kaum wahrnahmen.

Aurora roch frisch gebackenes Brot und folgte dem Duft, bis sie zu einem Laden kam, auf dessen Türschild das Bild einer goldenen Ähre prangte. Aurora schloss die Augen, sog tief Luft ein, und es schien ihr, als könnte sie den Geruch des Brots sogar *schmecken*. Wie zur Antwort krampfte ihr Magen sich schmerzvoll zusammen.

Sie blickte sich um. Keine Wachen oder Soldaten in Sicht. Sie würde es wagen müssen.

Als sie die Tür aufdrückte, erklang eine Glocke. Eine Frau mittleren Alters stand hinter dem Tresen und verteilte dampfende Brotlaibe auf bereitstehende Tabletts. »Willkommen, tretet ein«, sagte sie, ohne den Blick zu heben. »Bitte entschuldigt meinen Aufzug, heute ist einfach einer dieser Tage. Was kann ich für Euch tun?«

»Äh ...« Aurora trat näher.

Die Frau sah sie an und verharrte in der Bewegung, ihre Hand mit dem Brot schwebte über dem Tablett.

Auch Aurora erstarrte. Sie spähte zur Tür, innerlich gewappnet, blitzschnell losrennen zu müssen.

»Du lieber Himmel, Mädchen«, sagte die Bäckersfrau. »Du siehst ja furchtbar aus. Was ist denn mit dir passiert?«

»Ach«, sagte Aurora. »Ich bin bloß auf Reisen.« Sie zuckte unwillkürlich zusammen, als sie ihren eigenen geschliffenen, altmodischen Akzent hörte.

Die Frau schnalzte mit der Zunge. »Ist schon ein Jammer, wie viele Leute heutzutage auf Wanderschaft sind. Nicht genug zu essen, nicht genug Arbeit, und jeder meint, er müsse sein Glück woanders suchen. Für solche jungen Dinger wie dich ist es da draußen doch viel zu gefährlich!«

Aurora rückte noch näher an den Tresen heran. Das frische Brot duftete einfach unwiderstehlich. »Ich wollte Brot kaufen.«

»Ach herrje, natürlich. Verzeihung. Wenn ich könnte,

würde ich dir ja eins schenken. Ehrlich. Aber wir haben's auch schwer. Ich kann's mir nicht leisten, großzügig zu sein.«

»Ist schon in Ordnung, danke«, sagte Aurora. »Ich habe Geld.« Sie griff in ihre Tasche und holte die Börse hervor, die Finnegan ihr gegeben hatte. Als die Bäckersfrau das Klimpern der Münzen hörte, machte sie große Augen. Aurora öffnete den kleinen Beutel, zum Schutz vor neugierigen Blicken dicht vor ihre Brust gepresst, und kramte ein paar Kupfertaler heraus. Dann zog sie die Schnur der Börse wieder zu.

Die Frau empfahl ihr eine Spezialität der Region, und Aurora nahm zwei Laibe. »Wenn du einen Schlafplatz suchst«, fügte die Bäckerin hinzu, während sie die Brote in eine Papiertüte schob, »solltest du es beim *Roten Löwen* am Ende der Straße versuchen. Das sind anständige Leute. Diskret, verstehst du?«

Auroras Finger schlossen sich fest um die Papiertüte. »Ich habe nichts zu verbergen«, sagte sie. »Aber vielen Dank für den Tipp.«

Die Ladenglocke bimmelte, und ein kleines Mädchen kam mit fliegenden Zöpfen hereingestürmt. »Mama!«, rief sie. »Mama! Da sind Soldaten!«

Soldaten. Aurora wirbelte so schnell herum, dass sie mit dem Hüftknochen gegen den Tresen stieß. Waren die Wachen ihr gefolgt? Oder war sie in der kurzen Zeit, in der sie hier im Dorf war, bereits von jemandem erkannt worden?

Der Blick der Frau wanderte verstohlen zu Aurora. »Woher weißt du das, Suzie? Was hast du gesehen?«

»Sie kommen aus dem Wald. Ich habe das Brot bei Mistress Jones abgeliefert, genau, wie du's gesagt hast, und da sind die Soldaten ins Dorf reinmarschiert. Sie sind gerade dabei, alle aus ihren Häusern zu scheuchen.«

Die Bäckerin hielt kurz inne. »Das ist aber kein Grund, dass du aufhörst, die Ware auszuliefern, Suzie. Die Leute brauchen doch ihr Brot, egal, was passiert. Hopp, hopp, bring den nächsten Schwung zu den Masons. Und mach dir wegen der Soldaten keine Sorgen.«

»Aber ...«

»Tu, was ich sage!«

Das Mädchen starrte seine Mutter mit offenem Mund an. Sie warf Aurora einen neugierigen Blick zu, dann nickte sie.

»Gut«, sagte sie. »Bin schon auf dem Weg. Ich wollte dir eben nur kurz Bescheid geben.« Mit einem letzten Blick zu Aurora flitzte sie durch die Ladentür hinaus.

»Vielen Dank für das Brot«, sagte Aurora und versuchte, das Zittern in ihrer Stimme zu unterdrücken. »Und das Wirtshaus, das Ihr erwähnt habt, schaue ich mir mal an.«

»Unsinn, Kindchen.« Die Bäckersfrau huschte um den Tresen herum. »Du musst machen, dass du wegkommst, wenn sie dich suchen.«

»Mich suchen?« Aurora rang die aufsteigende Panik nieder und zog die Stirn demonstrativ in Falten. Ob ihre Miene halbwegs verwirrt aussah? Doch die Bäckersfrau ließ sich nicht täuschen. Sie packte Aurora am Handgelenk und schob sie hinter den Tresen.

»Ab durch den Hinterausgang mit dir! Du willst keine Bekanntschaft mit den Soldaten machen. Hier entlang kommst du auf eine ruhigere Straße und bist schnell am Ende des Dorfes.«

Sie drängte Aurora in eine kleine Kammer. Säcke mit Mehl lehnten an einer der Wände, und auf einem Tisch in der Mitte standen Bleche, die vollbeladen waren mit rohem Teig. Die niedrige Decke wurde von zwei Holzpfeilern gestützt, an denen die Frau sich flink vorbeiwand, um zur Tür zu gelangen.

»Los, los, komm«, sagte sie. »Dich zu verstecken wär sinnlos. Sie werden alle Häuser auf den Kopf stellen, und wie willst du dann noch fliehen? Schnell, da raus.«

Es klopfte laut an der Hintertür. »Aufmachen!«, brüllte eine Männerstimme. »Befehl des Königs. Wir müssen das Haus durchsuchen.«

Die Bäckerin prallte erschrocken zurück, wobei sie Auroras Hand fest umklammert hielt. Hastig zog sie das Mädchen wieder Richtung Vordereingang, doch da bimmelte bereits die Glocke. Zwei Soldaten polterten herein. Als sie Aurora erblickten, blieben sie wie angewurzelt stehen und rissen die Augen auf. Sie hatten sie in der Gegend vermutet, aber natürlich nicht gewusst, dass sie ausgerechnet hier Glück haben würden. Hätte sie sich doch bloß rechtzeitig versteckt!

Die Soldaten zogen ihre Schwerter, und der eine rief laut nach Verstärkung. Aurora riss sich von der Bäckersfrau los und rannte zurück zum Hinterausgang. In dem Moment trat ein Soldat die Tür mit dem Stiefel auf, und drei Männer stürzten mit gezückten Waffen in die Kammer. Aurora zog den Dolch aus ihrer Tasche.

Wie töricht von ihr, anzunehmen, sie könnte einen Laden betreten, ohne sich damit in Gefahr zu bringen. Jetzt würden sie sie kriegen und in die Hauptstadt zurückschleifen, zurück zu König John mit seinem dröhnenden Lachen und den eiskalten Augen. Zurück zu einem qualvollen Tod auf dem Scheiterhaufen.

Der Soldat, der ihr am nächsten stand, streckte sich nach ihr aus. Sie duckte sich weg, während Panik und Trotz in ihr hochwallten, und plötzlich schossen Flammen über den Kammerboden. Der Umhang des Soldaten fing Feuer, und er riss ihn sich brüllend vom Körper. Die Leinensäcke gerieten in Brand, genau wie die Holzpfeiler mitten im Raum. Die Schreie der Bäckerin gellten in Auroras Ohren. Sie hatte das Gefühl, ihr ganzer Körper würde in Flammen stehen. Mit eingezogenem Kopf stürmte sie durch den nun freien Hinterausgang hinaus auf die offene Straße.

Jetzt eilten aus allen Richtungen Soldaten herbei. Aurora wirbelte um die eigene Achse. Wo sollte sie nur hin?

»Halt!«, rief ein Soldat, den Bogen im Anschlag. »Stehen bleiben, oder ich schieße.«

Doch er konnte sie nicht töten. Der König wollte, dass man sie ihm lebendig brachte.

Rauch quoll aus den Fenstern und Türen der Bäckerei. Aurora schlug einen Haken und rannte seitlich am Gebäude entlang, wich geschickt einem heranschießenden Pfeil aus.

Flammen züngelten aus den Fenstern, und die Bäckersfrau schrie immer noch.

Aurora bog in eine Straße ein, dann in eine andere, aber das Dorf war nicht sehr groß. Nirgends gab es ein Versteck. Sie lief in Richtung Wald, doch die Blasen an ihren Füßen schmerzten, und sie geriet ins Straucheln.

Ein Soldat packte sie am Arm. Sie stieß ihn weg, und neue Flammen schlugen hoch. Mit einem gellenden Schrei ließ der Mann sie los.

Die Luft war rauchgeschwängert. Die Soldaten waren immer noch dicht hinter ihr, brüllten und schrien. Ihr schwirrte der Kopf von all den Stimmen.

Sie würden sie kriegen. Die Soldaten würden sie schnappen, und der König würde sie foltern und verbrennen lassen, bis nichts mehr von ihr übrig wäre.

Das durfte sie nicht zulassen.

Sie schickte einen Schwall Flammen über den Boden, die, angefacht von ihrer Panik, wie eine wild lodernde Wand zwischen ihr und den Soldaten emporwuchsen, so hoch, dass sie alle umliegenden Gebäude überragten.

Ein Haus am Dorfrand fing Feuer. Noch mehr Leute schrien, und die Flammen leckten immer höher. Sie waren zu heiß, zu stark. *Halt*, dachte Aurora, aber das Feuer tobte weiter.

Sie floh in den Wald und rannte Richtung Fluss, wich im Laufen Ästen und Baumwurzeln aus. Mit einem Satz sprang sie über den schlammigen Uferstreifen und landete wasserspritzend auf der anderen Seite.

Vor ihr stand ein Baum mit tief hängenden Ästen. Aurora schwang sich daran hoch, schürfte sich an der rauen Rinde die Haut auf. Sie kletterte immer höher, bis die Äste unter ihrem Gewicht erzitterten.

In der Ferne stieg Rauch auf.

Das ganze Dorf stand in Flammen.

Die Bäckersfrau hatte versucht, sie zu beschützen, und zum Dank hatte sie ihren Laden bis auf die Grundmauern niedergebrannt.

Sie musste weiter. Immer dem Lauf des Flusses folgen, damit die Soldaten sie nicht erwischten. Doch sie war wie gelähmt. Sie starrte auf die wütenden Flammen, die inzwischen weithin über die Baumwipfel sichtbar waren. Sie konnte den Blick nicht losreißen.

Es war ihre Schuld. Sie hatte nicht absichtlich gezaubert. Sie hatte nichts in Brand setzen wollen. Aber die Panik hatte sie übermannt und jetzt …

Sie hatte das getan. Sie wusste nicht, wozu sie noch imstande wäre, wenn sie ihre Kräfte nicht kontrollieren lernte.

Sie beobachtete wie gebannt das Feuer, das allmählich ausbrannte, während die aufgehende Sonne in den Himmel stieg.

Sie musste zurückgehen. Sie *musste*. Soldaten hin oder her, *sie* hatte das angerichtet. Das Feuer war ihre Schuld. Sie musste helfen.

Doch es war bereits dunkel, bevor ihre Beine ihr endlich gehorchten und den Baum hinabkletterten. Sie machte sich stromabwärts auf den Rückweg, war bei jedem Schritt auf der Hut, aus Angst, jeden Augenblick von Soldaten entdeckt zu werden.

Aber sie sah niemanden.

Der Gestank nach Rauch und verbranntem Holz wurde immer stechender, je näher sie dem Dorf kam. Und dann war plötzlich der Waldrand in Sicht. Die Welt dahinter war dunkel, eingehüllt in dichte Rauchschwaden, die sich wie eine Decke über den Nachthimmel legten.

Sie versteckte sich zwischen den Bäumen. Nirgends Soldaten, die auf der Lauer lagen. Nirgends ein Mensch.

Das Dorf war nur noch Asche.

ZWEI

Rauch brannte in Auroras Augen, während sie auf die Überreste des Dorfes starrte. Ein paar wenige Häuser kämpften noch mit letzter Kraft um Haltung, mit halb eingestürzten Wänden und verkohltem Gebälk, aber alles sonst war zerstört. Alles war weg.

Das konnte nicht sie getan haben. Niemals! Bisher war ihre Magie immer so spärlich gewesen, ein Kerzenlicht, eine zuckende Flamme. Kurz vor ihrer Flucht aus dem Schloss hatte sie auf dem Platz den Brunnen explodieren lassen, aber unbewusst ein ganzes Dorf niederbrennen?

Sie hoffte, dass die Bäckersfrau entkommen war. Sie hoffte … viele Dinge.

Sie trat hinter den Bäumen hervor. Es war niemand zu sehen, aber bestimmt war irgendwer dageblieben, um zu retten, was noch zu retten war, und zu betrauern, was verloren war.

Sie machte einen zögerlichen Schritt vorwärts. Ein Zweig knackte unter ihren Füßen.

»Wer da?«, rief ein Mann irgendwo aus den schwelenden Ruinen. Ein Überlebender oder ein Soldat? Falls es ein Überlebender war, musste sie ihm helfen. Womöglich war er verletzt. Aber wenn es ein Soldat war …

Eine Hand legte sich über ihren Mund. Aurora schnappte erschrocken nach Luft, wobei das Geräusch vom Handteller ihres Angreifers erstickt wurde. In Panik stieß sie mit dem Ellbogen nach hinten und versuchte, sich zappelnd loszuwinden oder das Feuer zurückzuholen.

»Scht, Aurora.« Ihr Angreifer, eine Frau, raunte in ihr Ohr. »Ich bin's. Distel.«

Die Sängerin aus dem *Tanzenden Einhorn*. Was machte sie hier? Sie sollte doch kilometerweit weg in Petrichor sein und nicht durch den Wald schleichen und Aurora überfallen.

»Nicht bewegen!«, sagte sie so leise, dass nur ein schwacher Atemhauch Auroras Ohr streifte. »Auf der anderen Seite des Dorfes stehen zwei Soldaten.« Sie ließ von Aurora ab und bückte sich. Was Distel als Nächstes tat, konnte Aurora nicht sehen, aber sie registrierte eine schnelle Armbewegung sowie den leichten Luftzug, mit dem etwas unmittelbar an ihrem Kopf vorbeisauste. Es folgten ein dumpfer Knall sowie ein Ächzen von sprödem Holz, während eines der verkohlten Häuser erbebte.

Zwei Soldaten kamen in Sicht, Fackeln in den Händen. Das Licht der Flammen erhellte die Trümmer, Asche und

Ruß rieselten von dem Balken herunter, der von Distels Wurfgeschoss getroffen worden war.

Das Gebälk knirschte. Der eine Soldat warf einen Blick darauf und ließ ein verächtliches Schnauben vernehmen, der andere aber sah sich weiter aufmerksam um. »Ich habe etwas gehört. Ganz sicher.«

»Das waren nur die Balken«, erwiderte der andere.

»Wir müssen trotzdem nachsehen.«

Erneut legte sich Distels Hand über Auroras Mund, doch diese Vorsichtsmaßnahme war unnötig. Vor Angst wagte Aurora nicht mal, laut zu atmen.

Der zweite Soldat schaute genau in ihre Richtung. Zwar konnte er unmöglich erkennen, was eingehüllt in dichtem Rauch außerhalb des Fackelscheins lag, doch einen oder zwei Atemzüge lang blickte er angestrengt in das Waldstück hinein, in dem sie standen.

Ein Knacken zerschnitt die Stille. Der erste Soldat hatte dem Holzbalken einen Tritt verpasst. Er kickte ein weiteres Mal dagegen, worauf es erneut Holzsplitter regnete.

»Was tust du da?«

»Ich erbringe einen Beweis«, sagte der erste Soldat. Er trat zum dritten Mal gegen den Holzbalken, und ein Schwall Rußflocken wirbelte herab. »Sie knirschen. Sie knacken. Außer uns ist niemand hier.«

Wie zur Bekräftigung ächzte der Balken noch einmal.

»Wir sollten trotzdem alles kontrollieren.«

»Na schön«, sagte der erste Soldat. »Tu, was du tun musst.

Ich für meinen Teil setze mich da drüben hin, genehmige mir einen Schluck Rum und lasse den lieben Gott einen guten Mann sein. Ich meine, wenn *du* dieses Mädchen wärst, würdest du dann im Ernst hierher zurückkehren? Nein.«

Er stiefelte davon. Der zweite Soldat warf noch einen letzten suchenden Blick zwischen die Bäume am Waldrand, dann ging er seinem Kameraden hinterher.

Distel nahm ihre Hand von Auroras Mund. »Schnell«, flüsterte sie. »Aber pass auf, wo du hintrittst!«

Aurora zögerte. Sie verstand nicht, wieso Distel hier war, doch die Sängerin hatte ihr geholfen, und Aurora musste schleunigst verschwinden. Und egal, wo Distel auch hinwollte, dort konnte es nicht gefährlicher sein als hier.

Sie schlichen durch den Wald. Distel ging voran und hielt Aurora an der Hand. Sie sprachen kein Wort. Anfangs zuckte Aurora noch jedes Mal zusammen, wenn unter ihren Füßen knackend ein Zweig zerbrach oder sie raschelnd Laub aufwirbelte, aber auch der Wald um sie herum war voller Geräusche. Allerlei Getier huschte durchs Unterholz, und in den Wipfeln riefen Eulen. Doch sie hörten keine menschlichen Stimme, sahen keine Fackellichter oder irgendwelche Verfolger.

»Wir müssen raus aus dem Wald«, sagte Distel, nachdem sie eine Stunde lang schweigend gewandert waren. »Querfeldein kann man uns schwerer verfolgen. Auf offenem Gelände gibt es weniger knackende Zweige, und man wird schneller von der Dunkelheit verschluckt.«

Vor ihnen hörten sie Wasser plätschern. Der Boden wurde

leicht abschüssig, und ein kleiner Bach kam in Sicht, in dem sich glitzernd das Mondlicht spiegelte.

»Um unsere Fährte zu verwischen, falls sie Suchhunde einsetzen«, erklärte Distel, als sie ins Wasser trat. Aurora tat es ihr nach. Wasser schwappte in ihre Schuhe und kühlte ihre wundgelaufenen Füße.

Der Bach führte sie aus dem Wald hinaus, mitten in eine hügelige Landschaft. Schafe schliefen grüppchenweise auf den Wiesen, aber nirgends gab es Häuser oder irgendwelche Anzeichen menschlichen Lebens.

»Können wir jetzt wieder sprechen?«, fragte Aurora.

»Ja«, sagte Distel. »Aber leise. Du hast sicher viele Fragen.«

Aurora schwirrten so viele Dinge durch den Kopf, dass sie einen Moment lang kein Wort über die Lippen brachte. Distel hatte ihr geholfen, so viel stand fest, doch bislang hatte die Sängerin mit keiner Silbe erwähnt, was sie hier eigentlich wollte oder wo sie jetzt hingingen oder was genau in dem Dorf passiert war. Als Aurora endlich ihre Sprache wiederfand, fragte sie: »Wie hast du mich gefunden?«

»Das war nicht weiter schwer. Um ehrlich zu sein, war's reines Glück, dass du den Soldaten so lange entkommen bist.«

»Bist du mir gefolgt? Seit ich Petrichor verlassen habe?«

»Du hattest ungefähr einen Tag Vorsprung. Als ich von weitem das Feuer sah, dachte ich mir schon, dass ich dich irgendwo in der Nähe finden würde. Ich bin froh, dass ich recht hatte.«

»Aber wieso?«, sagte Aurora. »Warum bist du mir gefolgt?«

»Prinz Finnegan hat mich darum gebeten.«

»Finnegan?« Aurora stockte. Finnegan, der Prinz von Vanhelm, der ihr bei ihrer Flucht aus dem Schloss geholfen hatte. Warum sollte er ausgerechnet Distel bitten, ihr zu folgen? Das Wasser umspielte ihre Knöchel. »Finnegan hat dich darum gebeten, mich zu beschatten?«

»Aurora, wir müssen jetzt weiter.«

»Du arbeitest für Finnegan?«

»Ja«, erwiderte Distel. »Das sagte ich doch bereits. Los, wir können uns im Gehen weiter unterhalten.«

Aurora bewegte sich nicht. Distel arbeitete für Finnegan. Natürlich. Sie hatte auf Finnegans Einwirken hin bei ihrem Verlobungsbankett gesungen, nachdem die eigentlich engagierten Musiker plötzlich erkrankt waren. Anschließend war sie »zufällig« beim Ball erschienen; sie hatte mit Aurora gesprochen, kurz bevor Isabelle vergiftet worden war. Und kurz danach war sie verschwunden …

Aurora wich so jäh zurück, dass Wasser um sie herum hochspritzte. »Finnegan«, sagte sie. »Hatte er etwas mit Isabelles Tod zu tun? Hast *du* sie getötet?«

»Nein!«, entgegnete Distel scharf. »Natürlich habe ich das kleine Mädchen nicht umgebracht. Und Finnegan genauso wenig. Er mag zuweilen schamlos sein, aber niemals würde er ein *Kind* in seine Pläne verwickeln. Und er würde dir niemals schaden wollen. Ich weiß nicht, wer sie getötet hat.«

Distel schien aufrichtig empört über diese Anschuldigung, doch Aurora blieb skeptisch. »Und das soll ich dir glauben?«

»Ja«, erwiderte Distel. »Denkst du allen Ernstes, ich bin eine Mörderin? Oder dass ich mit einem Mörder gemeinsame Sache machen würde? Ich war als Kundschafterin auf dem Bankett. Als ein zusätzliches Paar Augen und Ohren. Das ist alles.«

»Dann musst du doch wissen, wer's getan hat«, sagte Aurora. Sie schrie jetzt beinahe. Sie biss sich auf die Zunge. Sie musste sich zusammenreißen. Nicht dass sie Distel und sich selbst am Ende noch vor lauter Wut an ihre Verfolger verriet. »Wenn du als Spionin da warst, hättest du es doch bemerken müssen und verhindern können.«

»Prinzessin.« Distel streckte die Hand nach Auroras Arm aus, aber Aurora ging einen Schritt rückwärts.

»Nein, lass mich«, sagte sie. »Hast du mich etwa schon die ganze Zeit ausspioniert? Warst du nur deshalb im *Tanzenden Einhorn*? Sollst du mich jetzt zu Finnegan bringen?«

»Nein, Prinzessin«, sagte Distel sanft. »Und ich habe ihm nichts von dem verraten, was du mir anvertraut hast. Ich war in Petrichor, um die Rebellen zu observieren, lange bevor du überhaupt erwacht bist. Finnegan wollte, dass ich dir helfe. Aber er hat nicht verlangt, dass ich dich nach Vanhelm verschleppe, und selbst wenn er es wollte, würde ich es nicht tun. Er hat sich um dein Wohl gesorgt. Genau wie ich.«

»Ich kann sehr gut allein auf mich aufpassen.« Distel betrachtete still Auroras Gesicht, während sie darauf wartete, dass sie weitersprach. »Wohin bringst du mich?«, fragte Aurora schließlich. Sie hätte mehr Fragen stellen sollen, *bevor* sie der

Sängerin gefolgt war. Distel hatte sie fortgebracht, und das hatte Aurora genügt. Jetzt kam sie sich deswegen unglaublich naiv vor.

»So weit weg von diesem Dorf, wie wir es heute Nacht noch schaffen. Das ist keine Falle, Aurora. Aber wir dürfen nicht mehr draußen unterwegs sein, wenn es hell wird.«

»*Wohin?*«, hakte Aurora nach. »Ich werde keinen Fuß in ein weiteres Dorf setzen!« Nicht, solange sie ihre Zauberkräfte nicht bändigen konnte.

»Das sollst du auch nicht«, sagte Distel. »Ich kenne einen guten Schlupfwinkel. Eine Höhle. Allerdings müssen wir jetzt weiter, wenn wir sie noch heute erreichen wollen. Du musst mir nicht vertrauen. Du kannst weglaufen, wenn du willst. Ich werde dir nicht folgen. Doch ich bin um deine Sicherheit besorgt und glaube, dass es weniger gefährlich für dich ist, wenn du bei mir bleibst.«

»Natürlich glaubst du das«, sagte Aurora. Aber sie rührte sich nicht von der Stelle. Distel hatte sie vor den Soldaten bewahrt. Und welche tieferen Gründe auch immer sie dazu bewogen hatten, zumindest schien sie Aurora nicht schaden zu wollen. Im Gegenteil. Aurora straffte die Schultern und setzte sich wieder in Bewegung. Distel marschierte neben ihr am Ufer entlang.

»Warst du dabei?«, fragte Aurora. »Hast du gesehen … was im Dorf passiert ist?«

»Als ich ankam, brannte es bereits lichterloh«, sagte Distel. »Aber die Soldaten haben keinen Finger gerührt, um das

Feuer zu stoppen. Sie haben die Dorfbewohner zusammengetrieben und sie sogar davon abgehalten, ihre Häuser zu retten. Sie haben sie alle weggebracht.«

»Ich war das«, sagte Aurora. »Das war meine Schuld.« Sie hatte ein ganzes Dorf zerstört, hatte die Bewohner ins Unheil gestürzt, allein durch ihre bloße Anwesenheit.

»Ist deine Magie außer Kontrolle geraten?«

»Du weißt davon?« Eigentlich sollte sie nicht überrascht sein. Wie lange hatte Distel sie schon beobachtet und sich jedes Detail gemerkt, um ihrem Auftraggeber davon zu berichten?

»Ich habe dich gesehen«, erklärte Distel. »Bei deiner offiziellen Vorstellung und bei deiner Hochzeit. Und dieses Feuer eben wurde nicht von Johns Männern gelegt. Das ist offensichtlich.«

»Ich habe das Dorf zerstört«, sagte Aurora. »Ich wollte das nicht. Es war ein Unfall, aber … Ich trage die Schuld.« Man hatte ihr in ihrer Kindheit stets eingeschärft, dass Magie etwas Böses war, und sie hatte den Fluch gefürchtet, wissend, dass er nichts als Verderben und Zerstörung verhieß. Und das hier war nun der Beweis: Ihre eigene Magie war keinen Deut besser.

»Du hast das Feuer zwar entfacht«, sagte Distel, »aber es waren die Soldaten, die dafür sorgten, dass es das ganze Dorf zerstört. Und sie werden diesen Vorfall gegen dich verwenden.«

Auroras Füße schmerzten bei jedem Schritt. Sie strauchelte

immer wieder, weigerte sich aber, langsamer zu gehen. Der Bach wurde zu einem Rinnsal und versiegte schließlich ganz. Distel schlug eine neue Richtung ein und führte Aurora an den Rand eines weiteren Waldes.

Der Himmel hellte sich bereits auf, als Distel Aurora eine Hand auf den Arm legte und auf eine kleine Anhöhe deutete. »Da oben befindet sich eine Höhle«, sagte sie. »Wenn man nicht weiß wo, ist sie schwer zu finden. Dort sollten wir uns eine Weile ausruhen.«

»Eine Höhle?« Aurora konnte nirgends eine Öffnung erkennen. »Und angenommen, sie entdecken uns doch? Dann sitzen wir in der Falle und können nicht weg.«

»In einem Unterschlupf ist es auf jeden Fall sicherer als hier draußen im Freien. Aber du kannst natürlich woanders hingehen, wenn dir das lieber ist.«

Distel begann, die Böschung hochzuklettern, wobei sie jeden Schritt so setzte, dass sie möglichst wenig Spuren hinterließ. Aurora warf einen suchenden Blick über ihre Schulter, doch sie wusste nicht, wo sie hinsollte. Und so folgte sie der Sängerin hangaufwärts.

Am Höhleneingang blieb Aurora zögernd stehen. Vielleicht wollte Distel sie ja auch in eine Falle locken? Doch die Sängerin war bereits dabei, Decken auf dem Boden auszubreiten. Dann legte sie zwei mit Wasser gefüllte Bälge, einen Laib Brot und Nüsse daneben. »Du hast bestimmt Hunger«, sagte sie, als Aurora eintrat. »Iss. Aber langsam.«

Über die Gräuel des Tages hatte Aurora das nagende Gefühl in ihrem Magen ganz vergessen. Sie brach ein Stück Brot ab und biss hinein. Es war nicht mehr ganz frisch, und das Kauen bereitete ihr einige Mühe. Trotzdem war es das Köstlichste, was sie je gegessen hatte.

Sie lehnte sich zurück an die Höhlenwand und lockerte die brennenden Waden. Sie streifte ihre blutbesudelten Schuhe ab.

»Deine Füße«, sagte Distel. »Sie müssen versorgt werden.«

»Es ist nicht so schlimm«, sagte Aurora. »Ich bin es nur nicht gewohnt, so viel zu laufen.«

»Und schon gar nicht in Hochzeitsschuhen. Darf ich?« Distel nahm Auroras Fuß am Knöchel und untersuchte die Sohle. Aurora wollte nicht hinschauen. Aufgrund der Schmerzen und ihrer blutigen Schuhe wusste sie bereits, dass ihre Füße sehr gelitten hatten. Nicht nötig, das Elend mit eigenen Augen zu sehen.

Ob es wirklich so schlimm war, ließ Distels Mimik nicht erkennen. »Ich hole frisches Wasser, um das zu säubern«, sagte sie. »Hoffen wir mal, dass es sich nicht entzündet. Bitte sei vorsichtig, solange ich weg bin.«

Aurora sah ihr nach, als sie die Höhle verließ. Ihre Füße taten unbeschreiblich weh und waren mittlerweile so geschwollen, dass sie nicht mehr in ihre Schuhe passten. Hinter ihrer Stirn dröhnten entsetzliche Kopfschmerzen. Wenn nötig, würde sie kämpfen, aber rennen könnte sie nicht, es sei denn, es blieb ihr keine andere Wahl.

Als Distel zurück war, kniete sie neben Aurora nieder und

kramte ein zerschlissenes Kleid aus ihrem Rucksack. Mit einem Ruck riss sie ein Stück Saum ab.

»Dein Kleid!«, rief Aurora.

»Ich habe noch andere«, erwiderte Distel mit gelassener Miene. Sie schüttelte sich resolut die Haare aus dem Gesicht und tränkte das Tuch mit Wasser. Aurora sog scharf Luft ein, als sie ihre Blasen berührte. Schweigend und behutsam tupfte Distel die Wunden sauber. Als sie fertig war, begutachtete sie mit schief gelegtem Kopf ihr Werk. »Wir sollten das in jedem Fall verbinden«, erklärte sie. »Damit kein Schmutz rankommt. Außerdem kannst du dann besser auftreten.« Sie trennte noch ein weiteres Stück Stoff vom Kleid ab und wickelte es um Auroras Fuß, unbeeindruckt von ihren Schmerzenslauten. Sobald der Verband fixiert war, richtete sie ihre Aufmerksamkeit auf den anderen Fuß.

»Erzähl mal«, begann sie, während sie das Tuch neu anfeuchtete. »Was hast du als Nächstes vor?«

»Du willst vermutlich, dass ich nach Vanhelm mitkomme.«

»Das ist, was Finnegan möchte«, entgegnete Distel. »Mir ist das letztlich egal, solange du in Sicherheit bist.«

»Aber wieso kümmert es dich überhaupt?«

»Ich weiß, wie es sich anfühlt, hier draußen auf sich allein gestellt zu sein, Prinzessin. Finnegan kann seine Angelegenheiten selbst regeln. Die Frage ist vielmehr: Was willst *du* tun?«

Aurora legte den Kopf nach hinten an die Höhlenwand. »Ich weiß es nicht«, sagte sie. Es fiel ihr schwer zuzugeben, dass sie die Flucht ergriffen hatte, ohne vorher darüber nachzudenken, was auf der Flucht sein bedeuten würde. Sie hatte beide Hilfsangebote, sowohl das von Finnegan als auch das der Hexe Celestine, zurückgewiesen, und war in die Welt hinausgestürmt ohne Plan, ohne Ziel, ohne *irgendetwas* außer dem verzweifelten Wunsch, woanders sein zu wollen. »Ich weiß nur, dass ich nicht hierbleiben kann.«

»Nein«, sagte Distel. »Das kannst du nicht.«

Es gab Falreach, jenseits der Berge. Das Königreich ihrer Mutter. Dort hätte sie auf Hilfe hoffen können, wäre es nicht gleichzeitig auch das Heimatland von Prinzessin Iris gewesen. Und dann waren da noch die entlegeneren Königreiche Palir oder Eko, aber sie lagen beide mehrere tausend Kilometer entfernt. Zu weit weg, um sie zu Fuß zu erreichen, und außerdem war es fraglich, ob man sie dort unterstützen würde.

Und zum Schluss noch Vanhelm, das Drachenreich am anderen Ufer des Meeres. Prinz Finnegan hatte ihr Hilfe versprochen, aber konnte sie ihm wirklich trauen? Er war ihr gegenüber nie ganz ehrlich gewesen.

»Warum rätst du mir nicht, nach Vanhelm zu gehen, wenn du doch in Finnegans Dienst stehst?«

»Ich liefere ihm Informationen«, sagte Distel, »keine Menschen. Dich zu beobachten war ein eher ungewöhnlicher Auftrag für mich, auch wenn ich's gern gemacht habe. Und selbstverständlich werde ich Finnegan darüber informieren, was du gedenkst, als Nächstes zu tun. Aber ich werde dich zu nichts zwingen.«

Distel machte sich daran, den zweiten Fuß zu verbinden.

Aurora fühlte sich schon viel besser, die Anspannung fiel von ihr ab. Sie zog die Halskette mit dem Drachenamulett unter ihrem Kleid hervor. Der Drache hatte die Flügel gespreizt, und sein eines Bein war angehoben, als wollte er jeden Moment losfliegen. Ein blutroter Edelstein glitzerte in seinem Auge. »Glaubst du, ich kann ihm vertrauen?« Sie drehte den Anhänger zwischen den Fingern, als würde er die Antwort in sich tragen.

»Schwer zu sagen.« Distel befestigte den Verband. »Er wird seine eigenen Interessen immer voranstellen, egal, worum es geht. Du musst bei ihm vorsichtig sein. Andererseits ist er ein anständiger Mann. Er neigt weder zu Grausamkeit noch zu Willkür. Als Verbündeter ist er keine schlechte Wahl.« Sie nahm Auroras Hand. »Probier mal, aufzutreten«, sagte sie. »Das Laufen sollte dir jetzt wieder leichter fallen.«

Aurora verzog das Gesicht zu einer schmerzerfüllten Grimasse, als sie ihr Gewicht auf die bandagierten Füße verlagerte, aber obwohl sie noch immer weh taten, waren sie nicht mehr ganz so empfindlich. Sie machte einen zaghaften Schritt vorwärts. »Ja, gut«, sagte sie, »danke.« Sie durchquerte die Höhle, indem sie vorsichtig einen Fuß vor den anderen setzte und sich dabei an der Felswand abstützte.

Distel nickte und bückte sich, um ihre Sachen zusammenzupacken.

»Distel«, sagte Aurora leise. »Wenn du die Rebellen in Petrichor ausspioniert hast ... weißt du dann auch, was mit ihnen passiert ist?«

Distel schüttelte den Kopf, während sie das zerrissene Kleid zusammenlegte. »Nein, seit ich aus Petrichor fort bin, habe ich nichts mehr von ihnen gehört. Ihre Pläne waren nie sonderlich ausgeklügelt. Weswegen sie umso riskanter waren. Ihre Aktionen zogen Konsequenzen nach sich, die sie nicht vorausgesehen hatten. Falls du also überlegst, *sie* um Hilfe zu bitten ...«

»Nein«, sagte Aurora. Sie setzte sich hin und stützte ihr Kinn auf die Knie. »Das tue ich nicht.« Selbst wenn es ihr gelänge, einen der Rebellen zu finden, könnte sie ihnen oder ihren Plänen nicht trauen. Nicht nach den Aktionen, die sie erlebt hatte. Einen Überfall auf das königliche Verlies, bei dem viele der Gefangenen zu Tode gekommen waren. Und eine törichte Aktion in aller Öffentlichkeit, die beinahe einen Aufstand ausgelöst und einen Wachmann das Leben gekostet hatte. Sie hatten keine Strategie, keine Moral, keine Disziplin. Mit ihnen könnte sie sich unmöglich zusammentun.

Aber es gab noch eine weitere Option, einen Gedanken, der sie immer öfter quälte, je mehr Tage ins Land zogen. Celestine. Ständig wurde sie von dem Gefühl begleitet, dass die Hexe sie beobachtete, so als würden ihre stechend blauen Augen sie durch die Dunkelheit ansehen. Celestine hatte Aurora bei ihrer letzten Begegnung kurz nach ihrer Flucht aus dem Schloss aufgefordert, sich ihr anzuschließen. Sie hatte angedeutet, dass Aurora es bereuen würde, wenn sie sie zurückwies, und dass sie sie am Ende noch anflehen würde, mit ihr gehen zu dürfen. Und dann hatte die Hexe erzählt, dass Auroras Mutter einen Handel mit ihr abgeschlossen habe. Einen Handel, den die damalige Königin nicht eingehalten habe. Einen Handel, der Auroras Verwünschung zur Folge gehabt habe.

War ihre Magie auch Teil des Fluchs? Die Zauberkräfte, die sich nicht bändigen ließen und die alles zu Asche verbrannten?

Celestine kannte die Antworten. Aber Aurora konnte sie nicht fragen. Alle, die sich auf einen Handel mit der Hexe eingelassen hatten, hatten für ihre Naivität bitter büßen müssen. Doch der Gedanke ließ Aurora nicht los. Celestine hatte sämtliche Antworten, die sie brauchte, wenn sie nur zu fragen bereit wäre.

»Du solltest dich jetzt ausruhen«, sagte Distel. »Du musst heute nicht entscheiden, was du tun wirst.«

»Aber ist es nicht gefährlich?«, fragte Aurora. »Zu schlafen?«

»Nicht so gefährlich, wie nicht zu schlafen. Keine Angst, ich werde dich nicht verraten.«

Seltsamerweise fand Aurora es beruhigend, Distel ihre Ängste so offen aussprechen zu hören. Sie wickelte sich in eine der Decken und drehte sich auf die Seite. Distel streckte sich an der gegenüberliegenden Wand aus und bettete ihre Wange auf den steinigen Boden. Und obwohl Aurora nach wie vor angespannt war und sich keinesfalls in Sicherheit wähnte, war sie einfach zu müde, um wach zu bleiben. Kaum hatte sie die Augen geschlossen, war sie auch schon eingeschlafen.

Als sie wieder erwachte, war es draußen dunkel. Distel war weg, doch ihre Sachen lagen noch da. Aurora streckte ihre steifen Glieder. Sie hatte seit mindestens einer Woche nicht mehr so tief geschlafen, und mit dem ausgeruhten Zustand kehrte auch ihr klares Denken zurück.

Sie konnte nicht in Alyssinia bleiben, wenn dies bedeutete, sich nutzlos im Wald verstecken zu müssen. Aber sie konnte ihr Königreich auch nicht im Stich lassen. Es war ihre Pflicht, den Menschen zu helfen, die sich darauf verließen, dass sie sie vor dem Zorn des Königs rettete. Sie musste John aufhalten. Und sie musste diese unberechenbaren Zauberkräfte beherrschen lernen.

Finnegan war ihr einziger Ausweg. Sie traute ihm nicht, aber er schien viel zu wissen. Er hatte Anspielungen auf ihre magischen Fähigkeiten gemacht und sie »kleiner Drache« genannt. Und sie hatte das Dorf in Brand gesteckt. Genau so etwas taten Drachen doch, oder?

Er hatte ihr schon einmal geholfen, auch wenn es in einem Blutvergießen geendet hatte. Möglicherweise verfolgte er seine eigenen Ziele, doch wie es schien, standen diese zumindest im Moment mit Auroras im Einklang. Mit seiner Hilfe könnte sie sich neu sammeln, bevor König John sie wieder in die Enge trieb.

Und die Tatsache, dass Finnegan Distel beauftragt hatte, sie in Sicherheit zu bringen, und nun nichts unversucht ließ, sie davon zu überzeugen, zu ihm zu kommen, legte die Vermutung nahe, dass er sie ebenfalls brauchte. Er wollte etwas von ihr. Das gab ihr Hoffnung. Dadurch würde es leichter werden zu bekommen, was *sie* wollte.

»Distel«, sagte sie, als die Sängerin mit einer Handvoll Kräuter zurückkehrte. »Ich habe mich entschieden. Ich gehe nach Vanhelm.«

DREI

Sie reisten vor allem nachts und mieden die Straßen. Auroras Füße schmerzten noch immer, aber Distels Verbände machten das Gehen halbwegs erträglich. Sie borgte sich von der Sängerin ein paar Kleider, die sie kürzte, um sich nicht im Saum zu verheddern. Sie sprachen nur wenig, aber ab und zu summte Distel leise ein paar Takte irgendeiner Melodie vor sich hin, die Aurora nicht kannte.

Alle paar Tage machte Distel einen Abstecher in die nächstgelegene Stadt und kaufte ein, während Aurora sich in einem hohlen Baum oder einer Höhle versteckte. Jedes Mal kehrte die Sängerin mit frischen Vorräten und einer bemüht neutralen Miene zurück.

»Was gibt's Neues?«, fragte Aurora stets. »Was ist passiert?«

Es waren nie schöne Geschichten. Soldaten, die auf der Suche nach ihr ganze Städte in Trümmer legten. Straßenhändler, die drangsaliert wurden und deren Waren im Dreck landeten. Gerüchte über anhaltende chaotische Zustände in der Hauptstadt, Rebellenkämpfe, Häuserverwüstungen und Hinrichtungen auf offener Straße. Sowie Berichte über erst ein, dann drei, dann sechs Dörfer, die angeblich von der Prinzessin in ihrem blinden Hass gegen den König niedergebrannt worden waren.

All dies schilderte Distel mit fester Stimme, ohne Zögern und Ausflüchte. Ganz sachlich, nur die Fakten, so als wäre das Königreich nicht im Begriff, wegen Aurora zusammenzubrechen.

»Ich habe endlich Nachricht von Finnegan erhalten«, sagte Distel, nachdem sie von einer dieser Stippvisiten zurückgekehrt war. »Er wird uns ein Boot schicken. Ich bin froh, dass er sich gemeldet hat. Wir nähern uns nämlich langsam dem von mir vorgeschlagenen Treffpunkt. Und es wäre zu gefährlich, wenn wir dort länger verweilen oder gar auf eigene Faust ein Boot suchen müssten.«

»Glaubst du, die Soldaten des Königs sind uns auf den Fersen?«

Distel schüttelte den Kopf. »So wie's aussieht, haben sie die Suche nach dir eingestellt. Sie wissen nicht, wo du steckst. Und wir wollen nicht, dass sich daran etwas ändert.«

Es dauerte noch einige Tage, bis sie endlich die Küste erreichten, doch dann, eines Morgens, erklommen sie im frühen Dämmerlicht einen Hügel, und da war plötzlich das Meer. So weit das Auge reichte, breitete sich vor ihnen graues, kabbeliges Wasser aus. Ein Schiff schaukelte in etwa dreißig Meter Entfernung erstaunlich ruhig auf den schäumenden Wellen.

Aurora blieb auf dem Hügelkamm stehen. Der Ozean. Er war ungestümer, als sie ihn sich vorgestellt hatte, beinahe wütend, so als würde er jeden Beobachter herausfordern wollen. Ein kalter böiger Wind blies landeinwärts, und Aurora zog ihren Umhang fest um ihre Schultern.

Hier war das Ende des Königreichs. Das Ende der Welt, zumindest so, wie Aurora sie kannte. Sie atmete tief ein und genoss die Schärfe der frischen, salzigen Seeluft. Und dann stapfte sie los, den Hügel hinunter, dicht gefolgt von Distel.

Ein grimmig dreinblickender Mann wartete neben einem Ruderboot am Ufer. Er nickte Aurora und Distel zu, als sie näher kamen. Distel raunte ihm etwas ins Ohr, worauf er wieder nickte und wortlos aufs Boot zeigte. Aurora ließ ihren Blick über das aufgewühlte Wasser gleiten, dann schaute sie zurück auf den Wald und den Hügelkamm.

Sobald sie in das Boot einstieg, gab es kein Zurück mehr. Sie würde nicht fliehen können, falls die Seeleute sie verrieten. Aber sie musste ihnen vertrauen. Finnegan verfügte über Mittel und Möglichkeiten, und er wusste so viele Dinge, von denen sie nicht mal etwas ahnte. Es gab im Moment niemanden, der als Verbündeter besser geeignet war als er.

Sie stieg in das Boot ein. Es schwankte leicht, und sie landete strauchelnd auf der Sitzbank. Distel stieg neben ihr ein, wobei das Boot erneut ins Schaukeln geriet. Als schließlich beide auf ihren Plätzen saßen, ruderte der Mann los Richtung Segelschiff.

Aurora heftete ihren Blick auf das Ufer, das immer kleiner wurde und zusammenschrumpfte, während die Bäume zu einem grünblauen Streifen verschmolzen.

Sie seufzte tief. Solange sie zurückdenken konnte, hatte sie reisen wollen, um sich *alles* anzusehen. Und jetzt war sie umgeben von der wogenden See, das Land rückte immer weiter in die Ferne, und ein tiefer Schmerz überkam sie. So hatte sie nicht weggehen wollen.

Aber sie würde wiederkommen. Sie musste wiederkommen.

Das Schiff segelte aufs offene Meer hinaus, und als die Sonne unterging, konnte Aurora das Ufer von Alyssinia schon nicht mehr sehen. Sie stand an Deck an der Reling und schaute dorthin zurück, wo die Küste gewesen war. Ihr Königreich war im Nebel entschwunden, und ein anderes rückte näher. Vanhelm. Finnegans Heimat.

Bevor sie dort ankam, musste sie genau wissen, was sie wollte. Sie musste mit einer Reihe präziser Forderungen in sein Schloss marschieren und sie ihm in klaren Worten darlegen. Ansonsten würde der scharfzüngige Prinz all ihre Hoffnungen im Handumdrehen zerschlagen. Sie durfte es nicht auf gut Glück angehen, durfte nicht auf sein Entgegenkommen bauen.

Sie wollte in Erfahrung bringen, was er alles über den

Fluch und ihre Magie wusste. Sie wollte wissen, wieso er sie *kleiner Drache* genannt hatte, und warum er so erpicht darauf war, sich mit ihr zu verbünden. Sie wollte, dass er ihr dabei half, ihre Kräfte zu verstehen und den König aufzuhalten. Doch ohne zu wissen, was Finnegan von *ihr* wollte, ließ sich ihre eigene Verhandlungsposition schwer einschätzen.

Ein kalter Wind fuhr in ihre Haare und ließ sie frösteln. Das Meer und der Himmel flossen nahtlos ineinander über, und die Sterne spiegelten sich schimmernd auf dem Wasser.

Sie lehnte sich nach vorn, um einen Blick auf das brodelnde Kielwasser zu erhaschen. Die Reling drückte sich fest in ihren Bauch.

Tristan hatte ihr mal eine wilde Geschichte über seine Zeit als Pirat erzählt. Dass er erst entführt und später sogar zum Captain des Schiffes gemacht worden sei. Alles frei erfunden, natürlich, und doch hatte sie angenommen, dass in seinen Flunkereien auch ein Funken Wahrheit steckte. Er stammte nicht aus Petrichor. Er war unbekümmert, ein Witzbold mit einer blühenden Phantasie. Und mehr hatte sie anscheinend nicht über diesen Jungen wissen müssen, um ihm ihr Vertrauen zu schenken. Um mit ihm in die Dunkelheit zu verschwinden, Händchen haltend auf den Dächern der Stadt zu sitzen, wo sie einander Geheimnisse zuflüsterten.

Sie war so dumm gewesen!

Distel kam, eingehüllt in eine Decke, von unten aufs Oberdeck. Ihr schwarzes Haar flatterte lose um ihr Gesicht. »Sei bloß vorsichtig!«, sagte sie. »Die See kann sehr rau sein.«

»Keine Sorge.«

Ein Schatten wanderte über den Horizont. Vielleicht ein anderes Schiff.

»Du misstraust mir«, sagte Distel. »Das verstehe ich.«

»Ich misstraue nicht *dir*«, erwiderte Aurora. Distel hatte ihr das Leben gerettet, ihre Wunden versorgt, war tagelang neben ihr hergewandert und hatte im selben Unterschlupf geschlafen. Das verband sie. Aurora empfand tiefen Respekt für die Sängerin. Sie schätzte ihre Gesellschaft. Vielleicht mochte sie sie sogar. Aber sie wusste einfach nicht, ob sie ihr trauen konnte. »Ich bin misstrauisch, was deine Beziehung zu Finnegan angeht.«

Distel schwieg eine Weile lang. »Ich bin nicht sein verlängerter Arm, Aurora«, sagte sie schließlich. »Ich handle nicht blindlings auf seinen Befehl hin. Wenn ich ihm helfe, dann nur, weil ich will. Und nur, wenn ich es für richtig halte.«

»Du hast mich auf seinen Befehl hin beschattet.«

»Auf seine Bitte hin. Und ich hab's gern getan. Ich war selbst besorgt um dich.«

»Weil ich Hilfe brauchte.«

»Ja«, sagte Distel. »Und weil ich weiß, wie sich das anfühlt.«

Machte es einen Unterschied, ob Distel dazu gezwungen oder darum gebeten worden war, ihr zu folgen? So oder so hatte Finnegan dahintergesteckt. Aurora starrte aufs dunkel schimmernde Wasser. Alles, was sie zu Distel sagte, konnte bei Finnegan landen. Aber andererseits war die Sängerin im Augenblick Auroras wichtigste Informationsquelle.

»Was will Finnegan von mir?«, fragte Aurora. »Warum hat er dich geschickt?«

»Ich glaube, er ist fasziniert von deinen magischen Fähigkeiten.«

»Fasziniert? Was soll das heißen?«

»Ich bin nicht sicher«, sagte Distel. »Ich möchte ungern wild spekulieren. Vermutlich glaubt er, sie seien nützlich. Aber das liegt auf der Hand, oder? Magie in einer magiefreien Welt? Jeder wäre daran interessiert.«

Aurora nickte. Das klang einleuchtend und brachte sie endlich ein Stück weiter. Sie beherrschte ihre Magie noch nicht, aber Finnegan schien einiges darüber zu wissen, Details, die er ihr noch nicht erzählt hatte. Wenn er ihre Zauberkräfte für seine eigenen Zwecke benutzen wollte, musste er ihr helfen, sie zu bändigen. Und dass Celestine noch lebte, wusste er anscheinend nicht. Er würde also alles Mögliche anbieten, um im Gegenzug dafür Zugang zu der Magie zu bekommen, von der er annahm, dass sie die letzte auf der Welt sei.

»Denk jedoch nicht, das sei der einzige Grund«, fuhr Distel nach einer kurzen Pause fort. »Ich glaube, er ist um dich besorgt.«

»Besorgt?«

»Um dein Wohl. Er ist selbstsüchtig, Aurora, aber er hat auch eine sehr liebenswerte Seite.«

Das passte dazu, wie sie ihn vor ihrer Flucht aus Alyssinia erlebt hatte. Auch sie war von Finnegan fasziniert gewesen, und das, obwohl er sie schier zur Raserei getrieben hatte.

Doch etwas an Distels Äußerungen machte sie stutzig. »Du bist mir gegenüber sehr offen.«

»Wie meinst du das?«

»Du berichtest mir von Finnegans Plänen, erzählst mir von seinen möglichen Beweggründen ... Du hast gesagt, du seist seine Spionin, und ich glaube nicht, dass Spione so etwas ausplaudern sollten. Das verstehe ich nicht.«

Distel lehnte sich ebenfalls nach vorn und richtete den Blick aufs Wasser. »Ich nehme meine Arbeit sehr ernst, Aurora«, sagte sie. »Aber ich finde, du hast Ehrlichkeit verdient. Ich weiß, wie es ist, wenn man sich vollkommen verloren fühlt. Ich will es für dich nicht noch schwerer machen, als es ohnehin schon ist.«

Aurora neigte den Kopf zur Seite und blickte sie an. »Warum arbeitest du ausgerechnet für Finnegan?«, fragte sie. »Wieso für *ihn*?«

Distel schwieg eine Weile und fixierte das Wasser. »Da, wo ich herkomme, kennt jeder jeden, und alle meinen, sie hätten das Recht, einem Vorschriften zu machen. Und das gefiel mir nicht. Ich konnte dort nicht ich sein. Ich wollte meine eigenen Erfahrungen machen. Als ich dann sechzehn wurde, bin ich von zu Hause fort. Mir war nicht klar, wie hart das Reisen sein würde. Denn egal, wohin ich auch kam, egal, welches Königreich, die Leute behandelten mich immer schlecht. Sie nutzten mich aus, bestahlen mich, und ich dachte: *So sind also die Menschen.* Und ich war mir sicher, dass Finnegan nicht anders sein würde als der Rest. Aber er erkannte mein Talent.

Dass ich gelernt hatte, mich im Hintergrund zu halten, dass ich eine gute Beobachterin war, dass ich Menschen durchschauen konnte. Wir wurden Freunde. Und er bat mich, ihm zu helfen.«

»Und das hast du dann getan.«

»Ich kann nach wie vor durch die Welt reisen und Menschen beobachten. Aber ich leide keinen Hunger mehr. Im Gegenteil. Und ich habe so etwas wie einen Freund. Irgendwann wirst du merken, wie wertvoll solche Dinge sind, Aurora.«

»Ich weiß, wie wertvoll sie sind.«

»Wirklich? Bis vor kurzem bist du noch nie hungrig gewesen. Du warst noch nie wochenlang mutterseelenallein unterwegs, hast nie erlebt, dass Menschen dich geringschätzig behandeln, nur weil du aus einem anderen Land kommst. Du solltest mich nicht dafür verurteilen, dass ich mich mit ihm verbündet habe, oder glauben, dass ich deswegen gegen dich bin.«

Aurora beobachtete das Auf und Ab der Wellen. »Ich verurteile dich nicht«, sagte sie leise. »Es ist nur so, dass …« In Auroras Kopf herrschte ein einziges Durcheinander. »Seit ich wach bin, haben sich alle Menschen verstellt, mit denen ich zu tun hatte. Alle wollen mich für ihre eigenen Zwecke benutzen. Tristan wollte mich für die Revolution gewinnen, der König und die Königin wollten mich als willenlose Marionette, und selbst Finnegan hatte bereits meine Flucht geplant, noch bevor ich überhaupt etwas davon erwähnt hatte.

Und jetzt auch noch du. Du solltest nur eine Sängerin sein. Kein Rätsel, sondern einfach nur du. Und jetzt … jetzt weiß ich gar nichts mehr.«

»Vielleicht liegt genau da das Problem«, sagte Distel. »Niemand ist einfach nur so oder so. Menschen sind vielschichtig.«

»Vielschichtig zu sein bedeutet aber nicht, dass man Spion ist.«

»Ein Spion zu sein macht niemanden zwangsläufig zu einem schlechten Menschen. Es bedeutet nicht, dass die Person dich ausnutzen will.«

»Nein«, sagte Aurora. »Das weiß ich.« Und so war es auch. Sie konnte Distels Beweggründe verstehen, sah, dass sie ein gutes Herz hatte. Doch sie wusste nicht so recht, was sie noch weiter sagen sollte, und so drehte sie sich von Distel weg und blickte wieder zum Horizont.

Als Aurora am nächsten Tag erwachte, schmeckte die Luft nach Rauch. Distel war nicht in ihrer Kabine, und durch das Bullauge konnte Aurora nichts als Wasser erkennen. Also stieg sie die Stufen zum Hauptdeck hinauf. Distel lehnte an der Reling und schaute zur Küste hinüber.

Es war verödetes Land, schwarz und rot. Rauchsäulen stiegen vom Boden auf, und selbst der Himmel sah versengt und grimmig aus. Alles Leben war ausgelöscht worden, und zurück war eine verkohlte, leere Hülle geblieben. Es schien falsch, dass solch eine Kargheit in unmittelbarer Nähe des vor Lebenskraft strotzenden Wassers existierte.

Aurora hätte es nie für möglich gehalten, dass es so etwas überhaupt gab. Dass *dies* hier auf der anderen Seite des Meeres wartete, dass dies die Welt jenseits der Grenzen ihres Königreichs war.

Aurora ging zu Distel hinüber. Irgendwie kam es ihr angesichts der verwüsteten Landschaft vor ihnen falsch vor, sich schnell zu bewegen oder laut zu sprechen. »Welcher Ort ist das?«, flüsterte sie.

»Vanhelm«, sagte Distel. »Jedenfalls früher einmal.«

Vanhelm. In Auroras Vorstellung hatte Finnegans Königreich so ähnlich ausgesehen wie ihr eigenes, mit Wäldern und Schlössern und voller Leben. Nicht wie diese Ruinenlandschaft aus Asche und Rauch.

»Was ist passiert?«

Die Sängerin starrte unverwandt über das Wasser. »Drachen.«

Wie Distel es sagte, klang es wie eine Selbstverständlichkeit. Aber da war rein gar nichts mehr übrig. *Nichts.* Wie hätten Drachen so etwas anrichten sollen?

Das Schiff fuhr an den Ruinen eines Hauses vorüber, das nah am Ufer stand. Seine Mauern waren geschmolzen und eingesunken, so als würde es sich unter der gleißenden Sonne zusammenkauern.

»So wie Finnegan immer von Vanhelm gesprochen hat, und nach allem, was Iris erzählte, hätte ich nicht gedacht, dass es hier so aussieht.«

»Er meinte nicht das hier. Das, was du hier siehst, ist nicht das Königreich, nicht mehr. Wenn sie Vanhelm sagen, dann meinen sie die Insel, die Hauptstadt«, sagte sie. »Ein ganzes Land in nur einer Stadt.«

Aurora sah zum Heimatland ihrer Vorfahren hinüber, das jetzt in Schutt und Asche lag. »Nur eine Stadt hat überlebt?«, fragte sie. »Eine einzige?«

»Nur eine«, erwiderte Distel. »Es war der einzige Ort, der von Wasser umgeben war. Nur dort ist es sicher.« Der Wind fuhr in ihr Haar und blies ihr dunkle Strähnen ins Gesicht.

»Haben viele Menschen außerhalb der Stadt gelebt? Bevor … bevor es so wurde?«

»Sehr viele Menschen«, entgegnete Distel. »Und nur wenige sind entkommen.«

Wie viele hatten allein in diesem Teil von Vanhelm gelebt? Es mussten Tausende von Menschen gestorben sein. Zehntausende. Mehr, als sie sich je würde vorstellen können.

Aurora griff nach der Drachenkette an ihrem Hals. Der vom Wind verwehte Rauch kratzte in ihrer Kehle.

Finnegan hatte sie mit den Drachen verglichen, die nach ihrem Erwachen sein ganzes Königreich dem Erdboden gleichgemacht hatten. Was erwartete er da von *ihr*?

VIER

Am Horizont kam langsam die Stadt Vanhelm in Sicht. Zuerst war sie nur ein unscharfer Schatten, ein grauer Fremdkörper im morgendlichen Nebel, doch je näher das Schiff heranglitt, desto klarer wurden ihre Formen zu Häusern, Türmen und Zinnen, alle unterschiedlich hoch in den Himmel aufragend. Aurora hatte bereits Petrichor beeindruckend gefunden, mit seinem Gewirr aus verwinkelten Straßen, die sich vom Schloss aus in alle Richtungen wanden, aber Vanhelm war atemberaubend. Genauso respekteinflößend wie das Ödland, aber zugleich auch strahlend wie eine Stadt voller Geheimnisse.

Das Schiff erreichte am frühen Nachmittag den Hafen. Der Kai quoll fast über von Menschen, die zu den Booten drängten und dabei Geldstücke in die Luft reckten und lauthals ihr Reiseziel herausschrien. Eine Kette von Seeleuten versuchte, die wogende Menge zurückzuhalten, während andere die Fracht löschten, schwere Kisten, auf denen die Wappen verschiedener Königreiche prangten. Ein Stück davon entfernt am Ufer sortierten ein paar Fischer ihren Tagesfang.

Ein Steinwall trennte die Hafenanlage vom Rest der Stadt, und um von der einen auf die andere Seite zu gelangen, musste man einen unbewachten Torbogen passieren. Daran angelehnt stand Finnegan und verfolgte mit aufmerksamem Blick, wie Aurora und Distel sich mühsam einen Weg durchs Gewühl bahnten. Der Prinz erschien Aurora noch attraktiver als bei ihrer letzten Begegnung. Sie hatte dieses unverschämte Lächeln, das seine Lippen bisweilen umspielte, schon fast vergessen, wie hübsch das Grün seiner Augen mit seinem schwarzen Haar kontrastierte, und diese lässige Pose, die so wirkte, als hätte er noch nie in seinem Leben auch nur einen Hauch Selbstzweifel verspürt. Den Blick auf sie geheftet, wartete er, dass sie näher kamen.

»Ihr seid spät dran«, sagte Finnegan.

»Das Schiff hat bei der Überfahrt Zeit verloren«, erklärte Distel. Sie trat dichter an ihn heran, knickste aber nicht. Sie waren fast gleich groß. »Darauf haben wir nun mal keinen Einfluss.«

»Aurora vielleicht schon, hätte sie's versucht. Ich warte schon seit Stunden.« Er zog Distel an sich heran und umarmte sie. Sie drückte ihm einen Kuss auf die Wange. Dann drehte er sich zu Aurora um. »Aurora«, sagte er. Er ergriff ihre

Hand und küsste ihre Fingerknöchel. Es erinnerte sie an das letzte Mal, als er sie geküsst und ihr dabei eine Karte seiner Stadt zugesteckt hatte. Und an die sanfte Berührung seiner Lippen an ihrer Wange, spät nachts im Schloss. »Schön, Euch wiederzusehen.«

Sie schenkte Finnegan ein, wie sie hoffte, entschlossenes Lächeln, das keine Angst zeigte. »Ich bin ebenfalls erfreut, Euch zu sehen.«

»Tatsächlich? Und ich dachte, Ihr seid nur gekommen, weil Ihr keine andere Wahl hattet.«

Sie hörte auf zu lächeln. »Ich bin mir sicher, Ihr seid es gewohnt, dass man Euch als letzten Ausweg betrachtet«, sagte sie. »Solltet Ihr Euch dadurch jedoch brüskiert fühlen, werde ich die Stadt mit dem nächsten Schiff wieder verlassen.«

»Dazu würde ich Euch nicht raten. Unser Freund König John lässt auf der Suche nach Euch jeden Stein umdrehen. Ihr werdet doch nicht so töricht sein, jetzt nach Alyssinia zurückzukehren.«

»Nein«, sagte sie, »aber Vanhelm ist nicht der einzige Ort, an dem ich mich verstecken kann.«

»Dann ist es ja ein Glück, dass ich so überwältigend charmant bin. Aber lasst uns jetzt nicht darüber reden. Wir sollten uns solch einen herrlichen Tag nicht mit Politik vermiesen, oder? Erst einmal werde ich Euch und Distel in den Palast bringen.«

Finnegan führte sie eine kopfsteingepflasterte Straße hinunter, wobei er sich geschickt einen Weg durch die Menge bahnte. Schon in Petrichor hatte reger Betrieb geherrscht, aber Vanhelm war ein einziges Gewimmel aus Menschen, Geräuschen und Gerüchen. Die Straßen lagen im Schatten der Häuser, die turmhoch in den Himmel ragten. Aurora reckte den Hals und versuchte, die Fenster der Gebäude zu zählen, an denen sie vorbeikamen. Zehn, zwanzig … Es schienen endlos viele.

An einer Straßenecke stand ein Mann. Er schwenkte einen Stapel Flugblätter und brüllte jeden an, der sich ihm näherte. »Seid gewahr, der Untergang ist nahe«, schrie er, und seine Stimme hallte laut über das Chaos der Straße hinweg. »Die Drachen sind gekommen, dieses Land zu vernichten! Tut Buße, bevor Euer Fleisch vom Feuer verzehrt wird!« Energisch streckte er Aurora im Vorbeigehen ein Flugblatt entgegen.

»Glauben die Leute daran?«, fragte Aurora Distel.

»Die Leute glauben, was sie glauben wollen. Ich habe noch nie auf eine göttliche Macht vertraut.«

»Aber sie glauben, die Drachen seien göttlich?«

»Oder die Werkzeuge irgendwelcher Götter«, erklärte Distel. »Götter, die man schon lange vergessen hat oder ignoriert. Die Menschen werden immer irgendwelche Erklärungen finden, um ihre Ängste zu beruhigen. Um sich einzureden, dass *ihnen* nichts geschehen kann.«

Sie sahen noch weitere Männer, die an Straßenecken standen und den Passanten mahnende Worte entgegenschleuderten. Keiner der Vorübergehenden hob auch nur den Blick.

Anscheinend hatten sich die Leute schon so an ihre Gegenwart gewöhnt, dass niemand mehr groß Notiz von ihnen nahm.

Vom Laufen auf dem harten Pflaster taten Aurora bald die Füße weh. Ihre Beine schmerzten, und doch machte sich mit jeder neuen Straße, die sie betraten, ein leises aufgeregtes Kribbeln in ihrem Bauch bemerkbar. Die Stadt war so anders als Petrichor, anders als alles, was sie bisher gesehen hatte. Sie vibrierte vor Energie und besaß eine Dynamik, die Alyssinia vermissen ließ.

Schließlich erreichten sie das Schloss. Es war ein ausladender Bau mit mächtigen Säulen an der Stirnseite, der sich eindrucksvoll von den umliegenden Gebäuden hervorhob und alle Aufmerksamkeit auf sich zog.

Finnegan führte sie in einen breiten Hof mit zahlreichen Springbrunnen, der den Palast von der Straße trennte. Zwei Mädchen saßen auf dem Rand eines der Brunnen und ließen die Hände durchs Wasser gleiten. Finnegan grüßte sie mit einer angedeuteten Verbeugung, und sie brachen in Gekicher aus.

Breite Marmorstufen schwangen sich zum Schlosseingang hinauf. Die imposante Flügeltür war von bronzenen Drachen flankiert. Die beiden Wachen daneben verneigten sich tief, als Finnegan sich näherte.

»Wo hält sich meine Mutter gerade auf?«, fragte er sie.

»Ihre Majestät ist in ihrem Arbeitszimmer«, erwiderte einer der Wachmänner. »Wünscht Ihr eine Eskorte?«

»Nein, ich will sie nicht stören.« Der Wachmann streckte eine Hand nach der Tür aus, aber Finnegan signalisierte ihm mit einem Winken, Platz zu machen, und schob sie dann selbst auf. »Gäste haben Vortritt«, sagte er zu Aurora.

Sie trat ein. Zwei deckenhohe Fenster ließen goldenes Sonnenlicht hereinfluten, so dass die Eingangshalle hell und luftig wirkte. Die Decke hoch über ihnen wölbte sich zu einer Glaskuppel, die am Rand von handgemalten Mustern überzogen war, die in der Sonne leuchteten. Vor ihnen schwang sich eine imposante, mit rotem Teppich belegte Treppe nach oben. In der Halle gab es nur eine einzige Tür, die sich links am Fuß der Treppe befand, und von einem Wachmann bewacht wurde. Von der anderen Seite des Raums ging ein Korridor ab, aber Aurora konnte nicht sehen, wohin er führte.

Ein Glasdrache stand am Fuß der Treppe. Das Licht spiegelte sich auf seiner Oberfläche, so dass es beinahe so aussah, als würde sich die Statue bewegen. Er nahm die gleiche Pose ein wie der Drache an Auroras Kette: die Flügel gespreizt, ein Bein angehoben, als wollte er jeden Moment losfliegen. Sein smaragdgrünes Auge schien Aurora zu beobachten, als sie näher heranging. Sie strich mit der Hand über seinen Hals. Seine gläsernen Rückenstacheln piksten in ihre Haut.

»Er sieht genauso aus wie der Drache an meiner Kette«, sagte sie.

»Gefällt er Euch nicht? Das ist das Wahrzeichen meines Königsreichs. Diese Drachen haben die lästige Angewohnheit, immer dann zu erscheinen, wenn man mal nicht hinsieht.« Er ging auf die Treppe zu. »Kommt. Ich zeige euch eure Zimmer.«

»Nein.« Aurora verharrte und ließ ihre Hand auf dem Nacken des Drachens liegen. Sie musste jetzt Stärke beweisen, bevor er wieder die Oberhand gewann. »Wir müssen über unsere Allianz sprechen.«

»Jetzt? Noch bevor Ihr ein heißes Bad genommen und eine Weile ausgeruht habt?« Seine Worte klangen beinahe besorgt, aber Aurora hörte einen leisen Anflug von Spott in seiner Stimme. »Bestimmt kann die Diplomatie noch warten.«

»Jetzt«, entgegnete sie. »Ich denke, wir sollten im Vorfeld ein paar Dinge klarstellen, meint Ihr nicht?«

»Wie überaus vorausschauend von Euch«, sagte er. »Vertraut Ihr mir etwa nicht, Aurora? Ich habe nicht vor, Euch mit meiner Gastfreundschaft in eine Falle zu locken.«

»Ich bin nur der Meinung, wir sollten Klarheit schaffen.«

»Was immer die Prinzessin verlangt. Distel, ich vermute, du weißt noch, wie du zu deinen Räumlichkeiten kommst?«

»Ich wäre eine armselige Spionin, wenn ich mich daran nicht mehr erinnern könnte.« Distel lächelte. Sie warf Aurora einen raschen Blick zu, und obwohl sie nur einmal kurz blinzelte, hatte Aurora das untrügliche Gefühl, die Sängerin wollte ihr Mut machen. »Wir sehen uns später.« Mit einem knappen Nicken verschwand sie die Treppe hinauf.

»Also«, sagte Finnegan. »Dann lasst uns verhandeln. Meint Ihr wirklich, dass Ihr schon so weit seid?«

»Das werden wir gleich herausfinden.«

Finnegan führte sie die Treppe hinauf und dann links durch eine weitere bewachte Tür. »Die Aufteilung des Schlosses ist ziemlich simpel«, erklärte er. »Im rechten Flügel befinden sich alle öffentlichen Räume und die Gästezimmer, im linken die privaten. Wenn Ihr inkognito bleiben wollt, empfehle ich Euch dringend, Euch immer hier aufzuhalten.«

Sie verstand nicht so recht, was das bringen sollte. Ihre Anwesenheit würde so oder so bemerkt werden. Von den Dienstboden oder den Hofangehörigen. »Was soll ich sagen, wenn mich einer der Höflinge sieht? Ich weiß nicht, ob wir ihnen die Wahrheit anvertrauen können.«

»Hier gibt es keinen Hofstaat«, erklärte Finnegan. »Wenn weite Teile des Königreichs überraschend von Drachen vernichtet werden, bleibt nicht viel vom Adel übrig.«

»Sie sind alle tot?«

»Die meisten«, sagte er. »Aber bei uns werden die Dinge auch … gerechter gehandhabt als in Alyssinia. Die Gilden regeln ihre Angelegenheiten unter sich. Meine Mutter kümmert sich um alles selbst, zu Lasten ihrer Freizeit und ihres Schönheitsschlafs.«

»Eure Mutter?«, fragte sie. »Die Königin?«

»Natürlich. Ich werde Euch zu gegebener Zeit mit ihr bekannt machen, aber nicht heute.«

Sie runzelte die Stirn. »Wollt Ihr mich etwa geheim halten?« Vor einem nicht existierenden Hofstaat versteckt zu werden war eine Sache, aber vor der Königin?

»Niemand hat Geheimnisse vor meiner Mutter«, erwiderte

er. »Ich will einfach noch etwas warten. Bis wir unsere Vereinbarung getroffen haben. Bis dahin werden wir allen erzählen, dass Ihr Rose seid, ein Gast aus Falreach. Eine ausländische Adlige, die zu Besuch ist, um die Bibliothek zu besuchen. Keiner wird irgendwelche Fragen stellen.«

»Immer vorausgesetzt, dass ich bleibe«, sagte sie, während sie sich einer weiteren bewachten Tür näherten.

»Natürlich«, sagte Finnegan. »Vorausgesetzt, Ihr bleibt.« Er nickte dem Wachmann zu, als er die Tür aufdrückte. »Schickt jemanden in mein Arbeitszimmer, der uns etwas zu essen bringt, Smith. Egal was.«

»Ja, Eure Hoheit«, erwiderte der Wachmann.

Hinter der Tür lag ein breiter Flur, der von einem einzigen deckenhohen Fenster ganz am Ende erhellt wurde. Es gab mehrere Türen, die alle angelehnt waren. Finnegan führte sie in einen Salon mit grünen Sesseln, auf einem kleinen Beistelltisch lag ein aufgeschlagenes Buch mit dem Rücken nach oben. *Die Binsen* lautete der Titel.

»Wenn Ihr mögt, könnt Ihr es Euch ausleihen«, sagte Finnegan, als er ihrem Blick folgte. »Es ist nicht besonders gut. Ein bisschen zu prätentiös für meinen Geschmack.«

»*Euch* ist es zu prätentiös?«, sagte sie. »Dann muss es in der Tat unerträglich sein.« Sie setzte sich auf die äußerste Kante eines Sessels.

Finnegan nahm ihr gegenüber Platz. »Na schön, Aurora«, sagte er. »Ihr wolltet verhandeln, dann beginnt. Wieso habt Ihr euch entschieden, dass Ihr nun doch meine Hilfe wollt?«

Sie setzte sich aufrechter hin und wägte ihre Worte ab. »Ich nehme an, Ihr wisst über die Situation in Alyssinia Bescheid?«

»Ich hörte, Ihr habt ein ganzes Dorf bis auf die Grundmauern niedergebrannt.«

»Ich hörte, ich hätte gleich mehrere Dörfer bis auf die Grundmauern niedergebrannt. Ihr solltet nicht alles glauben, was die Leute sagen.«

»Nicht alles, nein. Aber oft steckt eben doch ein Körnchen Wahrheit darin. Fast immer sogar. Und ich habe mit eigenen Augen gesehen, wozu Ihr fähig seid.«

»Aber nicht, dass ich ein Dorf niedergebrannt habe.«

»Doch, ich habe Eure Zauberkräfte schon erlebt«, sagte er. »Von daher schätze ich Euch als mächtig genug ein, um den Gerüchten Glauben zu schenken.«

»Alyssinia steckt in großen Schwierigkeiten«, sagte sie. »Überall im Königreich sind Soldaten unterwegs, die Häuser zerstören und alles verwüsten. In der Hauptstadt gibt es Aufstände und Straßenkämpfe. Der König hat ganze Dörfer niederbrennen lassen, um mich zum Sündenbock zu machen.«

»Und Ihr wollt ihn aufhalten?«

»Ja.«

»Und Ihr meint, ich werde Euch dabei helfen?«

Sie lehnte sich nach vorn. »Ich weiß, dass Ihr mich auf Eurer Seite haben wollt«, sagte sie. »Ich weiß, dass Ihr auf etwas von mir angewiesen seid. Ihr wusstet von meinen Zauberkräften, noch ehe ich überhaupt etwas ahnte. Deswegen seid Ihr auch nach Alyssinia gekommen. Ihr braucht mich. Warum sagt Ihr mir nicht hier und jetzt, was Ihr von mir wollt?«

»Oh, auf diese Frage gibt es so viele Antworten, Aurora.«

Sie umfasste die Armlehnen ihres Sessels. »Dann wollen wir ganz simpel beginnen. Weshalb wolltet Ihr mich in Alyssinia kennenlernen?«

Es klopfte an der Tür.

»Herein«, rief Finnegan.

Ein Lakai erschien in der Tür, in den Händen ein Tablett mit Kuchen und einer Flasche Wein. Er schenkte zwei Gläser ein und stellte sie vor ihnen hin. Dann verließ er unter mehrmaligem Verbeugen wieder das Zimmer. Finnegan nippte an seinem Glas, bevor er fortfuhr.

»Ich war neugierig.«

Sie wartete darauf, dass er ausführlicher antwortete. Doch mehr sagte er nicht.

»Neugierig?«, sagte sie. »Inwiefern?«

»Wäret Ihr etwa nicht neugierig, wenn jemand, der hundert Jahre geschlafen hat, plötzlich erwacht? Ich wollte sehen, wie Ihr so seid, und sei es nur, um meine Vermutungen zu bestätigen.«

»Und entsprach ich Euren Erwartungen?«

»O nein, ganz und gar nicht«, erwiderte Finnegan. »Sonst hätte ich schon vor langer Zeit aufgehört, mit Euch zu sprechen. Ich hatte angenommen, Ihr seid hochnäsig wie Iris, oder sogar noch schlimmer, schwach und tumb wie Rodric. Die Wahrheit stellte sich als weitaus amüsanter heraus.«

Sie lehnte sich wieder nach vorn. »Ihr lügt.«

»Dass Rodric tumb ist? Ich versichere Euch, es stimmt.«

»Dass Ihr auf mich neugierig geworden seid, weil ich erwacht bin. Ihr wart schon *vorher* in Alsyssinia. Zwar nicht im Schloss und auch nicht als Teil einer offiziellen Delegation, aber doch nah genug, um in wenigen Tagen im Schloss zu erscheinen. Ihr hättet nicht bloß aus einer Laune heraus so eine lange Reise auf Euch genommen, bevor ihr wissen konntet, dass ich wirklich erwache.«

»Vielleicht war ich einfach nur auf Reisen, Aurora. Ich habe vielseitige Interessen, wisst Ihr.«

»Ihr wart nicht einfach auf Reisen. Ihr habt Vorbereitungen getroffen. Wenn Ihr so wenig von Rodric haltet, habt Ihr auch nicht damit gerechnet, dass sein Kuss mich aufwecken würde. Und doch wolltet ihr vor Ort sein, für alle Fälle. Und ich will wissen, warum.«

»Vielleicht weil ich ein eifersüchtiger Verehrer bin, der gehofft hat, Euch Eurer wahren Liebe entreißen zu können.«

Sie stand auf. »Finnegan, wir können dieses Spielchen noch stundenlang weitertreiben. Allerdings würde ich ungern noch mehr Zeit verschwenden. Ich biete Euch eine Allianz an, an der Ihr eindeutig sehr interessiert seid. Also beantwortet mir meine Fragen, und dann sehen wir, ob irgendeine Form von Einigung möglich ist oder ob ich mich besser an jemand anderen wenden soll.«

Er blieb sitzen, legte den Kopf schräg und ließ seinen Blick auf Aurora ruhen. »Glaubt Ihr wirklich, Ihr könntet mithalten?«

»Womit?«

»Wenn wir stundenlang weiterspielen würden. Meint Ihr, das würdet Ihr durchstehen?«

»Ihr *wolltet* Unruhe stiften in Alyssinia«, sagte sie. »Ihr wolltet, dass ich aus dem Schloss fliehe und mich auf Eure Seite schlage. Ihr wusstet von meiner Magie oder habt zumindest etwas davon geahnt. Also, sagt mir, warum.«

»Erst, wenn Ihr Euch wieder hinsetzt.«

Sie starrte ihn eine Weile lang an, ohne sich zu bewegen. Dann wich sie ein kleines Stück zurück und ließ sich wieder auf dem Sessel nieder, während sie ihren Blick fest auf ihn gerichtet hielt, und strich ihre Röcke glatt, so wie sie es schon hundertmal Iris hatte tun sehen. »Ich höre«, sagte sie.

Finnegan beugte sich näher an sie heran. »Ihr müsst erst verstehen, was in Vanhelm vor sich geht«, sagte er. »Ich glaube, dann erklärt sich vieles von selbst. Ich nehme an, Ihr habt auf dem Weg hierher einen Blick auf mein Königreich werfen können? Beziehungsweise auf das, was noch davon übrig ist?«

»Ja«, sagte sie. »Das habe ich.«

»Die Drachen sind vor fünfzig Jahren aus dem Nichts aufgetaucht und haben das gesamte Königreich in Schutt und Asche gelegt. Nur wenige Menschen konnten sich retten. *Alles* war zerstört. Ziemlich bitter, wie Ihr mir zustimmen werdet. Das Einzige, was diese Stadt hier vor den Drachen schützt, ist die Tatsache, dass sie kein Wasser überqueren. Sollte sich das jemals ändern ... wäre es das Ende. Aber das ist noch nicht alles. Die Stadt ist klein. Sie kommt einem zwar groß vor, aber wir können nicht noch höhere Häuser bauen, nicht noch mehr Menschen auf so kleinem Raum unterbringen. Uns geht der Platz aus.«

Sie grub die Fingernägel in ihre Handflächen und gab sich Mühe, ihre Stimme fest klingen zu lassen. »Und deshalb wollt Ihr mein Königreich haben? Oder erwartet Ihr, dass meine Magie auf irgendeine Weise alles wieder in Ordnung bringt?«

»Ursprünglich Ersteres. Anfangs war das Gerede über Eure Magie nichts weiter als ein Scherz von mir. Ich wusste gar nichts darüber, als ich im Schloss erschien. Eigentlich wollte ich die aufgeheizte Stimmung in Alyssinia ausnutzen, um die verheißene Prinzessin auf meine Seite zu ziehen ... und die Königreiche zu vereinen – mehr Platz für uns, mehr Fortschritt für euch. Ein Plan, für den es sich durchaus lohnte, auf gut Glück das Meer zu überqueren für den Fall, dass Ihr tatsächlich erwachen würdet. Doch Alyssinia ist für meinen Geschmack ein bisschen zu rückständig. Und dann stellte sich heraus, dass ich mit meinem Gescherze richtiggelegen hatte. Und da sag noch mal einer, auf die Intuition könne man sich nicht verlassen. Sobald mir bewusst wurde, wozu Ihr imstande seid, war klar, dass ich die ganze Zeit den falschen Weg verfolgt hatte. Vanhelm muss die Drachen loswerden, statt sich vor ihnen zu verkriechen. Und ich glaube, Ihr könnt uns dabei helfen.«

Sie glaubte, sich verhört zu haben. »Ihr meint, *ich* könnte Euch von den Drachen befreien?«

»Ihr könnt zaubern«, entgegnete er. »Ihr beherrscht Feuer. Zum ersten Mal seit hundert Jahren verfügt Alyssinia über so etwas wie Macht. Wie sonst soll man mit einem Drachen fertigwerden, wenn nicht so?«

»Mit *Wasser*magie?«

Er lachte. »Touché. Aber Wassermagie gibt es hier nicht. Es gibt gar keine Magie, außer Eure.«

Sie schüttelte den Kopf. War das wirklich sein Ernst? »Und Eure Annahme gründet sich allein auf die Tatsache, dass ich Feuer entfachen kann, und die Drachen können es auch? Das ist alles?«

»Anfangs war es nur ein Gedankenspiel«, sagte Finnegan. »Eine Hoffnung vielleicht. Niemand weiß, warum die Drachen aufgewacht und zurückgekehrt sind, und wenn nun *Ihr* nach Eurem Erwachen auch Feuer in Euch hättet ... Es war eine reizvolle Vorstellung. Aber mittlerweile gibt es dafür Beweise.« Er lehnte sich nach vorn, ergriff ihr Drachenamulett und drehte es zwischen seinen Fingern. Das rote Auge des Tieres funkelte. »Am Tag Eurer Hochzeit, als Ihr den Brunnen gesprengt habt ... da glühte der Drache. Habt Ihr es nicht gespürt?«

»Doch«, sagte Aurora. Sie unterdrückte den Drang, ebenfalls nach dem Anhänger zu greifen. »Und?«

»Ihr habt wirklich keine Ahnung, was ich Euch da gegeben habe? In dem Amulett steckt Drachenblut. Das ist der Grund, warum die Augen so rot glühen. Und es hat auf Euch reagiert. Das Drachenblut hat Eure Kräfte verstärkt. Zwischen Euch und den Drachen besteht eine Verbindung, Aurora. Und wenn Ihr lernt, Eure Kräfte zu bändigen, könntet Ihr uns womöglich die erhoffte Rettung bringen.«

Sie zog den Anhänger aus seinen Fingern. Das Metall war warm, allerdings nur von Finnegans Berührung. Da gab es keine besondere Verbindung. »Ich habe Alyssinia verlassen, weil man sich dort hinsichtlich meiner Magie völlig unmögliche Hoffnungen machte. Warum meint Ihr, ich würde nun bei Euch anders reagieren?«

»Weil ich das Gleiche will wie Ihr. Ich will, dass Ihr lernt, Eure Kräfte zu beherrschen. In Vanhelm seid Ihr in Sicherheit. Ihr seid nicht mehr auf der Flucht, und Ihr braucht Eure Magie nicht geheim zu halten. Ihr habt genug Zeit, der Sache in Ruhe auf den Grund zu gehen. Und sobald Ihr mir geholfen habt, kann ich Euch helfen. Ich kann Euch helfen, König John loszuwerden.«

»Aber erst, *nachdem* ich die Drachen losgeworden bin. Ihr wollt, dass ich sie töte.«

Finnegan schüttelte den Kopf. »Manche Leute behaupten, man könne Drachen nicht töten. Und ich glaube, das stimmt. Die Drachen haben all die Jahre in den Felsen des Berges geschlafen. Vielleicht könnt Ihr sie ja davon überzeugen, sich wieder schlafen zu legen. Oder woanders hinzugehen, weit weg nach Westen, so dass sie uns keinen Ärger mehr machen.«

»Und Ihr helft mir, mich in meiner Magie zu üben? Und offenbart mir alles, was Ihr wisst, arbeitet mit mir Hand in Hand?«

»Ja«, sagte er. »Und was dann? Wollt Ihr Eure Kräfte einsetzen, um Alsyssinias Thron zu erobern? Um den König zu töten und die siegreiche Königin zu werden?«

»Nicht, um ihn zu töten«, sagte Aurora. »Aber die Menschen wollen Magie. Sie setzen verzweifelt all ihre Hoffnungen darauf. Und wenn ich sie ihnen geben kann ... dann wird der König beim Volk Rückhalt verlieren. Ich könnte seinen Platz einnehmen oder jemand Geeigneteren unterstützen.«

»Jemand Geeigneteren? Etwa Rodric?« Finnegan lachte. »Wir wissen doch beide, dass er nicht das Zeug zum König hat.«

»Dann eben ich«, sagte Aurora. Die Worte schmeckten bitter in ihrem Mund, aber sie musste sie aussprechen. Sie wollte keine Regierungsverantwortung übernehmen, wollte sich nicht mit noch mehr Erwartungen belasten, wenn sie doch eigentlich gar nicht wusste, was das Königreich in seiner jetzigen Situation wirklich brauchte. Aber trotzdem glaubten die Menschen an sie. Die Bäckerin hatte an sie geglaubt. Sie hatten einen besseren Herrscher verdient als John. Aurora musste etwas unternehmen, um ihnen zu helfen.

»Ihr seid naiv, Aurora«, sagte Finnegan. »Ohne den König zu töten, werdet Ihr ihn nicht vom Thron vertreiben. Er wird Euch nicht kampflos das Feld überlassen.«

»Das werden wir ja sehen.«

»Ja«, entgegnete er mit beinahe trauriger Stimme. »Das werden wir wohl.«

Sie drehte den Drachenanhänger zwischen ihren Fingern, während sie sich seine Worte durch den Kopf gehen ließ. Anscheinend verfolgte er gute Absichten. Aber selbst wenn sie nicht gut waren … tja. Solange sie in Sicherheit wäre und einen Ort hätte, an dem sie in Ruhe das Bändigen ihrer Zauberkräfte erlernen würde, könnte sie sich nach außen hin kooperativ zeigen. Sie würde seine Unterstützung annehmen, während andererseits ihre scheinbar ehrlichen Bemühungen, ihm zu helfen, scheitern würden. So würde sie verhindern, dass er zu viel Macht über sie bekäme.

Doch auf eine schwer zu beschreibende Weise klangen seine Worte auch verlockend. Drachenzauber, Drachenfeuer. Unvorstellbar viel Macht. Falls er recht hatte, was eine Verbindung anging, waren ihre Kräfte an jenem Morgen im Dorf möglicherweise durch das Drachenblut im Anhänger verstärkt worden. Das würde erklären, warum sie dermaßen außer Kontrolle geraten waren.

»Na schön«, sagte sie, erhob sich und schlug in seine dargebotene Hand ein. Ein Kribbeln durchlief ihren Arm. »Abgemacht.«

»Sehr schön«, sagte er. »Dann fangen wir gleich morgen an und unternehmen einen Ausflug ins Ödland, um es uns näher anzusehen.«

Sie ließ seine Hand los. »Seid Ihr verrückt?«, sagte sie. »Ich kann nicht schon morgen die Drachen vertreiben.«

»Das will ich doch auch gar nicht. Ihr sollt sie nur mal sehen. Um einen Eindruck zu bekommen, womit Ihr's zu tun habt. Betrachtet es als einen ersten Annäherungsversuch. Eventuell erfahrt Ihr da draußen ja schon mehr über Eure Zauberkräfte, wer weiß.«

Selbstverständlich wollte sie hinfahren. Aber das Risiko ...

»Ist es sicher?«

»Natürlich nicht. Aber was ist schon sicher?« Er ergriff ihre Hand und zog Aurora näher an sich heran. Seine grün blitzenden Augen schienen sich in ihre zu brennen. »Kommt schon, Drachenmädchen. Wo ist Eure Abenteuerlust!«

»Na schön«, sagte sie, bevor ihre Zweifel wieder die Oberhand gewinnen konnten. »Zeigt sie mir.«

»Dann bis morgen«, erwiderte er. »Wenn alles seinen Anfang nimmt.«

FÜNF

Finnegan klopfte im Morgengrauen an ihre Tür. Aurora riss sie auf, noch bevor er dazu kam, ein weiteres Mal anzuklopfen. Sie war schon seit Stunden wach und hatte über Celestine und die Drachen nachgedacht. Hatte mit einer Mischung aus Aufregung und Furcht dem heutigen Abenteuer entgegengefiebert, der Gefahr, die auf der anderen Seite des Flusses lauerte.

Sie verließen das Schloss und nickten beim Hinausgehen den Wachposten zu. Nur wenige Menschen waren unterwegs, ein paar huschten durch die Straßen, während andere bereits eifrig bei der Arbeit waren, ihre Ladentüren aufschlossen und Verkaufsstände aufbauten.

Finnegan führte sie durch verschiedene Gassen und um ein paar Ecken, dann blieb er plötzlich stehen, genau an einer Stelle, wo im Pflaster eine sternförmige Markierung zu sehen war.

»Worauf warten wir?«, fragte Aurora.

»Das werdet Ihr gleich sehen.«

Ein paar Minuten verstrichen, bevor ein schrilles Läuten die Luft zerschnitt. Die Leute auf der Straße sprangen beiseite, und ein Mann prallte mit Aurora zusammen. Sie krallte sich an Finnegans Ärmel fest, um nicht hinzufallen.

»Keine Angst, kleiner Drache«, sagte er grinsend. »Ich lasse nicht zu, dass Euch etwas passiert.«

Sie ließ seinen Ärmel los, so schnell, wie sie ihn sich geschnappt hatte. Ein seltsames Vehikel aus Metall und Glas sauste heran. Es war eine riesige Kutsche, die völlig selbständig fuhr. Finnegan streckte den Arm aus, und das ratternde Fahrzeug hielt an. Der Prinz stieg ein, nickte dem Fahrer zu und warf zwei Münzen in einen Schlitz. Dann bedeutete er Aurora einzusteigen.

»Was ist das für ein Ding?«, fragte Aurora, als sie auf einer harten Holzbank Platz nahm.

»Eine Straßenbahn«, sagte er. »Das ist der schnellste Weg, um durch die Stadt zu kommen. Für Pferde fehlt uns hier der Platz.«

»Und sind die Prinzen von Vanhelm immer auf diese Art unterwegs?«

»Nicht immer.« Er setzte sich neben sie auf die Bank. »Aber mir gefallen die Straßenbahnen. Außerdem erfährt meine Mutter so nichts von unserem kleinen Ausflug.«

»Wird Eure Mutter nicht bemerken, dass Ihr fort seid?«

»Bis zum Abend sind wir wieder zurück«, erklärte er. »Bestimmt denkt sie nur, ich fröne mal wieder dem Vergnügen, und zerbricht sich deswegen nicht weiter den Kopf.«

Die Räder quietschten laut beim Beschleunigen, und als die Tram um eine Kurve schoss, wurden alle Passagiere auf eine Seite geworfen.

»Wie kann das Ding überhaupt fahren?«, fragte Aurora. »Magie kann's ja nicht sein.«

»Seht das Seil da oben. Die Tram ist daran festgemacht«, erklärte Finnegan. »Sie wird gezogen.«

»Und wer oder was zieht an dem Seil?«

Finnegan lachte. »Magie«, sagte er.

»Finnegan.«

»Na ja, unsere Art von Magie«, sagte er. »Eure Art gibt's hier schon seit tausend Jahren nicht mehr. Während sich Euer Königreich auf Magie verließ und in Panik verfiel, als diese verlorenging, haben wir unsere Köpfe benutzt. Wir haben einen Weg gefunden, wie man ohne lebt, haben Magie durch Wissenschaft ersetzt. Und deshalb sieht Vanhelm heute so aus, während Alyssinia ... na ja, Ihr habt Alyssinia ja gesehen.«

»Anscheinend braucht Ihr aber trotzdem Magie von *mir*.«

»Stimmt.« Er lächelte. »Unterm Strich ist wohl beides ganz nützlich.«

Die Tram kam ruckelnd zum Stehen. Durch das Fenster sah Aurora eine Ansammlung von Steinhäusern, die alle deutlich älter schienen als die turmartigen Bauten rundherum. Eines davon hatte ein Schild über dem Eingang mit der Aufschrift *Vanhelm-Institut*.

Ein Mann stieg in die Tram ein. Er war schon etwas älter, schätzungsweise um die siebzig, mit krausem weißen Haar, dunkler Haut und vielen Falten, die auf eine starke Mimik schließen ließen. Als er sie sah, hob er den Arm und winkte.

»Das ist Lucas«, erklärte Finnegan. »Er wird uns heute führen.«

Lucas verneigte sich, während er näher kam, doch Finnegan lachte und schüttelte dem Mann stattdessen die Hand. Dann zeigte er auf Aurora. »Lucas, das ist Rose«, sagte er. »Ich habe dir ja bereits von ihr erzählt. Sie hegt eine große Leidenschaft für Drachen.«

»Freut mich, Euch kennenzulernen, Miss«, sagte er und reichte ihr die Hand. »Wer sich für Drachen begeistert, ist schon mein Freund.« Er nahm neben Finnegan Platz und hielt sich mit seiner ledrigen Hand an der Stange vor ihm fest.

»Lucas ist der beste Drachenexperte, den wir haben«, erläuterte Finnegan. »Er war am Tag ihrer Rückkehr dabei und der Erste, dem auffiel, dass Wasser ihr wunder Punkt ist.«

»Damals war ich noch ein bisschen jünger«, gluckste Lucas leise.

»Und trotzdem ist er nach wie vor derjenige, der sich am besten auskennt.«

»Ich habe die Drachen bereits studiert, als niemand ahnte, dass es sie noch gibt«, erklärte Lucas. »Eine nutzlose Wissenschaft, bis sich plötzlich alles änderte.«

Die Tram fuhr kreischend um die Kurve und rumpelte

dann weiter die Straße entlang, die parallel zum Fluss verlief. Die Ruinen auf der anderen Uferseite waren in Nebel gehüllt.

»Wie geht es weiter, wenn wir im Ödland sind?«, fragte Aurora.

»Wir wandern«, sagte Lucas. »So weit wie nötig. Die Drachen halten sich selten in der Nähe des Wassers auf.«

»Und wenn wir sie finden?«

»Dürfen wir uns nicht von *ihnen* finden lassen.«

»Wir verstecken uns in den Ruinen«, sagte Finnegan. »Und dann warten wir. Aber erst mal müssen wir dort hinkommen.« Er stand auf und signalisierte dem Fahrer anzuhalten. Nachdem sie ausgestiegen waren, führte Finnegan sie am Flussufer entlang, bis sie zu einem kleinen Hafen kamen. Nur wenige Boote lagen hier vor Anker, und den größten Platz nahmen Stapel von Kisten mit Fischen und Netzen ein. Ein junges Mädchen mit rotem Kräuselhaar kam auf sie zu.

»Bereit zum Übersetzen?«, fragte sie. »Am besten, wir bringen es schnell hinter uns. Hier einsteigen, wenn ich bitten darf.« Sie zeigte auf ein mittelgroßes Segelboot mit drei Sitzbänken. Es wippte auf dem Wasser auf und ab.

Finnegan winkte Aurora zu sich. »Ladies first.«

Aurora stieg in der Mitte des Bootes ein. Es schaukelte, und sie verlor kurz das Gleichgewicht. Finnegan hielt sie am Arm fest. »Vorsicht, kleiner Drache«, sagte er und zwängte sich an ihr vorbei. »Wir wollen doch nicht, dass Ihr ins Wasser fallt.«

Er ließ sich auf einer der Bänke nieder und zog Aurora

neben sich. Als sie sich auf ihrem Platz zurechtrückte, stieß sie mit ihrem Knie an seines.

Als alle saßen, kletterte die Rothaarige an Bord und legte ab.

Je näher sie dem anderen Ufer kamen, desto deutlicher traten die Details hervor. Das Gelände war übersät mit schwarz versengten Steinen. Einige der Häuser sahen noch halbwegs intakt aus, verkohlt, aber nutzbar, doch als das Boot dann ein Stück weiterglitt, wurden die zusammengeschmolzenen Dächer und eingefallenen Mauern sichtbar. Die Stadt war ein einziges Trümmerfeld.

Sie gingen in einer kleinen Bucht vor Anker, ganz in der Nähe von Ruinen, die offenbar einst zu einer Hafenanlage gehört hatten. Vom Feuer geschwärzte Holzpfähle ragten aus dem Wasser, und am Ufer standen in sich zusammengesackte Steinbauten.

»Die Leute versteckten sich im Hafen«, erklärte Lucas. Seine Stimme klang rau. »Warteten hier auf Rettung. Dachten, sie wären in der Nähe des Wassers in Sicherheit. Es war aber nicht nah genug.« Er lachte heiser, so wie jemand, der schon so viel Grauen erlebt hatte, dass er darüber nur noch makabre Scherze machen konnte.

Das Lachen hallte von den Ruinen wider, während Aurora aus dem Boot kletterte. Ihre Füße versanken im Uferschlamm und blieben stecken. Mit einem schmatzenden Geräusch zog sie sie heraus. Als sie den Blick hob, sah sie in Finnegans feixendes Gesicht.

Das Mädchen im Boot beugte sich nach vorn. »Haben alle ihre Talismane?«

Aurora runzelte die Stirn. »Talismane?«

»Niemand verlässt mein Boot ohne einen.« Sie zog etwas aus ihrer Tasche und warf es Aurora zu. Es war ein kleiner Lederbalg, der mit Runen verziert war. Aurora hielt ihn sich näher vors Gesicht und kramte in ihrem Gedächtnis nach der Bedeutung der Zeichen. *Schutz* symbolisierte das eine. *Mut* ein anderes. Und *Wasser, Wasser, Wasser* auf jedem Zentimeter der Tierhaut, in jeder nur erdenklichen Farbe.

»Ich hoffe, er beschützt dich«, sagte die Rothaarige.

»Danke.«

Das Mädchen nickte. »Ich hole Euch wieder ab, wenn ich die gehisste Fahne sehe.« Sie zeigte auf ein Gebäude, das ein paar Schritte entfernt stand. An seiner Seite hing eine an einem Flaschenzug befestigte Fahne.

»Ihr wisst, wo ihr die Leuchtkugeln findet, für den Fall, dass Nebel aufzieht?« Lucas nickte. »Aber falls wirklich Nebel aufzieht, müsst ihr sofort hierher zurückkommen. Denn wenn ich euch nicht sehe, kann ich euch nicht abholen, richtig?«

»Alles klar, Laney«, sagte Finnegan. »Vielen Dank für deine Hilfe.«

»Seid vorsichtig«, sagte sie, bevor sie davonsegelte.

»Ihr habt die Talismane nie erwähnt«, sagte Aurora zu Finnegan, als sie lostiefelten. »Wolltet Ihr mich etwa schutzlos lassen?«

»Sie wirken nicht«, erklärte Finnegan. »Hätte gar nicht gedacht, dass Ihr eine abergläubische Ader habt. Aber tragt ihn ruhig, wenn Ihr Euch dann besser fühlt. Vielleicht gleicht er ja das Drachenblut aus.«

Sie hängte sich den Talisman um den Hals und steckte ihn unter ihr Oberteil. Er fühlte sich kühl an auf ihrer Haut. »Es war nett von ihr, mir einen zu schenken.«

»Für sie macht's keinen Unterschied.«

»Für mich schon.«

Unkraut wucherte durch die Lücken zwischen den Backsteinen, kroch bis zu den Dächern empor und wuchs überall, außer an den Stellen, wo der Stein schwarz verkohlt war. Unten am Fuß einer Mauer standen wie hastig hingekritzelt ein paar Namen: *Anna* und *Rachel* und *Matthew*. Spuren von leibhaftigen Menschen, Menschen, die eventuell dort gestanden und hochgeblickt hatten, als die Drachen auf sie herabstießen.

Aurora schloss die Augen und nahm die Überreste der Pflastersteine unter ihren Füßen wahr. Beinahe glaubte sie, im Wind das Gewirr von Stimmen zu hören, die Geräusche einer quirligen Hafenstadt.

Sie schlug die Augen auf. »Was war das für ein Ort?«, fragte sie. »Bevor die Drachen kamen?«

»Eine Stadt«, erwiderte Finnegan.

»Das meinte ich nicht.«

»Wir nennen sie Alte Stadt«, sagte er, »aber ich weiß nicht, ob man sie früher auch so bezeichnet hat.«

»Ja, haben wir«, warf Lucas ein. »Es war eine Handelsstadt. Ein Ort, an den man kam, wenn man woanders hinwollte.«

Hatten die Menschen hinter den Namen auf der Mauer woanders hingewollt? Hoffentlich hatten sie es geschafft, bevor die Drachen gekommen waren, dachte Aurora.

»Wenn es so gefährlich ist, den Fluss zu überqueren«, sagte Aurora, während sie an noch mehr ausgebrannten Häusern vorbeigingen, »wieso gibt's dann Leute, die es so einfach tun?« Die Überfahrt schien für das Mädchen Routine gewesen zu sein.

»Es ist strikt verboten, herzukommen«, erklärte Finnegan, »was nicht heißt, dass sich alle daran halten. Abenteurer, Forscher, Historiker und Schatzsucher … Es gibt immer irgendwen, der bereit ist, die Gefahr zu ignorieren. Die Schatzsucher haben die geringsten Chancen, lebendig zurückzukehren. Sie gehen immer hohe Risiken ein auf der Suche nach Wertgegenständen, die hier zurückgelassen wurden.«

Je weiter sie gingen, desto spärlicher gesät waren die verkohlten Gebäude und das Unkraut, und zurück blieb das Vanhelm, das Aurora vom Boot aus gesehen hatte: harte, rotbraune Erde mit ein paar Häusergerippen am Horizont. Es war karg und heiß, die Luft stickig.

»Ab hier müssen wir sehr vorsichtig sein«, sagte Lucas. »Es ist gefährlich, sich im freien Gelände zu bewegen.«

»Es ist noch zu früh am Tag für Drachen«, wandte Finnegan ein.

»Am Morgen schlafen sie meist«, erklärte Lucas, »solange Nebel herrscht. Aber sobald der sich verzogen hat, sind sie wach und munter, Tag und Nacht.«

»Wie viele sind es?«, fragte Aurora.

»Mindestens fünfzig. Alles ausgewachsene Exemplare. Keiner weiß, wie viele sich weiter landeinwärts tummeln, in sicherer Entfernung zur Küste und zum Wasser.«

Am Horizont konnte Aurora einen kleinen See erkennen, der silbrig im Sonnenlicht glitzerte. Schilfrohr und Riedgras begrenzten die Wasserfläche und bildeten einen kleinen grünen Farbtupfer inmitten der öden Landschaft.

»Wenn sie Wasser nicht ertragen«, fragte Aurora, »was trinken sie dann?«

»Sie trinken nicht«, sagte Finnegan. »Oder zumindest vermuten wir das.«

»Mein ganzes Leben lang forsche ich schon über die Drachen«, sagte Lucas, »und doch wissen wir so gut wie nichts über sie. So wie's aussieht, fressen sie Steine. Und verbrannte Erde. Gelegentlich auch Fleisch, obwohl sie's anscheinend nicht brauchen. Und Metall. Wir glauben, dass der Berg, in dem sie leben, voller Erz ist, allerdings hatte noch niemand den Mut, nachzusehen. Schon vor der Zeit der Drachen galt der Berg als gefährlich. Die Einsturzgefahr ist einfach zu groß. Letztlich ist es ein Glück, dass wir dort nie gegraben haben. Schon die Stollen am Fluss stellten sich als lebensgefährlich heraus, bis wir einen schützenden Wassergraben drumherum bauten.«

»Und trotzdem haben Leute dort freiwillig gearbeitet?«, fragte Aurora.

»Die Leute brauchen das Geld«, erklärte Finnegan. »Im

Bergwerk kann man besser verdienen als anderswo. Außerdem werden die Arbeiter heutzutage nur noch sehr selten verbrannt.«

»Nur noch sehr selten?«, fragte sie entsetzt nach. »Aber ab und zu passiert so was noch?«

»Nur den Dummköpfen. Leuten, die unvorsichtig sind. So wie wir.«

»Und was geschieht mit Leuten wie uns, wenn sie verbrannt werden?«

»Sie sterben«, erwiderte Finnegan. »Nichts lebt, wo Drachen Feuer hinspeien.«

»Wie du ja hier sehen kannst, Rose«, sagte Lucas. »Pflanzen können auf von Drachen verbrannter Erde nicht gedeihen, auch nicht nach fünfzig Jahren. Verbrannte Haut heilt auch nicht mehr. Selbst wenn die Leute nicht auf der Stelle sterben, ist es ein qualvoller, unvermeidbarer Tod.«

Der Wind blies scharf über die Ebene, deren sanft gewellte Landschaft ihnen so gut wie keinen Schutz bot. Er pfiff laut in Auroras Ohren, so durchdringend wie der Schrei eines Drachen.

Lucas blieb stehen und hob eine Hand. »Wartet!«, sagte er. »Dahinten, am Horizont.«

In der Ferne zeichnete sich eine rote Silhouette am Himmel ab. Ein Drache. Er schwebte einen Augenblick lang in der Luft, mit weit ausgebreiteten Flügeln, dann schoss er pfeilartig nach unten und außer Sicht.

Aurora starrte zu der Stelle hinüber, wo der Drache verschwunden war. Das sollte unmöglich sein! Dass sie hier stand, hundert Jahre nach ihrer Geburt. Dass Drachen existierten. Und doch war beides wahr. Es erinnerte sie an die Geschichten, als sie noch klein war, an Kinderträume, diese Sehnsucht nach Abenteuer … Waren die Menschen von dem gleichen Gefühl ergriffen gewesen, als der König ihr Erwachen verkündet hatte, als das benommene Mädchen taumelnd vor sie hingetreten war: dass von nun an alles möglich war?

»Siehst du, Drachenmädchen?«, sagte Finnegan. »Ich wusste, du würdest nicht widerstehen können.«

Sie schaute weg. »Ihr wisst nur halb so viel, wie Ihr glaubt zu wissen.«

Sie wanderten weiter durch die verödete Landschaft, bis die Sonne hoch am Himmel stand. Ein paar weitere Drachen flogen am Horizont, aber keiner von ihnen kam näher. Am späten Mittag erreichten sie eine weitere verlassene Siedlung mit schwarzen zusammengeschmolzenen Gebäuden. Sie lag eingebettet zwischen einem schützenden Hang und einem kleinen Fluss.

»Wir sollten hier Rast machen«, sagte Lucas. »Und etwas essen.«

Sie ließen sich auf dem ehemaligen Marktplatz nieder. Ein kleiner Bach plätscherte dahin, daneben wuchs ein wenig Grün. Das Gras kitzelte an Auroras Füßen; nach dem Marsch auf hartem Boden fühlte es sich besonders weich an.

»Kann man aus dem Bach trinken?«, fragte sie.

Lucas nickte, also beugte sie sich vor und schöpfte mit hohlen Händen etwas Wasser. Es schmeckte eigenartig, beinahe ein wenig verbrannt. Es enthielt eine Spur Drachenfeuer, so als wären selbst die Dinge, die sie nicht berühren konnten, von ihrer bloßen Anwesenheit verdorben.

Sie aßen schweigend. Aurora starrte auf die Ruinen und versuchte sich vorzustellen, dass hier einmal Menschen gelebt hatten. Menschen wie sie, Frauen, die im selben Jahr wie sie geboren waren, Frauen, die womöglich noch miterlebt hatten, wie die Drachen vom Himmel herabstießen. Kinder, die jetzt im Alter ihrer Enkelkinder wären, hätte sie nicht der Schlaf heimgesucht.

Der Himmel grollte, und Aurora zuckte erschrocken zusammen. Sie blickte hoch und rechnete damit, einen Drachen im Anflug zu sehen. Stattdessen traf ein dicker Regentropfen ihr Auge, und dann ein weiterer ihr Kinn. Binnen Sekunden war ihr Oberteil durchnässt und klebte an ihr wie eine zweite Haut.

»Los, schnell wir müssen uns unterstellen!«, brüllte Finnegan. Über das Rauschen des Regens hinweg war er kaum zu hören. »Irgendeins der Häuser hier hat bestimmt noch ein Dach.«

Sie huschten durch die Straßen und flüchteten sich in ein großes, schiefes Gebäude. Die Tür fehlte, aber sobald sie drinnen waren, klang das Trommeln des Regens deutlich gedämpft. Wären nicht die Spuren von fünfzig Jahren Verfall gewesen, hätte Aurora fast glauben können, das Haus sei noch bewohnt. In der Mitte stand ein Tisch, leicht zur Seite geneigt, so als wäre er betrunken, und die Wand dahinter war mit Regalen bedeckt. Ein Haufen modriger Kleider lag auf dem Tisch, als wären sie zwar gewaschen, dann aber vergessen worden.

Finnegan fuhr sich mit der Hand durchs Haar und schüttelte das Wasser von sich.

Lucas setzte sich auf einen der leeren Stühle, in der Hoffnung, dass er nicht zusammenbrach, während Finnegan in der Ruine herumging und alles genau in Augenschein nahm.

Aurora lehnte am Türrahmen und sah hinaus in den Regen. Alyssinia schien weit weg. Und die Hauptstadt mit ihren Regeln und Mauern und Königin Iris' ständiger Missbilligung schien sogar noch weiter weg, so als wäre auch sie Teil einer anderen Welt gewesen, ein Traum, aus dem sie endlich langsam erwachte. Dieser Ort hier war zwar irgendwie auch ein Albtraum, dachte sie, aber wenigstens einer, in dem sie sich frei bewegen konnte. Wenigstens konnte sie hier sein, um alles mit eigenen Augen zu sehen.

Und sie wollte noch mehr sehen.

»Ich werde mich mal ein wenig umschauen«, sagte sie nach zehn Minuten ununterbrochenem Regen.

»Das halte ich für keine ...«, sagte Lucas, aber sie war schon halb durch die Tür. Sie drehte sich noch einmal kurz um.

»Drachen kommen bei Regen nicht raus«, sagte sie. »Mir wird schon nichts passieren.«

»Wollt Ihr Gesellschaft?«, fragte Finnegan.

Sie schüttelte den Kopf. »Ich möchte ein wenig rumlaufen. Allein. Ich bin bald wieder zurück.«

Der Regen tränkte ihre Kleider, ihre Haare, ihre Haut. Er hämmerte auf den Boden und übertönte alle anderen Geräusche. Der Himmel war klar und blau, gleichzeitig donnerte es. Einer von diesen verrückten Stürmen, die eigentlich unmöglich waren, so wie Drachen, so wie dieser Ort hier.

Die verlassene Stadt war wie ein Labyrinth, und alles um sie herum verschwamm in Regenschleiern, so dass sie nicht einmal ahnte, wo sie hinging. Sie folgte ihrem Instinkt und tastete sich an den Mauern voran. Die Steine offenbarten ihr so vieles, die glatt geschmolzene Oberfläche, die Kerben und Mulden, die eingeritzten Namen und Nachrichten. Vielleicht hatte diese Stadt bereits gestanden, als Alysse geboren worden war, als Auroras Vorfahren den Weg übers Meer angetreten hatten.

Ihr Streifzug führte sie an den Rand der Stadt, wo die Landschaft anstieg, erst sanft und dann immer steiler, bis daraus ein Hügel wurde, der fast schon ein Felsen war. Von ihrer Position aus schien er sich endlos nach oben zu erstrecken. Hier und da standen weitere Ruinen, die noch kaputter waren als die anderen. Das Erdreich war so hart, dass es selbst der heftige Regen nicht aufweichen konnte. Ein paar zersprungene Steine am Boden ließen erkennen, wo einst ein Weg gewesen war.

Aurora wollte den Felsen erklimmen. Sie wollte auf dem Gipfel stehen und alles überblicken, sich ein genaues Bild machen. Sie fühlte sich wie ein Mädchen in seinem Turm, das hinaussah auf alles, was sie eines Tages berühren würde.

Zielstrebig kletterte sie den Weg hinauf, indem sie ihre Zehen in die Lücken zwischen den Steinen schob, um nicht abzurutschen. Der Regen ging in ein dünnes Nieseln über, doch Aurora ging beharrlich weiter bergauf, ihre Knie schmerzten von der Anstrengung. Sie blickte über ihre Schulter zurück auf die Stadt, die immer kleiner wurde. Sie sah Häuser mit eingesunkenen oder auseinandergebrochenen Dächern und Häuser, deren Dächer ganz fehlten.

Sie marschierte weiter.

Der Regen versiegte. Die Sonne erschien hell am Himmel und wärmte Auroras Haut. Ein Stück weiter oben entdeckte sie eine Höhle.

»Aurora!«, rief plötzlich Finnegan hinter ihr.

»Moment«, sagte sie. »Ich will mich nur umsehen.«

Sie hörte, wie Finnegan ihr folgte, seine Schritte stampften schwer über den steinigen Boden. Sie runzelte die Stirn. Sie hatte ihm erklärt, dass sie allein sein wolle. Wie typisch für ihn, dass er in seiner Arroganz davon ausging, sie trotzdem einfach stören zu können. Dabei war sie dem Gipfel so nah. So nah. Neben ihr tat sich die Höhle auf, das Innere schien schwarz wie die Nacht, die Luft rundherum wärmer und schwerer.

Nur einen Moment lang verharrte sie am Eingang, als plötzlich lautes Gebrüll losbrach wie von einer rasenden Menschenmenge. Es dröhnte in ihren Ohren und ließ den Boden vibrieren. .

Ein Drache kam aus der Höhle. Zuerst tauchte sein Kopf auf, bedeckt mit rotglänzenden Schuppen. Auch die tief in den Höhlen liegenden Augen waren rot, erfüllt von Hunger, Hass und Zorn. Schwarze Linien verliefen von seinen Augen hinunter bis zur krokodilartigen Schnauze. Die Zähne waren so groß wie Auroras Hände. Bevor sie reagieren konnte, schnellte sein Kopf an ihr vorbei, und ein langer Hals kam zum Vorschein, dann ein langer Körper, der nicht enden zu wollen schien, rot und furchtbar und so glühend heiß, dass sie zusammengezuckt wäre, hätte sie sich auch nur einen Millimeter bewegen können. Der Drache breitete seine Flügel so dicht neben ihr aus, dass Aurora die Flughäute zwischen den Knochen sah, fein und stark wie Spinnweben und so breit, dass sie ihr jegliche Sicht nahmen. Für einen Moment war ihre ganze Welt ein einziges Rot.

Es war das fürchterlichste, prachtvollste Geschöpf, das sie je gesehen hatte. Sein Körper pulsierte vor Hitze, die ihr unter die Haut und in ihr Blut kroch. Der mit Stacheln gespickte Schwanz peitschte an ihr vorbei, die Spitze so dünn, dass sie sie mit einer Hand hätte umschließen können.

Nichts existierte außer dem Drachen. Aurora konnte sein Feuer beinahe schmecken. Und plötzlich begriff sie, was Finnegan gemeint hatte, warum sein zurückhaltendes Lächeln sich in aufrichtige Begeisterung verwandelte, sobald er von diesen Wesen sprach. Sie waren wunderschön, überwältigend. Sie entsprangen der Erde selbst und weigerten sich, wieder zu schlafen.

Der Drache drehte den Kopf. Er ließ sein Maul auf- und zuschnappen und sah sie einen Herzschlag lang an. Sie erwiderte den Blick, den Mund leicht geöffnet, unfähig zu atmen. Mit einer kraftvollen Bewegung entfaltete er seine Flügel zu voller Länge und schoss über den Bergkamm hinweg. Auroras Blick folgte ihm. Eine Feuerspur zog sich durch den Himmel, und dann war die Kreatur verschwunden.

Sie bemerkte Finnegan, der auf halber Höhe des Hangs wartete. Ihr Herz pochte noch immer wild, ihr Blut jagte heiß durch ihre Adern. Sie fühlte sich berauscht von der Möglichkeit, die sich plötzlich auftat. Mit einem Mal erschien ihr das Ödland nicht mehr so trostlos.

Sie rannte den Abhang hinunter und geriet dabei auf den Steinen ins Rutschen.

»Ihr hattet recht!«, rief sie. »Ich fühle es. Es gibt eine Verbindung zwischen uns. Ihr hattet recht!«

»Natürlich hatte ich recht«, sagte er, als wäre dies die einzige mögliche Antwort, als hätte er es die ganze Zeit gewusst. Und ausnahmsweise war es Aurora egal, dass er so selbstgefällig war. Es war egal, dass er glaubte, alles schon zu wissen. Hier draußen, wo die Luft noch immer von Drachenhitze erfüllt war, schien alles andere gering und unbedeutend. Und so lachte sie. Er schlang seinen Arm um ihre Taille, und sie drehte sich mit ihm im Kreis, trunken vor Euphorie.

Lucas stand ein paar Meter hinter Finnegan. Er starrte sie verdattert an. »So etwas habe ich in meinem ganzen Leben noch nicht gesehen«, stammelte er. »Ihr müsstet tot sein.«

»Bin ich aber nicht«, erwiderte sie. »Bin ich *nicht*.« Weil Finnegan recht hatte. Weil sie Zauberkräfte besaß. »Wo sind die anderen?« Sie kam schwankend wieder ins Gleichgewicht. »Wo ist der Rest? Ich will sie alle sehen.«

»Sie leben im Berg«, entgegnete Lucas und deutete mit einem Nicken auf den Horizont. »Aber ich halte das für ...«

»Wir gehen da hin«, schnitt sie ihm das Wort ab. »Wir *müssen* da hin.« Sie wirbelte noch immer lachend im Kreis, und ihre Brust schwoll an vor Glück. »Ich bin Prinzessin Aurora, und ich befehle Euch, uns dorthin zu führen.«

Lucas zog die Augenbrauen hoch. »Mir war nicht bewusst, dass eine alyssinische Hoheit zugegen ist.«

Irgendwo in Auroras Hinterkopf meldete sich eine warnende Stimme, dass sie alles abstreiten sollte, dass sie besser geschwiegen hätte, aber sie fühlte sich *so* unglaublich gut. So *mächtig*. Und wenn sie schon beim bloßen Anblick eines Drachens so empfand, wie würde sie sich erst fühlen, wenn sie ihre Magie einsetzte und sich mit den Drachen verband?

»Wir müssen mehr Drachen aufspüren«, sagte sie. »Wir müssen zum Berg wandern. Stimmt's, Finnegan?«

»Ja«, sagte er. »Aber vielleicht sollten wir zuerst noch ein paar Vorkehrungen treffen. Wie sieht's zum Beispiel aus mit Proviant? Und einem Plan?« Er legte beide Hände auf Auroras Schultern, als wollte er sie am Boden festhalten. Er blickte ihr geradewegs in die Augen. Er lächelte nicht. »Wir sollten jetzt zum Schloss zurückkehren«, sagte er. »Bevor meine Mutter uns vermisst.«

Sein ernster Gesichtsausdruck ließ sie innehalten. »Gut«, sagte sie.

Aber ihr Herz klopfte noch bis zum Hals, als sie das Dorf verließen.

SECHS

Noch den ganzen Rückweg über spürte Aurora das Adrenalin in ihren Adern. Finnegan und Lucas unterhielten sich über den Drachen, den sie gesehen hatten, seine Reaktion auf Aurora und über die Geisterstädte, an denen sie vorbeikamen. Aurora schwieg. Sie wollte mit ihren Gedanken und Gefühlen so lange wie möglich allein sein.

Nach der Stille des Ödlands erschien ihr Vanhelm noch hektischer als vorher. Die Leute hetzten durch die Straßen, während die Unheilsverkünder ihre Verheißungen hinausschrien. Die Warnungen vor dem alles verzehrenden Feuer hallte jetzt, da das Drachenblut ihre Haut erwärmt hatte, lauter denn je in Auroras Ohren.

Doch nachdem sie sich von Lucas verabschiedet hatten und wieder auf den Schlosshof zusteuerten, kamen Aurora erneut Zweifel. Der Drache hatte sie in einen rauschhaften Taumel versetzt, der sie alle Vernunft und die gesunde Portion Angst vergessen ließ.

»Das war dumm von mir«, sagte sie, als sie an einem der zahlreichen Springbrunnen im Hof vorbeigingen. »Ich hätte Lucas nicht sagen sollen, wer ich bin.«

»Vermutlich nicht, nein«, erwiderte Finnegan. »Aber ich vertraue Lucas blind. Er wird Euer Geheimnis für sich behalten.«

Auch wenn Lucas kein Anlass zur Sorge war, musste Aurora sich doch um ihrer selbst willen Sorgen machen. Was war nur in sie gefahren, dass sie sich so offen, so leichtfertig geäußert hatte? Vor lauter Übermut war sie fast schon hochmütig gewesen.

Als sie die Eingangshalle betraten, kamen zwei Frauen die Haupttreppe herunter. Die Ältere hatte langes, schwarzes Haar mit einzelnen grauen Strähnen. Um Mund und Augen war ihre blasse Haut von Falten durchzogen, und dank der Krone auf ihrem Kopf bestand kein Zweifel daran, dass es sich bei ihr um die Königin handelte. Sie unterhielt sich angeregt mit einem schlanken Mädchen mit langem roten Haar und zarten Sommersprossen auf der Nase, das nicht viel jünger als Aurora zu sein schien. Mit großen grünen Augen blickte sie die Königin ernst an.

»Finnegan«, sagte diese nun. Sie blieb auf halber Treppe stehen und sah stirnrunzelnd zu ihm. »Du bist spät dran.«

»Ich bin aufgehalten worden.«

»Das wirst du immer.« Sie richtete ihren Blick auf Aurora.

»Und das ist wohl der Grund, weshalb du *aufgehalten* wurdest. Wann wolltest du mir mitteilen, dass eine alyssinische Prinzessin unser Gast ist?«

»Gerade eben«, entgegnete Finnegan. »Darf ich vorstellen: Prinzessin Aurora, Thronerbin von Alyssinia.«

Aurora sank in einen Knicks. Die Königin machte keine Anstalten, die Begrüßung zu erwidern. Sie stieg die letzten Stufen hinab und musterte Aurora von Kopf bis Fuß.

»Nicht knicksen«, sagte sie zu ihr. »Ihr macht Euch damit nur die Knie kaputt.«

»Das stimmt doch nicht«, sagte Finnegan.

»Vielleicht nicht. Aber es ist verschwendete Energie.« Die Königin warf Finnegan einen Blick zu. »Warum hast du mich nicht schon früher über ihre Ankunft unterrichtet?«

»Sie ist erst gestern angekommen«, erwiderte Finnegan. »Ich wollte Euch nicht behelligen, bevor feststand, ob sie auch vorhat zu bleiben.«

»Mich nicht behelligen?« Die Königin lachte. »Oh, deine Lügen sind doch wahrhaft entzückend, Finnegan. Mir ist wirklich schleierhaft, wo du das gelernt hast.«

»Ich bitte vielmals um Verzeihung, Eure Majestät«, mischte Aurora sich ein. »Mir war nicht bewusst, dass …«

»Orla«, sagte die Königin. »Ich heiße Orla, nicht Eure Majestät. Und du brauchst dich nicht zu entschuldigen. Es ist nicht deine Schuld, dass mein Sohn dermaßen gedankenlos ist.« Erneut musterte sie Aurora von Kopf bis Fuß. »Du bist also diejenige, die den ganzen Ärger in Alyssinia ausgelöst hat.«

»Das war nicht meine Absicht ...«

»Ein Jammer. Wenn man schon so einen Wirbel verursacht, sollte man auch den Taktstock dazu schwingen.« Dann lächelte Orla. »Ich hätte nicht damit gerechnet, dich hier zu sehen. Ich sagte zu Finnegan, seine Reise nach Alyssinia wäre vergebliche Mühe. Er ist nämlich nur halb so charmant, wie er glaubt.«

Aurora lachte.

»Und als er dann mit leeren Händen zurückkehrte ... Na ja. Ich hatte gehofft, er hätte begriffen, dass nicht immer alles nach seinem Willen geht. Aber jetzt bist du hier!« Sie kniff die Augen zusammen. »Nur *warum* bist du hier? Muss ich etwa eine Hochzeit planen? Das käme mir doch arg überstürzt vor.«

»Sie würde mich niemals heiraten«, sagte Finnegan. »Nicht, solange der gute alte Rodric zu haben ist. Nein, ich habe Aurora angeboten, dass sie bei uns Zuflucht erhält. Und sie hat entschieden, mein Angebot anzunehmen.«

»Und in Alyssinia gibt's keine Möglichkeit, unterzutauchen? Keine Gruppe, die dein Anliegen unterstützt?«

»Zurzeit ist es dort nicht sicher, Eure Majestät«, sagte Aurora. »Und Finnegan hat mir angeboten ...«

»Oh, ich bin mir sicher, Finnegan hat dir so einiges angeboten. Von dem er nichts wahr machen wird. Aber du bist herzlich eingeladen, so lange zu bleiben, wie du möchtest. Was soll's, König John ist sowieso schon nicht gut auf uns zu sprechen.« Orla wandte sich an das Mädchen, das noch immer neben der Treppe stand. »Meine Tochter hast du vermutlich auch noch nicht kennengelernt?« Als Aurora den Kopf schüttelte, seufzte sie. »Das ist meine Tochter Erin. Erin, darf ich vorstellen, Prinzessin Aurora. Ich bin sicher, dass ihr zwei euch eine Menge zu erzählen habt.«

Erin schenkte Aurora ein kleines Lächeln und nickte, worauf Aurora zurücklächelte.

»Wir müssen uns bald in Ruhe unterhalten«, sagte Orla, »aber ich befürchte, du hast mich zu einem schlechten Zeitpunkt erwischt. Nicht alle von uns geben sich so ungeniert dem Müßiggang hin wie mein lieber Sohn.« Sie drehte sich zu ihm um. »Finnegan, ich erwarte dich in fünf Minuten im Empfangssaal. Sei pünktlich.« Und dann ging sie weg, während sie, den Kopf zu ihrer Tochter geneigt, das Gespräch von eben fortführte.

Finnegan rührte sich nicht von der Stelle. »Tja«, sagte er. »Zumindest habt Ihr soeben die aktuelle sowie die zukünftige Herrscherin von Vanhelm kennengelernt.«

Aurora runzelte die Stirn. »Ich dachte, Ihr wärt der zukünftige Herrscher von Vanhelm.«

»Ich bin zwar der Ältere«, sagte er, »aber wer kann schon dem hinreißenden Charme meiner Schwester widerstehen?« Sein gewohnt makelloses Lächeln sah leicht verkrampft aus. »Ihr werdet heute Abend bestimmt auf meine Gesellschaft verzichten können? Wir unterhalten uns morgen weiter. Und legen uns einen Plan zurecht.«

Aurora sah ihm nach, wie er davonschritt. Sie konnte sich

nicht daran erinnern, dass sie Finnegan jemals bedrückt erlebt hatte. Ein Teil von ihr wollte ihm am liebsten hinterhereilen, um mit ihm über seinen abrupten Abgang zu reden, doch sie spürte, dass das ein Fehler wäre. Sie tat besser daran, die Zeit zu nutzen, um die im Ödland gewonnenen Eindrücke zu verarbeiten und ihr weiteres Vorgehen zu planen.

Aber es war zu viel in den vergangenen Tagen passiert, als dass sie nun so ohne weiteres zur Ruhe kam. Sie vermisste Distels Gegenwart, ihr beruhigendes, leises Summen, das die Stille durchbrach. Auch wenn sie gar nichts Bedeutsames bereden und tun würden, Aurora wollte sie einfach nur sehen.

Ein Wachmann führte sie zum Zimmer der Sängerin, doch Distel bugsierte sie sofort wieder hinaus ins Freie, darauf beharrend, dass sie dringend frische Luft atmen müsse, ohne dass ihr Soldaten oder Drachen drohend im Nacken säßen. Und so landeten sie schließlich in einem kleinen Straßencafé, wo sie an einem runden Tisch mit Fruchtmus bestrichene Brote aßen. Anfangs beobachtete Aurora die vorbeihastenden Menschen noch voller Misstrauen, aber niemand würdigte sie auch nur eines Blickes. Niemand schien sich darum zu kümmern, wer sie war oder was sie tat.

Distel und Aurora sprachen über allerlei Dinge, wobei nichts davon von Belang war. Keine Neuigkeiten über Alyssinia, keine Pläne für die Zukunft. Eine entspannte Unterhaltung zum Durchatmen nach den Anstrengungen der vergangenen Tage. Und doch ging Aurora die ganze Zeit eine Frage im Kopf herum, die nach einer Antwort verlangte.

»Finnegan hat nie erwähnt, dass er eine Schwester hat«, sagte sie wie nebenbei, als sie eine weitere Brotscheibe mit Fruchtmus bestrich.

»Er spricht nicht viel von ihr.«

Aurora legte das Messer hin und bemühte sich, eine neutrale Miene zu bewahren. »Warum nicht? Verstehen sie sich nicht gut?«

»Doch«, sagte Distel. »Aber es gibt da wohl ein paar Spannungen. Er ist ein bisschen eifersüchtig auf sie, glaube ich.«

Aurora konnte sich beim besten Willen nicht vorstellen, dass Finnegan jemals auf irgendwen eifersüchtig war. »Warum?«

»Die beiden sind ähnlich veranlagt«, erklärte Distel, »treten aber ganz anders auf. Beide besitzen die Fähigkeit, in anderen Menschen zu lesen, nur dass Erin weitaus diskreter ist. Sie behält ihre Erkenntnisse für sich, während Finnegan …« Sie lachte. »Du hast Finnegan ja erlebt. Und deshalb hält seine Mutter sie für charakterstärker. Sie sieht in Erin eine Herrscherin, so wie sie selbst, wogegen sie Finnegan nicht wirklich ernst nimmt. Und Finnegan mag es nicht, wenn man ihn nicht ernst nimmt.«

»Hat *er* dir das alles erzählt?«, fragte Aurora.

»Das ist, was ich im Laufe der Zeit so beobachtet habe. Möglicherweise irre ich mich auch.«

Ihr Tonfall ließ jedoch keinen Zweifel daran, dass das so gut wie ausgeschlossen war. Und wenn Distel glaubte, recht zu haben, glaubte Aurora es auch.

»Finnegan hat Erin als zukünftige Herrscherin von Vanhelm bezeichnet«, sagte Aurora vorsichtig. »Aber er ist doch älter als sie, nicht? Also wird *er* König, egal, wie seine Mutter dazu steht.«

»Es wäre nicht das erste Mal, dass jemand in der Thronfolge übersprungen wird. Soweit ich weiß, war auch Finnegans Großmutter das jüngere Geschwisterkind. Man traute ihrem älteren Bruder nicht zu, mit den Drachen fertigzuwerden. Das Volk von Vanhelm wird seit zwei Generationen von Königinnen regiert. Finnegan wäre eine Veränderung, und er macht sich Sorgen, dass es eine Veränderung ist, die die Leute nicht akzeptieren werden. Aber wie dem auch sei, zurzeit wird Finnegan noch als nächster König gehandelt.«

Finnegan als König. Das schien nicht recht zu passen. Aurora konnte ihn sich nicht auf dem Thron vorstellen, wie er die Klagen der Leute anhörte, Gesetze erließ und sich in allen Details um die politischen Angelegenheiten Vanhelms kümmerte.

»Will er deswegen meine Hilfe? Hofft er, so mehr Akzeptanz beim Volk schaffen zu können?«

»Möglich«, sagte Distel.

Aurora ließ sich tiefer in den Stuhl sinken und stocherte mit dem Messer auf ihrem Teller herum. Das würde auch sein Interesse an ihr erklären und weshalb ihn der Gedanke, dass sie über Magie und eine besondere Beziehung zu den Drachen verfügte, so faszinierte. Er brauchte sie als Unterstützung. Doch auf vieles andere konnte sie sich immer noch keinen Reim machen.

»Finnegan wollte unbedingt, dass ich mir heute die Drachen ansehe«, sagte Aurora. »Und als es dann so weit war … Ich habe mich nicht wie ich selbst gefühlt. Gleichzeitig fühlte ich mich mehr wie ich selbst als jemals zuvor. Ich weiß nicht, wie ich es beschreiben soll. Aber als wir dann wieder im Schloss waren, ist Finnegan einfach davonmarschiert, ohne noch mal darüber zu sprechen. Wenn es ihm dermaßen wichtig ist …«

»Es ist ihm sehr wichtig«, fiel ihr Distel ins Wort, »aber wenn es etwas gibt, das ihn aus der Fassung bringt, dann ist das seine Mutter. Du wirst es noch erleben. Ich glaube …«

»Hey! Lady!« Aurora und Distel sahen beide hoch. Ein rotgesichtiger Mann schritt auf sie zu. Unwillkürlich rückte Aurora in ihrem Stuhl ein Stück nach hinten, aber Distel straffte ihre Schultern und blickte ihm entegegen.

»So eine wie Euch wollen wir hier nicht haben.«

Es dauerte einen Moment, bis Aurora begriff, dass er Distel und nicht sie meinte. Die Sängerin sah ihn einen Moment lang an, dann drehte sie sich zu Aurora um. »Ich glaube«, setzte sie von neuem an, »dass er —«

»Hey!«, rief der Mann. »Ihr braucht mich gar nicht zu ignorieren! Ihr seid hier nicht willkommen.«

»Ich lebe hier«, erwiderte Distel mit ruhiger Stimme. »Und Ihr stört gerade meine Unterhaltung.«

»Ihr glaubt, Ihr könnt hierherkommen, Euch unser Essen nehmen, Euch überall breitmachen, und wir nehmen das einfach so hin? Mit Euresgleichen ist es immer dasselbe.«

»Mit Euresgleichen?« Aurora stand auf. »Was genau wollt Ihr damit sagen?«

»Leute wie *sie*«, fauchte der Mann. »Fremde. Meint Ihr vielleicht, wir hätten hier Platz im Überfluss? Sie sollte in ihrem eigenen Königreich leben und nicht unseres in Beschlag nehmen.«

»Leute wie sie?«, wiederholte Aurora. »Ich bin auch nicht aus Vanhelm. Warum pöbelt Ihr *mich* nicht an?«

Der Mann stutzte.

»Sie hat genauso viel Recht, hier zu sein, wie ich.« Aurora spürte, wie der Zorn in ihr aufbrodelte. Sie holte tief Luft und zwang sich, ruhig zu bleiben. »Wie könnt Ihr es wagen!«

»Gibt es hier ein Problem?« Eine dürre Frau mit einer Schürze trat an den Tisch heran. Sie sah Distel an. »Miss, Ihr stört die anderen Gäste. Ich muss Euch leider bitten zu gehen.«

»Das ist doch absurd!«, rief Aurora, aber Distel schob einfach nur ihren halbleer gegessenen Teller zur Seite und stand auf. Sie verzog keine Miene. Mit einer knappen Aufwärtsbewegung ihres Kinns drehte sie sich auf dem Absatz um und rauschte davon. Aurora hastete ihr hinterher.

»Distel, was war das?«

»Was das war?«, sagte Distel. »Das war Vanhelm, Aurora. Das ach so fortschrittliche Königreich, wo man so tüchtig ist, *so* gastfreundlich ... und so wenig Platz und Ressourcen hat. Da muss man schon Prioritäten setzen. Und für einige bedeutet das, dass es nur bestimmten Leuten erlaubt sein sollte, sich hier niederzulassen. *Echten* Vanhelmianern. Leuten wie *mir* nicht.«

»Aber das ist doch lächerlich«, sagte Aurora.

»Es ist, wie es ist. Reg dich nicht auf, Aurora. Ich bin es gewohnt. Wobei heutzutage diese Einstellung in Vanhelm wieder stärker verbreitet ist als früher.«

Sie gingen ein Weilchen schweigend nebeneinanderher. Dann warf Aurora einen Blick zurück Richtung Café. »Wir haben nicht bezahlt«, sagte sie.

»Ich weiß.« Und endlich lächelte Distel.

SIEBEN

Als Finnegan am darauffolgenden Morgen an Auroras Tür klopfte, war sie vorbereitet. Sie hielt ihm ein Stück Papier unter die Nase, noch bevor er richtig »Guten Morgen« sagen konnte.

»Hier ist mein Plan«, sagte sie, als er durch die Tür trat. »Was unser weiteres Vorgehen betrifft.«

»Auch schön, Euch zu sehen, Aurora«, entgegnete Finnegan. »Und danke, ich habe *sehr* gut geschlafen.« Er nahm das Papier entgegen und las. »Ihr habt euch bewundernswert viel Mühe gemacht, aber meint Ihr wirklich, man kann das alles so planen?«

»Ich habe nicht viel Zeit«, sagte Aurora. Sie war schon seit dem Morgengrauen wach und hatte das lange Warten auf das Erscheinen des Prinzen überbrückt, indem sie ihre Gedanken detailliert zu Papier gebracht hatte.

»Es ist wichtig, dass wir genau wissen, was wir tun.«

»Und das musstest Ihr alles aufschreiben?«

»Ich wollte Klarheit schaffen.« Sie trat dicht an ihn heran und deutete auf die hingekritzelten Worte, als sie weitersprach. »Ich muss lernen, meine Magie bewusst einzusetzen, um Alyssinia zu helfen. Und Ihr wollt, dass ich sie benutze, um Euch die Drachen vom Hals zu schaffen. Also: Als Erstes lerne ich, meine Kraft zu bändigen. Das können wir trainieren. Gleichzeitig helft ihr mir, mehr über Zauberei im Allgemeinen zu erfahren – wie sie früher eingesetzt wurde, warum sie verschwand und über welche Art von Magie die Drachen verfügen – sowie über meinen Fluch und was genau mit mir geschehen ist.«

»Weil ich auf diesem Gebiet Experte bin?«

»Nein«, sagte sie. »Aber Ihr scheint gut darin zu sein, Dinge in Erfahrung zu bringen. Wir werden gemeinsam herausfinden, wie meine Zauberkraft funktioniert und was es mit meiner Verbindung zu den Drachen auf sich hat.«

»Und erfahren dabei hoffentlich auch, wie man mit den Biestern fertigwird?«

»Genau. Wenn ich den Drachen Einhalt gebieten und sie zum Schlafen bewegen soll, müssen wir zu diesem Berg, den Lucas erwähnt hat – dorthin, wo alles begann. Und sobald das erledigt ist, helft Ihr mir, nach Alyssinia zurückzukehren, die Gewalt dort zu beenden und den König zu entmachten.«

»Ein Kinderspiel!«, sagte Finnegan. »Ich kann mir nicht vorstellen, was da jetzt noch schiefgehen soll.«

»Na, hoffentlich doch«, erwiderte Aurora. »Dann können wir nämlich entsprechend vorausplanen.«

Finnegan lachte. »In Ordnung, Drachenmädchen. Ich bin dabei.«

»Gut.« Sie ging ihren Umhang holen. »Wir sollten diesem Institut, wo Lucas arbeitet, einen Besuch abstatten«, sagte sie. »Das ist wahrscheinlich der beste Ausgangspunkt.«

Finnegan legte seine Hände auf ihre, so dass sie stillhalten musste. »Wartet«, sagte er. »Ich habe eine bessere Idee.«

Er führte sie ins Erdgeschoss und durch die Tür hindurch, hinter der der Privatflügel lag. Die Zimmer dort waren sehr viel kleiner, als sie es bei königlichen Gemächern erwartet hätte, strotzten aber vor Persönlichkeit: Beistelltische, auf denen aufgeschlagene Bücher – leider mit dem Rücken nach oben – lagen, flauschige Läufer, die jeden Quadratzentimeter des Bodens bedeckten, und Regalborde, die überquollen mit Krimskrams, der mehr Charme als Nutzen hatte. Einige der Räume hatten bodentiefe Fenster, die auf die Straße oder den Garten hinausgingen. Es gab keine Flure, keine erkennbare Struktur, sondern nur eine verwinkelte Flucht von Zimmern voller Verzweigungen, ein undurchschaubares Labyrinth, das selbst den erfahrensten Einbrecher zum Aufgeben gezwungen hätte.

Und dann endlich machte Finnegan eine Tür auf und forderte sie mit einer Geste auf, als Erste hindurchzugehen. Leicht nervös, was sie dahinter wohl erwartete, trat sie über die Schwelle.

Bücher. Wohin das Auge schaute, Bücher, die drei der Wände bedeckten. Die vierte bestand komplett aus Fenstern, durch die das Morgenlicht drang und helle Muster aufs Parkett malte. Seitlich der Regale wanden sich spiralförmige Treppen empor, die ungefähr alle drei Meter an einer kleinen Galerie endeten, bevor sie sich weiter hinaufschwangen. Sie schraubten sich höher und immer höher, über alle Etagen hinweg bis nach oben zum Dach des Schlosses. Und jedes der Regalbretter war zum Bersten voll mit Papier, Geschichten und Wissen.

»Finnegan.«

»Mhm. Beeindruckend, nicht? Noch nicht mal ich weiß, was hier alles steht. Es sind einfach zu viele Bücher, um sie in einundzwanzig Jahren alle zu lesen. Ach was, zu viele, um sie in hundert Jahren zu lesen. Ich bin mir sicher, dass sich hier irgendwo etwas finden lässt, das uns weiterhilft. Sogar die Institutsbibliothek kann sich mit dieser Sammlung nicht messen.« Er hielt geradewegs auf eine der Wendeltreppen zu, dicht gefolgt von Aurora. Die Windungen waren so eng, dass ihr der Kopf schwindelte, als sie die erste Plattform erreichten. »Hier stehen die etwas langweiligeren Sachen«, erklärte er. »Zumeist Bücher über Botanik. Essbare Pflanzen, Heilkräuter und so ... sicher ganz nützlich, wenn man nicht in einem Land wohnt, das in eine unfruchtbare Einöde verwandelt wurde.« Er stieg weiter die Treppe hinauf, an der zweiten Galerie vorbei und auch an der dritten. »Hier finden sich Schriften über Fabelwesen. Also weitaus interessanter. Die Geschichten über Einhörner stehen da drüben zusammen mit den Phoenixdichtungen, und ein Stück darunter sind die irdischeren Geschöpfe einsortiert, und *hier*«, sagte er, als sie die oberste Galerie erreichten, »steht alles, was wir über Drachen haben.«

»Das sind alle?« Es gab nur vier Regalbretter, und davon war die Hälfte leer. Aurora trat an eines heran und ließ ihre Finger über die Buchrücken wandern. Die älteren Bände trugen geheimnisvoll klingende Titel wie *Die Legende der Drachen* oder *Der Tag, an dem die Drachen starben*, während die neueren Abhandlungen zur Herkunftsgeschichte, Studien zur Anatomie sowie Karten mit den Verbreitungsgebieten enthielten.

»Es gibt drei Dinge, die wir über Drachen wissen«, sagte Finnegan. »Sie existieren, sie verabscheuen Wasser, und sie töten uns. Alles andere ist reine Spekulation. Niemand nähert sich den Drachen und überlebt es, geschweige denn, dass er Bücher darüber schreibt.«

Aurora drehte ihr Drachenamulett zwischen den Fingern hin und her. »Aber ein paar Leute sind ihnen doch nahe gekommen«, sagte sie, »um das Drachenblut zu sammeln.«

»Aber das haben sie nicht lange genug überlebt, um noch etwas dazu niederschreiben zu können. Oder besser gesagt, um noch irgendetwas tun zu können. Zumindest in den meisten Fällen. Sie haben vielleicht ein paar Theorien aufgestellt, konnten aber keine Beweise sammeln.«

»Wenn Ihr Drachenblut habt«, sagte Aurora, »heißt das doch, dass man weiß, wie man sie verletzen kann. Warum habt ihr sie dann nicht bekämpft?«

»Weil wir ihnen nichts anhaben können«, erklärte Finnegan. »Nicht wirklich. Wir haben versucht, sie zu bekämpfen, seinerzeit, als sie auftauchten. Zuerst mit gewöhnlichen Kanonen und Speeren, aber offenbar fressen diese Biester Metall. Jedenfalls machte ihnen das alles nichts aus. Dann erfanden ein paar schlaue Köpfe Speere und Pfeile aus Eis, die die Drachen verletzen und ihre Magie auslöschen sollten. Die Waffen verletzten die Drachen tatsächlich, aber dann schmolzen sie schnell, und zurück blieben leicht verletzte Ungeheuer, die entsprechend wütend waren. Die Männer schafften es, ein paar Tropfen Blut für weitere Untersuchungen aufzufangen, aber darüber hinaus erreichten sie nichts.«

»Und dieses schwer erkämpfte Blut wurde in ein Amulett eingearbeitet?«

»Es war ein Geschenk für meine Großmutter«, erklärte Finnegan. »Man wollte ihr damit eine besondere Ehre erweisen, aber sie war davon nicht sonderlich angetan.«

»Ein Geschenk, das ihr rein zufällig dabeihattet, als wir uns in Alyssinia kennenlernten?«

Er lachte. »Ihr seid furchtbar misstrauisch, Aurora. Ich hatte mir das Amulett schicken lassen, nachdem sich die ersten Anzeichen Eurer Zauberkraft zeigten. Ich wollte herausfinden, wie seine Magie auf Euch wirkt.«

Sie fuhr mit dem Finger über die raue Kante des Drachenflügels. Sie versuchte, sich das Blut darin vorzustellen, das einst durch die Adern eines Drachen geflossen war.

»Aber wie habt Ihr bemerkt, dass ich Magie besitze?«, fragte sie. »Anscheinend wusstet Ihr ja noch vor mir darüber Bescheid. Dabei gab es noch eine Million weitaus plausiblerer Erklärungen für das, was passiert war. Wie habt Ihr es erkannt?«

»Ich habe einfach gut hingesehen.«

»Erwartet Ihr etwa von mir, dass ich das glaube?«

»Was soll ich sagen, Drachenmädchen? Es fällt nun mal schwer, den Blick von Euch abzuwenden.«

Sie rechnete mit einem spöttischen Lächeln, einer ironischen Verbeugung, aber er suchte weiter die Regale ab, ohne jeden Hauch von Selbstgefälligkeit.

»Ich habe ein Buch«, sagte er, als wäre nichts Ungewöhnliches geschehen, »über Drachen. Mein Lieblingsbuch, als ich noch klein war. Ich leihe es Euch gern. Ihr solltet die Legenden kennen.«

»Oh«, sagte Aurora. »Vielen Dank.«

Sie folgten der Galerie auf die andere Seite des Raumes. Die meisten der Bücher dort waren schon mehr als hundert Jahre alt, mit brüchigen, verwitterten Einbänden. Einige von ihnen sahen so aus, als wären sie seit der Erbauung der Bibliothek nicht mehr angerührt worden. Doch ein kleiner Bereich war frei von Staub.

»Hier«, sagte er, »stehen alle unsere Bücher über Magie.«

Ein einzelner Band ragte ein paar Zentimeter über die ansonsten tadellos in Reih und Glied stehenden Bücher hinaus. Sie zog ihn heraus.

»Habt Ihr das vor kurzem gelesen?«, sagte sie. Er nickte.
»Dann werde ich es mir als Erstes vorknöpfen.«

»Befürchtet Ihr etwa, dass ich Euch nicht alles sage, was ich weiß?«

»Ich denke einfach, wir sollten die gleiche Wissensbasis haben. Das macht die Sache leichter.«

»Na schön«, sagte er. »Wenn Ihr mich braucht, ich bin in der Drachenabteilung.«

Sie sah ihm nach, als er sich entfernte, dann setzte sie sich hin und schlug das Buch auf. Die erste Zeile, gedruckt in großer, geschwungener Schrift, sprang sie förmlich an.

Magie ist Energie, unbezähmbar.

Sie blätterte beinahe zu rasch durch die Seiten und versuchte, beim Überfliegen den Sinn der Worte zu erfassen. Magie war Energie, Wildheit, Natur, so las sie. Sie war ein Teil der Welt, aber unabhängig von einzelnen Individuen. Nur einige wenige Menschen konnten sie aus der Luft schöpfen und beeinflussen.

Doch das traf auf Aurora nicht zu. Zumindest soweit sie wusste. Ihre Zauberkraft war jedes Mal einfach aus ihr herausgebrochen. *Du brennst förmlich vor Magie*, hatte Celestine zu ihr gesagt. Die Energie entlud sich immer dann, wenn ihre Gefühle am stärksten waren, und sie schien stets aus *ihr* selbst heraus zu entstehen, aus ihrer Wut, ihrem Frust oder ihrer Angst.

Sie legte das Buch aufgeschlagen auf den Boden und nahm eine Kerze von einem nahen Tisch. Sie starrte den Docht an.

Wenn Magie aus der Luft kam, dann müsste sie sie herausfiltern können. Sie atmete tief ein und versuchte, Magie zu erspüren, suchte nach einer Spur von Feuer.

Nichts. Sie schloss die Augen und versuchte es erneut, aber wieder mit demselben Ergebnis. Sie öffnete die Augen und probierte diesmal, den Docht mit Willenskraft zu entzünden. Noch immer nichts.

Sie war nicht wirklich überrascht. Ihre Magie zeigte sich nie, wenn Aurora es wollte. Aber sie musste lernen, sie zu beherrschen und Zugang zu der Energie finden, die in ihrem Inneren schlummerte.

Sie starrte den Docht an und beschwor ihn zu brennen. Sie dachte an Flammen, an ihre eigene lodernde Wut. Wie es sich das letzte Mal angefühlt hatte, als sie vor Zorn explodiert war.

»Wenn Ihr meine Bibliothek niederbrennt, werde ich Euch das niemals verzeihen.«

Sie fuhr erschrocken hoch. Finnegan stand an der Treppe, ein Buch unter den Arm geklemmt.

»Ich war nicht im Begriff, die Bibliothek in Brand zu stecken. Ich habe bislang gar nichts gemacht.«

»Läuft's nicht gut?«

Sie legte die Kerze auf den Boden. »In dem Buch steht, dass man die Magie aus der Luft schöpfen muss«, sagte sie. »Aber das fühlt sich irgendwie falsch an.«

Finnegan trat neben sie. »Ihr meint, man muss sie eher aus sich heraus lenken?«

»Vielleicht«, sagte sie. »Aber das würde allem, was in dem Buch steht, widersprechen.«

»Aber der Autor hat *Euch* nie kennengelernt.« Er hob das Buch auf und wog es in seinen Händen. »Ihr seid die Einzige in Alyssinia, die über Magie verfügt, sonst niemand. Es wäre also nur einleuchtend, wenn Ihr Eure eigene Magiequelle hättet. Genau wie die Drachen.«

Aber das erklärte nicht, warum sie anders sein sollte. Sie sah auf die langen Reihen von Büchern vor ihnen, auf die dicke Staubschicht, die zeigte, wie alt dieses Wissen teilweise schon war. Es würde eine Ewigkeit dauern, sie alle zu lesen. Ihre Eltern hatten ihr als Kind nie erlaubt, irgendwelche Bücher über Magie zu lesen, so als würde allein die Erwähnung genügen, um den Fluch auszulösen. Sie hatten sie völlig im Dunkeln gelassen über all die Dinge, die sie am nötigsten wissen musste.

»Der König von Alyssinia hat behauptet, dass die Magie des Königreichs gestohlen wurde. Ist so etwas überhaupt möglich? Könnte das der Grund sein, warum sie verschwunden ist?«

»Ich weiß nicht«, sagte Finnegan. »Sie kann nicht wirklich gestohlen worden sein, oder? Sie hat ja niemandem gehört. Mir scheint vielmehr, dass sie einfach verbraucht wurde. Es gab einst Magie in Vanhelm, bis sie dann mehr und mehr verschwand. Und es gab einst Magie in Alyssinia, bis sie dann irgendwann nicht mehr da war. Vielleicht ist sie wie eine natürliche Quelle, die irgendwann erschöpft ist.«

»Dann habe ich offenbar mehr davon bekommen, als mir

zusteht«, sagte Aurora. Sie nahm wieder die Kerze in die Hand. »Wie soll ich nur lernen, meine Zauberkraft zu benutzen, wenn es niemanden gibt, der damit Erfahrung hat?«

»Erst mal braucht Ihr einen geeigneteren Ort zum Üben«, sagte Finnegan. »Wo die Gefahr nicht so groß ist, dass Ihr Tausende unbezahlbarer Bücher vernichtet und meinen ewigen Hass heraufbeschwört.«

»Ich würde es glatt drauf ankommen lassen«, erklärte Aurora lächelnd.

»Ich muss jetzt zu einer Besprechung«, sagte Finnegan. »Ihr recherchiert derweil weiter und unterdrückt bitte den Drang, meine Bücher zu verbrennen. Ich sehe, was ich tun kann.«

Aurora verbrachte den Rest des Nachmittags inmitten staubiger Bücher und unterbrach ihre Lektüre nur, um zu essen. Die Seiten der Bände waren vergilbt und brüchig, einige drohten, zwischen ihren Fingern zu zerfallen, aber ihre veraltet anmutenden Texte bargen keine neuen Erkenntnisse. Sie alle beschrieben Magie als eine äußerliche Kraft, auf die nur einige wenige Einfluss nehmen konnten. Sie berichteten von großartigen Taten, die mit Hilfe von Magie vollbracht worden waren, von Kräften, die Ernten gesteigert und Dürren beendet hatten, von Zauberei, mit der Menschen beeinflusst oder auch getötet wurden, aber jedes Mal schöpfte der Zaubernde etwas aus der Luft, das dann zur Entfaltung gebracht oder auch in böser Absicht in etwas Dunkles verwandelt wurde. Niemand hatte jemals Feuer aus sich selbst heraus erzeugt. Und wenn doch, hatte nie jemand davon berichtet.

Wirklich mächtige Zauberer waren wohl selten. Einige Menschen bedienten sich der Magie, um kleinere Aufgaben zu bewältigen, und es gab relativ viele Heiler, doch nur ganz wenige verstanden sich darauf, mit Hilfe von Magie wirklich Einfluss auszuüben, Kontrolle zu erlangen oder etwas zu vernichten. Es war nur eine Handvoll männlicher Zauberer, die herumreisten und sich ihre besondere Fähigkeit teuer bezahlen ließen. Und hin und wieder eine furchterregende Hexe.

Laut der Bücher war Alysse die erste von ihnen gewesen.

Aurora beugte sich tiefer über das Buch und verfolgte den Text Zeile für Zeile mit dem Finger. Alysse war die Heldin ihrer Kindertage gewesen, aber aufgrund ihrer eigenen Erlebnisse seit ihrem Erwachen hatten die Geschichten von der gütigen, magischen Königin einen bitteren Beigeschmack bekommen.

Die Berichte schienen ihre Vorbehalte zu bestätigen. Anfangs war es noch die altbekannte Geschichte: Alysse war die Tochter eines der Siedler, die über das Meer setzten, um nach Alyssinia zu gelangen, und für die Leute war sie die letzte Bewahrerin vanhelmischer Zauberkraft, eine fleischgewordene Erinnerung daran, was Vanhelm hätte sein können, wenn die Magie dort nicht verschwunden wäre. Sie hatte von ihrer Begabung nichts geahnt, bis sie Alyssinia erreichten, eine Landschaft wie ein endloser Wald, wo die Magie noch unberührt war. Das Land, das alle anderen schroff zurückwies, schien flüsternd zu ihr zu sprechen, und sie brachte ihrem Volk bei, dieses Flüstern zu verstehen.

Doch je weiter Aurora blätterte, desto mehr wich die Geschichte von der Version ab, die sie kannte. Alysse wurde zu mächtig, hieß es da. Sie konnte den Bäumen befehlen, sich vor ihr zu verneigen, und den Flüssen, ihre Richtung zu ändern, und Vögel pflückte sie mühelos im Flug aus der Luft. Am Ende fürchteten die Menschen sich vor ihr. Ein Mädchen, das mit der Natur sprechen konnte und machte, dass das Land sie willkommen hieß, war liebenswert, nützlich. Doch eine Frau, die so viel Macht besaß und dermaßen kühn, furchtlos und absolut unbeugsam war, war etwas anderes. Sie trauten dieser Zauberin nicht, die mit bloßen Gedanken so viel geschehen lassen konnte. Und so ermordeten sie sie wenige Tage vor ihrer Krönung. Die Alyssinier waren neuer Chancen und der Magie wegen übers Meer gereist, erschraken aber davor, als sie beides in den Händen ihrer einst so geliebten Tochter liegen sahen.

Aurora setzte sich auf die Fersen. Bislang hatte sie noch nie etwas davon gehört, aber angesichts dessen, was sie am eigenen Leib erfahren hatte, erschien ihr das Ganze glaubhaft. Und welche Version war wahrscheinlicher: eine wunderschöne Königin, die einfach verschwand, oder eine Prinzessin, die man gewaltsam noch vor der Thronbesteigung verschwinden ließ, weil sie zu mächtig geworden war?

Vielleicht hatte Alysse es aber geschafft, denjenigen zu trotzen, die sie aus dem Weg räumen wollten. Vielleicht hatte sie regiert und war glücklich und zufrieden gewesen, und die Wahrheit hatte sich auf der anderen Seite des Meeres zu einer Legende verdreht.

Aurora wusste selbst nicht so genau, was sie glauben sollte. Alysse war möglicherweise nicht Alyssinias erste Königin gewesen, aber sie war Alyssinias erste Hexe. Und das, so wurde Aurora bewusst, brachte Gefahr mit sich.

ACHT

Finnegan kehrte nach dem Abendessen in die Bibliothek zurück und führte Aurora durch eine Tür, die von der zweiten Galerie abging. Der Raum dahinter war klein und rechteckig, mit einem Tisch in der Mitte, einigen Kisten, die an der Wand standen, und einer leeren Feuerstelle.

»Das hier ist das Verbindungszimmer zwischen der Bibliothek und meiner Suite. Ich dachte, das wäre ein guter Ort zum Üben, darum habe ich es leergeräumt.«

»*Ihr* habt es leergeräumt?«

»Meine Diener haben es leergeräumt«, korrigierte er sich. »Wie auch immer, in den Kisten sind jede Menge Kerzen, und nirgendwo stehen Bücher herum, die Opfer der Flammen werden könnten. Ich dachte mir, das würde helfen.«

»Ja«, entgegnete sie. »Danke.« Sie trat an eine der Kisten heran und begutachtete die Kerzen darin. Sie waren alle von verschiedener Größe und Farbe, so als glaubte Finnegan, dass die Nuancen des Wachses den entscheidenden Unterschied machen könnten. Sie suchte eine rechteckige Stumpenkerze heraus und stellte sie auf den Tisch. Dann ging sie einen Schritt zurück und blickte konzentriert auf den Docht.

»Wartet!« Finnegan machte einen Schritt auf sie zu. »Die Kette. Die sollten wir vorher noch ablegen. Mir wäre nämlich eindeutig lieber, Ihr würdet nicht das gesamte Schloss abfackeln.« Er fasste an die Halskette und fingerte den Verschluss auf. Mit einem zarten Kitzeln glitten die Metallglieder über ihren Nacken, als er sie abnahm.

Der Drachenanhänger war klein, und doch vermisste Aurora augenblicklich sein Gewicht auf ihrer Brust. Sie legte ihre Hand an die Stelle, wo er eben noch gelegen hatte.

»Glaubt Ihr denn, der Anhänger war schuld, dass meine Magie in diesem Dorf in Alyssinia so außer Kontrolle geraten ist?«

»Möglich«, sagte er. »Aber das finden wir besser nicht in meiner Suite heraus.«

Finnegan zog sich wieder in den Hintergrund zurück, und Aurora richtete ihre Aufmerksamkeit erneut auf die Kerze. Das Einzige, was sie tun musste, war, sie zu entzünden. Das hatte sie schon einmal getan. Und so starrte sie den Docht an und versuchte, ihn zum Gehorsam zu zwingen. *Brenne!*

Nichts geschah.

Sie spürte, wie Finnegan sie beobachtete. Ausharrte. Voller

Spannung ihre Magie erwartete. »Habt Ihr nichts zu tun?«, fragte sie.

»Wollt Ihr mich loswerden, Drachenmädchen?«

»Nein«, sagte sie. »Aber habt Ihr keine Angst? Ich bin völlig ahnungslos, was meine Zauberkraft angeht. Einmal hätte ich fast Rodric in Brand gesteckt. Findet Ihr das nicht ein wenig ... nervenaufreibend? Es wäre jedenfalls sicherer für euch, den Raum zu verlassen.«

»Nervenaufreibend?« Finnegan lachte. »Aurora, es ist phänomenal! Ihr besitzt die Macht, *Feuer* heraufzubeschwören und Dinge in Brand zu setzen. Ihr blickt einem Drachen ins Auge und überlebt es. Wie könnte ich nicht dabei sein wollen, um das zu erleben!«

»Weil ich *Euch* in Brand setzen könnte.«

»Ich wusste ja gar nicht, dass Ihr so um mein Wohl besorgt seid. Aber ich kann Euch beruhigen, Aurora. Ich werde mir alle Mühe geben, nicht Euren Zorn zu erregen.«

Jetzt war sie es, die lachen musste. »Und Ihr meint, das schafft Ihr?«

»Nein«, sagte er. »Aber dieses Risiko gehe ich gern ein.«

Sie strich sich eine Strähne aus dem Gesicht und starrte auf die Kerze. »Das Problem ist, dass ich keine Ahnung habe, wie ich es anstellen soll. Ich habe schon einmal versucht, willentlich eine Kerze zu entzünden. Und es hat nicht funktioniert. Kein einziges Mal. Immer nur aus Versehen. Und immer nur in Situationen, in denen ich viel zu aufgewühlt war, um bewusst daran zu denken. Es passierte einfach.«

»Dann solltet Ihr es vielleicht nicht so krampfhaft darauf anlegen«, entgegnete Finnegan. »Hört auf, Euch auf das Entzünden der Flamme zu konzentrieren.«

»Ich soll mich also darauf konzentrieren, sie *nicht* zu entzünden?«

»Ich will damit sagen«, erwiderte er, »dass Handlungen keine reine Willenssache sind. Wenn Ihr bloß denkt: ›Lauf!‹, bewegt Ihr euch noch kein Stück vorwärts. Ihr könnt das Laufen nicht *denken*. Ihr müsst es tun.«

Sie fuhr sich mit den Fingern durchs Haar. »Das stimmt so nicht«, sagte sie. »Kinder zum Beispiel denken bestimmt über das Laufen nach und welche Muskeln sie bewegen müssen. Und wie soll ich denn üben, ohne über das, was ich tue, nachzudenken?«

Finnegan trat an sie heran und legte ihr eine Hand auf die Schulter. »Na ja«, sagte er mit leiser Stimme. »Wie hat es sich denn das letzte Mal *angefühlt*, als Ihr Magie benutzt habt?«

Sie schloss die Augen und tastete nach der Erinnerung, nach dem Hauch Magie, den sie sich selbst verboten hatte zu spüren. Es fühlte sich nach Macht an, nach Verzweiflung, und so, als hätte sie die Grenzen ihres Körpers überwunden. *Gefährlich.*

Doch jetzt, während sie in diesem schummrigen Raum stand, spürte sie nichts außer sich selbst. Arme, Beine, goldblonde Locken – sie war sich der vier Wände um sie herum und der damit verbundenen Enge nur allzu bewusst.

»Es ist schwierig«, sagte sie. »Etwas zu fühlen, was man nicht wirklich fühlt.«

»Aber wenn Ihr es vor kurzem schon einmal gefühlt habt, dann könnt Ihr es auch wieder fühlen.«

Sie dachte an das erste Mal, als sie, eingesperrt in ihrem Zimmer im Schloss von Petrichor, versucht hatte, eine Kerze zu entzünden. Was den Funken seinerzeit entfacht hatte, war ihre Frustration darüber, dass sie so unsagbar nutzlos war. Dass sie lächelte und knickste und einfach nur zusah, wie ihr Leben zerrieben wurde. Dass selbst ihre eigenen Eltern sie verraten hatten. Dass alle sie feierten, ohne sie als Person mit Gefühlen und Träumen zu sehen.

Sie bündelte all diese Gedanken, und dann drängte sie vor. *Licht*, dachte sie, *Licht*.

Aber nichts passierte. Kein Lüftchen regte sich.

Sie kniff die Augen fest zusammen. Sie konnte Feuer beschwören, den Beweis dafür hatte sie mit eigenen Augen gesehen, aber jetzt glomm nicht mal der leiseste Funke. War sie nur in Alyssinia dazu imstande, wo die Erinnerung an Magie noch frischer war? Oder *sollte* Magie unbezähmbar sein?

Finnegan ließ seine Hände an ihrem Arm heruntergleiten. »Habt Ihr von Eurer Zauberkraft gewusst, bevor Ihr in den Schlaf gefallen seid?«

»Nein«, sagte Aurora, »habe ich nicht.«

»Wenn es so einfach wäre, sie zu gebrauchen, hättet Ihr schon viel früher etwas davon gemerkt. Es musste erst viel passieren, bevor sie das erste Mal zutage trat. Ist doch klar, dass sie schwer zu kontrollieren ist.«

»Aber davor hatte ich auch noch nie versucht, Magie zu benutzen.« Es gab keine Beweise, ob sie damals überhaupt schon Magie *besessen* hatte. Sie war frustriert gewesen. Sie war wütend gewesen. Aber sie hatte nie etwas zum Brennen gebracht.

Möglicherweise war die Zauberkraft ein Überbleibsel des Fluchs, Reste von den Energien, die beim Versuch, sie aufzuwecken, benutzt worden waren. Möglicherweise gehörte die Magie ja gar nicht ihr.

Celestine hatte Aurora erzählt, dass sie mit Hilfe eines Zaubers entstanden war, der Teil der Abmachung zwischen ihrer Mutter und der Hexe gewesen war. War das der Grund, warum sie über Magie verfügte? War ihre Zauberkraft ein Extra, das Celestine diesem Handel beigemischt hatte?

»Vielleicht lässt sie sich ja gar nicht bändigen. Vielleicht ist genau das Bestandteil des Fluches? Celestine hätte mir doch niemals Zauberkräfte verliehen, die ich nach Belieben einsetzen kann, oder?«

»Vielleicht«, sagte Finnegan, »allerdings glaube ich das nicht.« Sie konnte seinen Atem an ihrem Ohr spüren. »Denkt einfach nicht so viel darüber nach. Versucht, das Feuer aufzuspüren. Vertraut darauf, dass es da ist. Schnappt es Euch.«

»Es ist da«, sagte sie. Das verkohlte Dorf war der Beweis. »Es ist … Es kommt, wenn ich wütend bin. Wenn ich Angst habe, mich bedroht fühle, dann ist es plötzlich da, ohne dass ich einen Gedanken daran verschwendet hätte. Aber sonst ...«

Sonst konnte sie nicht die kleinste Spur Feuer entdecken. Wie sollte sie etwas bändigen, das nur dann zum Vorschein kam, wenn sie aufhörte, es bändigen zu wollen?

»Na ja«, sagte Finnegan gedehnt. »Im Grunde werdet Ihr doch gerade die ganze Zeit bedroht. Wenn man bedenkt, was König John plant.«

»Also sollte ich ständig Angst haben, um mächtiger zu werden?« Das hörte sich nicht nach Stärke an. »Nein«, sagte sie. »Ich müsste wütend sein.« Genau in solchen Momenten hatte sie ihre Zauberkraft benutzt. Wenn sie Hass gegen den König verspürte, Hass gegen Rodric oder Hass gegen sich selbst. Wenn sie Dinge brennen sehen wollte. »Wir reden hier von Feuer«, sagte sie. »Feuer hat keine Angst.«

Sie sah sich wieder die Kerze an und sammelte ihre Gedanken. Als Erstes dachte sie an die Wut, die sie auf sich selbst hatte, weil sie so nutzlos gewesen war, weil sie in ihrem Streben, alles richtig zu machen, so viel Schaden angerichtet hatte. Dann schob sie diese Gedanken beiseite. Ihre Magie sollte sie stark machen, und sie konnte nicht stark sein, wenn sie sich selbst niedermachte.

Stattdessen tauchte sie ein in dieses schwelende Gefühl des Verraten-worden-Seins ... König John, der ihr an ihrem Hochzeitstag drohte; das Rasseln des Schlüssels, als Iris die Tür zu ihrem Zimmer abschloss; Celestine, die ihr hungriges Lächeln zeigte; Tristan, der sie vom Dach aus anstarrte, während auf dem Schlossplatz Blut vergossen wurde. Und dann drang sie noch tiefer vor zu jenen ungerechten Gedanken, die sie selbst nicht wahrhaben wollte: dass sie wütend auf Rodric war, weil er sie aufgeweckt hatte. Zornig auf die Menschen von Alyssinia, weil diese glaubten, sie wäre ihrer aller Rettung. Und auf ihre eigene Mutter, die einen Handel mit einer Hexe abgeschlossen hatte, obwohl sie genau wusste, dass das nicht gutgehen konnte. Keiner von ihnen hatte ihr je eine Wahl gelassen. Keiner von ihnen hatte sie je wie einen echten Menschen behandelt. Sie wollte nicht ihre Rettung sein, wollte nicht ihre Königin sein, aber sie scherten sich keinen Deut darum, was *Aurora* wollte. Der Druck in ihrer Brust wuchs, in ihren Ohren rauschte es. Sie dachte nicht *Licht*, sondern packte das Gefühl und schleuderte es gegen die Kerze.

Sie ging in Flammen auf.

Finnegan sprang nach vorn und löschte das Feuer. »Vielleicht ein bisschen kleiner das nächste Mal«, sagte er. »Kerzen haben Dochte, wisst Ihr.«

»Ich soll meiner Wut freien Lauf lassen, dabei aber nur ein kleines Feuer entfachen?«

»Nicht freien Lauf«, sagte er. »Umarmt sie. Und dann findet den Funken, den Ihr braucht.«

Sie starrte auf den verformten Rest, der von der Kerze noch übrig war. »Es ist nur so, dass … Das Feuer, dieses Gefühl, es strömt einfach aus mir heraus. Vielleicht kann ich versuchen, es zurückzuhalten, und dann irgendwie nur einen Strang davon herausziehen …«

Diesmal trat die Magie sachter zum Vorschein. Ein Schwall Energie, ein Funken am Docht der Kerze.

Am Ende des Abends flackerten mehrere Kerzen, und im Kamin brannte ein großes Feuer. Aurora nahm jeden Schlag ihres Herzens wahr. Ihr taten alle Glieder weh, aber es war eine angenehme Müdigkeit.

Sie saß auf dem Boden, die Beine unter den Körper gezogen. Finnegan hatte ihr einen Arm um die Schulter gelegt, ohne dass es ihr etwas ausmachte oder sie ihn wegstoßen wollte. Das stundenlange Üben hatte sie einander nähergebracht. In Einklang. Die vielen Stunden, in denen sie Fragmente ihrer Wut genommen und durch den Raum geschleudert hatte, während er immer noch mehr aus ihr herausgeholt hatte. Insgeheim wollte ihre sture Seite es trotzdem noch allein schaffen, damit die Magie *ihre* Fähigkeit war. Aber selbst wenn sie Finnegan teilhaben ließ und ihn als Partner akzeptierte, würde die Magie dennoch ihr gehören.

»Gut«, sagte Finnegan. »Ich denke, das reicht für heute. Wir sollten aufhören.«

Er drehte den Kopf zu ihr herum, seine Nasenspitze war nur wenige Zentimeter von ihrem Gesicht entfernt. Wenn er sich nur ein kleines Stück nach vorn beugte, könnte er sie küssen.

Sie sah auf seinen Mund.

Es lag gewiss am Schummerlicht, am Kerzenschein, dass sie so durcheinander war. Aber ihr Herz schlug schneller, und ihr stockte der Atem, als er beinahe unmerklich näher kam.

Er würde sie küssen.

Das durfte sie nicht zulassen. Nicht jetzt, nicht, wo alles so verwirrend war, nicht, wo sie darauf angewiesen war, dass dieses Bündnis funktionierte. Sie drehte den Kopf weg. »Ich bin erschöpft«, sagte sie. »Ich sollte mich ausruhen.«

»Keine Sorge«, sagte er und lehnte sich wieder zurück. »Ich werde Euch nicht küssen.«

»Warum nicht?« Die Worte waren heraus, noch ehe sie es verhindern konnte. Sie hatte etwas ganz anderes sagen wollen. *Ich will gar nicht von Euch geküsst werden* vielleicht. Oder: *Was sollen diese Andeutungen? Untersteht Euch.* Einen Moment lang war da etwas zwischen ihnen gewesen, aber das bedeutete noch lange nicht, dass sie sich danach verzehrte, von ihm geküsst zu werden.

»Ich warte darauf, dass Ihr *mich* küsst. Ich finde, *Ihr* seid schon oft genug geküsst worden. Aber wenn Ihr *mich* küssen würdet, dermaßen überwältigt vor Verlangen, dass Ihr einfach nicht widerstehen könntet … also, das wäre doch etwas Besonderes, oder?«

Sie stand auf. »Da könnt Ihr lange warten.«

Er erhob sich ebenfalls, vollkommen ruhig, und lächelte sein irritierendes Lächeln. »Keine Sorge, Aurora«, sagte er im Hinausgehen. »Das Warten wird sich lohnen.«

Etwas fühlte sich anders an, als Aurora am nächsten Morgen erwachte. Eine Zofe hatte offenbar das Fenster geöffnet, um zu lüften, und der Raum schien einen Tick zu grimmig, einen Tick zu kalt.

Aurora rollte sich auf die Seite und kroch tiefer unter ihre Decke.

Eine Rose lag auf dem Kissen neben ihr. Der Stängel war mit einem Stück Papier umwickelt. Aurora setzte sich auf, und das Haar fiel ihr wirr ins Gesicht. War das ein Scherz von Finnegan, eine Anspielung auf gestern Abend? Sie nahm die Rose. Nur ein einziges Wort stand auf dem Zettel: *Bald*. Aurora erkannte die Handschrift. Sie hatte sie an der Wand ihres Turmes gesehen, eingebrannt in den Stein.

Celestine.

Celestine war hier gewesen. In dieser Stadt, in diesem

Schloss, in ihrem Schlafzimmer, während sie schlief. Aurora ließ die Rose fallen und krabbelte hastig aus dem Bett, wobei sie einen großen Bogen um die Blume machte, so als befürchtete sie, von ihr gebissen zu werden.

Sie drehte sich einmal um sich selbst. Celestine war nicht hier. Sie war nirgends in diesem Zimmer, lauerte in keiner Ecke und wartete, dass Aurora sie bemerkte.

Aurora riss die Zudecke vom Bett herunter und schleuderte die Kissen beiseite, auf der Suche nach einer weiteren Nachricht, einem weiteren Hinweis. Nichts. Ihr Frisiertisch war unangetastet, genau wie ihr Schreibtisch. Da war nur das offene Fenster und die Rose auf dem Kissen.

Sie hob die Blume auf, wobei sie darauf achtete, nicht an die Dornen zu fassen. Celestine war in ihr Zimmer eingebrochen, während Aurora schlief. Aber wozu? Um ihr zu drohen? Sie zu warnen?

Offensichtlich wusste sie Bescheid, dass Aurora das Zaubern übte. Sie musste gesehen haben, wie sie das Feuer beschworen hatte, und das hier war ihre Art, ihr zu gratulieren. Oder sie zu beunruhigen. Sie wollte Aurora wissen lassen, dass sie in der Nähe war.

Aurora rannte in die Eingangshalle, das Haar noch ganz zerzaust vom Schlaf, die Rose fest in der Hand. Ein Wachmann stand stramm, als sie sich näherte, doch sie war viel zu aufgebracht, um sich um Protokoll und Etikette zu scheren. »Ist heute Nacht irgendjemand ins Schloss gekommen?«, fragte Aurora atemlos. »Eine Frau? Eine Fremde?«

Der Wachmann runzelte die Stirn. »Nein, Miss.«

Doch Celestine besaß die Fähigkeit, die Realität zu verzerren und Leute vergessen zu lassen, was sie gesehen hatten. »Gab es sonst irgendwelche merkwürdigen Vorkommnisse?«, fragte sie weiter. »Irgendwelche unerklärlichen Geräusche, irgendwas in der Art?«

»Ich kann Ihnen versichern, Miss, es ist nichts dergleichen vorgefallen.«

»Seid Ihr sicher?«, sagte sie. »Vielleicht ist jemand durch einen anderen Eingang hereingekommen oder ...«

»Es gibt keine anderen Eingänge«, entgegnete der Wachmann. »Das kann ich Euch garantieren. Ihr seid hier in Sicherheit.«

»Aber ...«

»Was gibt es für ein Problem?« Aurora wirbelte herum. Finnegan eilte auf sie zu. Er hatte die Stirn in Falten gezogen. »Jackson, unser Gast soll sich hier frei bewegen können.«

»Das weiß ich, Eure Hoheit«, sagte der Wachmann mit einer Verbeugung. »Sie wollte wissen, ob heute Nacht jemand Fremdes hier gewesen ist. Aber wie ich bereits sagte, ich habe niemanden gesehen. Alles in bester Ordnung.«

»Wenn Ihr es sagt, dann wird es auch so sein, da bin ich sicher.« Er legte Aurora eine Hand auf den Arm. »Wir werden Euch jetzt auch nicht länger stören.«

Er schob Aurora durch eine Seitentür in eines der Studierzimmer. Sobald sie allein waren, ließ er ihren Arm los und sah sie an. »Aurora«, sagte er. »Wollt Ihr mir vielleicht erklären, was das gerade sollte? Warum seid Ihr im Nachthemd? Und weshalb haltet Ihr eine Rose in der Hand?«

Aurora ließ ihren Blick durchs Zimmer wandern, halb damit rechnend, einen weiteren Hinweis auf Celestines Gegenwart zu entdecken. Die Hexe beobachtete sie. Vielleicht sogar genau in diesem Augenblick.

»Aurora?«

»Ach, nichts«, sagte sie. Sie atmete tief durch. »Ich wollte mich nur vergewissern, dass die Wachen hier auch gut aufpassen. Oder ob Leute kommen und gehen können, wie es ihnen beliebt.«

»Natürlich können die Leute nicht kommen und gehen, wie es ihnen beliebt. Wir werden die Soldaten von König John nicht so einfach hier reinspazieren lassen.«

»Aber es gibt bestimmt noch andere Wege, um in den Palast zu kommen«, sagte Aurora. Sie fing an, unruhig auf und ab zu gehen, sie konnte einfach nicht still stehen. »Dienstboteneingänge, Geheimgänge. In Petrichor bin ich aus dem Schloss raus und wieder rein, ohne dass mich jemand gesehen hat. Solche Tunnel muss es hier auch geben.«

»Dieses Schloss hier ist nicht so alt wie Eures. Vertraut mir, wir kennen den Grundriss in- und auswendig. Es gibt keine Geheimgänge.« Er beobachtete ihr nervöses Hin und Her. »Ist irgendetwas vorgefallen, Aurora? Wurdet Ihr bedroht?«

»Nein«, sagte sie und schüttelte den Kopf. »Ich weiß nicht.«

»Aurora.« Er legte ihr eine Hand auf die Schulter, damit sie endlich stehen blieb. »Was ist passiert?«

Sie blickte in sein Gesicht. Sie hatte niemandem von Celestine erzählt, hatte kein Wort über ihre Existenz oder ihre Drohungen verlauten lassen, doch wenn sie jetzt irgendwo *hier* im Palast war, musste Aurora sich jemandem anvertrauen. Und bei all seinen Marotten war Finnegan trotzdem stets sehr verständnisvoll. Er würde mit ihr gemeinsam überlegen, was zu tun war. »Jemand hat eine Rose in meinem Zimmer hinterlassen.«

»Eine Rose?«

»Ja. Jemand hat sie auf mein Kissen gelegt, während ich schlief. Der Stängel war mit einem Zettel umwickelt. Darauf stand nur ›Bald‹.«

Finnegans Griff um ihre Schulter verstärkte sich. »So raffiniert ist König John nicht. Ominöse Botschaften durch die Blume sind nicht gerade sein Stil.«

»Nein«, sagte Aurora. »König Johns Stil nicht, nein.« Sie schaute zum Fenster. Die aufgehende Sonne warf ihr oranges Licht ins Zimmer. »Aber Celestines.«

»Celestine?« Finnegan machte große Augen. »Die Hexe, die Euch verflucht hat?«

»Ich weiß, das klingt völlig verrückt«, sagte sie, »aber ich habe sie gesehen. Sie ist in Petrichor im Schloss zu mir gekommen und dann kurz nach meiner Flucht noch einmal auf der Straße. Sie sagte …« Die Worte schienen fast zu gefährlich, um sie laut auszusprechen. »Sie wollte, dass ich mich ihr anschließe. Sie sagte, das sei meine Bestimmung.«

»Aber Ihr habt nein gesagt.«

»Natürlich! Sie meinte, sie würde mich weiter beobachten, aber ich dachte nicht ... Ich dachte, jenseits des Meeres wäre ich in Sicherheit. Aber nun ist sie hier. Ich bin erst seit zwei Tagen in Vanhelm, und sie ist bereits hier.«

»Glaubt Ihr, sie will Euch angreifen?«

»Nein«, erwiderte Aurora. »Ich weiß nicht.« Sie fuhr sich mit der Hand durch die Haare und verheddere sich mit den Fingern in den Strähnen. Wenn Celestine sie angreifen wollte, hätte sie es bereits vor Wochen getan. Dazu hatte es zahlreiche Gelegenheiten gegeben. »Sie spielt mit mir. Will mich nervös machen. Sie will, dass ich mich aus freien Stücken dafür entscheide, mich ihr anzuschließen. Aber ich weiß nicht, wie sie darauf kommt, dass ich das je tun würde. Was denkt sie, wird passieren? Wieso glaubt sie, ich würde mich mit der Frau zusammentun, die mich verflucht hat?«

»Was hat sie Euch angeboten?«, sagte Finnegan. »Dafür, dass Ihr Euch mit ihr verbündet?«

»Antworten. Die Beherrschung meiner Magie. Rache.«

»Klingt doch alles recht vielversprechend.«

»Sie hat mich verflucht. Wie kann sie annehmen, dass ich mich mit ihr verbünden würde?«

Celestine musste eine furchtbare Zukunft voraussehen, wenn sie glaubte, Aurora würde je ihre Magie mit ihr teilen wollen.

»Hat sie denn gesagt, was sie von Euch will?«

»Nur andeutungsweise. Aber ich weiß, dass sie Magie will. *Meine* Magie. Sie schien nicht mehr ... ganz bei Kräften zu sein.« Sie sah Finnegan an, während sie krampfhaft nach den richtigen Worten suchte. »Sie hat mir etwas von meiner Magie gestohlen. Durch eine Schnittwunde an meiner Wange. Ich glaube, sie denkt, dass sie dadurch ihre Macht zurückerlangen kann. Aber ich wüsste nicht *wie*. Wie ist es möglich, dass ausgerechnet *ich* Magie besitze und niemand sonst?«

»Vielleicht weil Ihr geschlafen habt?«, vermutete Finnegan. »Vielleicht hat sie so in Euch überdauert.«

»Ja«, sagte Aurora wieder. »Vielleicht.« Das würde erklären, warum Celestine dermaßen besessen von ihr war. Aber warum nahm sich Celestine dann nicht einfach so viel Magie, wie sie brauchte? Warum spielte sie mit ihr und schickte ihr subtile Drohungen?

»Sie will Euch verunsichern«, erklärte Finnegan. »Aber Ihr müsst nichts tun, was Ihr nicht tun wollt.« Er ließ sie los. »Doch Ihr könntet Euch die Sache zunutze machen«, fuhr er fort. »Bestimmt weiß sie mehr über Eure Magie als irgendjemand sonst. Ihr könntet so tun, als würdet Ihr auf ihr Angebot eingehen, um ihr Informationen zu entlocken …«

»Nein«, sagte Aurora. »Celestine ist gefährlich. Ich weiß nicht, was sie mit meiner Magie tun würde.«

»Vielleicht solltet Ihr sie einfach fragen?«

»Nein«, entgegnete sie. »Ich kann ihr nicht trauen.«

»Aber wenn Ihr sie besser kennenlernen würdet, findet Ihr möglicherweise auch mehr über Eure Magie heraus. Und über den Fluch. Die Drachen. Sie weiß darüber bestimmt Bescheid.«

»Dann werde ich eben selbst recherchieren«, erwiderte Aurora. »Ich gehe sämtliches verfügbares Material über die letzten hundert Jahre durch, alles über Celestine, bevor ich verflucht wurde. Ich drehe jeden Stein um. Ich kann Antworten finden, ohne sie zu fragen.« Allerdings würde das von Vanhelm aus schwierig sein. Sie müsste Gerüchten und Geheimnissen auf den Grund gehen, die über ein Jahrhundert zurücklagen, während sie Hunderte von Kilometer von dem Ort entfernt war, wo diese Ereignisse stattgefunden hatten. Womöglich würde sie gar nichts herausfinden können.

Sie strich sich eine Haarsträhne aus dem Gesicht. »Ich gehe mich jetzt ankleiden«, erklärte sie. »Und dann ziehe ich mich in die Bibliothek zurück. Das ist ein guter Ausgangspunkt.«

»Soll ich Euch zu Eurem Zimmer geleiten?«

»Ich finde selbst den Weg.«

»Ich dachte nur, in Anbetracht der Rose solltet Ihr ein wenig vorsichtiger sein. Ich kann jemanden schicken, der vor Eurer Tür Wache hält, wenn Ihr wollt.«

»Oh.« Das war überaus fürsorglich von ihm. »Danke, aber mir wird schon nichts passieren.« Celestine wollte ihr Angst einjagen. Aurora durfte keine Schwäche zeigen.

Sobald sie angezogen war, kehrte sie in die Bibliothek zurück und stieg die Stufen zur Magieabteilung hinauf. Es musste sich hier doch irgendetwas finden lassen, das ihnen weiterhalf!

In ein paar Büchern wurde Celestine in der Tat erwähnt,

aber ansonsten enthielten sie nicht viel Brauchbares. Offenbar war Celestine zum ersten Mal zwanzig Jahre vor Auroras Geburt gesichtet worden und zum letzten Mal anlässlich des Banketts, bei dem sie der Babyprinzessin mit einer Nadel in den Finger gestochen und sie mit dem Schlaffluch belegt hatte. In der Zeit dazwischen, so hieß es, lebte sie in einem Turm im Wald, zu dem die Menschen pilgerten, um auf der Suche nach Hilfe mit der Hexe einen Handel abzuschließen.

Einige Bücher stellten sie als rachsüchtige Hexe dar, die das Königreich aus purem Vergnügen verfluchte, andere jedoch berichteten, dass sie sich aus allen Angelegenheiten heraushielt, es sei denn, man bat sie um Hilfe.

Ein Autor behauptete, man habe sie ungerechterweise für die Probleme des Königsreichs und das Verschwinden der Magie verantwortlich gemacht. Aurora hätte das Buch am liebsten an die Wand geschleudert. Was immer Celestine auch getan oder nicht getan haben mochte, sie hatte Aurora verflucht, als sie gerade mal fünf Tage alt war. Sie hatte Auroras Leben zerstört. Sie war auf keinen Fall das Opfer.

»Aurora?«

Finnegan stand in der Mitte der Bibliothek und reckte den Hals, um zu den Galerien hochzuspähen. »Seid Ihr hier?«

»Ja«, sagte sie und stand auf. »Ich bin hier.«

Mit einem dumpfen Knall ließ Finnegan einen dicken Stapel Papier auf den großen Tisch der Bibliothek fallen. »Was ist das?«, fragte Aurora, als sie die Treppe hinunterstieg.

»Sämtliche diplomatische Dossiers der letzten hundert Jahre, die Alyssinia betreffen. Ein paar haben bereits hundertzwanzig Jahre auf dem Buckel.« Er hievte einen zweiten Stapel auf den Tisch. »Sie sind zwar bestimmt nicht so aufschlussreich wie die Dokumente in Alyssinia, aber irgendetwas lässt sich darin sicher finden. Ich fand es am sinnvollsten, gleich die Quelle anzuzapfen.«

»Das ist ja phantastisch!«, sagte Aurora. »Wo habt Ihr die Schriftstücke her?« Sie nahm das Blatt, das zuoberst auf einem der Stapel lag. Darauf standen ein paar Notizen und Abkürzungen, in einer Handschrift, die nahezu unleserlich war. Die Seite darunter enthielt eine Auflistung von Geschenken, die nach einem diplomatischen Treffen ausgetauscht worden waren.

»Ich bin ins Archiv gegangen und habe sie mir einfach genommen«, erklärte Finnegan. »Einer der Vorteile, wenn man der Prinz ist.«

Aurora setzte sich und nahm weitere Seiten vom Stapel. Sie würden jede Menge unbrauchbarer Information sichten müssen, haufenweise belanglose Details, aber es mussten auch wertvolle Hinweise zu finden sein.

Celestine wurde so gut wie nie erwähnt, genauso wenig wie Magie. In einem Schriftstück, das schon neunzig Jahre alt war, wurden Zweifel laut, ob sich Alyssinia aufgrund seines erschöpften Magievorkommens noch länger als Verbündeter eignete. Und ein Dokument noch älteren Datums erwähnte eine Dürre, für die »eine Hexe« verantwortlich gemacht worden war, »die oft dem Vorwurf ausgesetzt ist, das Königreich ins Verderben stürzen zu wollen«. »Beweise gibt es dafür augenscheinlich keine«, hatte der Botschafter weiter notiert, »aber die Alyssinier sind nun mal ein verbohrter, abergläubischer Haufen.« Aurora und Finnegan trugen alle Erwähnungen von Magie zusammen und sortierten sie nach ihrem Datum, in dem Versuch, eine Chronologie ihres Niedergangs zu erstellen. Aber das Ergebnis mehrerer Stunden mühevoller Arbeit fiel spärlich aus. Celestine waren diverse Gräueltaten zur Last gelegt worden, und die Magie war versiegt. Nichts, was sie nicht schon vorher gewusst hätten.

Finnegan hielt Aurora ein Blatt Papier hin. »Ich glaube, das hier dürfte Euch interessieren«, sagte er.

Es war ein Brief, der zwei Tage nach Auroras achtzehntem Geburtstag geschrieben worden war. Die Prinzessin, so war darin zu lesen, sei durch einen Fluch in einen Schlaf gefallen. Der Botschafter warnte vor drohender Unruhe im Land, da der König Jagd auf die für das Unglück verantwortliche Hexe machen ließ, und bemerkte, dass diese »abergläubischen Alyssinier« verzweifelt nach einem Weg suchten, die Prinzessin wieder zu erwecken. Eine Überlegung sei es, das Mädchen möglicherweise durch den Kuss eines Prinzen zu retten; vielleicht könnte Vanhelm ebenfalls einen Kandidaten aussenden. Die Prinzessin aufzuwecken wäre ein nicht zu verachtender diplomatischer Coup.

Es war verstörend zu lesen, mit welch analytischer Präzision ihre eigene Notlage dargelegt wurde. Aurora legte das

Blatt in die passende Lücke der Zeitleiste und nahm sich ein neues, bemüht, das Zittern ihrer Hand zu überspielen.

Finnegan beobachtete sie. Sie weigerte sich, ihn anzusehen.

»Warum machen wir nicht eine kleine Pause und gehen etwas nach draußen«, sagte er.

»Wir haben noch viel Arbeit vor uns«, entgegnete sie. »Da liegen so viele Schriftstücke, die alle noch gelesen werden müssen.«

»Und die liegen alle noch da, wenn wir zurückkommen.« Behutsam zog er ihr das Blatt Papier aus den Fingern, das sie sich gerade genommen hatte. »Wir müssen unsere Gedanken sammeln und den Kopf frei machen.«

Sie atmete tief aus. Ihre Schultern waren verspannt, und zwischen ihren Schläfen pochte es leise, aber sie mussten zügig weiterarbeiten. Sie konnten jetzt nicht einfach gemütlich durch die Gegend spazieren.

»Also *ich* für meinen Teil brauche jedenfalls eine Pause«, sagte Finnegan und stand auf. »Kommt schon. Ich zeige Euch noch ein bisschen mehr von der Stadt.«

Sie wusste, was er da tat. Er hatte ihre steifen Schultern bemerkt und wie tief erschüttert sie war von dem Brief, von Celestines Rose und allem, was geschehen war. Es war beinahe schon rührend, wie er versuchte, sie loszueisen, ohne ihr das Gefühl zu geben, dass eigentlich *sie* es war, die sich dringend ausruhen musste.

Aber das Schloss zu verlassen wäre riskant. »Distel hat mich bereits ein wenig herumgeführt.«

»Oh, aber Vanhelm verändert sich doch dauernd«, sagte er. »Wer weiß, ob alles noch genauso aussieht wie gestern?« Er nahm ihre Hand.

»Und die Spione von König John?«

»Wenn sie wissen, dass Ihr hier seid, dann wissen sie, dass Ihr hier seid. Solange ich und meine Wachen bei Euch sind, werden sie nichts tun können.«

»Weil Ihr so ungemein abschreckend seid?«

»Ja, sicher.«

Sie wollte tatsächlich gern noch mehr von der Stadt sehen. Und dabei dem Druck entfliehen, ihre Magie verstehen lernen zu müssen, und der Bürde, alle Hoffnungen erfüllen zu wollen – wenigstens für ein paar Stunden. Wenn sie zurück wäre, könnte sie sich wieder ihrer Verantwortung stellen. Und insgeheim wollte sie auch wissen, wohin Finnegan sie führen würde. Wollte sein Grinsen sehen und sein Lachen hören, ohne an höfische Konventionen oder an Drachen denken zu müssen.

Eine kleine Pause konnte nicht schaden.

»Gut«, sagte sie. »Zeigt mir Eure Stadt.«

Der Wind peitschte auf sie ein, als sie die Straße hinuntergingen, zerrte an Auroras Umhang und blies ihr das Haar ins Gesicht.

»Der legt sich gleich wieder«, rief Finnegan gegen das Brausen an. Er ergriff Auroras Hand, seine Haut fühlte sich angenehm warm an. Sie gingen Richtung Norden, während in einigem Abstand hinter ihnen eine Eskorte folgte. Der kühle Wind stach Aurora in die Wangen. Sie vergrub ihr Kinn im Kragen ihres Umhangs.

»Na schön, Reisende«, sagte Finnegan. »Was wollt Ihr als Erstes unternehmen?«

»Ich dachte, Ihr wolltet mir Vanhelm zeigen«, sagte sie. »Also, zeigt mir Vanhelm.«

»Ich habe da auch schon einen Ort im Sinn, der Euch bestimmt gefallen wird.«

Die Straßen wurden immer belebter. An den Kreuzungen standen wieder Unheilsverkünder und warnten die vorübergehenden Passanten lautstark vor dem Weltuntergang, aber nur wenige Leute beachteten sie. Finnegans Wachen verschwanden im Getümmel. Ein paar Leute schienen Finnegan zu erkennen – ein Mädchen stieß ihrer Freundin mit dem Ellenbogen so heftig in die Seite, dass diese beinahe hinfiel –, aber niemand machte Anstalten, ihn anzusprechen.

Sie näherten sich einem quadratischen, zehnstöckigen Gebäude, an dessen Stirnseite eine Reihe Büsten von Fabelwesen stand. Ein Einhorn, das den Kopf zurückgeworfen hatte, und ein Drache, der mit geblähten Nüstern die Zähne bleckte.

Ein kleiner Junge versuchte, die stachlige Mähne des Einhorns zu erklimmen, und rutschte ab, worauf sein Freund laut loslachte.

»Was ist das?«, fragte Aurora.

»Das Museum«, antwortete Finnegan. »Ich fand, dass Ihr hervorragend hierher passt.«

Sie war so verblüfft, dass sie lachte. Sie verpasste ihm einen spielerischen Schubs, und er tänzelte geduckt zur Seite, bevor er wieder neben sie trat. »Also Finnegan, eigentlich seid *Ihr* ja der Ältere von uns beiden. Insofern gehört Ihr wohl eher in ein Museum.«

»Das ist wahr«, sagte Finnegan. »Ich werde nie wieder achtzehn sein. Aber *ich* kann mich nicht ans letzte Jahrhundert erinnern.«

Sie ging über seine Bemerkung hinweg und hielt geradewegs auf den Museumseingang zu. Drinnen stellte sie mit Erstaunen fest, dass die Ausstellung keine alten Relikte und Gedenkstücke vergangener Schlachten zeigte, sondern Kunst. Von Tonscherben über opulente Gemälde bis hin zu halbzerfallenen Steinstatuen und Bronzeabdrücken strotzten die Räume nur so von Formen und Farben.

»Das ist doch kein Museum«, sagte sie.

»Es ist ein Kunstmuseum. Sagtet Ihr nicht, Ihr würdet Euch mit Geschichte schon gut auskennen? Ich wollte Euch nicht langweilen.«

Sie schlenderten langsam durch die Säle, ließen sich ziellos durch die Ausstellung treiben. Vor einem großen Ölgemälde, das eine ganze Wand einnahm, blieb Aurora stehen. Ein blondes Mädchen kauerte in einem Wald, über ihrer ausgestreckten Hand flatterte eine kleine Fee. Das Mädchen schien unsicher, ob sie angesichts der Magie Angst oder Freude empfinden sollte. Aurora konnte es ihr nachfühlen

Ein anderes Gemälde mit violettem Nebel, der einen verfallenen Turm einhüllte, war skurrilerweise düster und farbenfroh zugleich. In der Mitte stand ein junges Mädchen, mit grimmig verzogener Miene und einem Schwert in der Hand. Aurora ging mit dem Finger bis auf wenige Millimeter an das Bild heran. Es schnürte ihr die Kehle zu.

»Das hier ...«, presste sie hervor. »Es erinnert mich an ein Buch, das ich mal gelesen habe.«

»*Die Dunklen*? Von Rosamund Frith?«

»Ja! Habt Ihr es gelesen?«

»Nur an die zehnmal oder so. Bei diesem Gemälde hier muss ich auch immer daran denken. Ich wollte es für das Schloss erwerben, aber meine Mutter möchte nicht, dass wir Kunst zur privaten Nutzung aus dem Museum entfernen.«

»Es ist so ein großartiges Buch. Die Szene im Turm? Als ihre Gedanken Realität werden und so alles immer unheimlicher wird, je größer ihre Angst wird? Danach habe ich kein Auge mehr zugetan.«

»Ich hätte ja eher gedacht, Ihr habt ein Faible für Liebesgeschichten, Aurora.«

»Es gibt doch eine Liebesgeschichte in *Die Dunklen*.«

»Zwischen dem Mädchen und dem Dämon.«

»Es ist trotzdem eine Liebesgeschichte, oder etwa nicht?« Sie betrachtete wieder das Gemälde, folgte mit den Augen der schwungvollen Pinselführung. »Und zwar eine realistischere als dieser ganze Wahre-Liebe- und Bis-an-ihr-Lebensende-Unfug.«

»Mit solchen Dingen kennt Ihr Euch vermutlich besser aus.«

Sie linste zu ihm rüber, aber er schien sie nicht zu verspotten. »Kommt«, sagte sie. »Ich möchte mir noch die anderen ansehen.«

Viele der Bilder zeigten Motive, die leicht phantastisch anmuteten. Sämtliche Gemälde, die Aurora aus Alyssinia kannte, waren entweder Portraits oder Landschaftsdarstellungen, diese hier jedoch erzählten Geschichten. Die Menschen darauf wirkten wie mitten in ihrem Tun erstarrt, so als würden sie einfach weitermachen, sobald Aurora den Blick abwandte.

Sie bogen um die nächste Ecke, und Aurora blieb wie angewurzelt stehen. Dann eilte sie auf ein kleines Gemälde an der rückwärtigen Wand zu, das in sanften Blau- und Grautönen gehalten war. Ein schwarzhaariges Mädchen stand barfuß an einem steinigen Strand mitten im aufgewühlten Wasser. Ihre Füße waren halb im Sand vergraben, und die zurückströmende Gischt malte schaumig wirbelnde Muster auf die Wasseroberfläche. Ihr Haar war vom Wind zerwühlt, wie im Einklang mit den tosenden Wellen.

»Das hier«, sagte sie. »Kennt Ihr die Geschichte dazu?«

»Ich kenne zwar viele Geschichten über das Meer«, sagte er. »Aber keine davon erinnert mich in irgendeiner Weise an dieses Bild.«

»Ich kenne nur eine.« Doch während Aurora das zerzauste Haar des Mädchens betrachtete, war sie sicher, dass das Bild auf jener Geschichte basierte.

»Erzählt sie mir.«

Aurora unterdrückte den Drang, den Schaum auf der Leinwand zu berühren. »Na gut«, sagte sie. »Es war einmal ein Mädchen, das lebte am Meer. Jeden Tag ging sie ans Ufer, tauchte ihre Füße ins Wasser und blieb dort stehen, bis sie mit den Knöcheln im Sand versunken waren.« Für die kleine Aurora, die eingesperrt in ihrem Turm nur die Aussicht auf den Wald kannte, hatte das höchst geheimnisvoll geklungen. Sie hatte nicht gewusst, wie sich das Meer anfühlte oder wie

Sand beschaffen war, oder wie es möglich war, durch bloßes Stehen darin zu versinken, aber die Vorstellung davon hatte sich ihr eingeprägt. »Jeden Tag fragte sich das Mädchen: ›Was ist da draußen?‹, und überlegte, ob sie es wohl erfahren würde, wenn sie nur lange genug dort stehen bliebe. Ob sie je eine Antwort bekäme. Sie kehrte jeden Tag ans Ufer zurück, Jahr für Jahr, stand im Sand und malte sich aus, was sie da draußen erwartete.«

»Und dann eines Tages erschien aus dem Nichts eine Hexe und half ihr?«

»Nein«, sagte Aurora. »In dieser Geschichte gibt's keine Hexe. Eines Tages glaubte das Mädchen, etwas im Wasser zu sehen, weit entfernt am Horizont. Ein Lebewesen oder ein Schiff, irgendetwas. Sie wusste nicht, was, aber sie konnte den Blick nicht davon losreißen, und so zog sie die Füße aus dem Sand und ging einen Schritt tiefer ins Wasser hinein. Nur ein Schritt noch, dachte sie, und ich kann vielleicht sehen, was es ist. Sie ging weiter und immer weiter, bis ihr das Wasser bis an die Knie reichte, dann bis zur Taille. Ihr Rock bauschte sich auf und trieb schaukelnd auf den Wellen. Und doch watete sie immer weiter, denn *irgendetwas* war da draußen, und sie hatte nun schon so lange gestanden und gewartet, wie festgewachsen, jetzt wollte sie endlich Gewissheit. Bald schon schwebte das Mädchen im Wasser, und das Land lag weit hinter ihr, ein zweiter Strich am Horizont, und doch konnte sie das Ding im Wasser nicht erkennen.«

»Schaffte sie es bis ans andere Ufer?«

»Nein«, sagte Aurora. »Sie ertrank auf offener See. Die Strömung zog sie nach unten, und sie konnte den Kopf nicht länger über Wasser halten. Von ihr blieb nichts übrig als ihre Fußabdrücke im Sand.«

Finnegan musterte ihr Gesicht. »Und das ist Eure Lieblingsgeschichte, Aurora?«

»Nein, nicht meine Lieblingsgeschichte«, entgegnete sie bedächtig. Aber sie hatte sie immer sehr gemocht, denn sie war ein melancholisches Kind gewesen. Etwas daran hatte ihr Herz gerührt. »Mach dich nicht auf den Weg ins Ungewisse. Das will die Geschichte wohl eigentlich sagen. Auch wenn ich sie so nie verstanden habe, sondern eher wie … Mach dich nicht unvorbereitet auf den Weg. Dieses Mädchen hat jahrelang nur dagestanden und geschaut. Vielleicht hätte sie in dieser Zeit ja einfach schwimmen lernen sollen. Aber wie auch immer, letztlich ist sie dort gestorben, wo sie sein wollte.«

»Sie ist auf dem Weg gestorben.«

»Sie wollte sehen, was da draußen im Meer war. Und das hat sie getan. Also, mir wäre das lieber so, als das Mädchen zu sein, das ewig am Strand wartet.« Sie biss sich auf die Zunge. Sie redete zu viel. Finnegan würde sich bestimmt über sie lustig machen und sie eine hoffnungslose Romantikerin nennen. Doch stattdessen strich er ihr sacht das Haar über die Schulter nach hinten. Seine Fingerspitzen streiften ihren Nacken.

»Ihr seid nicht sie«, sagte er. »Ihr seid hier, nicht wahr? Und Ihr wart klug genug, Euch in ein Boot zu setzen.«

Sie drehte leicht den Kopf und sah ihn an. Er war sehr groß, bemerkte sie plötzlich. Fast einen Kopf größer als sie.

»Wollen wir weitergehen?«, fragte er. »Ihr habt noch gar keins der Drachengemälde gesehen.«

Auch die Drachenbilder strotzten vor Vitalität und Dynamik, mit lodernden Flammen und feurig glühenden Augen. Fasziniert starrte Aurora die Kreaturen an, wie in Bann geschlagen von den leuchtenden Farben und der unglaublichen Kraft, bis sie die überschatteten Gestalten wahrnahm, die geduckt in den Bilderecken hockten.

Sie zwang sich, weiterzugehen.

Sie waren auf dem Weg zurück ins Schloss, als Aurora ihn sah. Wuscheliges braunes Haar, diese für ihn typische Art, sich einen Weg durchs Gewühl zu bahnen. Der Schock des Wiederkennens war wie ein Schlag in die Magengrube.

Tristan.

Sie blieb so abrupt stehen, dass Finnegan um ein Haar gegen sie prallte. Sie drehte sich in die Richtung um, in die der junge Mann gegangen war, doch er war nicht mehr zu sehen. Das konnte unmöglich Tristan gewesen sein. Er befand sich auf der anderen Seite des Meeres, wo er für seine Revolution kämpfte. Es gab viele Jungen mit braunem Haar, und sein Gesicht hatte sie nur sehr flüchtig gesehen. Er konnte es nicht gewesen sein.

»Aurora?«, sagte Finnegan. Er hatte sich ebenfalls umgedreht. »Was habt Ihr gesehen? Einen von Johns Männern?«

Sie konnte es ihm nicht erzählen. Wie würde er reagieren,

wenn der Verdacht im Raum stand, dass sich einer der Rebellen in seiner Stadt aufhielt? »Nein«, sagte Aurora. »Nein. Ich dachte … Ich dachte, ich hätte Distel gesehen. Aber sie war es nicht.«

Finnegan sah nicht so aus, als würde er ihr glauben.

ELF

Distel war in ihrem Zimmer und flocht ihr langes schwarzes Haar zu einem aufwändigen Kranz. Sie hob den Blick, als Aurora an die Tür klopfte und eintrat.

»Aurora«, sagte sie. »Was ist los?«

»Kann ich dir ein Geheimnis anvertrauen? Versprichst du mir, Finnegan nichts davon zu sagen?«

»Kommt drauf an, was es ist.« Die Hände in einem schmerzhaft aussehenden Winkel verdreht, flocht Distel die Nackensträhnen mit ein. »Falls du vorhast, dich gegen ihn zu stellen, solltest du es mir besser nicht auf die Nase binden. Willst du mir jedoch erzählen, was für ein furchtbarer Flegel er ist, dann ist dein Geheimnis bei mir sicher.«

»Und angenommen, ich wollte, dass du etwas für mich herausfindest? Etwas, was nichts mit Finnegan zu tun hat. Wovon er aber nichts wissen soll. Noch nicht, jedenfalls.«

Distel hielt im Flechten inne. »Was ist passiert?«

»Ich glaube, ich habe Tristan gesehen.« Sie kam sich lächerlich vor, als sie es laut aussprach. »In Vanhelm. Heute. Also, ich bin nicht sicher, aber ... irgendwie sah er so aus. Aber Tristan ist in Petrichor. Oder?«

»Etwas anderes habe ich jedenfalls nicht gehört«, sagte Distel. »Doch Petrichor ist zurzeit kein sicherer Ort für einen Rebellen. Jetzt, wo der König die Revolution gewaltsam zerschlagen lässt. Vielleicht hat er das Land ja verlassen.«

»Aber er würde dort nicht weggehen«, sagte Aurora. »Er wollte den Aufstand. Er wollte Gewalt. Da wäre er doch nicht jetzt geflohen.«

»Vielleicht hat er festgestellt, dass die Idee und die Wirklichkeit der Revolution nicht ein und dasselbe sind. Oder vielleicht hofft er ja auch, hier Unterstützung zu finden.«

Aurora ging nahe der Tür auf und ab. Das war möglich. Doch es erschien ihr nicht einleuchtend. »Dann hättest du das aber sicher erfahren. Von einem Rebellen, der Unterstützer sucht, hättest du doch gehört.«

»Vielleicht. Aber ich höre auch nicht alles.« Distel fuhr mit dem Frisieren fort. »Willst du, dass ich ihn finde?«

»Ich will wissen, ob er wirklich in Vanhelm ist. Und wenn ja, warum er hier ist. Meinst du, das kriegst du heraus? Ohne dass Finnegan es erfährt?«

Distel schwieg einen Moment lang, während sie die letzte Strähne einflocht. »Gibst du mir mal die Nadel da?«, sagte sie und deutete mit einem Nicken auf ihre Frisierkommode.

Aurora gab sie ihr. »Danke. Also, möglich wär's schon. Aber in der Stadt wimmelt es von Menschen, und falls er irgendwo untergetaucht ist, dürfte es schwer werden, ihn zu finden. Vor allem, weil wir nicht mal wissen, ob er wirklich vor Ort ist. Aber ich werde es versuchen, Aurora. Ich lasse es dich wissen, sobald ich irgendetwas herausfinde.«

Unter den gegebenen Umständen konnte Aurora nicht mehr erwarten. Sie wusste nicht einmal, welche Antwort sie sich erhoffte. Tristan hatte ihr in Alyssinia eine Menge Probleme bereitet, aber womöglich hatte er nützliche Informationen. Vielleicht hatte er Neuigkeiten. Sie durfte sich die Gelegenheit, mit ihm zu sprechen, nicht entgehen lassen. »Danke«, sagte sie. »Ich möchte es … einfach nur wissen.«

»Ich kann nichts versprechen, Aurora«, sagte Distel. »Aber ich werd's versuchen.«

An diesem Abend sträubte die Magie sich wieder. Aurora vermochte kaum einen Funken zu entfachen und ging schließlich erschöpft und gereizt zu Bett. Als sie am nächsten Morgen erwachte, lag keine Rose auf ihrem Kissen, was sie jedoch nicht beruhigte. Bestimmt beobachtete Celestine sie immer noch.

Aurora war bereits in der Bibliothek und blätterte in den Dossiers, als Finnegan auftauchte.

»Ich habe etwas höchst Merkwürdiges bekommen«, sagte er statt einer Begrüßung. Sie drehte sich um und sah ihn die Stufen von seiner Suite herunterkommen, ein Stück zusammengerolltes Papier in den Händen. »Die liebe Königin Iris hat mir einen Brief geschrieben. Findet Ihr das nicht auch sehr bemerkenswert?«

»Ihr seid bei Ihr zu Gast gewesen«, erwiderte Aurora. »Sie ist eben ausgesprochen höflich.«

Er näherte sich dem Tisch. »Eigentlich würde man meinen, es gibt derzeit genug andere Dinge, um die sie sich Sorgen machen müsste, nach dem Tod ihrer Tochter und angesichts der Tatsache, dass das Königreich vor einem Bürgerkrieg steht. Und doch hat sie mir den zuvorkommendsten, überflüssigsten Brief geschrieben, den ich je erhalten habe. Sie ergeht sich in Nettigkeiten, dankt mir, dass ich zu Eurer Hochzeit gekommen bin, entschuldigt sich für den Tumult, nichts Überraschendes also, und dann plötzlich dies: *Hoffentlich werde ich Vanhelm alsbald einen Besuch abstatten können, um sein legendäres Feuer mit eigenen Augen zu sehen. Meine Tochter Isabelle war von dieser Vorstellung stets begeistert, aber mein Mann mag Seereisen nicht. Zudem würde er aus Sicherheitsgründen eine solche nur unter schwerer Bewachung antreten, aber da die Suche nach der Hochstaplerprinzessin derzeit alle unsere verfügbaren Kräfte bindet, ist dies natürlich nicht möglich.* Seltsam, oder. Dass es Iris in solch bewegten Zeiten nach einem Urlaub verlangt?«

»Vielleicht ist es reine Höflichkeit«, erwiderte Aurora. »Nichts als das leere Versprechen eines Gegenbesuchs.«

»Vielleicht«, sagte Finnegan. »Aber hört Euch noch den Rest an: *Ich habe das Gefühl, dass wir alle seit dem Tod meiner Tochter in Gefahr sind. Das Unheil kann unerwartet zuschlagen, genau dann, wenn wir uns in Sicherheit wähnen. Bitte schreibt mir zurück, zu meiner Beruhigung, damit ich weiß, dass Ihr Vanhelm wohlbehalten erreicht habt. Und hütet Euch vor den Gefahren jenseits des Meeres. Die Lage ist bedrohlicher denn je.*« Finnegan sah Aurora über den Rand des Briefes hinweg an. »Jenseits des Meeres gibt's keine Drachen, dafür aber die Soldaten des Königs.«

»Meint Ihr, er bedroht Vanhelm?«

»Ich glaube, Iris weiß, dass Ihr hier seid. Sie mag unausstehlich sein, aber sie ist auch sehr klug. Und wenn *sie* es weiß, dann weiß John es auch. Sie warnt Euch.«

»Er ist nicht annähernd so klug wie sie«, entgegnete Aurora. Sie streckte die Hand aus, nahm den Brief entgegen und las ihn noch einmal durch. »Wenn sie es ihm nicht gesagt hat, dann ...«

»König John verdächtigt Vanhelm ständig irgendeines Verrats«, erklärte Finnegan. »Dass Ihr hierher geflohen seid, war mit Sicherheit einer seiner ersten Gedanken. Und Iris ist nicht durch und durch schlecht. Vielleicht will sie Euch schützen.«

Ihrem Eindruck nach hatte Iris sich stets mehr um ihren Sohn und den Thron gesorgt als um Auroras Wohl. Allerdings hatte sie zum Ende hin versucht, Aurora in Schutz zu nehmen, als der König sie bedroht hatte. Sie hatte getan, was sie für richtig hielt.

Und sie würde Rodric beschützen wollen, was auch immer das bedeutete.

»Könnt Ihr dem alyssinischen Hof eine Nachricht zukommen lassen, ohne dass jemand davon erfährt?«, fragte Aurora.

»Ihr wollt Iris schreiben?«

»Nein«, sagte sie. »Aber Rodric. Er hat keine Ahnung, was mit mir geschehen ist, und ich weiß nicht, was mit ihm ist. Wenn es also irgendeinen Weg gäbe, ihn zu kontaktieren, ohne dass jemand etwas davon mitbekommt … Dafür wäre ich sehr dankbar.«

»Ich schicke ihm eine Nachricht«, sagte Finnegan.

»Danke.« Aurora las den Brief noch einmal durch. »Sie bezeichnen mich jetzt also als Hochstaplerin.«

»Na ja, die wahre Prinzessin, die ihnen verheißen worden war, würde sich niemals gegen sie wenden.«

»Wollen sie damit etwa behaupten, dass die *wahre* Aurora irgendwo versteckt ist?«

»Bisher ist mir nichts dergleichen zu Ohren gekommen«, sagte Finnegan. »Aber ich denke nicht, dass sie davor zurückschrecken würden, wenn es ihnen helfen würde. Dann finden sie eben jemanden Neues, der Eure Rolle übernimmt.«

Sie würden mit Leichtigkeit irgendein Mädchen finden, das sich für ein bequemes Leben im Schloss bereitwillig als ihr Aushängeschild benutzen ließ. Der König würde wieder die Oberhand gewinnen, und die echte Aurora würde man als Hochstaplerin jagen, die ihre Position missbraucht hatte, um das halbe Königreich in Flammen aufgehen zu lassen.

»Er wird nicht einfach abtreten, stimmt's?«, sagte sie. »Er wird kämpfen.«

»Natürlich wird er kämpfen, Aurora. Das wusstet Ihr aber schon.«

»Ja, sicher«, sagte Aurora. »Ich habe nur ... Ich habe gehofft ...« Die Worte wollten ihr nicht über die Lippen. »Ich will nicht kämpfen«, sagte sie. »Das Blutbad bei der Hochzeit, das Feuer im Dorf ... So etwas will ich nie wieder verursachen. So etwas will ich auch nie wieder mit ansehen. Aber er wird mich dazu zwingen. Er wird dafür sorgen, dass es wieder passiert.«

»Es sei denn, Ihr macht einen Rückzieher«, sagte Finnegan. »Und überlasst ihm das Feld.«

Die Vorstellung war beinahe verlockend. Sie könnte weit weggehen und müsste sich nie wieder verantwortlich fühlen. Aber dann erinnerte sie sich an den Gesichtsausdruck der Bäckerin, daran, welche Hoffnung die Menschen in sie setzten. »Das kann ich nicht«, sagte sie. »Und ich will es auch nicht. Ich wünschte nur, meine Magie wäre so stark, dass er von sich aus auf einen Kampf verzichtet. Wenn ich ihn einschüchtern oder so mächtig erscheinen könnte, dass er aus reinem Selbstschutz kapituliert ... aber ich weiß nicht, wie ich das erreichen soll, ohne dabei viele Menschen zu töten.«

Finnegan schwieg einen langen Moment und sah sie einfach nur an. In seinen Augen lag wieder dieses wilde Funkeln, mit dem sich ankündigte, dass er gleich etwas Gefährliches vorschlagen würde.

»Was ist?«, fragte sie.

»Was ist mit den Drachen?«

Sie runzelte die Stirn. »Was soll mit ihnen sein?«

»Ihr habt eine Verbindung zu ihnen«, sagte er. »Was, wenn

Ihr Euch die Drachen zunutze machen könntet? Wenn sich Eure und ihre Kräfte bündeln ließen? Wenn Ihr in Begleitung der Drachen in Alyssinia auftaucht, würde es niemand mehr wagen, Euch herauszufordern.«

»Weil sie Todesangst hätten.«

»Aber ihr würdet niemandem weh tun müssen.«

Sie schüttelte den Kopf. »Schon möglich, dass zwischen mir und den Drachen eine besondere Verbindung besteht, aber das heißt noch lange nicht, dass ich sie übers Meer locken und dazu bringen kann, Alyssinia zu bedrohen, ohne das Königreich dabei zu zerstören. Wir wissen beide, wie Vanhelm aussieht, Finnegan. Wir wissen doch beide, dass nur der Fluss die Stadt vor der Vernichtung bewahrt.«

»Wenn Ihr sie so weit bändigen könntet, dass sie Euch bis nach Alyssinia folgen, dann könntet Ihr sie auch so beherrschen, dass sie niemanden angreifen. Oder nur auf Befehl. Denkt drüber nach, Aurora. Niemand würde es mehr wagen, sich Euch in den Weg zu stellen.«

»Ich denke bereits darüber nach«, erwiderte sie. »Und es ist nicht möglich.«

Aber es wäre eine unglaubliche Macht. Davor konnte sie nicht die Augen verschließen. Nicht, solange Celestine sie beobachtete, und nicht, wenn die Notwendigkeit, *etwas* zu unternehmen immer dringender wurde.

Und insgeheim musste sie zugeben, dass sie die Vorstellung reizvoll fand. Die glühende Hitze der Drachen, die geballte Kraft ihrer Magie, die ihr den Rücken stärkte.

»Irgendjemand muss früher schon mal in der Lage gewesen sein, sie zu bändigen«, sagte Finnegan. »Die Menschen leben bereits seit Tausenden von Jahren in Vanhelm. Irgendwie müssen sie damals friedlich mit den Drachen koexistiert haben. Wir wissen nicht viel über vanhelmische Magie, bevor sie versiegt ist. Vielleicht war sie genauso geartet wie Eure?«

»Woher sollte ich vanhelmische Magie besitzen?«, fragte Aurora.

»Eure Vorfahren stammten aus Vanhelm, oder nicht? Ihr seid eine direkte Nachfahrin von Prinzessin Alysse. Und man sagt, sie habe über bis dahin ungeahnte Zauberkräfte verfügt.«

»Ich bin keine direkte Nachfahrin«, wandte Aurora ein. »Sondern höchstens weitläufig mit ihr verwandt. Ich weiß nicht. Aber angenommen, ich habe meine Zauberkraft wirklich von ihr geerbt, dann hätte doch jemand anders aus meiner Familie sie auch haben müssen. Und wenn es sich um vanhelmische Magie handelt, dann müsste es auch noch jemanden *hier* in Vanhelm geben, der darüber verfügt. Das alles ergibt keinen Sinn, Finnegan.« Sie lehnte sich nach vorn, die Hände flach auf die Tischplatte gestützt. »Nicht mal Alysse verfügte über meine Art von Magie, richtig?«, sagte sie. »Zumindest laut den Überlieferungen. Sie wusste nicht mal, dass sie zaubern konnte, bis sie nach Alyssinia kam und dort die Energie spürte.«

»Aber das ist bloß eine Legende«, wandte Finnegan ein. »Und Ihr seid der lebende Beweis dafür, dass Legenden nicht immer wahr sind.«

Das Ende von Alysses Geschichte war reichlich verwirrend. Als Kind hatte Aurora gelernt, dass Alysse allseits geliebt worden war, doch hier in den Büchern stand, man hätte sie ermordet, weil sie zu mächtig geworden wäre, und dass das Volk sie abgelehnt hätte. Wer vermochte zu sagen, welche Version stimmte?

»Möglicherweise hatte es ja bereits in Vanhelm Anzeichen für ihre Magie gegeben«, sagte Finnegan. »Weshalb sie dann von hier fort ist.«

»Um einen Ort zu finden, an dem sie sie zur Entfaltung bringen konnte?«

»Oder um zu fliehen. Vielleicht war das der Grund, warum sie übers Meer gefahren sind. Offenbar hatten die Leute von Vanhelm Magie nicht *so* dringend nötig. Sonst wären doch alle den Siedlern gefolgt. Nein, diese Menschen hatten einen guten Grund, warum sie die weite Reise auf sich nahmen, um einen Neuanfang zu machen.«

Aurora klopfte mit einem Stift auf den Tisch und überlegte. Soweit sie wusste, hatte es in ihrer Familie schon seit mehreren Generationen keine Magie mehr gegeben, aber es war schon möglich, dass sie mit Alysse verwandt war. Bisher hatte Aurora noch nie davon gehört, dass Alysse eigene Kinder gehabt hätte, aber einigen Quellen zufolge war ihr nach ihrem Tod eine Cousine auf den Thron gefolgt. Die Aufzeichnungen hierüber waren jedoch zu spärlich und lückenhaft, um ganz sicher zu sein.

Eine entfernte verwandtschaftliche Beziehung, die mehrere hundert Jahre zurücklag, reichte nicht aus als Erklärung für ihre Kräfte. Aber vielleicht der Handel zwischen Celestine und ihrer Mutter? Celestine hatte Aurora gesagt, sie wäre aus Magie gemacht. Und wenn nun Celestines Magie auf die schlafende Drachenkraft gestoßen war ... war das Ergebnis vielleicht Auroras Feuer?

Doch irgendetwas hielt sie davon ab, Finnegan diese Theorie zu unterbreiten. Der geheime Handel zwischen ihrer Mutter und der Hexe, der Gedanke daran, wie Aurora angeblich entstanden war ... das alles schien zu intim, so als würde sie Finnegan unter ihre Haut schlüpfen lassen, indem sie ihm davon erzählte.

»Ich muss mehr über Alysse in Erfahrung bringen«, sagte sie. »Gibt es irgendwelche Aufzeichnungen aus der Zeit, als die Siedler Vanhelm verließen?«

»Vielleicht«, sagte Finnegan, »aber an die ist schwer heranzukommen, insbesondere, wenn irgendetwas Geheimes drinsteht. Und die Menschen erforschen diese Geschichte schon seit Hunderten von Jahren. Jemand hätte schon längst Hinweise auf Alysses frühe Magie gefunden.« Er erhob sich. »Ich habe eine bessere Idee«, sagte er, »auch wenn es vielleicht ein bisschen riskant ist.«

»Sagt es mir.«

»Alysses Familie lebte in einer kleinen Stadt in Vanhelm«, sagte er, »ein Stück weiter flussabwärts. Ihr Wohnhaus wurde in ein Museum umgewandelt. Heutzutage liegt es mitten im Ödland und ist mit Sicherheit größtenteils zerstört, aber ...«

»Aber Ihr glaubt, dass dort eventuell noch ein paar Antworten zu finden sind«, beendete Aurora den Satz. »Antworten, die in keinem Buch stehen?«

»Ihr besitzt Magie«, sagte Finnegan. »Und zwischen Euch und Alysse besteht eine Verbindung. Vielleicht gelingt es *Euch* ja, Geheimnisse aufzudecken, die alle anderen übersehen haben.«

Die Sache hatte allerdings gleich mehrere Haken: die Drachen, zum einen. Dass es absolut notwendig wäre, heimlich zu reisen. Dass es eventuell nur noch eine Museumsruine gab, die keine Antworten mehr barg. Dennoch, schon allein die Vorstellung war aufregend: Wieder den Fluss zu überqueren, den Ort kennenzulernen, an dem Alysee aufgewachsen war, womöglich mit eigenen Augen einen Drachen Feuer speien zu sehen …

»Wann können wir los?«, fragte sie. »Noch heute?«

Finnegan ergriff ihre Hand und zog sie vom Stuhl hoch. »Ich werde sofort alles Nötige in die Wege leiten.«

ZWÖLF

Das Museum entsprach in keinster Weise Auroras Erwartungen. Wie sie aus den Überlieferungen wusste, hatte die Familie von Alysse dem niederen Adel angehört, wobei der Adligenteil vielleicht eher dem Wunschdenken der Biographen entsprungen war. Dennoch hatte Aurora sich immer vorgestellt, Alysse wäre in einem herrschaftlichen Haus aufgewachsen, in einem Gebäude mit Zinnen und Geheimgängen, das von einem dichten Wald umgeben war. Stattdessen war ihr Zuhause ein kleines Steinhaus am Rande einer halbverfallenen Stadt. Ein brüchiges Schild davor hieß die Besucher noch immer im »Haus von Alysse« willkommen.

Die Haustür war restlos verbrannt, und das Mauerwerk drum herum zerbröckelt, so dass nur noch eine gähnende Öffnung übrig war. Aurora trat vorsichtig als Erste hindurch und fand sich in einem unerwartet großen Raum wieder. In der

Mitte stand ein Steintisch, auf dem einige vermoderte Informationsblätter lagen. Aurora nahm eines in die Hand, doch es zerbröselte zwischen ihren Fingern.

Das Zimmer dahinter war anscheinend einst als ein Stück »Geschichte-zum-Anfassen« so hergerichtet worden, wie es zu Alysses Zeiten ausgesehen haben mochte. Unechtes Essen lag auf dem Tisch, neben dem Herd eine Eisenzange, und auf den Stühlen waren sogar noch Reste des alten Polsterstoffs zu erkennen. Ein Schreibtisch, der an der rückwärtigen Wand stand, war originalgetreu erhalten, mitsamt handschriftlich verfasster Notizen, die laut Exponatsschild angeblich aus Alysses Feder stammten und jetzt unter einer schützenden Glasplatte lagen. Die kindliche Schrift hatte übertrieben spitze Buchstaben.

Aurora legte eine Hand auf die Scheibe. Das Papier darunter war der Beweis dafür, dass Alysse eine reale Person gewesen war, vor Hunderten von Jahren. Eine berühmte Königin, die sich mit ganz banalen Dingen beschäftigt hatte.

Niemand könnte Aurora daran hindern, das Glas zu entfernen und die Zettel einfach an sich zu nehmen. Doch auch sie würden bei der leisesten Berührung vermutlich zu Staub zerfallen.

»Spürt Ihr was?«, fragte Finnegan. »Irgendwelche magischen Schwingungen?«

Sie schüttelte den Kopf.

Ganz hinten in der Ecke befand sich eine Wendeltreppe, die sowohl hinauf- als auch hinunterführte. Mehrere Stufen nach oben fehlten, so dass Aurora die erste Stufe nach unten vorsichtig mit dem Fuß testete. Sie schien zu halten. Mit einem letzten Blick zu Finnegan machte sie sich an den Abstieg.

Es gab keine Spinnweben und nur wenig Staub. Mit jeder Windung wurde das Licht schwächer, bis Aurora nur noch das Grau der Wände zu beiden Seiten erkennen konnte. Unten angekommen, konnte sie die eigene Hand nicht vor Augen sehen. Die Luft war klamm und kalt.

Finnegan gab ihr eine Kerze, und sie konzentrierte sich so lange auf den Docht, bis er brannte. Im Schein der Flamme konnte sie einen rissigen Steinboden ausmachen.

Zögerlich trat Aurora tiefer in den Raum hinein und stieß dabei mit dem Fuß gegen etwas Weiches am Boden. Eine Decke. Sie bückte sich, um sie sich näher anzusehen. Sie war in fast tadellosem Zustand, der Stoff zwischen ihren Fingern fühlte sich geschmeidig an. Zu neu, um noch aus der Zeit vor der Dracheninvasion zu stammen.

»Wo sind wir hier?«

»Ich weiß nicht«, sagte Aurora. »Ich dachte, das wäre lediglich der Keller, aber …« Sie hielt die Kerze höher. »Hier hat jemand gewohnt.«

Auf einem Tisch stapelten sich ein paar Bücher, vor allem Romane, die meisten davon Abenteuergeschichten, aber eins davon war die Legende von Alysse, die Aurora inzwischen auswendig kannte. Der Umschlag war in zwei Hälften zerrissen. Darunter lag *Die Geschichte der schlafenden Schönheit*.

Ein Großteil der Seiten war herausgerissen.

Sie sah sich den zerfledderten Rest an. Jemand hatte sich

mit einem spitzen Gegenstand über die verbliebenen Zeichnungen hergemacht und die Gesichter ihrer Eltern, das des Prinzen und ihr eigenes zerschlitzt. Nur eine einzige Seite hatte unbeschadet überstanden. Die Schlussworte waren wie eh und je die gleichen. *Und wir werden alle glücklich und zufrieden sein, bis an unser Lebensende.*

Aurora hielt die Kerze noch ein Stück höher. Jetzt wurden auch die Wände beleuchtet. Sie waren mit Schrift übersät. Kein Zentimeter Stein war frei geblieben, einige Worte waren eingeritzt, die meisten aber mit Tinte geschrieben, die aussah wie getrocknetes Blut. Daneben gab es eine grob skizzierte Karte von Vanhelm, auch sie war über und über bedeckt mit immer den gleichen Worten: *verbrennt sie, verbrennt sie, verbrennt sie.* An einer anderen Wand standen ein paar Kinderreime, und ganz unten am Rand war ein eher kümmerlicher Vers zu lesen: *Feuer, Stein, Knochen, Blut.*

Auf der gegenüberliegenden Seite waren in großen Lettern zwei Worte in die Steinwand gekerbt: *Nur sie.*

»Celestine«, hauchte Aurora. Sie waren zufällig auf Celestines Schlupfwinkel gestoßen. In den sie sich *nach* der Dracheninvasion verkrochen haben musste – sonst wäre sie mit Sicherheit entdeckt worden. Vielleicht wohnte sie sogar noch immer hier.

»Seid Ihr sicher?«, fragte Finnegan.

»Ich kenne ihre Handschrift. Der Zettel an der Rose.« Aurora ging näher an die Wand heran und fuhr mit den Fingern über die eingebrannten Buchstaben. »Das war sie.«

Wieso war Celestine ausgerechnet hierher gekommen? Dieser Ort war zu bedeutungsvoll, um eine zufällige Wahl darzustellen. Aurora schaute wieder auf die Bücher auf dem Tisch. Die Legende von Alysse und das Märchen der schlafenden Schönheit. Das Mädchen mit der uralten vanhelmischen Kraft und eine Prinzessin mit Feuermagie.

Nur sie.

»Das«, sagte Finnegan, »ist in der Tat ein verstörender Anblick. Das und wie Rodric Euch küsst.«

Aurora trat einen Schritt zurück, den Blick starr auf die Wand gerichtet. Unter ihren Füßen knirschte Papier, und sie bückte sich danach.

Es war eine Illustration aus ihrem Buch. Der gezeichnete Finger Auroras schwebte über der Spindel, aber die Spindelspitze und ihre Fingerkuppe waren bereits blutgetränkt.

Genau genommen war das ganze Bild viel roter, als Aurora es in Erinnerung hatte. Rot am Spinnrad, rot auf dem Boden, rote Flecken auf ihrem Kleid.

Mit einem Aufschrei ließ Aurora die Buchseite fallen. Celestine hatte das Blut hinzugefügt. Oder rote Farbe. Aurora hoffte, dass es nur rote Farbe war.

»Blut«, sagte sie. »Seht nur. Sie war geradezu besessen von Blut. Hat sie mich deswegen mit dem Spindelfluch belegt? Wollte sie so an mein Blut kommen?«

Aber wozu sollte Celestine ihr Blut brauchen? Und warum sollte sie es auf so umständliche Weise beschaffen, mit einem Fluch, mit Magie? Weshalb sollte Celestine sich in den

Ruinen von Alysses Haus verstecken und die Wände mit irren Worten über Blut und Feuer vollschreiben?

Vermutlich hatte sie einen bestimmten Plan in Vanhelm verfolgt. Einen Plan, der dann schiefgelaufen war. Einen Plan, der sie gezwungen hatte, sich hier zu verkriechen.

Wieder und wieder wanderte Aurora mit dem Finger über die Worte *Nur sie*. »Seht mal die Bücher da. Sie meint *mich*. Sie wollte mich benutzen. *Verbrenne sie alle.*«

»Verbrenne wen *alle*?«

»Ich weiß nicht. Alle eben.«

»Aber sie hat Euch verflucht«, entgegnete Finnegan. »Wenn sie Euch tatsächlich für ihre eigenen Zwecke benutzen wollte, warum hat sie Euch dann in einen Schlaf versetzt?«

»Ich weiß es nicht«, sagte sie wieder. In ihrem Kopf rasten die Gedanken so schnell, dass ihr schwindlig wurde. Dieses *Nur sie* wirkte beinahe wie ein Schrei – Worte der Verzweiflung. »Was, wenn ich etwas mit dem Erwachen der Drachen zu tun habe? Wenn das Celestines Werk ist?« Die Worte sprudelten nur so aus ihr heraus. »Vielleicht hat *sie* ja die Drachen aufgeweckt? Und vielleicht brauchte sie dazu mein Blut, das Blut von der Spindel ...«

»Aurora.« Finnegan packte sie energisch am Arm, »Ihr redet Unsinn.«

»Aber seht doch«, sagte sie, riss sich los und zeigte aufgebracht auf die Wand. »*Feuer, Stein, Knochen, Blut.* Für irgendwas brauchte sie Blut. Und ihr Fluch ließ mich bluten. Angenommen, sie wollte es dafür? Um die Drachen aufzuwecken, als Teil irgendeines niederträchtigen Plans. Vielleicht ist das der Grund, warum ich diese Verbindung zu den Drachen habe. Aber dann ist irgendetwas schiefgelaufen.« *Nur sie.* »Vielleicht hatte sie vor, die Drachen zu bändigen. Aber das kann sie nicht. Nur ich kann das.« Sie taumelte, als ihr die Tragweite ihrer Worte bewusst wurde. Falls sie recht hatte, dann hatte Celestine sie erschaffen, um zu zerstören. Deshalb hatte die Hexe sie an ihrer Seite haben wollen.

Sie war dazu bestimmt, zu brennen.

Sie stolperte rückwärts, und Finnegan fing sie gerade noch rechtzeitig auf. »Aurora«, sagte er sanft. »Das sind doch alles nur Spekulationen. Ihr wisst es nicht.«

»Nein«, sagte sie. »Vermutlich nicht.« Doch das Blut in ihren Adern brannte heiß, so als wollte es ihr zu verstehen geben, dass sie recht hatte. Sie hatte recht. Genau das war Celestines Plan. Deshalb hatte sie sie verflucht. Deshalb beobachtete sie sie. Aurora konnte das Feuer in die Hand nehmen und es nach ihrem Willen formen.

»Notiert alles, was sie hier hingeschrieben hat«, sagte Aurora schließlich. »Wir müssen vor Einbruch der Dunkelheit fort sein.«

Finnegan widersprach nicht. Sie durchsuchten den Rest des Raums sowie die Zimmer darüber, fanden aber keine weiteren Hinweise auf Celestines Pläne.

Sie wollten gerade wieder auf die Straße hinaustreten, als ein Schatten sich über das Haus legte und die Luft schlagartig heiß wurde. Ein Drache. Der Boden erbebte, als er landete.

Aurora huschte an eines der kaputten Fenster. Der Drache saß direkt vor dem Haus, so nah, dass sein blau schimmerndes Schuppenkleid ihr ganzes Blickfeld einnahm. Finnegan packte sie an der Hand und zerrte sie nach hinten außer Sicht. Der Drache kreischte. Er schlug mit den Flügeln, schleuderte sie krachend gegen das Dach und schrie erneut. Die Luft zischte, und der Drache spie einen Feuerstrahl aus.

Die Worte von den Wänden rasten noch immer in Auroras Kopf herum: *Verbrenne sie* und *nur sie, nur sie*. Eine von Celestine erschaffene Prinzessin, eine Prinzessin mit Magie im Blut, mit einer Verbindung zu Vanhelm und den Drachen. Aurora konnte sich nicht verstecken. Da war ein Drache, gleich hier draußen. *Jetzt*. Sie musste wissen, was er vorhatte.

Sie riss sich aus Finnegans Griff los und war zur Tür hinaus, noch ehe er sie aufhalten konnte. Auf dem Dach des Hauses gegenüber tanzten Flammen, und die Pflastersteine unter den Füßen des Drachen waren geborsten und schwarz.

Der Drache ruckte mit dem Kopf zu Aurora herum, und die Welt schien stillzusehen. Sie starrte direkt in seine schwarzen Augen und spürte, wie das Blut durch ihre Adern pulsierte, die Magie in ihre Fingerspitzen strömte.

»Geh«, befahl sie dem Drachen. »Geh.«

Er legte den Kopf schief und schien einen Moment zu überlegen. Dann spreizte er die Flügel, schwang sich in die Luft hoch und flog davon, während am Himmel eine leuchtende Feuerspur zurückblieb.

DREIZEHN

Aurora hatte recht gehabt. Der Drache hatte ihr gehorcht. Die Drachen sollten ihr gehören.

An diesem Abend fand die Magie mühelos zu ihr, Flammen züngelten durch den Übungsraum und verschwanden so schnell, wie sie gekommen waren. Sie dachte an den Drachen, an seine schimmernden Schuppen, und das Feuer kam wie von selbst, so natürlich wie Atmen. Auch schien es ihr, dass sie die Drachen spüren konnte, das Rauschen ihres Blutes und das Klopfen ihrer Herzen.

Das war die Antwort, nach der sie gesucht hatte, die Lösung, wie sie dem König Einhalt gebieten konnte.

Aber die Magie war beinahe zu stark. Sie machte eine kurze Pause, die Welt um sie herum schien zu schwanken.

Diese Magie war von Celestine erschaffen worden. Sie war dazu bestimmt, zu zerstören. Und so nützlich sie auch war, so mächtig sie auch zu sein schien, sie versetzte Aurora in einen Rausch. Würde sie ihre Zauberkraft jemals wirklich beherrschen? Oder wäre es eher umgekehrt?

Sie ließ sich auf den Boden sinken. Überall um sie herum waren Brandspuren zu sehen.

»Aurora«, sagte Finnegan. Er trat näher an sie heran, die Stirn in Falten gezogen. »Was ist los?«

»Ich muss mich nur mal kurz ausruhen. Ich muss nachdenken.«

Er sah sie einen Moment lang an. »Soll ich gehen?«

»Nein«, antwortete sie und war selbst überrascht, dass sie es auch so meinte. »Nein, geht nicht.« Sie fuhr mit dem Finger über eine verkohlte Stelle am Boden.

»Mir hat heute ein Drache gehorcht«, sagte sie. »Ein Drache.« Eine Kreatur, die eigentlich nicht mal existieren sollte, und sie hatte ihr gehorcht. Sie hatte ihm befohlen zu verschwinden, und er war weggeflogen. Sie nestelte an ihrem Amulett. »Die Nachforschungen, meine Magie. Es funktioniert.«

»Und ist das nun schlecht?«

»Nein«, sagte sie. »Ich weiß es nicht. Wenn Celestine die Drachen mit Hilfe meines Blutes aufgeweckt hat, müsste ich sie doch eigentlich auch wieder in Schlaf versetzen können. Ich kann verhindern, dass sie jemals wieder jemandem etwas zuleide tun. Das ist *gut*.«

»Aber Ihr seid nicht glücklich.«

»Ich mache mir Sorgen«, sagte sie. »Sorgen, dass ich recht

habe. Dass dies alles Teil von Celestines Plan ist. Wenn ich nun lerne, meine Zauberkräfte zu bändigen, könnte ich die Dinge damit am Ende nur noch schlimmer machen.«

»Es gibt keine Beweise, dass Celestine irgendetwas davon absichtlich getan hat«, sagte Finnegan. »Und selbst wenn Ihr recht haben solltet … Ihr seid noch immer Ihr selbst. Magie ist nichts Schlechtes, nur weil Celestine es so entschieden hat. Es kommt darauf an, wie man sie einsetzt.«

»Ich habe ein Dorf bis auf die Grundmauern niedergebrannt«, sagte Aurora. »Ganz allein. Und König John verbreitet das Gerücht, ich hätte noch weitere zerstört. Wenn ich meine Zauberkräfte einsetze, um ihn zu bekämpfen … werde ich so vielen weiteren Menschen Leid zufügen.«

»Schon möglich«, sagte Finnegan. Als er sich neben sie setzte, wirbelten feine Rußflocken in die Luft auf.

»Wie soll ich da weitermachen?«

»Indem Ihr Euch vor Augen führt, dass noch mehr Leute leiden müssen, wenn Ihr es nicht tut. Indem Ihr auf Euch selbst vertraut.«

Aber wenn sie nichts täte, würden die Menschen nicht durch *sie* Leid erfahren. Nicht direkt zumindest. Sie würde nicht ihr Blut vergießen.

»Als ich den Drachen angesehen habe …«, setzte sie an, »als er mich angesehen hat … Danach habe ich mich nicht mehr wie ich selbst gefühlt.«

»Wie habt Ihr Euch denn gefühlt?«

Der Gedanke schien ihr so schlimm, dass sie nicht mehr

als ein Flüstern hervorbrachte. »Mächtig«, sagte sie. »Als gäbe es nichts, was ich nicht tun könnte. Als hätte ich vor nichts mehr Angst.«

Finnegan rückte näher an sie heran. »Und wieso sollte das etwas Schlechtes sein?«

»Es hat mich leichtsinnig gemacht.«

»Manchmal«, sagte Finnegan, »habe ich das Gefühl, dass leichtsinnige Menschen die einzigen sind, die etwas erreichen. All die Vorsichtigen und Vernünftigen sind nämlich viel zu sehr damit beschäftigt, die möglichen Folgen ihres Tuns abzuwägen, um überhaupt je auch nur einen Schritt Richtung Veränderung zu machen.«

Sie grummelte zustimmend. Es musste doch etwas Gutes daran sein. Wahre Macht, die ihr allein gehörte. Vielleicht war dieser Rausch ja nur die erste Phase. Dennoch verursachte das Ganze ihr Bauchschmerzen. Sie wollte die Magie nicht, wenn damit einherging, dass sie Brände entfachen würde.

Sie blies eine verirrte Strähne aus ihrem Gesicht und sah Finnegan an. »Distel hat erzählt, Ihr haltet es für möglich, dass Euch der Thron verwehrt wird«, sagte sie. »Weil Ihr zu leichtsinnig seid. Glaubt Ihr wirklich, dass Eure Schwester Königin wird?«

Aurora rechnete nicht damit, dass er ihr den Themenwechsel so ohne weiteres durchgehen lassen würde, doch er zuckte mit den Schultern. »Gut möglich.«

»Ärgert Euch das?«

Er erwiderte ihren Blick, eine Augenbraue hochgezogen. »Dass ich mein Kronerbe verlieren könnte, weil meine Schwester sympathischer ist als ich?«

»Ich meine …« Sie zog die Knie an. »Wenn Ihr die Wahl hättet, würdet Ihr dann König sein wollen?«

Er starrte ins Kaminfeuer, mit gerunzelter Stirn. Als er schließlich antwortete, sprach er langsam, so als würde er sich jedes Wort genau überlegen.

»Es gibt ein paar Aspekte, die mir am Prinzsein gefallen«, sagte er, »und ich vermute, die würden mir auch am Königsein gefallen.«

»Welche zum Beispiel?«

»Mir gefällt die damit einhergehende Macht«, sagte er. »Mir gefällt es, dass Leute wie Iris nett zu mir sein müssen, obwohl sie mich im Grunde ihres Herzens verabscheuen. Mir gefällt, dass ich so viele Mittel besitze und so großen Einfluss habe. Aber ich bin nicht sicher, ob ich für das Wohl eines jeden Einzelnen im Königreich verantwortlich sein möchte. Ich treffe gern Entscheidungen für *mich*. Ich bezweifle, dass ich Entscheidungen für alle treffen will.«

»Und das ist die Wahrheit?«, fragte sie.

»Und das ist die Wahrheit.«

Sie fuhr mit den Fingern über den Boden und malte verschlungene Muster in den Ruß. Sie bemerkte, dass Finnegan sie aus dem Augenwinkel beobachtete.

Er beugte sich zu ihr. Sie hatte das Gefühl, jeden Millimeter Luft zwischen ihnen zu spüren. »Und vertraut Ihr mir im Gegenzug auch ein Geheimnis an?«

»Ich dachte, ich könnte keine Geheimnisse vor Euch haben«, erwiderte sie. »Ich dachte, Ihr wisst bereits alles über mich.«

»Beweist mir, dass ich unrecht habe.«

Sie drehte den Kopf und sah ihn an. Sogar im Sitzen musste sie den Kopf ein wenig in den Nacken legen, um ihm in die Augen schauen zu können. Sie wollte aufrichtig mit ihm sein, wurde ihr bewusst. Sie wollte etwas von sich mit ihm teilen, warum auch immer. »Ich werde nicht schlau aus Euch«, sagte sie. »Das ist mein Geheimnis.«

»Das ist aber kein großes Geheimnis.«

»Aber es ist die Wahrheit. Ich weiß einfach nicht, was ich von Euch halten soll.«

»Weil ich so unglaublich charmant bin?«

»So ungefähr, ja.«

Er roch noch immer nach Hitze und Asche. Und er war ihr wieder so nah, nah genug, um sie zu berühren, sobald er sich auch nur das kleinste bisschen bewegte.

Als er gesagt hatte, er würde darauf warten, dass *sie* ihn küsste, hätte sie es einfach tun sollen, noch bevor er zu Ende gesprochen hatte, und sei es nur, um sein verdattertes Gesicht zu sehen. Und dann hätte sie jede weitere besserwisserische Bemerkung einfach durch noch mehr Küsse im Keim ersticken sollen. Er hätte gelacht, und sie hätte dabei das Vibrieren seiner Brust gespürt. Aber dann ... hätte er nicht mehr gelacht. Dann hätte er mit seinen Händen ihre Taille umfasst oder vielleicht eine Hand in ihren Nacken gelegt und seine

Finger mit ihrem Haar verwoben. Er hätte sich heruntergebeugt, um sie zu küssen … oder vielleicht hätte er sie auch hochgehoben, erst auf die Zehenspitzen und dann auf den Tisch. Ein dreister Akt, um wieder die Oberhand zu gewinnen.

Sie schaute auf seinen Mund. Sie könnte es jetzt noch tun. Mit der Kraft der Drachen und ihrer Magie im Rücken könnte sie endlich ausnahmsweise ihr Leben in die Hand nehmen und handeln. Sich etwas nehmen, was sie haben wollte.

Seine Mundwinkel zuckten nach oben. Lippen, die sie schon einmal geküsst hatten, in ihrem Turm, obwohl Aurora sich nicht mehr daran erinnern konnte. Weil dieser Weg, eine Allianz einzugehen, fehlgeschlagen war. Denn Finnegan war nicht ihre wahre Liebe, falls der Fluch wahr war.

Sie durfte ihn nicht küssen. Sie musste weg, bevor sie etwas tat, was sie bereuen würde. »Ich sollte mich ein wenig ausruhen«, sagte sie. »Es war ein langer Tag.«

Finnegans müdes Lachen sprach Bände. Er wusste genau, was sie gedacht hatte. Er wusste, warum sie jetzt fortwollte.

Sie stand auf und marschierte ohne ein weiteres Wort davon.

»Ich möchte Finnegan küssen.«

Distel sah sie an und zog eine Augenbraue hoch. Die Sängerin stand in der offenen Tür ihres Zimmers, zurechtgemacht für einen Ball. Ihr rotes Seidenkleid schmiegte sich an ihren Körper, und das dezente Augen-Make-up ließ ihren Blick erstrahlen. Eine kleine drachenförmige Spange hielt ihr Haar zurück. Auf den Schuppen des Drachens glitzerten Rubine.

»Überrascht dich das etwa?«, sagte Distel.

»Nein«, erwiderte Aurora. »Ich weiß nicht. Darf ich reinkommen?«

»Natürlich.« Distel trat einen Schritt beiseite. »Was ist passiert?«

»Nichts ist passiert«, erwiderte Aurora. »Das ist das Problem. Wir haben uns unterhalten – und ich wollte ihn küssen. Ich konnte praktisch an nichts anderes denken.«

»Dann hättest du ihn wohl küssen sollen, was? Meiner Erfahrung nach ist es recht befreiend, wenn man solchen Impulsen nachgeht. Zumindest für den Moment.«

Aurora lachte. »Du weißt, dass ich das nicht tun kann.«

»Und warum nicht? Du willst es. Er will es. Ich verstehe das Problem nicht.«

Aurora ließ sich aufs Bett sinken. »Ich bin nicht sicher, ob ich ihm vertrauen kann.«

Distel drehte sich wieder zu ihrem Spiegel um und legte ein wenig Lippenrot nach. »Und du musst ihm vertrauen, um ihn zu küssen?«

»Nein«, sagte Aurora. »Ich weiß nicht. Aber so langsam tue ich es ja. Ihm vertrauen, meine ich.«

»Umso mehr ein Grund, ihn zu küssen.«

»Aber ich kann nicht.« Wie sollte sie es erklären? Sie konnte ihre Gefühle ja selbst kaum verstehen. »Ich muss vernünftig sein. Ich muss tun, was das Beste für Alyssinia ist.«

»Und wie sieht's damit aus, was das Beste für *dich* ist?«

»Ihn küssen ist auch nicht das Beste für mich.«

Distel sah Aurora in ihrem Spiegel an. »Es ist nur ein Kuss.«

Aber es wäre eben nicht nur ein Kuss. Ihre Küsse mit Rodric waren einfach nur Küsse gewesen, eine publikumswirksame Demonstration von Gefühlen, die sie in Wahrheit nicht empfunden hatte. Finnegan zu küssen würde jedoch etwas anderes bedeuten. Es würde bedeuten, von etwas zu kosten, das sie wollte, und gegen alles zu handeln, was ihr Schicksal ihr vorausbestimmt hatte. Finnegan zu küssen wäre nicht das Ende der Geschichte. Beim Anblick ihrer halbaufgelösten Frisur entwich Distel ein Seufzen. Sie zog die Drachenspange heraus, und ihr Haar fiel ihr wieder vors Gesicht. Dann nahm sie die widerspenstigen Strähnen, zwirbelte sie hoch und steckte sie erneut fest.

Aurora sah auf die Tagesdecke hinunter. In den Stoff waren blaue Kringel eingestickt. »Wir sind heute ins Ödland gefahren«, sagte sie. »Ich glaube … Ich glaube, ich könnte es schaffen, die Drachen zu bändigen.«

»Das ist eine recht kühne Behauptung.«

Aurora nickte.

»Ich habe auf meinen Reisen viel Sonderbares gesehen, aber nichts war so sonderbar wie die Drachen.«

»Finnegan meint, ich könnte sie dazu benutzen, Alyssinia zurückzuerobern. Um König John zu verjagen. Aber ich weiß nicht.«

Distel war einen Moment lang still. »Ich glaube nicht, dass

es möglich ist, Alyssinia gewaltlos zu befrieden. Aber es ist nicht wichtig, was ich denke. Wichtig ist, was *du* denkst.«

»Ich weiß nicht, was ich denke.«

»Dann unternimm am besten nichts, bis du dir darüber im Klaren bist.«

»Mir bleibt keine Zeit, um nichts zu tun«, entgegnete Aurora. Das war mit am schlimmsten an der Sache – dass es so lange dauerte, Nachforschungen anzustellen und alles zu verstehen, während ihr Königreich auseinanderbrach. »Alyssinia braucht *jetzt* Hilfe.«

»Aber sich ohne einen konkreten Plan in die Sache zu stürzen wird es nicht besser machen.«

»Du hast doch selbst gesagt, ich soll mich ins Abenteuer stürzen und Finnegan küssen.«

»Aber daran ist nichts überstürzt, wenn du es wirklich tun möchtest.«

Aurora fuhr mit dem Finger das Muster der Decke nach. Ein paar Haarsträhnen fielen ihr vor die Augen. »Ich habe mich schon einmal geirrt«, sagte sie schließlich. »Als ich meinte, jemanden gern zu haben.«

»Redest du von Tristan?«

Sie nickte. »Ich habe ihn wirklich sehr gemocht«, sagte sie, »eine Zeitlang. Ich dachte, wie *romantisch*. Einem Jungen im Wirtshaus begegnen, zusammen auf den Dächern der Stadt sitzen ... wie *aufregend*. Doch so war es dann gar nicht.«

Die Matratze sank ein, als Distel sich neben sie setzte. »Aber Finnegan ist nicht so«, sagte sie.

»Ist er nicht?«

»Tristan sollte dein romantischer Held sein, nicht wahr? Du wolltest, dass er die Lösung für all deine Probleme ist. Aber Finnegan ... Du hast ihn nicht ausstehen können. Du wolltest seine Hilfe nicht annehmen. Und doch hast du jetzt, nachdem du ein wenig Zeit mit ihm verbracht hast, Gefühle für ihn entwickelt. Das ist doch etwas anderes, meinst du nicht?«

»Vermutlich hast du recht«, seufzte Aurora. Trotzdem konnte sie diesem Gefühl nicht so einfach nachgeben. Sie musste Alyssinia helfen. Das musste oberste Priorität haben. Sie durfte sich jetzt nicht von einem weiteren Jungen ablenken lassen, nach all dem Ärger mit Erweckerprinzen, Rebellen und ihrem eigenen wechselhaften Schicksal.

»Hast du etwas von Tristan gehört?«, fragte sie. »Gibt's irgendwelche Hinweise, dass er hier ist?«

»Ich habe nichts gesehen und nichts gehört, Aurora. Sollte er wirklich hier sein, dann will er nicht gefunden werden.«

Aurora legte ihren Kopf an Distels Schulter. Was wäre ihr lieber? Dass Tristan hier in Sicherheit war oder dass er in Petrichor kämpfte? Sie wusste es nicht. Und der Tag war zu anstrengend gewesen, um sich darüber auch noch den Kopf zu zerbrechen. »Was hast du denn gesehen?«, fragte sie stattdessen, »auf deinen Reisen? Was war das Sonderbarste, das dir je untergekommen ist.«

»Na ja«, sagte Distel. »Da gab es dieses Königreich, in dem eine Prinzessin über hundert Jahre lang geschlafen hat, bevor sie von einem Kuss geweckt wurde. Das war schon recht sonderbar.« Aurora lachte, und Distel lehnte sich zurück, mit dem Kopf an die Wand. »Lass mal überlegen«, sagte sie. »Im Nordwesten gibt es diesen Stadtstaat, in dem alle Konflikte durch Schachturniere geklärt werden. Es gibt ein Volk in den Bergen, das Angst hat, man könnte in der Nähe des Meeres ersticken, weil die Luft zu schwer und salzig zum Atmen ist. Und es gibt eine tödliche Wüste in der Nähe von Palir, die die Leute in mehreren Tagen durchlaufen, einfach so zum Spaß. Nur um sagen zu können, dass sie's gemacht haben. Aber trotzdem, Prinzessin, ich glaube, deine Geschichte ist mit Abstand die sonderbarste.«

»Ich würde sie mir eines Tages gern mit eigenen Augen ansehen«, sagte sie, »all diese Orte, von denen du sprichst.«

»Das wirst du auch«, erwiderte Distel. »Du bist doch schon dabei.« Sie kämmte mit den Fingern durch Auroras Haarspitzen. »Soll ich dein Haar hochstecken?«

»Ja, gern.«

Distel ließ die Finger durch Auroras Haar gleiten und teilte ein paar Strähnen ab. Dann zwirbelte sie eine nach der anderen hoch und steckte sie am Hinterkopf fest, ließ die Enden aber lose um die Schulter fallen.

»Und?«, sagte Distel. »Wirst du ihn nun küssen?«

Aurora schloss die Augen. »Ich weiß nicht, was ich tun werde.«

»Was *würdest* du denn gern tun?«

Eigentlich hätte diese Frage leicht zu beantworten sein sollen, und doch … »Ich weiß es nicht.«

»Tust du doch«, sagte Distel. »Du willst es dir nur nicht eingestehen.«

»Muss ich es mir denn eingestehen?«

»Du musst gar nichts«, erklärte Distel. »Aber es wäre hilfreich, glaube ich. Es muss sich dadurch ja nichts ändern, doch dich weiterhin selbst zu belügen ... damit gewinnst du gar nichts.«

VIERZEHN

Eine weitere Rose wartete auf Auroras Kissen, als sie in ihr Zimmer zurückkehrte. Diese war blutrot und hatte nur einen einzigen Dorn am Stängel. Die Hälfte der Blütenblätter war abgerissen. Es gab keine Nachricht.

Sollte das eine Botschaft an sie sein? Ein Hinweis, dass sie der Wahrheit immer näher kam? Oder wollte Celestine Aurora verspotten? Die erste Rose war aufgetaucht, als Aurora begonnen hatte, ihre Magie erfolgreich zu bändigen. Lag diese nun hier, weil sie anfing zu durchschauen, was Celestine von ihr wollte?

Aurora zupfte die Blütenblätter ab und ließ sie langsam zu Boden segeln. Sie zerquetschte sie unter ihren Sohlen, als sie ans Fenster ging, um den Stängel hinauszuwerfen.

Wenn Celestine ihr Angst einjagen wollte, müsste sie sich schon mehr Mühe geben.

Aber in der Nacht wälzte Aurora sich unruhig hin und her, ihr Herz schien vor Hitze zu glühen. Sie glaubte, auch in dem Anhänger einen Herzschlag wahrzunehmen, ein Flüstern, das ihr galt. Sie stellte sich Finnegan vor, wie er neben ihr im Dunkeln lag, seine Hand an ihrer Hüfte, seine Lippen ihrem Gesicht so nahe, dass sie ihn atmen spürte.

Sie träumte von Finnegan, und der Drachenanhänger lag warm auf ihrer Haut.

Am nächsten Morgen wurde Aurora von einem Klopfen an der Tür geweckt. »Ja?«, sagte sie, ohne groß zu überlegen. Sie strich sich ein paar wirre Strähnen aus dem Gesicht und setzte sich auf.

Finnegan rauschte zur Tür herein. »Guten Morgen, schlafende Schönheit. Wie ich sehe, seid Ihr wohlauf.«

Mit funkelndem Blick zog sie die Decke fester um sich. »Es ist noch sehr früh, Finnegan«, sagte sie. »Was macht Ihr in meinem Zimmer?«

»Meine liebe Mutter hat nach uns rufen lassen. Ich nehme an, sie hat irgendwelche Neuigkeiten. Vielleicht will sie aber auch nur sichergehen, dass wir noch kein größeres Chaos angerichtet haben.«

Aurora kletterte aus dem Bett und kämmte sich rasch mit den Fingern durchs Haar. »Und da konntet Ihr keine Zofe schicken, um mich zu holen?«

»Und diesen entzückenden Anblick verpassen? Niemals! Los, los, zieht Euch schnell an. Meine Mutter ist zuweilen zwar recht zwanglos, aber so zwanglos nun auch wieder nicht.«

»Und weswegen wünscht sie, uns so früh am Morgen zu sprechen?«, fragte Aurora, als sie zum Schrank hinüberging und das erstbeste Kleid herauszog.

»Wie ich bereits sagte: Ich weiß es nicht.«

»Also, das sind Worte, die ich nicht oft aus Eurem Mund höre.« Sie drehte sich wieder zu ihm um, das Kleid an die Brust gepresst. »Geht bitte raus, solange ich mich umziehe.«

»Wenn Ihr darauf besteht.«

Sie wartete, bis die Tür ins Schloss fiel, dann setzte sie sich wieder in Bewegung. Sie versuchte, auf die Schnelle ein herzeigbares Erscheinungsbild zu zaubern, aber selbst fertig angezogen und mit gebürsteten Haaren sah sie immer noch aus wie jemand, der gerade erst aufgewacht war. Sie drückte sich mit den Handballen auf die Augen, so als würden sie dadurch weniger verquollen erscheinen. Weshalb wollte die Königin sie sehen? Von Auroras Verbindung zu den Drachen konnte sie unmöglich erfahren haben. Wusste sie womöglich von ihrem Abstecher ins Ödland und wollte sie nun dafür schelten?

Finnegan wartete draußen im Flur und wirkte so aufgeräumt wie eh und je. Er bot Aurora seinen Arm an, und sie durchquerten zusammen die Flure.

Orlas Arbeitszimmer war unordentlicher als der Rest des Schlosses. Auf einem wuchtigen Eichenschreibtisch türmten sich stapelweise Bücher, und mittendrin war eine große Karte ausgerollt, deren Ecken von mehreren dicken Bänden beschwert wurden. Über die Tischplatte verstreut lag eine ganze Batterie von verschieden langen Federkielen. Erin saß eingekeilt zwischen Tür und Schreibtisch, hinter dem Orla mit halbverrutschtem Dutt Platz genommen hatte.

»Ah, Aurora«, sagte sie. »Und Finnegan. Ich bin froh, euch zu sehen. Setzt euch. Aurora, ich wollte mich schon längst mit dir unterhalten, aber angesichts der gegenwärtigen Umstände – die näher rückenden Drachen, die gestörten Handelsbeziehungen zu Alyssinia – habe ich einfach keine Zeit dafür gefunden. Doch jetzt ist sogar ein noch dringlicheres Problem aufgetaucht, so dass wir unsere Unterredung nicht länger aufschieben können. Sag mir, was hältst du von Prinz Rodric?«

Ihre Meinung zu Prinz Rodric war eine dringliche Angelegenheit? Aurora musterte Orla einen Moment lang in der Hoffnung, etwas aus ihrer Miene herauslesen zu können; irgendeinen Hinweis darauf, was die Königin von ihr hören wollte, aber ihr Gesichtsausdruck ließ nichts erkennen. »Er ist nett«, sagte Aurora mit Bedacht. »Ein guter Mensch. Anders als sein Vater.«

»Ja. Ich bin mir sicher, er ist ganz großartig«, erwiderte Orla. »Aber glaubst du, er würde einen guten Regenten abgeben?«

Einen guten *Regenten*? Beabsichtigte Orla etwa, sich in alyssinische Angelegenheiten einzumischen? Oder war irgendetwas passiert? »Er sorgt sich ums Volk«, sagte sie. »Und er möchte Gutes bewirken. Ich glaube, die Menschen würden ihm treu ergeben sein, wenn sie ihn besser kennen würden. Warum? Was ist los?«

Orla ignorierte ihre Frage. »Neigt er zur Skrupellosigkeit?«

»Nein«, entgegnete Aurora. »Kein bisschen.«

»Dann ist er also keiner, der harte Entscheidungen trifft«, sagte Orla. »Und besitzt er Raffinesse? Politisches Gespür?«

»Worum geht's hier eigentlich?«, fragte Aurora. »Ihr habt Rodric doch sicherlich schon persönlich kennengelernt?«

»Ja, das habe ich«, entgegnete Orla. »Obwohl das schon viele Jahre her ist. Aber ich wollte *deine* Meinung über ihn hören. Du scheinst diejenige zu sein, die ihn am besten einschätzen kann.«

»Aber wieso?«, sagte Aurora. »Inwiefern ist es von Bedeutung, ob er meiner Meinung nach *Raffinesse* besitzt?«

»Alles steht und fällt mit seiner Raffinesse«, erwiderte Orla. »Wenn du mir deine ehrliche Meinung sagst, werde ich deine Fragen gern beantworten.«

Aurora fixierte sie. Falls irgendetwas Schlimmes geschehen war, falls Orla eine Intervention plante, dann musste sie jetzt das Richtige sagen. »Er kann Geheimnisse für sich behalten«, erklärte sie. »Ich würde ihm mein Leben anvertrauen.«

»Und doch hast du ihn verlassen.«

»Es war nicht seinetwegen.«

Orla nickte. »Na schön«, sagte sie. »Ich habe Informationen aus Alyssinia erhalten hinsichtlich deines Prinzen. Anscheinend arbeitet Rodric gegen seinen Vater. Ich wollte einfach wissen, inwieweit das stimmen könnte.«

Rodric arbeitete gegen den König? »Das ist durchaus möglich«, sagte Aurora. Menschen starben wegen der Unruhen, Häuser brannten nieder, es gab nicht genug zu essen … Er würde helfen wollen. Er hatte immer darüber geklagt, wie nutzlos er sich fühlen würde, genau wie sie. Und er war in einer Position, in der er Gutes bewirken konnte. Er hatte das nötige Geld und den nötigen Einfluss. Vielleicht versuchte er ja wirklich zu helfen.

Aber Rodric war nicht für diesen Ort und diese Zeit geschaffen. Er war für ein Leben in Frieden geschaffen.

»Was soll er den Gerüchten zufolge denn getan haben?«

Wenn der König herausbekäme, dass Rodric in irgendeiner Weise an der Rebellion beteiligt war, würde seine Strafe nicht lange auf sich warten lassen. König John würde keinen Verrat dulden, und Aurora glaubte nicht, dass er Rodric vergeben würde, nur weil dieser sein Sohn war.

»Soweit ich weiß, hat er vor allem Lebensmittel verteilt. Und Leuten geholfen, die die Stadt verlassen mussten.«

Das könnte stimmen. Rodric war liebenswert genug, selbstlos genug. Aber wäre er auch mutig genug, sich seinem Vater entgegenzustellen? Aurora war sich nicht sicher.

»Woher wisst Ihr das?«, fragte Aurora. Wenn Orla diese Gerüchte hier auf der anderen Seite des Meeres gehört hatte, dann waren sie mit Sicherheit auch König John zu Ohren gekommen.

»Ich habe meine Quellen«, sagte sie. »Andere als König John, natürlich. Vielleicht ist er zurzeit auch zu sehr mit anderen Dingen beschäftigt, um ständig ein Auge auf seinen Sprössling zu haben.«

»Wie können wir ihm helfen? Was sollen wir tun?«

Orla schürzte die Lippen. »Momentan gar nichts. Wir können uns nicht einfach einmischen.«

»Ihr habt Euch bei mir doch auch eingemischt.«

»Mein *Sohn* hat sich eingemischt. Ich sagte ihm, er solle sich von Petrichor fernhalten. Und wir werden uns ganz bestimmt nicht einem fremden Prinzen zuliebe in Gefahr bringen, der vielleicht oder vielleicht auch nicht, Dinge tut, die sein Vater missbilligt.«

»Wieso habt Ihr mich dann kommen lassen?«, sagte Aurora. »Wieso fragt Ihr mich seinetwegen?«

»Ich war noch unschlüssig«, entgegnete die Königin. »Ob das Ganze der Wahrheit entspricht und wie ich darauf reagieren soll. Ich bin noch immer zu keinem endgültigen Entschluss gekommen. Doch nach dem, was du angedeutet hast, ist Rodric loyal, kein Ränkeschmied. Keine Führungspersönlichkeit. Ohne *Raffinesse*. Seine Versuche werden mit großer Wahrscheinlichkeit scheitern, so dass eine Einmischung für uns zu riskant wäre. Wir werden die Situation weiter beobachten, und sollten sich die Dinge ändern … ziehen wir es möglicherweise in Erwägung, entsprechende Maßnahmen zu ergreifen. Aber im Moment nicht.«

»Er ist ein guter Mensch«, sagte Aurora leise. »Ein guter Prinz. Wenn Ihr jemanden in Alyssinia unterstützen wollt, dann wäre er eine gute Wahl.«

»Aber Aurora«, sagte Orla. »Es ist ja wohl recht offensichtlich, dass wir uns bereits entschieden haben, *dich* zu unterstützen.« Sie seufzte. »Ich werde der Sache weiter nachgehen. Vielleicht ergibt sich noch etwas. Aber zum jetzigen Zeitpunkt musst du dich in Geduld üben.« Sie wedelte leicht mit der Hand. »Ich möchte gern mit meinen Kindern sprechen. Allein. Entschuldige uns bitte.«

Aurora stand auf. Am liebsten hätte sie Einwände erhoben, lauthals protestiert, aber Orla war ihre Gastgeberin. Sie war hier aufgrund ihres Wohlwollens. »Er verdient es, in Sicherheit zu sein«, sagte sie schließlich. »Er verdient Eure Unterstützung.«

Orla nickte, mit so etwas wie Verständnis im Blick. »Wenn ich doch nur alle meine Entscheidungen danach ausrichten könnte, was die Menschen verdient haben«, sagte sie.

Am Nachmittag übte Aurora sich wieder im Zaubern, aber sie konnte sich nicht konzentrieren. Sie konnte nicht aufhören, an Rodric zu denken, daran, wie es ihm wohl gerade ging. Rodric in Gefangenschaft. Rodric hinter Gittern. Rodric, verletzt von den Rebellen, denen er helfen wollte. Rodric, der mittendrin steckte, während sie weggelaufen war.

Sie hatte ihn im Stich gelassen, und nun musste er es allein gegen seinen Vater aufnehmen. Er hatte gewollt, dass sie gemeinsam den Menschen halfen, und sie war auf und davon und hatte ihn aller Hoffnung beraubt.

Aber am schlimmsten war, dass sie bisher so gut wie keinen

Gedanken an ihn verschwendet hatte. Sie hatte nicht darüber nachgedacht, dass er in Gefahr sein könnte oder sich irgendeinem Risiko aussetzte. Ab und zu hatte sie ein leiser Anflug von Sorge ereilt, weswegen sie Finnegan gebeten hatte, ihm zu schreiben, aber das war schon alles gewesen. Sie hatte den Brief noch nicht einmal eigenhändig verfasst.

Wie hatte sie nur so selbstsüchtig sein können?

Flammen tanzten um die Kerze herum, schlugen immer höher und höher. Sie versuchte, das Feuer zu besänftigen und einzudämmen. Es wurde noch heller.

So viele Übungsstunden, so viel Eifer, und noch immer hatte sie es nicht unter ihre Kontrolle gebracht. Währenddessen war Rodric den Menschen eine wirkliche Hilfe. Er sorgte für greifbare Veränderungen.

Wenn die Gerüchte stimmten.

Zu frustriert, um weiter zu üben, klopfte sie ein wenig später an Distels Zimmertür. »Aurora!«, sagte Distel, als sie öffnete. »Alles in Ordnung?«

»Hast du schon gehört?«, fragte Aurora. »Sie glauben, dass Rodric gegen den König arbeitet.«

»Ja, ich hab's gehört«, sagte Distel. Sie forderte Aurora mit einer Geste auf einzutreten und schloss hinter ihr die Tür.

»Erzähl mir alles, was du gehört hast«, sagte Aurora. »In allen Einzelheiten. Ich muss wissen, ob es die Wahrheit ist.«

»Ich bezweifle, dass ich mehr weiß als du.«

Aurora fing an, im Zimmer auf und ab zu gehen. »Wenn Orla davon erfahren hat, dann weiß es der König auch.« Und der König würde nicht sehr erfreut reagieren. »Ich verstehe es nicht. Macht Rodric gemeinsame Sache mit den Rebellen? Aber sie hassen ihn doch! Oder handelt er allein? Nur woher soll er überhaupt wissen, wie er vorgehen muss?«

»Ich weiß es nicht, Aurora. Ich wünschte, ich könnte es dir sagen.«

Mit einem Mal fiel Aurora auf, dass der Raum halbleer war. Der Großteil der bunten Tiegel auf dem Frisiertisch war verschwunden, die Kleider ebenso. Distels Rucksack lehnte an der Wand.

Aurora hielt mit dem Auf- und Abmarschieren inne. »Du reist ab?«

Distel nickte.

»Um mehr über Rodric in Erfahrung zu bringen?«

»Um herauszufinden, was an den Gerüchten dran ist.«

»Wann?«

»Morgen früh.«

Morgen früh? Das war schon so bald. Aurora ließ sich aufs Bett sinken. »Hättest du mir noch Bescheid gegeben?«

»Ja«, sagte Distel. Sie setzte sich neben Aurora. »Natürlich. Ich habe es selbst erst vor kurzem erfahren.«

»Aber ist das nicht zu gefährlich?«, sagte Aurora. »Wenn es in Petrichor nicht sicher ist ...«

»Egal, wo ich hingehe, es ist nirgends sicher, Prinzessin. Mach dir um mich keine Sorgen.« Distel kämmte mit ihren Fingern durch Auroras Haare. »So wunderschönes Haar«, sagte sie. »Hast du etwas dagegen, wenn ich es noch einmal flechte?« Aurora schüttelte den Kopf, und Distel machte sich mit flinken Fingern ans Werk.

»Pass auf Rodric auf«, sagte Aurora. »Wenn du kannst.«

»Ich werd's versuchen«, antwortete Distel sanft. »Aber ich bin Spionin, keine Kämpferin. Ich weiß nicht, ob ich viel für ihn tun kann.«

»Dann versprich, dass dir nichts passieren wird. Bitte!«

»Nur, wenn du es zuerst versprichst.«

»Na gut. Versprochen.«

Mit einem sachten Ruck zog Distel an ihren Haaren. »Du Lügnerin.«

Erst jetzt merkte Aurora, dass Distel ihr eine Krone flocht. Sie langte nach oben und betastete das verschlungene Gebilde auf ihrem Kopf, aber Distel schob ihre Hand weg. »Nicht«, mahnte sie. »Ich bin noch nicht fertig.«

Aurora schloss die Augen. Ein Schauer rieselte ihr über die Kopfhaut. Distels bloße Anwesenheit wirkte beruhigend. Sie hatte so viel für sie getan. Auf ihre ganz eigene Weise hatte sie Aurora gerettet. »Danke«, sagte sie leise. »Dafür, dass du mir in dem Dorf in Alyssinia geholfen hast. Ich weiß nicht, was aus mir geworden wäre, wenn du nicht aufgetaucht wärst.«

»Du hättest überlebt, Aurora. Du bist gut im Überleben.«

»Ich meine nicht nur das. Du bist mir auch eine Freundin. Und davon gibt es wahrlich nicht viele, aber mit dir ... mit dir ist alles leichter. Danke dafür.« Sie wollte noch mehr sagen, fand aber nicht die richtigen Worte. Sie konnte spüren, wie Distel hinter ihr lächelte. Schweigend flocht die Sängerin die Enden des Zopfes zusammen und steckte ihn fest. »Da, fertig«, sagte sie schließlich. »Du siehst bezaubernd aus.«

»Wie eine Prinzessin?«

»Oh«, sagte Distel. »Noch viel bezaubernder.« Sie zögerte kurz, so als überlegte sie etwas, dann ging sie zu ihrem Frisiertisch und nahm ein zusammengefaltetes Stück Papier herunter. »Hier«, sagte sie. »Das solltest du sehen.«

Aurora faltete den Zettel auseinander. In gestochener Schrift stand eine Adresse darauf geschrieben, gefolgt von einer Uhrzeit.

»Was ist das?«

»Ich habe Tristan gefunden.«

Aurora starrte sie an. »Du hast ihn *gefunden*?«

»Vielleicht. Ich habe ihn nicht mit eigenen Augen gesehen. Aber angeblich ist er morgen zu dieser Zeit an dieser Adresse. Vermutlich wäre es besser gewesen, ich hätte dir gar nichts davon erzählt, aber da ich es morgen nun nicht mehr selbst dorthin schaffe … Ich weiß, was das für eine Adresse ist, dort ist es einigermaßen sicher, was jedoch nicht heißt, dass es ungefährlich ist. Aber du solltest selbst entscheiden, was du mit dieser Information anfangen willst.«

»Danke«, sagte Aurora. Ihre Stimme schwankte. Das war ein echter Vertrauensbeweis: Distel gab ihr Informationen, ohne sie zu verfälschen, ohne Hintergedanken. »Wie hast du ihn gefunden?«

»Ein Alyssianer, auf den seine Beschreibung passt und der neu ist in der Stadt? Das war keine große Herausforderung für mich.« Distel sah wieder auf den Zettel und schlug einen warnenden Ton an. »Ich kann nicht garantieren, dass er es wirklich ist. Und ich kann nicht garantieren, dass es ungefährlich ist, ihn zu treffen. Nimm dich also in Acht. Aber wenn du wissen willst, weshalb er hier ist, wirst du vielleicht dort eine Antwort finden.«

Aurora lenkte ihren Blick wieder auf den Zettel mit der Adresse. Sie musste auf jeden Fall dorthin. »Was soll ich zu ihm sagen?«

»Was du willst.« Distel lehnte sich nach vorn und strich eine lose Strähne hinter Auroras Ohr. »Du brauchst nicht hinzugehen, wenn du nicht magst. Aber wenn doch …«

»Ja«, sagte Aurora. Sie faltete das Papier wieder zusammen und legte es sich in den Schoß. »Danke.«

Distel lächelte sie an. »Du wirst das schaffen, Aurora«, sagte sie. »Das weiß ich. Vertraue deinen Instinkten. Sie sind stärker, als du denkst.«

Als Aurora am nächsten Tag zurückkehrte, um sich von Distel zu verabschieden, war sie bereits fort.

FÜNFZEHN

Die Adresse führte Aurora in den Westen der Insel. Vor ihr erstreckte sich das Meer bis zum Horizont, und eine salzige Brise zerzauste ihr Haar. Weiße Schaumkronen tanzten auf den Wellen. Mehrere Leute schlenderten den Pier entlang: Freunde, die sich untergehakt hatten, Pärchen, die aneinandergeschmiegt gingen, und hie und da ein einsamer Spaziergänger, der versonnen aufs Wasser blickte.

Eine Reihe von Gebäuden stand am Wasser, jedes so hoch und schmal, dass es kaum vorstellbar war, wie darin auch nur ein einziges Zimmer pro Etage Platz finden sollte.

Aurora ging die Straße hinunter und prüfte die Hausnummern über den Eingangstüren. Sie hielt Ausschau nach der Nummer 33, aber bei 29 hörten die Zahlen auf. Hinter einer Lücke setzten sie unerklärlicherweise mit der Nummer 50 wieder ein.

Aurora drehte sich um und blickte aufs Meer, auf die dort entlangspazierenden Leute. Im Vergleich zum brodelnden Rest der Stadt war es hier geradezu friedlich. Auf einer Steinbank nahe der Uferböschung saß ein Junge. Er hatte unordentliches braunes Haar. Aurora starrte auf seinen Hinterkopf. Sie war nicht sicher, ob es Tristan war. Und sie wusste nicht, inwieweit es für sie gefährlich werden könnte, falls er es war. Aber sie war nicht hergekommen, um in letzter Minute einen Rückzieher zu machen.

Sie überquerte die Straße. Als hätte er ihren Blick auf sich gespürt, drehte der Junge sich um. Seine Augen wurden weit vor Schreck, und er fuhr von der Bank hoch.

»Maus?«

Er wirkte schmaler, als Aurora es in Erinnerung hatte, und sein braunes Haar war länger. Irgendwie sah er beinahe welk aus, ohne seinen früheren Schwung. Sie ging langsam auf ihn zu und blieb in einigem Abstand vor der Bank stehen.

»Ja«, sagte sie. »Ich bin's.« Sie wusste nicht, was sie sonst sagen sollte.

»Was machst du hier?«

Der Wind blies ihr die Haare ins Gesicht. Sie strich sie beiseite. »Dasselbe könnte ich dich fragen. Warum bist du nicht in Alyssinia?«

Sie konnte es kaum fassen, dass er hier leibhaftig vor ihr stand, am helllichten Tag, vor der Kulisse des Meeres. Seit ihrer letzten Begegnung war ihre Erinnerung an ihn mehr und mehr verblasst, und nur ein paar wenige kleine Details waren geblieben: sein vielsagendes Lächeln, das Funkeln der Wut in seinen Augen, wenn er vom König sprach. Und sie erinnerte sich noch sehr deutlich an die aufwallende Übelkeit, als sie begriff, dass seinetwegen Menschen hingerichtet wurden. Und doch war er hier.

»Ich dachte, ich treffe Distel«, sagte er. »Es gibt ein paar Dinge, die ich ihr sagen wollte, jetzt, wo ich weiß, für wen sie arbeitet.«

»Sie kann nicht kommen. Und außerdem war ich es, die mit dir sprechen wollte.« Sie wagte sich einen Schritt näher heran. Diesmal würde sie sich nicht von ihm zum Narren halten lassen. Diesmal nicht.

Eine Gruppe Leute kam vorbei. Aurora und Tristan standen da und schwiegen, bis sie außer Hörweite waren.

»Warum bist du hier, Tristan? Was ist mit der Rebellion passiert?«

Er ließ sich auf die Bank sinken. Nach kurzem Zögern setzte Aurora sich daneben. »Es gibt keine Rebellion. Nicht mehr.«

»Was soll das heißen?« Das konnte nicht stimmen.

»Was meinst du denn, wie der König auf die Geschehnisse auf deiner Hochzeit reagiert hat? Wir waren nicht dafür verantwortlich, und doch hat der König uns die Schuld gegeben. Er war so entschlossen, uns zu zerschlagen, dass ihm jedes Mittel recht war. Er zerstörte wahllos Häuser und ließ Unschuldige töten. Das hat viele Leute aufgebracht, und sie fingen an, sich gegen ihn zu wehren, zumindest eine Weile lang.«

»Aber es funktionierte trotzdem nicht?«

»Er war unerbittlich und machte dem Ganzen binnen einer einzigen Nacht ein Ende. Nur eine Nacht – nach allem, was war. Die Männer des Königs überfielen die Menschen in ihren Häusern und trieben alle zusammen, die man verdächtigte, mit den Rebellen zu sympathisieren. Sie wurden alle getötet. Die Hochzeit auf seiner Schlosstreppe hat er nicht gekriegt, da sollte es wohl wenigstens eine Massenhinrichtung sein.«

Aurora griff haltsuchend nach der Banklehne. »Wie viele?«, hauchte sie.

Tristan zuckte mit den Schultern. »Ich konnte sie nicht zählen.«

Er scherte sich andererseits auch herzlich wenig um den Tod unschuldiger Menschen, oder? Er war an einer Aktion beteiligt gewesen, die viele das Leben gekostet hatte, viele *Unschuldige*. Aurora hatte es selbst miterlebt. Da sollte er bloß nicht versuchen, sich selbst als Opfer hinzustellen.

»Wie bist du entkommen?«, fragte Aurora. »Immerhin bist du jetzt hier.«

»Ich war nicht im Haus«, sagte er. »Ich war auf den Dächern und habe sie kommen sehen …«

Aurora packte ihn am Arm. »Das Wirtshaus«, sagte sie. »Deine Cousine … Nell …«

»Ich weiß nicht, ob sie es geschafft haben«, sagte er. »Als

ich zum Wirtshaus zurückkam, stand es bereits in Flammen. Unter den Hingerichteten waren Trudy und Nell nicht, vielleicht konnten sie fliehen … Aber ich konnte sie nicht finden. Ich habe gar nichts tun können.«

»Also bist du weg?«

»Ich habe sie nicht finden können«, wiederholte er. »Entweder sind sie tot, oder sie verstecken sich irgendwo. Es war jedenfalls sinnlos, weiter nach ihnen zu suchen, damit hätte ich nur Aufmerksamkeit erregt und die Soldaten womöglich noch direkt zu ihnen geführt. Es gab keinen Grund, dort noch länger zu bleiben.«

»Das tut mir sehr leid«, sagte Aurora. Die Worte schienen ihr hohl, aber sie wusste nicht, was sie anderes sagen sollte.

»Ja, Maus«, sagte er. »Mir auch.«

Sie schaute aufs wogende Meer. »Es ist noch nicht vorbei«, sagte sie. »Ich werde zurückgehen. Ich werde etwas dagegen unternehmen.«

Er lachte. Lachte aufrichtig, ein kehliger Laut der Erheiterung.

»Du glaubst mir nicht?«

»Was kannst du schon erreichen? Du hältst dich hier versteckt. Du weißt ja nicht mal, was gerade in Alyssinia passiert. Und es ist deine Schuld, nicht wahr? Du hast das Ganze angezettelt und bist dann einfach verschwunden. Du hast uns in dem Schlamassel sitzen lassen, den du angerichtet hast.«

»Ich?« Sie rang den Impuls nieder, aufzuspringen und auf der Stelle zu gehen. Sie hatte um nichts von alldem gebeten.

Sie war aufgewacht und mitten in dieses Chaos gestoßen worden. Sie hatte vermutlich nicht bestmöglich reagiert, aber wer hätte das schon? Wer hätte es überhaupt *gekonnt*? »Du steckst genauso in dieser Sache wie ich, Tristan. Und du bist auch geflohen. Dort gibt es nach wie vor Menschen, die Hilfe brauchen, aber du bist weg.«

»Ich schätze, dann sind wir beide uns wohl doch ziemlich ähnlich.«

Sie schaute auf die Wellenkämme, ihr blondes Haar flatterte um ihr Gesicht. Sie hatte so viele Fragen zu Rodric und Alyssinia, doch die Worte steckten ihr in der Kehle fest. »Warum bist du hergekommen«, fragte sie schließlich.

»Weil Vanhelm am einfachsten zu erreichen war. Und was ist mit dir? Sieht nicht so aus, als wärst du noch auf der Flucht. Hat Finnegan dich unter seine Fittiche genommen? Oder bist du jetzt ein Spitzel wie Distel?«

Aurora schüttelte ihr Haar nach hinten und machte den Rücken gerade. »Finnegan hilft mir«, sagte sie schließlich. »Ich werde zurück nach Alyssinia gehen. Aber allein schaffe ich es nicht.«

»Wenn du noch länger wartest, ist nichts mehr da, wohin du zurückgehen kannst.«

Am Horizont zog langsam ein Schiff vorbei und durchbrach das endlose Blau. »Wie bist du geflohen?«, fragte sie. »Hat Rodric dir geholfen?«

»Prinz Rodric?« Tristan klang ehrlich verwundert. »Warum hätte er mir helfen sollen?«

»Den Gerüchten nach hat Rodric sich gegen seinen Vater gestellt«, erklärte sie. »Es heißt, er hilft Leuten dabei, heimlich die Stadt zu verlassen. Ich dachte, vielleicht unterstützt er die Rebellion, aber ...«

»Nein«, sagte Tristan. »Mir ist er nirgends begegnet. Und es gibt auch keine Rebellion mehr, die man unterstützen könnte. Falls er irgendwas tut, tut er es auf eigene Faust.«

Aurora konnte sich nicht vorstellen, dass Rodric allein handelte. Andererseits war er immer auf das Wohl des Volkes bedacht gewesen. Er hatte stets helfen wollen. Vielleicht hatte er inzwischen einen Weg gefunden.

Was würde Rodric zu ihrem Plan sagen? Mehr Zerstörung, mehr Grausamkeit, alles im Namen des Friedens. Drachen und Magie und Feuer. Er würde es nicht gutheißen.

Sie hätte Tristan fragen können, was er von ihrem Plan hielt, ob er meinte, dass es das Risiko wert war. Denn trotz allem lag Alyssinia ihm am Herzen. Doch sie schluckte die Worte im letzten Moment herunter. Sie hatte Tristans Methoden bereits kennengelernt, und sie waren ihr zutiefst zuwider. Seine Einschätzung zählte nichts.

Und er hatte Alyssinia verlassen. Nach all seinen leidenschaftlichen Worten, nach all den Opfern, die er von ihr gefordert hatte, den Risiken, die er eingegangen war ... hatte er sich einfach aus dem Staub gemacht, um seine eigene Haut zu retten. Er hatte das Recht darauf, ihr Handeln zu beurteilen, vor langer Zeit verwirkt. »Was wirst du jetzt tun?«, fragte sie stattdessen. »Wirst du in Vanhelm bleiben?«

»Ich weiß es nicht«, sagte er. »Ich weiß nicht, was ich tun werde.«

Sie schaute ihn wieder an. Er sah so kümmerlich aus. Gar nicht mehr wie *Tristan*. »Du solltest zurückkehren«, sagte sie. »Du solltest helfen.«

»Und was tun? Was könnte ich denn schon ausrichten?«

»Ich weiß es nicht«, sagte sie. »Versuch es wenigstens.«

Ein weiteres Lachen, begleitet von leichtem Kopfschütteln. »Als ich's versucht habe, hat's dir nicht gefallen. Warum sollte es jetzt anders sein?«

Und da war sie, die Wahrheit, die keiner von ihnen hatte aussprechen wollen. Sie wollten beide, dass der König verschwand, und es hatte mal einen kurzen Moment der Nähe zwischen ihnen gegeben, aber mehr verband sie nicht. Sie konnte in ihm nichts anderes sehen als den unbesonnenen Hitzkopf, und für ihn war sie nach wie vor die engstirnige Privilegierte, die nichts begriff. Sie könnten stundenlang auf einer Bank am Meer sitzen und reden, aber daran würde sich nichts ändern.

»Und du?«, sagte er. »Was tut das Königreich Vanhelm für dich?«

»Wir suchen nach einem Weg, wie ich gewinne«, sagte sie.

»Damit du Königin werden kannst?«

»Damit ich helfen kann. Was auch immer das heißen mag.« Sie stand auf. »Ich sollte jetzt gehen. Ich hätte mich nicht so lange aufhalten sollen. Aber es war schön, dich zu sehen. Es ist gut zu wissen, dass du am Leben bist.«

»Geht mir mit dir genauso, Prinzessin.«

Sie betrachtete ihn einen langen Moment. Sie bezweifelte, dass sie ihn je wiedersehen würde. Er würde nach Alyssinia zurückkehren oder noch weiter fortrennen und sich irgendwo ein neues Leben aufbauen. Und sie hatte bereits zu spüren bekommen, wie gefährlich es war, sich auf Rebellen einzulassen. Sie wusste, mit welcher Skrupellosigkeit sie ihre Ideale verfolgten.

Aber er hatte ihr einmal etwas bedeutet. Dank ihm hatte sie sich in den ersten Tagen, nachdem sie aufgewacht und völlig orientierungslos gewesen war, weniger verloren gefühlt. Doch was auch immer einmal zwischen ihnen gewesen sein mochte, dies hier war der Abschied.

Es gab keine Worte, um es auszudrücken. Keine Brücke, um die Kluft zu überwinden. Und so ging sie einen Schritt zurück, sah ihn ein letztes Mal an, prägte sich seine Züge genau ein. Und dann drehte sie sich um und ließ ihn zurück.

Erst nach ein paar Minuten bemerkte sie, dass sie verfolgt wurde. Drei Männer, die hinter ihr hergingen, als sie die Uferstraße verließ, und danach, immer gut sechs Meter Abstand haltend, genau dieselben Straßen einschlugen wie sie. Aber die Stadt wimmelte von Menschen, die in alle Himmelsrichtungen unterwegs waren; die Tatsache, dass die Männer ihr folgten, war womöglich vollkommen bedeutungslos, aber einer der Männer war weizenblond, ein seltener Anblick in Vanhelm, und irgendetwas an der Art, wie sie nebeneinanderher gingen, war seltsam. Sie sprachen nicht miteinander, fiel Aurora auf, während ihr das Trio um eine weitere Straßenecke folgte.

Sie blieb vor einer Schneiderei stehen und sah sich die leuchtenden Stoffe und ausgestellten Kleider im Schaufenster an.

Einige Schritte hinter ihr blieben die Männer vor einem anderen Geschäft stehen.

Aurora huschte in den kleinen Laden und tat so, als würde sie interessiert durch das Stoffangebot stöbern.

Als sie wieder auf die Straße hinaustrat, waren die Männer immer noch da.

Sie beschleunigte ihre Schritte und schaffte es, weil sie zum Glück nicht sehr groß war, unter leichtem Rempeln durch die Lücken in der Menge zu schlüpfen. Der Abstand zwischen ihr und den Männern nahm etwas zu, aber nach wie vor waren sie ihr auf den Fersen.

Eine weitere Biegung, die nächste belebte Straße. Von allen Seiten bohrten sich Ellenbogen zwischen ihre Rippen. Die Menge schien sie verschlingen zu wollen, und sie konnte kaum noch atmen, kämpfte sich aber weiter vorwärts und huschte in eine Nebenstraße. Sie rannte, so schnell sie konnte.

Sie lief um eine weitere Ecke, wich geschickt einem Unheilsprediger aus und stand in einer schmalen Straße mit Läden auf beiden Seiten. Stoffmarkisen hingen über den Eingängen der Geschäfte, und draußen auf der Straße verteilten

Leute Kostproben von Backwaren oder boten Ohrringe und Armbänder feil.

Aurora warf einen Blick über die Schulter. Die Männer waren noch immer hinter ihr, wieder näher als zuvor. Arbeiteten sie mit Tristan zusammen? Nein, das glaubte sie nicht. Hätte er sie gefangen nehmen wollen, hätte er damit nicht gewartet, bis ihre Unterhaltung vorbei war. Also entweder ließ Finnegan sie beschatten, oder die Männer arbeiteten für König John.

Sie brauchte Gewissheit. Und eine belebte Geschäftsstraße wäre der beste Ort, um ihre Verfolger zur Rede zu stellen.

Sie blieb vor einem Schaufenster stehen und wartete, bis die Männer ebenfalls anhielten. Dann drehte sie sich zu ihnen um.

»Warum folgt Ihr mir?«

Sie rechnete damit, dass sie alles abstreiten würden, doch stattdessen machte einer der Männer eine kleine Verbeugung. »Wir sind hier, um Euch nach Hause zu bringen, Prinzessin. Wenn Ihr Euch kooperativ zeigt, ist es für alle Beteiligten angenehmer.«

»Prinzessin?«, sagte sie. »Ich weiß nicht, wovon Ihr sprecht.«

»Ich denke schon. Wir beobachten Euch bereits eine Weile, Prinzessin. Ihr wohnt im Schloss. Fahrt mit Prinz Finnegan herum. Versucht also nicht, uns irgendwelche Lügen zu erzählen.«

Aurora rückte einen Schritt zur Seite, näher an den Ladeneingang heran.

»Dort werdet Ihr keine Hilfe bekommen«, sagte der Mann. »Hier kümmert sich jeder nur um seine eigenen Angelegenheiten. Kommt einfach still und leise mit uns, Prinzessin, das spart uns allen Ärger.«

»Wenn Königin Orla erfährt, dass Ihr versucht, jemanden, der unter ihrem Schutz steht, gewaltsam wegzubringen, wird das als Kriegserklärung aufgefasst.« Sie war sich dessen nicht sicher, aber es klang in ihren Ohren recht glaubhaft. Sie hatte Finnegans Unterstützung, und die Königin würde sich in ihrem eigenen Reich nicht den Drohungen einer fremden Macht beugen.

»Das ist das Problem des Königs«, erklärte der Mann ungerührt. »Alles, was ich weiß, ist, dass für Eure Ergreifung eine verdammt gute Belohnung winkt. Und es wurde nichts darüber gesagt, wo oder wann man Euch schnappen darf.«

Einige Passanten schauten jetzt zu ihnen herüber, aber genauso viele sahen demonstrativ weg. Sie standen mit steifen Rücken da und blickten angestrengt in eine andere Richtung oder hoben die Stimmen, während sie sich durchs Warenangebot wühlten. Keiner rührte sich von der Stelle, um einzuschreiten.

Sie funkelte die Männer wütend an und hoffte, Stärke zu signalisieren. »Ihr werdet sofort aufhören, mir zu folgen.«

Der Mann lachte. »Ich glaube, das werden wir nicht, Teuerste.« Er streckte sich nach ihr aus. In dem Moment, als sich seine Finger um ihren Oberarm schlossen, platzte Aurora der Kragen. Sie riss sich los, und grelles Feuer spritzte über das

Pflaster. Die Männer fuhren erschrocken zurück. Brandspuren markierten die Stelle, wo sie noch eben gestanden hatten, und die Hand des Mannes, der sie gepackt hatte, war rot und übersät von Blasen.

Der Drache an ihrem Hals glühte.

»Es ist also wahr«, keuchte er. »Du Hexe!« Er stürzte sich auf sie, doch sie reagierte schnell und witschte an seinem ausgestreckten Arm vorbei. Die Welt um sie herum verschwamm. Mit ausholenden Ellenbogen bahnte sie sich einen Weg durch die Menge, schwenkte auf eine hektisch belebte Straße ein und bog nach wenigen Metern gleich wieder in die nächste ab. Hinter ihr waren stampfende Schritte zu hören, und jemand schrie, aber sie sah sich nicht um.

Sie erreichte eine breite Straße. Mittig darüber hing ein Drahtseil in der Luft, die Oberleitung der Straßenbahn. Sie rannte darunter hindurch, den Blick zu Boden gerichtet, auf der Suche nach dem sternförmigen Haltestellenzeichen. Aurora hoffte inständig, dass die Bahn jeden Moment angerumpelt käme, um sie in Sicherheit zu bringen.

Sie bog um eine Ecke, und ein Stück weiter vorn stand eine Straßenbahn. Sie war rappelvoll mit Menschen, und gerade versuchte noch ein letzter Passagier, sich unter Schieben und Drängeln hineinzuzwängen.

»Halt!«, rief sie und schwenkte wild die Arme. »Halt. Bitte!« Sie zwang sich, noch schneller zu laufen. Der Fahrer warf ihr durch die Scheibe einen trägen Blick zu, aber das Fahrzeug setzte sich nicht in Bewegung. Sie schwang sich in den Wagen, prallte gegen einen Fahrgast, rappelte sich hoch und steckte eine Münze in den Schlitz.

»Danke«, japste sie.

Der Mann schüttelte den Kopf. »Die jungen Leute heutzutage«, sagte er, »immer in Eile. Seht zu, dass ihr das nächste Mal einfach pünktlich da seid.«

»Ja«, erwiderte sie. »Danke.«

Die Verfolger sahen ihr hinterher, als die Bahn davonfuhr.

SECHZEHN

Aurora eilte in die Bibliothek. Die Wut und die Angst darüber, was alles hätte passieren können, waren so groß, dass sie das Gefühl hatte zu ersticken.

Hatte Tristan diese Männer gekannt? War er der Lockvogel gewesen, mit der Aufgabe, sie abzulenken? Nein. Das war unlogisch. Er hatte ja nicht mal gewusst, dass sie zum Treffpunkt kommen würde. Und diese Männer hatten nicht wie Rebellen gewirkt. Aber die Begegnung mit Tristan hatte sie aus dem Gleichgewicht gebracht, und diese Männer hatten sie am helllichten Tag überfallen, fast so, als hätten sie nichts zu befürchten, als könnte niemand sie aufhalten.

In der Mitte des Tisches stand eine alte Kerze. Aurora griff danach und hielt sie sich vors Gesicht. *Brenne*, dachte sie. Sie nahm all ihre Wut zusammen und lenkte sie auf den Docht, der sich prompt entzündete. Voll grimmigem Triumph blies sie ihn wieder aus und entzündete ihn erneut, und dann noch einmal, bis all ihr Zorn und ihre Frustration verraucht waren.

Während sie sich beruhigte und das Adrenalin verebbte, versiegte auch das Feuer in ihr. Die Attacke hatte sie erschüttert und erzürnt. Der Drang, Feuer zu entfachen, war übermächtig gewesen, hatte ihr ganzes Denken verschlungen.

Sie kontrollierte die Magie nicht. Die Magie kontrollierte sie.

Sie warf die Kerze weg. Mit einem kümmerlichen Plopp landete sie auf dem Boden.

»Oh!«

Aurora wirbelte herum. Erin stand in der Tür, mit einem Stoß Bücher unter dem Arm.

»Tut mir leid, wenn ich störe«, sagte Erin. Sie zögerte kurz an der Schwelle, dann trat sie einen Schritt tiefer in den Raum. »Ich wollte nur ein paar Bücher zurückbringen.«

»Nein«, entgegnete Aurora. »Nein, Ihr stört gar nicht. Ich habe nur …«

»… Rache an der Kerze verübt?« Erin lächelte. »Hoffentlich war es nicht mein Trottel von Bruder, der Euch so erbost hat. Ich versichere Euch, er lohnt die Aufregung nicht.«

»Nein«, sagte Aurora wieder. »Nein, ich habe nur … Tut mir leid. Ihr habt recht, ich darf nicht so die Beherrschung verlieren.«

»Wer bin ich, Euch zu sagen, was Ihr tun dürft oder nicht? Und falls Ihr wirklich auf meinem Bruder wütend gewesen sein solltet, würde mich das nicht überraschen. Er hat es oft verdient.«

Erin legte die Bücher auf dem Tisch ab. Alle trugen Titel, in denen das Wort Alyssinia vorkam.

»Geschichtsbücher?«, fragte Aurora. »Über Alyssinia?«

»Ja. Meine Mutter wollte, dass ich mich ein bisschen genauer mit der Geschichte Alyssinias befasse … Ich vermute, weil Ihr unser Gast seid.«

»Ich bin auch dabei, mir einiges anzulesen«, sagte Aurora. »Ich habe so viel verpasst, während ich geschlafen habe.«

»Ich fürchte, keins der Bücher hier ist sonderlich aktuell. Sie behandeln vor allem die ältere Geschichte. Alysse, Königin Desdemona, das goldene Zeitalter …« Erin nestelte an den Büchern. »Die mag ich am liebsten, wisst Ihr«, sagte sie. »Die verhassten Königinnen. Die vom Thron verjagt wurden, weil sie zu mächtig wurden. Das ist sehr faszinierend.«

»Ja«, sagte Aurora. »Faszinierend.«

Erin schob ihr eines der Bücher über den Tisch zu, dann hielt sie kurz inne. »Es gibt da etwas, das ich Euch fragen wollte. Als Ihr neulich von Prinz Rodric spracht, hörte es sich so an, als würdet Ihr ihn mögen.«

»Ja«, sagte Aurora. »Er ist ein guter Mensch. Warum?«

»Ich habe mich gefragt, schließlich seid Ihr hierher geflohen … Die Leute äußern sich immer so positiv über Prinzen, aber trotzdem wolltet Ihr ihn nicht heiraten.«

»Ich bin aber nicht deswegen weggelaufen.«

Erin nickte. »Es stand mal die Überlegung im Raum, uns

zu Bündniszwecken zu verheiraten, wisst Ihr. Ich glaube, meine Mutter wollte dann lieber eine Verbindung zu Palir, aber angesichts der Tragödie um Isabelle … ändert sie ihre Meinung vielleicht. Sollte es Finnegan nicht gelingen, ein Bündnis einzugehen, könnte diese Aufgabe unter Umständen mir zufallen. Darum hatte ich gefragt.«

Aurora betrachtete die junge Prinzessin, die bis in die Spitzen ihres langen roten Haares der Inbegriff von Eleganz war. Genau so ein Mädchen hatte Iris vor Augen gehabt. Ein junge Frau, die imstande war, die ihr entgegengebrachte Bewunderung anzunehmen und sie klug und wohlmeinend einzusetzen. Aurora hätte vielleicht Eifersucht empfinden sollen bei dem Gedanken, dass Erin und Rodric eines Tages möglicherweise heirateten. Aber Rodric verdiente es, glücklich zu sein, und mit Aurora würde das nie geschehen. Sie konnte keinen Besitzanspruch auf ihn erheben, er war nur ihr Freund. Sie *wollte* gar keinen Anspruch auf ihn erheben.

»Rodric ist großartig«, sagte sie. »Er wäre ein guter Ehemann, glaube ich.«

»Und doch habt Ihr ihn nicht geheiratet.«

Aurora schlug das Buch auf, das vor ihr lag, und fing an, in den Seiten zu blättern, ohne auf die Worte zu achten. Ihre Hände konnten einfach nicht stillhalten. »Ich konnte nicht bleiben«, sagte sie. »Ich konnte John nicht auf diese Weise unterstützen …«

»Und das ist der einzige Grund?«

Aurora hob den Kopf und sah sie an. Erin hatte den Blick

auf sie geheftet, die Lippen leicht geöffnet. Wie gebannt.

»Es ist seltsam«, sagte Aurora. »Anfangs erschien mir Rodric furchtbar ... ungelenk. Ich fand, dass wir nicht zueinander passten. Aber ich habe wohl noch nie einen liebenswerteren Menschen getroffen als ihn. Es war, als ob ... Er schien genau die Sorte von Mensch zu sein, die ich lieben *sollte*. Dass ich eine Närrin wäre, wenn ich ihn nicht zu schätzen wüsste.«

»Aber ihr habt ihn zu schätzen gewusst«, warf Erin ein, »nach dem, wie Ihr über ihn sprecht.«

»Aber ich habe nicht die entsprechenden Gefühle für ihn gehegt«, sagte Aurora. »Ich mochte ihn als Freund, und vielleicht wären wir miteinander auch halbwegs glücklich geworden, aber ... ich habe nicht gefühlt, was ich hätte fühlen sollen.«

»Für seine Gefühle kann man nichts«, sagte Erin. »Und wenn Ihr ihn nicht liebt und die Hochzeit dem Königreich womöglich geschadet hätte, dann war es besser, dass Ihr weggelaufen seid, meint Ihr nicht? Eine so liebenswerte Person wie er verdient jemanden, der ihm nicht ablehnend gegenübersteht.«

»Ich lehne ihn nicht ab.«

»Wenn das stimmt, seid Ihr ein besserer Mensch als die meisten.«

Aurora blätterte die nächste Seite um. »Meint Ihr denn, Ihr werdet demjenigen, den Ihr mal heiratet, ablehnend gegenübersteht?«

»Nein«, sagte Erin leise. »Nein, natürlich nicht. Ich denke, es gibt einen Unterschied, ob man ein diplomatisches Bündnis eingeht, mit dem man sein Leben lang gerechnet hat, oder ob man irgendwann in der Zukunft aufwacht und feststellt, dass man den Thron, der einem einst gehörte, verloren hat und nun den neuen Erben heiraten soll. Das ist schon eine äußerst verzwickte Lage, wenn ich das so sagen darf.« Sie ließ ein ungeduldiges Seufzen vernehmen. »Außerdem, je früher feststeht, dass ich Königin eines *anderen* Königreichs werde, desto eher begreift Finnegan, dass ich nicht vorhabe, ihn zu verdrängen.«

»Ich glaube nicht, dass er das vermutet«, sagte Aurora mit Bedacht. »Aber er hat das Gefühl, die Leute würden lieber Euch auf dem Thron sehen.«

»Das ist doch lächerlich«, sagte Erin, und zum ersten Mal nahm ihre Stimme einen schroffen Ton an. »Er ist der Ältere; er ist der nächste in der Thronfolge. So ist es vorgesehen. Wenn er sich den Leuten doch nur mal ab und zu von seiner seriösen Seite zeigen würde, müsste er sich darum nicht so viele Gedanken machen.« Sie verstummte und sah Aurora an. »Das hätte ich nicht sagen sollen«, sagte sie. »Es spielt auch keine Rolle. Er ist der rechtmäßige Erbe. Meine Mutter mag sich über ihn ärgern, aber das ändert rein gar nichts.«

Aurora bemerkte Erins rote Wangen. Es war das erste Mal, dass sie Anzeichen von Unbehagen zeigte. Aber selbst diese Röte stand ihr gut zu Gesicht. Sie sah einfach aus wie jemand, der zum Herrschen bestimmt war. »Wollt Ihr gern Königin sein?«

»Wenn es mein rechtmäßiger Titel wäre«, erwiderte sie. »Aber wenn ich Königin von Vanhelm wäre, würde das ja heißen, dass Finnegan entweder tot oder enterbt ist. Und ich würde mir keins von beidem wünschen. Und ... na ja. Wenn man der Geschichtsschreibung glauben mag, nehmen Königinnen nie ein gutes Ende, nicht wahr?«

»Eure Mutter scheint Erfolg zu haben.«

»Vielleicht«, sagte Erin. »Aber ich bin nicht meine Mutter.«

»Glaubt ihr denn, Ihr wärt eine gute Königin?«

Erin reckte das Kinn. »Ja, das tue ich.«

»Ich auch.«

»Ihr kennt mich doch kaum«, erwiderte Erin. »Und Eure Loyalität sollte ja wohl Finnegan gehören. Oder habt Ihr anderweitige Hoffnungen, was ihn betrifft?«

»Anderweitige Hoffnungen?«

Erin legte den Kopf schief und sah sie forschend an. Aurora erkannte Finnegan in ihr wieder, in dem Schwung ihrer Lippen und dem Grün ihrer Augen. Sie hatten genau die gleiche Farbe und blickten ebenso verständnisvoll. Doch Erins Gesichtsausdruck war sanfter, vermischt mit einem Hauch von Entschlossenheit. »Tut mir leid«, sagte sie. »Das war anmaßend von mir.« Sie warf einen Blick zur Tür. »Danke, dass ich stören durfte. Ich werde Euch jetzt besser in Ruhe lassen.«

Als Erin gegangen war, widmete Aurora sich wieder ihrer ramponierten Kerze. Doch Erins Worte hallten in ihr nach. Wollte sie nicht, dass Finnegan König wurde? Sie wollte, dass er glücklich war, ja; sie war davon ausgegangen, dass er König sein würde, aber die Vorstellung, dass er den Thron *nicht* bestieg, war auf unvermutete Weise verlockend. Sie genoss es, mit Finnegan zu flirten, diesem unverschämten Prinzen, der Pläne schmiedete und träumte und sich über alle Regeln hinwegsetzte, aber als König würde er anders sein. So schwer beladen mit Verantwortung und mit so vielen anderen Dingen befasst als mit sich selbst. Sein ganzes Handeln wäre auf das übergeordnete politische Wohl des Königreichs ausgerichtet. Prinz Finnegan war anziehend, aber *König* Finnegan …

Es sollte egal sein, was die Zukunft für Finnegan bereithielt. Sie hatten ein temporäres Bündnis geschlossen, mehr nicht. Aber dieser Gedanke an eine andere Art von Zukunft machte sie nervös. Da war diese Stimme in ihr, die sie krampfhaft versuchte zu ignorieren und die verlangte, dass Finnegan ihr gehören sollte. Die verlangte, dass alle anderen Verpflichtungen und Loyalitäten verschwinden sollten.

Sie wollte, dass Finnegan an *ihrer* Zukunft teilhatte. Und dieser Gedanken machte ihr die größten Sorgen.

SIEBZEHN

»Es muss faszinierend sein«, sagte Finnegan, als sie an diesem Abend zusammen speisten.

Aurora blickte ihn über den Tisch hinweg an. Sie war so in Gedanken versunken gewesen, dass sie seine Worte nur am Rande registriert hatte.

»Was muss faszinierend sein?«, fragte sie nach.

»Das, worüber ihr gerade nachsinnt. Zumindest hat es Euch die letzte halbe Stunde von allem anderen abgelenkt.«

Sie konnte nicht aufhören, über Erins Worte nachzudenken und über die neugewonnenen Einsichten über sich selbst. Sie wünschte, sie könnte mit Distel darüber sprechen. Die Sängerin würde es verstehen und sie nicht verurteilen. Sie schob ein Stück Fleisch auf ihrem Teller herum. »Tut mir leid«, sagte sie. »Mir fehlt Distel. Ich hoffe bloß, dass ihr nichts passiert.«

»Es geht ihr sicher hervorragend, Aurora. Sie beherrscht ihr Metier aus dem Effeff.« Er legte sein Messer hin. »Und jetzt sagt mir, was Euch wirklich bedrückt. Hat Celestine Euch wieder bedroht?«

»Nein«, sagte Aurora. »Das ist es nicht.« Aber sie konnte ihm nicht den wahren Grund für ihre Zerstreutheit nennen, und sie war sich auch nicht sicher, ob sie ihm gegenüber Tristan erwähnen sollte. Sie konnte nicht einschätzen, wie er reagieren würde. »Heute in der Stadt wurde ich von ein paar Männern bedrängt«, sagte sie stattdessen. »Sie wollten mich einfangen und an den König ausliefern, um die Belohnung einzustreichen. Aber mir geht's gut. Ich habe nur nicht damit gerechnet, dass mich seine Männer so schnell finden würden.«

»Er hat Wachleute auf Euch angesetzt?«

»Nein«, sagte sie. »Ich glaube, dass er zurzeit alle Männer, die ihm treu ergeben sind, zu seinem eigenen Schutz braucht, sofern die Berichte aus Petrichor stimmen. Aber anscheinend gibt es genug andere Leute, die bereitwillig die Drecksarbeit für ihn erledigen.«

Finnegan runzelte die Stirn und sah auf einen Schlag viel älter und furchtbar müde aus. »Es ist ziemlich riskant, Euch am helllichten Tag auf offener Straße entführen zu wollen.«

»Eintausend Goldtaler sind eine stattliche Belohnung.«

»Ich werde veranlassen, dass noch mehr Soldaten auf den Straßen patrouillieren und den Hafen bewachen.« Einen Moment lang ließ er seinen Blick auf ihr ruhen, als würde er nachdenken, dann schob er den Stuhl zurück. »Kommt, lasst uns ins Theater gehen«, sagte er. »Gerade läuft ein ausgezeichnetes Stück – geballte Dramatik und jede Menge Herzschmerz. Es wird Euch gefallen. Es bringt nichts, hier zu hocken und sich darüber den Kopf zu zerbrechen.«

»Außerhalb des Schlosses ist es nicht sicher«, wandte sie ein. »Die Männer des Königs …«

»Nirgends ist es sicher«, schnitt er ihr das Wort ab. »Und Ihr lebt noch, oder?«

Er ging zu ihr auf die andere Seite des Tisches, ergriff ihre Hand und zog sie auf die Füße. »Kommt, Aurora«, sagte er. »Ohne einen Hauch Nervenkitzel macht das Leben doch nur halb so viel Spaß.«

Das Stück hielt, was Finnegan versprochen hatte: dramatische Verstrickungen, eine vom Schicksal gebeutelte Liebe und ein als Freund getarnter Feind. Die Lieder gingen Aurora ins Ohr, die Sterbeszene trieb ihr die Tränen in die Augen, und als der letzte Vorhang fiel, sprang sie auf und klatschte begeistert Beifall.

»Und?«, sagte Finnegan, als sie wieder hinaus auf die Straße traten. »Das war gar nicht so übel, was?«

»Es war ganz passabel«, gab Aurora neckend zurück. »Ihr habt einen besseren Geschmack, als ich dachte.«

»Danke für die Blumen.« Er hielt ihr den Arm hin. »Wollen wir in den sicheren Palast zurückkehren, Mylady?«

Aurora zögerte. Die Nacht war ungewöhnlich warm, und

am Himmel leuchteten die Sterne. In der Dunkelheit hier draußen fühlte sie sich sicherer. Sie war noch nicht bereit, zu ihren Sorgen zurückzukehren.

»Vielleicht könnten wir noch ein bisschen spazieren gehen«, sagte sie. »Nur ein Weilchen.«

Finnegan lächelte. »Und ich weiß auch schon, wohin.«

Sie legte ihre Hand in seine Armbeuge, und dann tauchten sie gemeinsam in die Stadt ein. Straßenlaternen warfen ihr flackerndes Licht über das steinerne Pflaster, und in der Ferne bimmelte eine Straßenbahnglocke.

Sie schlenderten schweigend nebeneinanderher. Hier und da hörte Aurora gedämpfte Stimmen hinter verschlossenen Türen, aber sie sah nur noch wenige Menschen. Vanhelm war so anders als Petrichor, mit seiner Nachtkirmes und den überfüllten Wirtshäusern.

Und dann wichen die Häuser zurück und machten einer ausgedehnten Fläche mit Gras und Bäumen Platz. Drumherum zog sich ein niedriger Eisenzaun.

»Das ist … ein Garten!«, sagte sie.

»Ein Park. *Der* Park. Bei all dem Stahl und Rauch brauchen wir ein wenig Grün.«

Über dem Eingang hing ein Schild. *Coppergate Park. Geschlossen von Sonnenuntergang bis Sonnenaufgang.* Das Tor war mit einem Hängeschloss gesichert.

»Es ist geschlossen, Finnegan«, sagte sie »Wir können da nicht rein.«

»Ich bin der Prinz«, entgegnete er. »Und Ihr seid eine Prinzessin. Da können wir die Regeln wohl getrost außer Acht lassen.«

»Das fühlt sich falsch an.«

»Niemand wird davon erfahren.« Finnegan schwang sich mühelos über das Tor. Er hielt Aurora die Hand hin. »Habt Ihr etwa Angst?«

Sie ignorierte seine Hand und stellte ihren linken Fuß auf die unterste Zaunsprosse. Nur mit Mühe reichte sie mit dem rechten Bein an die obere Strebe heran. Sie stellte sich auf Zehenspitzen, hievte sich nach oben und zog das andere Bein nach, während sich ihr Rocksaum in den Zaunspitzen verheddderte. Finnegan fing sie lachend auf der anderen Seite auf.

Er zog sie mit sich tiefer in den Park hinein. Über ihnen raschelte der Wind in den Bäumen.

Es war so friedlich, so befreiend. Aurora trat einen Schritt von Finnegan weg und formte mit den Händen vor ihrem Körper eine Schale. Sie beschwor die Wut herauf, die sie gegen die Männer, die sie entführen wollten, empfunden hatte, sowie die bange Sorge um Tristan und Rodric. Aber nein. Daran wollte sie jetzt nicht denken. Stattdessen schloss sie die Augen und versuchte, andere Gefühle aufleben zu lassen. Etwa die Empörung, die in ihr hochgewallt war, als Finnegan ihr grinsend erklärt hatte, er würde darauf warten, dass sie *ihn* küsste, und dann die erwachende Neugier, dieses Gefühl, bei dem sich ihr der Magen zusammenzog und Reue aufkam, dass sie ihn einfach hatte stehen lassen.

Da. Sie erhaschte den Funken in ihrem Inneren, eine zarte

Ranke Magie, und versuchte, sie herauszulocken. Hinein in ihre gewölbten Hände. Um es brennen zu lassen.

Warme Zungen leckten an ihren Handflächen, und hinter ihren geschlossenen Lidern flammte Licht auf. Sie schlug die Augen auf. Ein kleiner Feuerball schwebte über ihren Händen.

»Beeindruckend!«, sagte Finnegan.

Das Licht flirrte, dann wurde es stärker. Sie hielt es Finnegan entgegen. »Hier«, sagte sie. »Nehmt.«

»Wenn Ihr mich in Brand stecken wollt, müsst Ihr es schon ein bisschen geschickter anstellen.«

»Nehmt«, wiederholte sie. Sie ließ ihre Hände zur Seite kippen, so dass das Feuer von ihren Handflächen glitt und nur etwa einen Meter vor Finnegans Brust in der Luft hing. Der Widerschein der Flammen zuckte über sein Gesicht. Seine Augen glitzerten.

»Danke.«

Sie versank in einem ironischen Knicks, und er lachte.

»Könnt Ihr noch mehr davon herzaubern?«

Das konnte sie. Ihre Brust füllte sich mit etwas, das jenseits von Wut und Angst existierte, eine Freude, die von der Welt außerhalb des Parks nicht berührt werden konnte. Sie schuf einen zweiten Flammenball an ihren Fingerspitzen. Auch diesen ließ sie frei, und dann einen weiteren und noch einen, bis die Luft von Lichtern schimmerte, als würden hundert herbeigerufene Feen um sie herumtanzen.

Einer wirbelte dicht an Finnegans Kopf vorbei, und er

duckte sich lachend weg. »Vorsicht«, sagte er. »Bitte nicht *mich* in Brand setzen, wenn es sich irgendwie vermeiden lässt.«

Sie stimmte in sein Lachen ein. Ein weiteres Licht schlüpfte zwischen ihren Fingern hindurch, diesmal war es grün, so wie das Licht, mit dem Celestine sie vor mehr als hundert Jahren in Bann geschlagen hatte. Es schwebte durch die Luft und wirbelte um Finnegans Kopf herum.

»Aufhören, halt!«, sagte Finnegan, machte einen Satz nach vorn und ergriff ihre Hände. Doch er lachte, als er sagte: »Das ist immer noch *Feuer*, Aurora.«

»Vertraut Ihr mir nicht?«

»Oh, genau so sehr, wie Ihr mir vertraut.« Er zog sie an sich heran. »Wie wäre es mit einem kleinen Feuerwerk?«, sagte er. »Hoch oben am Himmel.«

Feuerwerk. Die Explosion auf der Schlosstreppe, die Schreie der flüchtenden Menschen, das Blut, das an ihren Fingern klebte, als sie Rodric wegstieß. So viel Schmerz. Sie machte sich von Finnegan los und warf den Kopf in den Nacken. Dann schleuderte sie die Erinnerungen in die Luft, ein goldener, wirbelnder Flammenball. Er sauste hoch und immer höher, an den Bäumen vorbei, über die Dächer hinweg, hinauf zu den Sternen. Dann gab sie ihm einen letzten Stoß, und er explodierte. Winzige Feuerbänder regneten herab.

»Wenn die Leute das sehen, denken sie, dass jetzt wirklich das Ende nah ist«, sagte Aurora.

»Sollen sie doch«, erwiderte Finnegan. »Was wissen die schon.«

Aurora legte den Kopf noch weiter zurück und betrachtete die Sterne. Die Nacht war dunkel, es war fast Neumond, aber die Sterne leuchteten hell.

Sie ließ sich ins Gras fallen. Lichter schwebten um sie herum, wippten hin und her, als wären sie unschlüssig, wo sie hinwollten. Sie griff nach Finnegans Arm und zog ihn mit zu sich nach unten. Er plumpste neben sie, und sie kicherte.

»Ihr seid betrunken, Rora.«

»Wie kann ich betrunken sein?« Sie räkelte sich im Gras. »Ich habe keinen Tropfen getrunken.«

»Berauscht von Magie«, sagte er. »Berauscht von Euch selbst.«

Sie drehte den Kopf und sah ihn an. Eine Strähne fiel auf ihre Wange. »Glaubt Ihr wirklich, ich kann es? Die Drachen bändigen und König John aufhalten?«

»Ich glaube, Ihr könnt alles.«

»Das stimmt nicht«, wandte sie ein. »Es gibt viele Sachen, die ich nicht kann.«

»Nennt mir nur eine.«

»Rodric heiraten. Das konnte ich nicht«, flüsterte sie. »Ich konnte Alyssinia nicht helfen, als ich noch dort war. Ich konnte nicht all die Gräueltaten verhindern, die der König begangen hat.«

»Diese Dinge zählen nicht.«

»Natürlich zählen sie.«

»Warum solltet Ihr dafür verantwortlich sein? Warum könnt Ihr nicht einfach tun, was *Ihr* wollt.«

»Weil«, sagte sie und schloss die Augen. Sie spürte das Gras an ihrer Wange, »ich es nicht kann.«

»Ihr könnt tun, was Ihr wollt, Aurora«, sagte er. »*Alles*, was Ihr wollt.«

»Und wenn ich nicht weiß, was ich will?«

»Dann solltet Ihr wohl alles einmal ausprobieren«, sagte er. »Um es herauszufinden.« Sie konnte das Feixen in seiner Stimme hören und musste unwillkürlich lachen. Es tat gut, zu lachen. *Hier* zu sein.

»Ihr wolltet mein Geheimnis wissen?«, flüsterte sie. Als sie die Augen aufschlug, konnte sie seine sehen, ein grünes Funkeln in der Dunkelheit, nur wenige Zentimeter von ihr entfernt. »Manchmal bin ich beinahe froh, dass König John so ein Monster ist. Dadurch hatte ich einen guten Grund, das Land zu verlassen. Andernfalls wäre ich jetzt mit Rodric verheiratet, und dann ...«

»Dann wärt Ihr niemals hier zusammen mit mir gelandet?«

»Ja«, sagte sie. »Mein Leben hätte auf ewig dem alyssinischen Königshaus gehört. Es brauchte einen Anlass, um fortzugehen. Um meine Magie kennenzulernen. Nur der Wunsch, es zu tun, genügte nicht.«

»Und was denkt Ihr jetzt?«, sagte er mit dunkler Stimme. »Denkt Ihr, etwas zu wollen, genügt?«

»Ich weiß es nicht.« Ihre Worte waren so leise, dass sie vom lauen Wind fast verschluckt wurden. Gänsehaut überzog ihre Arme.

Er wird mich nicht küssen, dachte sie. *Ich bin es, die ihn küssen muss.*

Die Spannung war unerträglich. Sie drehte den Kopf weg und sah zu den Sternen hinauf. »Warum, glaubt Ihr, verschwanden die Drachen einst?«

»Weil die Welt sie nicht behalten konnte«, sagte Finnegan. »Drachen sind magisch, oder? Und als die Magie dahinschwand, schwanden auch sie dahin. Oder zumindest legten sie sich schlafen, bis ihre Zeit gekommen war. Und das war tausend Jahre später, als wir sie schon vollkommen vergessen hatten.«

»Und Ihr glaubt nicht, es war ein tapferer Held, der sie vertrieb?«

»Was soll ein Held allein gegen die Drachen schon ausrichten? Nein, Rora, glaubt mir. Es war die Welt, die sie überwunden hatte.«

»Und doch denkt Ihr, dass ich allein es schaffe, dass sie sich schlafen legen?«

»Ich glaube, Eure Magie kann es. Meint Ihr nicht?«

Aurora befühlte ihren Anhänger und spürte, wie die scharfen Kanten der Flügel in ihren Daumen schnitten.

»Und was ist mit Celestine?«, sagte sie. »Sie ist diejenige, die mich in Schlaf gezaubert hat. Sie hat das alles geplant. Ist sie auch ein Produkt dieser Welt?«

»Vielleicht«, sagte Finnegan. »Aus irgendeinem Grund muss sie ja so geworden sein, wie sie ist, oder?«

Aurora verspürte das Verlangen, ihm die Wahrheit zu sagen. Sie trug Celestines Geheimnisse schon viel zu lange mit sich herum und ließ zu, dass sie sie allmählich von innen auffraßen. Sie wollte, dass Finnegan Bescheid wusste. »Sie behauptet, meine Mutter hätte einen Handel mit ihr abgeschlossen«, sagte sie. »Und als meine Mutter ihren Teil der Abmachung nicht einhielt, hat Celestine mich verflucht.«

Sie weigerte sich, Finnegan dabei anzusehen, spürte aber, dass er sie beobachtete. »Was war das für ein Handel? Worum ging es dabei?«, fragte er.

Jetzt neigte sie den Kopf zur Seite. Sie waren beinahe auf Tuchfühlung, seine Miene drückte Neugier aus, ohne sie zu drängen. »Um mich«, sagte sie. »Sie wollte mich.«

»Celestine? Oder Eure Mutter?«

»Meine Mutter. Ich weiß nicht, was Celestine im Gegenzug verlangte.«

Halb rechnete sie damit, dass Finnegan gleich wild drauflosspekulieren und eine Theorie entwerfen würde. Aber er sah sie einfach nur weiter an, mit fast zärtlicher Miene. »Darum also besitzt Ihr Magie«, sagte er. »Darum glaubt Ihr, dass Celestine Euch benutzen wollte, um die Drachen zu bändigen.«

»Ja«, sagte Aurora. Sie schloss die Augen. »Vielleicht. Aber was hat meine Mutter ihr im Gegenzug angeboten?«, murmelte sie. »Und wie konnte sie bloß annehmen, Celestine austricksen zu können?«

»Vielleicht hat sie ihr Macht angeboten«, sagte Finnegan. »Die Menschen streben immer nach Macht.«

»Aber inwiefern wäre das für Celestine verlockend gewesen? Sie hatte mehr als genug Macht.«

»Vielleicht merkte sie, dass ihre Macht dahinschwand. Oder sie wollte einfach noch mehr.«

Hatte Celestine ihre Verfluchung womöglich von Anfang an geplant? Vielleicht war es gewollt gewesen, dass ihre Mutter ihren Teil der Abmachung nicht einhalten konnte. Vielleicht war der Handel von vornherein darauf ausgelegt gewesen zu scheitern.

»Und dann benutzte sie mich, um die Drachen zu wecken«, sagte Aurora. »Um auch an *deren* Magie heranzukommen.«

»Ja«, sagte Finnegan. »Vielleicht.«

Sie richtete sich auf. Etwas von den Drachen hatte sie in sich. Und sie war nicht sicher, ob sie wirklich wissen wollte, was es war. Wenn ihre Magie genauso zerstörerisch war wie die der Drachen, wenn nichts mehr leben konnte, wo ihr Feuer gebrannt hatte ...

Sie drückte ihre Hände fest ins Gras und befahl ihm zu wachsen. Sich um ihre Hand zu winden, als Beweis, dass sie nicht bloß Feuer, sondern auch Leben entfalten konnte. Um zu zeigen, dass sie mehr war, als sie befürchtete.

Das Gras regte sich nicht. Sie zog daran, so als ließe sich das Wachsen erzwingen. Die Halme rissen ab.

»Rora?«

Sie drehte sich zu Finnegan um und sah ihn an. Sein Gesicht war ihrem ganz nahe. »Sie sagte mir, ich sei wie sie. Was, wenn meine Magie nur zerstören kann, so wie bei ihr, egal, was meine Absichten sind? Was wird mit mir geschehen, wenn ich weiterhin versuche zu zaubern?«

»Ich weiß es nicht«, sagte Finnegan langsam. »Vermutlich müsst Ihr einfach daran festhalten, Ihr selbst zu sein.«

»Aber ich weiß ja nicht einmal, wer ich bin.«

»Nicht Celestine. Ihr seid nicht wie sie.«

Lose Grashalme rieselten aus ihren Händen zu Boden. Sie drehte sich weg und starrte auf die umliegenden Häuser, die sich als Schattenriss schwarz vor dem Nachthimmel abhoben. »Es scheint, als hätte ich nur zwei Möglichkeiten: Entweder tue ich nichts und lasse zu, dass die schrecklichsten Dinge geschehen, oder ich versuche zu kämpfen, und tue dann selbst die schrecklichsten Dinge. Und manchmal ... weiß ich nicht, was schlimmer ist.«

»Warten müssen«, sagte er. »Gar nichts tun können. Das ist immer am schlimmsten.«

»Für Euch vielleicht«, sagte Aurora. »Ich bin mir da nicht so sicher.«

Sie legte ihren Kopf an Finnegans Schulter und schloss die Augen. Er schlang einen Arm um sie herum, und sie verfielen in einträchtiges Schweigen, während ihre Magie noch immer um sie herum flimmerte.

ACHTZEHN

In dieser Nacht hatte Aurora Mühe, Schlaf zu finden.

Es war nicht nur eine Frage von Gut oder Böse, von Kämpfen oder Warten, von wer sie sein wollte. Rodric half. Und wenn sie untätig blieb, wenn sie ihn allein kämpfen ließ ... Wie sollte er das durchhalten, mit seinem Vater so gefährlich nah? Doch wenn sie mit ihm zusammen kämpfen, wenn sie König John herausfordern würde, und zwar mit Hilfe der Drachen ... Aber würde Rodric ihre Hilfe überhaupt annehmen, wenn dadurch noch mehr Zerstörung drohte? Er würde nicht wollen, dass sie das Königreich in seinem Namen niederbrannte.

Aber die Menschen glaubten an sie. Die Menschen verließen sich auf sie. Sie konnte sie nicht einfach im Stich lassen. Aber genauso wenig durfte sie sie dem Feuer ausliefern.

Sie musste sich Rat holen von jemandem, dem sie vertrauen konnte. Und obwohl sie mit Finnegan gesprochen und ihm im Schutz der Dunkelheit Dinge gestanden hatte, die sie am liebsten vor sich selbst verschwiegen hätte, kannte er sich in Sachen Krieg nicht wirklich aus. Trotz seines forschen Auftretens war er, was das anging, ebenso unerfahren wie sie.

Aber Orla war darin bewandert. Freilich durfte sie ihr gegenüber nichts von dem Plan mit den Drachen verraten, aber um ihr Vertrauen zu gewinnen, könnte sie ihr etwas über ihre Magie und die Machenschaften von König John erzählen, und die Königin könnte ihr erläutern, ob man Frieden jemals mit Gewalt erringen konnte. Orla schien ein sachlich denkender Mensch zu sein, und Aurora vermutete, dass sie schon viele schwierige Entscheidungen treffen musste. Sie wirkte gleichermaßen aufrecht und pragmatisch, und Aurora konnte sich nicht vorstellen, dass sie sich je von ihren Emotionen daran hindern ließ, die richtige Entscheidung zu fällen.

Bei Sonnenaufgang setzte Aurora sich an den Schreibtisch und schrieb eine Nachricht an die Königin, in der sie sie bat, mit ihr zusammen zu Mittag speisen zu dürfen, und schickte einen Dienstboten damit los. Eine halbe Stunde später kehrte der Lakai mit einem neuen Stück Papier zurück, welches das königliche Siegel von Vanhelm trug. Der Brief war mit Tintenklecksen übersät. In nachlässiger Schrift hatte die Königin Aurora eingeladen, zu ihr ins Arbeitszimmer zu kommen.

»Ich bin froh, dass du mir geschrieben hast«, sagte Orla, nachdem Aurora sich gesetzt und der Diener die Tür hinter sich geschlossen hatte. »Ich wollte schon seit längerem unter vier Augen mit dir sprechen. Die Situation ist angespannt, wie du sicher weißt. Vanhelm hat es gerade nicht leicht, das Problem mit den Drachen auf der einen Seite und das mit Alyssinia auf der anderen … Jeden Tag Diskussionen, jeden Tag Strategieplanungen. Aber das ist nun mal die Aufgabe einer Königin, nicht wahr?«

Sie sah Aurora auffordernd an, so als erwarte sie irgendeine Reaktion. Aurora nickte.

»Also, leg los«, fuhr Orla fort. »Worum geht es? Ich bin sicher, dass es dich nicht bloß nach meiner Gesellschaft verlangt hat.«

»Oh«, sagte Aurora. Ihr fielen nicht die rechten Worte ein. »Ich wollte Euren Rat einholen.«

»Du willst einen Ratschlag von mir? Aber ich bin doch die Feindin deines Königreichs, oder nicht?«

»Das sehe ich nicht so«, erklärte Aurora. »Und selbst wenn es so wäre. Das heißt doch nicht, dass es sich nicht lohnt, Eure Sichtweise zu hören.«

»Und in welcher Angelegenheit suchst du meinen Rat?«

Aurora strich die Falten ihres Rockes glatt, um sich davon abzuhalten, ständig an ihren Haaren zu nesteln. »So wie es aussieht«, setzte sie vorsichtig an, »kann ich König John nur aufhalten, indem ich ihn herausfordere. Ob mich jetzt Leute vor Ort unterstützen oder ich mir Hilfe von außerhalb suche … Ich werde gegen ihn kämpfen müssen.«

»Ihr *müsst* nicht gegen ihn kämpfen«, wandte Orla ein. »Ihr könntet die Dinge auch einfach auf sich beruhen lassen.«

»Das ist richtig«, erwiderte Aurora. »Aber wenn ich Veränderungen will, muss ich kämpfen. Allerdings quält mich der Gedanke, dass ich die Situation damit vielleicht noch verschärfe. Unter Umständen wäre ich dann schuld an schrecklichen Dingen, die ohne mein Handeln nicht passieren würden. Doch wenn es letztlich einem guten Ziel dient ... ist es dann nicht besser zu handeln?«

»Aurora.« Orla stützte die Ellenbogen auf den Schreibtisch und verschränkte die Hände vor ihrem Kinn. Sie betrachtete Aurora mit nachdenklicher Miene. »Mit diesen Fragen beschäftigen sich seit Menschengedenken die klügsten Köpfe dieser Erde. Wenn du dir nun von mir eine unstrittige, klare Antwort erhoffst, muss ich dich leider enttäuschen. Diese Frage kann dir niemand beantworten, außer du selbst. Aber vielleicht ist es auch die falsche Frage, die du dir stellst. Es geht nicht so sehr darum, was richtig, sondern was machbar ist. Was ist die *beste* Vorgehensweise, unter der Prämisse, dass *alle* negative Konsequenzen mit sich bringen? Als Erstes solltest du dir vielleicht darüber im Klaren werden, ob du überhaupt nach Alyssinia zurückkehren willst.«

»Ich muss nach Alyssinia zurückkehren«, entgegnete Aurora. »Früher oder später.«

»Warum? Alyssinia hat bereits eine Königin. Und einen König und einen Prinzen ebenfalls und obendrein noch viele andere Leute, die um den Thron ringen. Wenn du das Land zum Positiven verändern kannst, dann solltest du zurückkehren. Aber kannst du das wirklich?«

»Ich muss«, sagte Aurora. »Das ist meine Bestimmung.«

»Bestimmung? Ach, mein armes Kind. Niemand ist für irgendetwas bestimmt. Nach Ansicht deines Königreichs ist keine Frau dafür bestimmt, Alleinherrscherin zu sein, und sicherlich denkt man in Alyssinia, die Drachenplage wäre Vanhelms gerechte Strafe dafür, dass wir uns darüber hinwegsetzen. Aber ich glaube, dass ich diejenige bin, die am besten für die Position geeignet ist, die ich innehabe, und dass ich ausgezeichnete Arbeit für mein Königreich leiste. Ich schlafe zwar kaum, aber ich bin gut in dem, was ich tue. Im strategischen Planen, im Unermüdlichsein, im Aushandeln von Kompromissen. Du musst dir überlegen, wo du deine Fähigkeiten am erfolgreichsten einsetzen kannst, und dann der Welt klarmachen, dass du genau dafür bestimmt bist. Wenn du überzeugend genug auftrittst, wird man dir glauben.« Orla sah Aurora aufmerksam an. »Ich gebe nicht viel auf Gerüchte und Klatschgeschichten«, fuhr sie fort. »Das ist eher das Metier meines Sohnes. Aber mir ist zu Ohren gekommen, dass du Magie besitzt. Und ich denke nicht, dass das nur abergläubisches Gewäsch ist. Habe ich recht?«

Orlas entwaffnende Offenheit machte Aurora es leicht, ehrlich zu antworten. »Ja«, sagte sie. »Ich verfüge über ein bisschen Magie. Auch wenn ich sie nicht wirklich verstehe.«

»Und das ist womöglich auch besser so. Man sollte sich nicht auf Magie stützen, wenn man solche Pläne verfolgt wie du.« Orla tippte mit dem Finger gegen den Schreibtisch. »Die Wahrheit über Magie ist, dass sie die Menschen schwach macht, Aurora. Sie hören auf, Fragen zu stellen, sie strengen sich nicht mehr an, weil sie erwarten, dass die Magie alles für sie richten wird. Und wenn die Magie dann versagt … tja. Du weißt ja, was aus Alyssinia geworden ist. Oder was es sogar schon zu deiner Zeit war. Ein rückständiges, überlebensunfähiges Königreich. Ich verstehe also nicht, inwiefern Magie helfen soll.«

Doch in diesem Punkt hatte Orla ausnahmsweise nicht recht. Magie war Auroras einzige Chance. Magie mochte vielleicht nicht das Allheilmittel sein, aber sie hatte selbst erlebt, was Zauberei bewirken konnte. Sie hatte ihr eigenes Leben zerstört. Wenn der eine Magie besaß und der andere nicht, würde immer derjenige mit Magie gewinnen.

»Du glaubst mir nicht«, sagte Orla. »Das ist Euer alyssinisches Blut, schätze ich. Aber sieh dir an, was mit deinem Königreich in deiner Abwesenheit geschehen ist. Selbst nach deiner Verwünschung waren sie noch borniert und verblendet. Sie hatten die Berge, und sie hatten die Erinnerung an Magie, aber keinerlei wirksame Verteidigungsmittel, keinen Stadtwall, keinen Fortschritt, nichts, um sich zu schützen, als Falreach angriff.«

»Aber sie haben überlebt.«

»Ja«, sagte Orla. »Sie haben überlebt. Weil mein Königreich ihnen half. Alyssinia war unser Nachbar und Handelspartner, nicht Falreach, und sie schienen uns vielversprechender: Sie konnten uns Gegenhilfe zusichern, für den Fall, dass *wir* jemals in Schwierigkeiten gerieten. Sie konnten uns zur schlafenden

Prinzessin vorlassen, für den Fall, dass ihre wahre Liebe aus unserem Königreich käme. Ohne Vanhelms Hilfe wäre Alyssinia gefallen. Das wäre nicht in unserem Interesse gewesen.«

Eine ähnliche Version der Ereignisse hatte Aurora in den diplomatischen Schriftstücken gefunden, die Finnegan ihr gegeben hatte. »Dann habt Ihr also mein Königreich gerettet?«, sagte sie mit Bedacht. »Ist das der Grund, warum John und Iris Euch so argwöhnisch gegenüberstehen? Befürchten sie, Ihr könntet fordern, dass sie ihre Schuld begleichen sollen?«

»Nicht ganz. Du musst wissen, dass nach dem Krieg eine schwere Zeit für Alyssinia anbrach. Dürren, Hungersnöte, Könige, die so schnell wechselten wie die Jahreszeiten, wobei jeder neue Regent weiter von der königlichen Abstammungslinie entfernt lag ... und dann griff Falreach erneut an. Und wieder bot mein Königreich seine Hilfe an, wofür wir nur eine einzige Kleinigkeit verlangten. Wir wollten in die Thronfolge von Alyssinia mit eingeschlossen werden. Meine Mutter sollte den Sohn des Königs heiraten. Die beiden waren damals noch Kinder, erst vier und sieben Jahre alt, doch es wurde ein entsprechender Vertrag aufgesetzt, und wieder retteten wir Alyssinia vor dem Untergang.«

»Aber die Hochzeit kam nicht zustande?«

»Nein, das tat sie nicht. Wir hatten nicht mit der Rückkehr der Drachen gerechnet. Sie verwüsteten unser Land, und wir kämpften mit den Folgen. Alyssinia versagte uns jede Hilfe. Sie behaupteten, sie seien selbst noch zu geschwächt. Und dann, als der alte König von Alyssinia starb, trat ein Rat aus

Adligen auf den Plan. Sie enterbten seinen Sohn, inszenierten einen Staatsstreich und schlossen Vanhelm aus. Vanhelm war zu schwer angeschlagen, um sich dagegen wehren zu können. Beide Königreiche mussten um ihr Überleben kämpfen ... aber Vanhelm war schon seit jeher widerstandsfähiger gewesen, und während Alyssinia nach und nach dahinschwand, erholten wir uns wieder. Und jetzt fürchtet Alyssinia, dass wir Rache nehmen wollen. Dass wir den uns versprochenen Thron fordern.«

»Und tut Ihr es?«, fragte Aurora. »Trachtet Ihr nach dem Thron?«

»Rache ist verschwendete Energie«, sagte Orla. »Wir haben Besseres zu tun, als einen Krieg zu führen wegen einer Kränkung, die fünfzig Jahre zurückliegt. Ich selbst habe kurz nach meinem Amtsantritt die Verträge zwischen den beiden Königreichen erneuert. Finnegan sollte die Chance erhalten, Euch aufzuwecken, obwohl er bei der Unterzeichnung der Vereinbarung gerade erst ein Jahr alt war, und schließlich wurde entschieden, dass er Prinzessin Isabella heiraten würde, sobald sie erwachsen wäre. Rache interessiert uns nicht.«

Trotzdem beantwortete das nicht Auroras Frage. Rache nehmen und den Thron besteigen wollen waren zwei verschiedene Dinge.

»Du siehst also«, sagte Orla, »Magie ist nicht halb so segensreich, wie du denkst. Du sorgst dich um das Falsche. Nicht das Kämpfen wird sich als dein größter Fehler herausstellen, sondern der Glaube, dass Magie hilft, statt zu schaden.«

Aurora hatte Magie nie für harmlos gehalten. Orlas Worte fielen bei ihr nicht auf fruchtbaren Boden. Magie war gefährlich, ja. Doch in der jetzigen Situation war sie Auroras einziger Vorteil. Darauf konnte sie nicht verzichten.

»Also?«, sagte Orla. »Was sagst du nun zu der Wahrheit über Alyssinias Feind?«

»Sehr aufschlussreich«, erwiderte Aurora.

»Eine durch und durch diplomatische Antwort, das muss ich dir lassen. Iris war eine gute Lehrmeisterin.«

Die Tür schwang knarrend auf, und der Lakai kehrte zurück, in den Händen ein Tablett, das mit Backwaren und Obst beladen war.

»Aber komm jetzt«, sagte Orla, als die Teller unter lautem Klappern auf dem Tisch verteilt wurden. »Für einen Mittagsplausch wird's mir allmählich zu ernst. Warum erzählst du mir nicht lieber, wie sich mein Sohn bei seinem Besuch in Petrichor aufgeführt hat? Ich brauche jetzt etwas Unterhaltsames.«

Danach sprachen sie nur noch über triviale, heitere Dinge. Orla erzählte Aurora Anekdoten aus ihrer Jugend und aus Finnegans Kindheit, und Aurora schilderte, welch tiefen Eindruck Vanhelm auf sie gemacht hatte, wie überwältigend und inspirierend sie die Stadt fand.

Doch als Aurora das Arbeitszimmer verließ, unter gegenseitigen Beteuerungen, dass man, sobald die Königin wieder mehr Zeit hätte, erneut zusammenkommen wolle, war ihr einziger Gedanke, wie verschieden Orla und Iris doch waren. Die Königin von Vanhelm war so selbstbewusst, so wahrheitsliebend, so mächtig, und doch schien niemand sich gegen sie auflehnen zu wollen. Sie war die unangefochtene Alleinherrscherin.

Und eigentlich sollte sie auch über Alyssinia herrschen. Beide Königreiche gehörten zu ihrem rechtmäßigen Erbe. Beide Königreiche gehörten im Grunde *Finnegan*.

Aurora fand Finnegan in einem der vielen Studiersäle. Er saß an einem Tisch über ein Schachbrett gebeugt, mit einem Turm in der Hand, und sinnierte über seinen nächsten Zug. Erin saß ihm gegenüber, die Hände im Schoß gefaltet.

»Denk ja nicht, dass ich für dich von den Regeln abweiche«, sagte sie, als Aurora durch die Tür schlüpfte. »Sobald du eine Figur angefasst hast, musst du sie ausspielen. Ist ja nicht meine Schuld, wenn du es dir vorher nicht gut genug überlegst. Hab ich nicht recht, Aurora?« Das junge Mädchen drehte sich zu ihr um und lächelte. »Er kann doch nicht mogeln, nur weil er verliert.«

»Jedenfalls nicht, wenn er ein Gentleman ist.«

»Na schön.« Finnegan setzte seinen Turm und räumte dabei einen weißen Bauern ab. »Erledige mich, wenn's sein muss.«

Erin lehnte sich nach vorn und streckte sich nach ihrer Königin aus, dann lachte sie. »Du glaubst doch nicht im Ernst, dass du mich nach sechzehn Jahren so leicht hinters Licht führen kannst, Bruderherz? Ich werde mich von dir bestimmt nicht in die Schachmattfalle locken lassen.« Sie ignorierte seinen Turm und setzte statt der Königin einen Bauern.

»Guter Zug«, sagte Finnegan.

»Ich weiß.«

»Na ja, du hattest ja auch einen ausgezeichneten Lehrmeister.«

»Und wenn der keine Zeit hatte, konnte ich mir zumindest bei dir abschauen, wie man tunlichst *nicht* spielen soll.« Sie sah Aurora an. »Spielt Ihr Schach?«

»Ein bisschen. Ich hatte jedoch nicht oft Gelegenheit, mit einem Partner zu üben.«

Erin stand auf. »Wolltet Ihr meinen Bruder sprechen?«

Auroras Blick wanderte zu Finnegan. »Ja«, sagte sie. »Ganz kurz.«

»Aber gern«, sagte Erin. »Passt nur auf, dass er die Finger vom Brett lässt, solange ich weg bin. Er hatte noch nie Hemmungen, sich durch Tricksereien einen Vorteil zu verschaffen.«

»Oh, aber ich wollte Euch nicht vertreiben«, sagte Aurora, doch Erin machte eine abwiegelnde Handbewegung.

»Schon in Ordnung«, sagte sie. »Ich wollte sowieso noch etwas mit meiner Mutter besprechen. Ich bin bald zurück.«

Ihre Schritte hallten durch den Flur, als sie sich entfernte.

Finnegan rührte sich nicht auf seinem Stuhl. Das schwarze Haar hing ihm in die Augen, und ein dunkler Bartschatten lag auf seinem Kinn. Bei seinem Anblick zog sich Auroras Magen zusammen. Sie war ihm letzte Nacht so nah gekommen. Sie hatte ihm Geheimnisse anvertraut, die womöglich besser ungesagt geblieben wären.

»Wolltet Ihr etwas Bestimmtes?«, fragte Finnegan. »Oder haltet Ihr es einfach keinen Tag ohne meine Gesellschaft aus?«

Sie trat näher an ihn heran. »Ihr habt mir nie gesagt, dass Ihr ein *Anrecht* auf meinen Thron habt.«

»Ich habe ein Anrecht auf viele Dinge«, sagte er. »Mir war nicht bewusst, dass Euer Thron dazuzählt.«

»Eure Mutter hat mir davon erzählt«, entgegnete sie. »Von Eurem Vertrag. Sie sagte, dass Vanhelm einen rechtmäßigen Anspruch auf beide Throne hätte, auf den von Alyssinia und auf den von Vanhelm.«

»Tja, und so, wie's aussieht, werde ich weder den einen noch den anderen besteigen, nicht wahr?«, entgegnete Finnegan. »Aber was macht das schon.«

»Es macht was«, sagte sie, »weil Ihr es mir nicht gesagt habt. Ihr habt mir einen Riesenstapel mit Schriftstücken aus den letzten hundert Jahren gegeben, doch darüber stand nichts drin.«

»Ich habe Euch alles ausgehändigt, was ich finden konnte, Aurora. Und wir haben noch nicht alle Papiere gesichtet. Ich habe das nicht absichtlich vor Euch geheim gehalten.«

»Aber Ihr müsst davon gewusst haben. Ihr habt mir selbst gesagt, dass wir ein gemeinsames Erbe teilen. Aber über diese Sache habt Ihr kein Wort verloren.«

»Weil Ihr mir doch nie im Leben vertraut hättet, wenn ich von einem *Anspruch* auf Euch erzählt hätte. Ihr hättet nicht mal so *getan*, als würdet Ihr mir vertrauen. Es reicht doch schon, dass Rodric Ansprüche auf Euch erhebt, oder? Außerdem möchte ich mein Leben nach meinen eigenen Vorstellungen gestalten. Glaubt Ihr, dass ich mich auch nur einen Deut um Traditionen schere oder darum, was von mir erwartet wird? Wann hatte so etwas je Einfluss auf mein Tun?«

»Ich weiß es nicht«, sagte sie. »Ich versuche immer noch, schlau aus Euch zu werden.«

»Tja, dann lasst mich wissen, wenn Ihr es geschafft habt.« Er nahm einen Turm und drehte ihn zwischen den Fingern hin und her.

Damit schien alles gesagt zu sein. Aurora drehte sich um und ging zur Tür. Die Hand auf dem Knauf hielt sie inne. »Ich will Euch glauben«, sagte sie. »Wirklich. Aber Eure Worte klingen einfach zu schön, um wahr zu sein.«

Sie verließ das Zimmer, bevor er ihr antworten konnte. Doch in dieser Nacht glitt ein Stück Papier durch den Schlitz unter ihrer Tür. *Wahrheit ist das, was man daraus macht*, hatte Finnegan geschrieben. *Warum also nicht etwas Gutes daraus machen?*

NEUNZEHN

Das Ende kündigte sich auf harmlose Weise an. Ein Brief in Finnegans Hand. Besorgnis, die er nicht verbergen konnte. Und ein mit Schlamm bespritztes Plakat, das auf einem Schiff über das Meer gereist war.

»Ich habe einen Brief von Distel erhalten«, sagte Finnegan, als er völlig überraschend in die Bibliothek platzte. »Das müsst Ihr sehen.«

Aurora blickte hoch. Sie hatte in den diplomatischen Dossiers nach Hinweisen gesucht, die bestätigen sollten, was Orla gesagt hatte. Bisher war sie nicht fündig geworden. »Worum geht's?«, fragte sie, als Finnegan zu ihr trat. »Hat sie etwas über Rodric in Erfahrung gebracht?«

»Nein«, sagte Finnegan. »Über ihn gibt's nichts Neues; sie hat den Brief bereits vor ihrer Ankunft in der Hauptstadt geschrieben. Aber sie hat dies hier geschickt.«

Er hielt Aurora ein Stück abgewetztes Papier hin, und sie nahm es. Es war erstaunlich dick, mit von Feuchtigkeit verzogenen Kanten. Aurora faltete es auseinander.

Es war ein Fahndungsplakat, ähnliche hatte Aurora bereits in Alyssina gesehen. Ihr Ebenbild starrte ihr mit hoheitsvoller, gebieterischer Miene entgegen. Inzwischen hatte der König eine Belohnung von zweitausend Goldtaler für ihre Ergreifung ausgesetzt.

Es war übersät mit Schmierereien. In verschiedenen Handschriften standen allerhand Schimpfworte darauf geschrieben, kreuz und quer, sie füllten das ganze Blatt. *Verräterin* war zu lesen. *Mörderin. Hure.* Und am unteren Rand, mehrfach unterstrichen: *Hexe.*

Ihre Hand schloss sich fester um das Plakat, so dass die Worte zerknitterten. *Mörderin. Hexe.*

»So denken sie über mich?«

Sie hätte nicht überrascht sein sollen. Sie kannte die Lügen, die der König über sie in Umlauf gebracht hatte. Aber sie schwarz auf weiß zu sehen, diesen Hass der Leute, diese Worte, die als Wahrheit in die Welt hinausgeschleudert wurden …

Sie hatte geglaubt, die Menschen würden sie brauchen. Sie hatte geglaubt, sie würden darauf warten, dass Aurora ihnen half. So etwas hatte sie nicht erwartet.

»Lag noch ein Brief bei? Ein paar erklärende Worte?«

Finnegan hielt zwei dünne Papierseiten hoch. Aurora nahm sie, aber die Worte waren verschlüsselt. »Was steht da?«

»Seitdem Ihr fort seid, hat sich die Lage dramatisch verschlechtert. Niemand will mehr in der Hauptstadt bleiben. Distel schreibt, es kursieren Gerüchte, dass die Magie zurückkehrt, wenn Ihr getötet werdet. Sie erwähnt nicht, ob sie vom König in die Welt gesetzt worden sind, aber das ist es, was sich alle erzählen. Man sagt, dass das die wahre Bedeutung der Prophezeiung sei.«

Aurora schloss die Augen. »Natürlich sagen sie das«, entgegnete sie. »Natürlich.« Sie hatten geglaubt, dass Aurora ihre Heilsbringerin war, die durch einen Zauberkuss erweckt worden war. Wenn man das glaubte, schien jede neue Geschichte danach ebenfalls überzeugend.

Sie knüllte das Fahndungsplakat zu einer Kugel zusammen.

»Nicht alle werden es glauben«, sagte Finnegan.

»Aber viele«, sagte sie. »Viele, die diese Dinge über mich schreiben.«

»Habt Ihr etwa erwartet, dass alle auf Eurer Seite sind?«

»Ich weiß nicht.« Sie warf die zerknautschte Papierkugel auf den Tisch. Vielleicht hatte sie das. Sie hatte so viel Zeit damit verbracht, sich um diese Menschen zu sorgen, Pläne für sie zu schmieden, Opfer für sie zu bringen. Selbstverständlich sollten sie ihre Hilfe da auch wollen. Aber nein. Während Aurora sich um sie sorgte, hatten sie sie die ganze Zeit gehasst. »Sie glauben, was sie glauben wollen.«

Finnegan legte ihr eine Hand auf den Arm. »Es ist gut, dass Ihr hierhergekommen seid«, sagte er so leise, dass sie ihn kaum hören konnte. »Wärt Ihr dort geblieben, hätten sie Euch in Stücke gerissen.«

Sie starrte die Papierkugel an. Sie konnte die Beschimpfungen nicht mal Lügen nennen. Sie hatte sich bei Alyssinias Feind verkrochen wie eine Verräterin, richtig? Und sie war eine Hexe, was auch immer das heißen mochte.

»Sie haben recht«, sagte sie. »Sie haben recht mit dem, was sie über mich sagen.«

»Nein, haben sie nicht.«

»Doch.« Sie dachte an Petrichor, an Tristan, Iris, an das Geknickse und Gelächle – und an ein kleines Mädchen, das an einer Kirsche würgte, die sie von Auroras Hand empfangen hatte. An ungelenke Küsse mit einem verheißenen Prinzen, unter den Augen von Hunderten von Zuschauern. An Menschen, die ihr zujubelten und sich dann bei der erstbesten Gelegenheit gegen sie stellten. Und an die Wut, die in ihr brannte, an das Feuer, das sie unkontrolliert entfachte. Sie schluckte. »Ihr versteht nicht. Wenn ich all meinen Gefühlen freien Lauf ließe, dann würde ich die ganze Stadt zu Asche verbrennen.«

»Warum tut Ihr's nicht einfach?«

»Warum *nicht*? Warum ich nicht eine ganze Stadt vernichte und alle Menschen darin töte?«

»Vernichtet den König«, erwiderte Finnegan. »Zerstört das Schloss und löscht den Fluch aus. Oder lasst sie alle links liegen und tut einfach das, was *Ihr* tun wollt. Benutzt Eure Magie, wofür auch immer. Nichts kann Euch aufhalten, außer Ihr selbst.«

»Nein«, sagte sie. »So bin ich nicht.«

»Rora.« Finnegans Stimme klang sanft und bestimmt. Er fasste sie an den Schultern, sein Gesicht nur eine Nasenlänge von ihrem entfernt. Er strich ihr eine Strähne aus dem Gesicht. »Ich weiß, wir haben viel über Alyssinia gesprochen. Darüber, wie Ihr helfen könnt, aber Ihr müsst das nicht tun. Ihr müsst niemals wieder dorthin zurückkehren. Ihr seid zu gut für diese Menschen. Warum lasst Ihr es nicht einfach auf sich beruhen?«

»Weil«, erwiderte sie, »ich es nicht kann.«

Doch als sie abends in ihrem Bett lag und auf den Baldachin starrte, regten sich Zweifel in ihr. Sie konnte nicht aufhören, an das Fahndungsplakat zu denken, an all die boshaften Worte in verschiedenen Handschriften, daran, wie verhasst sie sein musste. Sie hatte sich solche Mühe gegeben, es den Menschen in ihrem Königreich recht zu machen, und dies war nun deren Reaktion, sobald sie ihre Erwartungen enttäuschte. Sie hatte sich Sorgen wegen ihrer Magie gemacht, Sorgen darüber, wie viel Schaden sie anrichten könnte, und die Leute schimpften sie eine Mörderin.

Sie hatte Rodric heiraten wollen, für *sie*, um *ihnen* Hoffnung zu geben, und sie schimpften sie eine Hure.

Sie hatten Aurora gefeiert und geliebt, in der Hoffnung, dass sie die Welt wieder mit Magie füllen würde. Eine Vorstellung, die sie abgelehnt hatte, weil sie sich fürchtete vor dem, was die Magie ihr einst angetan hatte, und weil sie sich sicher war, dass sie niemals imstande wäre zu tun, was die

Menschen sich erträumten. Doch nun besaß sie Magie, und die Menschen lehnten *sie* ab, beleidigten sie, machten sie für all ihr Unheil verantwortlich.

Ihr fiel wieder die Geschichte von Alysse ein. *Sie trauten dieser Zauberin nicht, die mit bloßen Gedanken so viel geschehen lassen konnte.* Sie würde ihnen nie genügen. Sie ballte ihre Hände so fest zur Faust, dass ihr die Nägel ins Fleisch schnitten.

Sie war für ihr Volk nie mehr gewesen als eine schöne Geschichte.

Aurora schlüpfte aus dem Bett und schlich zurück ins Übungszimmer. Wilder Trotz erfüllte sie, eine wütende, verzweifelte, stolze Entschlossenheit, zu sein, wer sie sein wollte, ungeachtet dessen, was andere verlangten oder erwarteten. Sie ballte das Gefühl in ihrer Brust zusammen und holte es Stück für Stück hervor, bis die Kerzen im Raum und die Scheite im Kamin brannten, bis sie das Feuer in ihren Händen halten und es mit einem Atemhauch verschwinden lassen konnte, bis die Flammen um sie herumwirbelten, ohne dass sie ihr auch nur ein Haar versengten. Es war eine vom Wahnsinn besessene Macht. Sie war unzerstörbar. Aurora schleuderte sie hinaus und sog sie wieder auf. Die Wut, die Traurigkeit, die Magie drang in jede Faser ihres Körpers, bis sie sich anfühlte wie ein Teil von ihr, wie das Blut, das in ihren Adern kochte.

Und während die Magie in ihr brannte, ging ihr auf, was sie sein musste. Wie sie ihre Magie einsetzen konnte, wie sie ihnen helfen konnte, wie sie frei sein konnte.

Nur eine schöne Geschichte.

Sie marschierte in Finnegans Suite, kaum dass die Sonne über den Horizont spähte. Er lag im Bett, mit bloßem Oberkörper, und seine Brust hob und senkte sich im Schlaf. »Finnegan«, sagte sie leise, doch bestimmt. Er fuhr erschrocken hoch. »Ich bin bereit.«

Er blinzelte benommen, das Haar vom Schlaf zerzaust. »Bereit wofür?«

»Lasst uns ein paar Drachen suchen.«

ZWANZIG

Finnegans Haar stand in alle Richtungen ab. Er kämmte es mit den Fingern und strich die widerspenstigen Strähnen glatt. Dabei starrte er sie fragend an. »Was?«

»Ihr hattet recht«, sagte sie. »Mit den Drachen, mit Alyssinia. Ich muss die Drachen dazu benutzen, Petrichor anzugreifen. Und dafür werden die Menschen mich hassen. Aber ich muss es tun. Ich muss ihren Hass auf mich ziehen.«

»Rora«, sagte er. »Was redet Ihr da?«

»Sie hassen mich«, sagte sie. »Sie hassen mich ohnehin schon. Sie wollen meine Macht, und gleichzeitig fürchten sie sich davor. Sie haben Angst, dass sie mich nicht zähmen können. Doch das lässt sich nicht ändern. Niemals.« Nicht, wenn die Geschichte von Alysse der Wahrheit entsprach. »Deshalb werde ich die Drachen holen«, sagte sie. »Ich schaffe sie Euch vom Hals. Und dann bringe ich sie nach Alyssinia und werde dort die Gewalt beenden. Ich werde den König stürzen.«

»Um eine Königin zu werden, vor der sich alle fürchten?«

»Nein«, entgegnete Aurora. »Damit bliebe alles beim Alten. *Rodric* ist die Lösung. Er hilft dem Volk bereits. Wenn er der König eines anderen Zeitalters ist, dann läute ich dieses andere Zeitalter ein. Sie können mich hassen, und er kann der Held sein.«

»Und was dann?«, fragte Finnegan. »Wollt Ihr Euch von ihnen töten lassen?« Er kletterte aus dem Bett und baute sich vor ihr auf.

»Ich kann verschwinden«, sagte Aurora und lächelte ein Lächeln, das direkt aus ihrer Seele zu kommen schien. »Genau wie Alysse. Rodric würde niemals Jagd auf mich machen. Ich werde aufhören, ihre schlafende Schönheit zu sein; ich werde diese Verantwortung abschütteln; ich werde tun können, was ich will.«

Wieder fuhr Finnegan sich mit der Hand durchs Haar. »Was ist mit Celestine?«, fragte er. »Und ihrem Plan?«

»Sie wollte, dass ich gegen die Alyssinier vorgehe«, sagte Aurora. »Sie hat sicher einiges beabsichtigt, was jetzt passiert. Aber Ihr hattet recht. Selbst wenn Celestine mich erschaffen hat, selbst wenn sie der Grund ist für meine besondere Verbindung zu den Drachen, kann sie mich dennoch zu nichts zwingen. Ich werde meine Zauberkraft einsetzen, um Gutes zu bewirken, auch auf die Gefahr hin, dass die Menschen mich dafür hassen. Das ist das Einzige, was ich tun kann.«

Finnegan schoss nach vorn und nahm ihr Gesicht in seine Hände. Einen schwindligen Moment lang glaubte Aurora, er würde sie küssen, doch stattdessen lachte er auf. »Ihr seid umwerfend, Rora.« Und dann hob er sie hoch und wirbelte sie im Kreis herum, während sie sich quietschend vor Lachen an ihm festklammerte.

»Ihr seid selbst umwerfend«, sagte sie, als er sie schließlich auf dem Boden absetzte. Und es fühlte sich so an, als sei dies der Augenblick, an dem sich alles ändern würde, an dem sie sich küssen würden.

Aber dann drehte Finnegan sich weg und angelte sein Hemd vom Stuhl. »Ich kontaktiere Lucas«, sagte er. »Wir machen uns noch heute zu dem Berg auf, wo die Drachen hausen.« Er zog sein Hemd an. »Gebt mir zwei Stunden, Drachenmädchen. Und dann wollen wir mal sehen, was Ihr so auf dem Kasten habt.«

Sie brachen noch am Nachmittag desselben Tages auf. Eine mehrtägige Expedition ins Ödland auf die Beine zu stellen, vor allem, ohne dass Orla davon erfuhr, war sicher nicht ganz einfach gewesen, aber offenbar hatte Finnegan es schon seit längerem geplant. Und so schüttelte er die Ausrede aus dem Ärmel, dass es nötig sei, eine Bibliothek hoch im Norden der Insel aufzusuchen, um dort Recherchen über Auroras Magie anzustellen. Durch diese Lüge würden sie ein paar Tage Zeit gewinnen, bevor man sie vermisste.

Lucas besorgte Rucksäcke, die mit Wasserbälgen, unverderblichen Lebensmitteln, Anfeuerholz, wärmenden Decken, Landkarten und Kompassen ausgestattet waren. Die Rucksäcke waren innen mit Teer beschichtet und dadurch wasserdicht, für den Fall, dass sie sich während ihrer Reise schwimmend in Sicherheit bringen müssten. Sie beinhalteten alles zum Überleben Notwendige, wobei Auroras Rucksack merklich leichter war. Sie hatte kein Anfeuerholz bekommen. »Ich will Euch nicht zu viel aufladen«, sagte Lucas mit einem Lächeln. »Ihr müsst noch anständig wandern können.«

»Im Wandern habe ich in den letzten Wochen einige Übung bekommen«, erwiderte sie.

»Gut«, sagte Lucas. »Die werdet Ihr auch brauchen. Trotzdem kein Grund, Euch die Sache unnötig zu erschweren.«

Laut Finnegan hatte er nicht viel Überzeugungsarbeit leisten müssen, um Lucas dazu zu bewegen, mit ihnen gemeinsam ins Ödland zu reisen. Genau wie sie war er begierig darauf zu sehen, ob die Drachen sich wirklich beherrschen ließen.

Diesmal nahmen sie Finnegans eigenes Boot, das über Lucas als Mittelsmann erworben worden war, um die Transaktion geheim zu halten. Sie segelten über den Fluss und versteckten das Boot in einem leeren Gebäude am Hafen.

»Und wenn es jemand entdeckt?«, fragte Aurora. »Oder wenn es verbrannt wird?«

»Dann müsst Ihr ein paar Signalfeuer in den Himmel schicken«, sagte Finnegan. »Bemüht Euch also, im Verlauf der Reise nicht zu sterben.«

Bald schon ließen sie die Hafenruine hinter sich und stapften tiefer ins Ödland hinein. Die verbrannte Erde unter ihren Füßen war früher möglicherweise mal eine Straße gewesen, mittlerweile gab es dafür jedoch keinerlei Anhaltspunkte mehr. Keinen Baum, keinen Strauch, kein Unkraut, das zwischen den Steinansammlungen wuchs. Nichts als Staub und Asche und Tod. Ein paar Hügel und Felsen durchbrachen die Landschaft, und hier und da sah man Häusergerippe mit ihren im Sonnenlicht weiß glühenden Knochenresten.

In der Ferne ragte ein Berg auf. Aurora glaubte an seiner Spitze eine Bewegung auszumachen, wie von einem Drachen, der sie umkreiste, aber vielleicht spielte ihr auch nur ihre Einbildung einen Streich. Schon bald würde sie selbst dort sein.

Lucas' Berechnungen nach würde die Reise zwei Tage dauern. Sie planten, den Nachmittag ohne Rast durchzumarschieren, bis sie auf einen weiteren breiten, langsam fließenden Strom stoßen würden. Diesem wollten sie dann, immer dicht am Ufer, in Richtung Norden folgen, bis sie an die Stelle kämen, wo er nach Südwesten schwenkte. Nördlich des Flusses lag Lucas zufolge das Drachengebiet. Inzwischen waren die Drachen auch auf der Südseite ansässig – sie bevölkerten das gesamte Ödland –, doch der überwiegende Teil lebte nahe des Berges, in dem sie der Legende nach im Schlummer gelegen hatten, sowie in dem Trockengebiet, das sich westwärts ausdehnte.

Wenn sie das Ödland auf direktem Weg durchquerten, würden sie nur halb so lange brauchen, um zu den Drachen zu kommen. Aber ohne den Fluss, der ihnen Orientierung und einen gewissen Schutz bot, wären ihre Überlebenschancen geringer. Und so bestand Lucas darauf, dass sie dem gesunden Menschenverstand folgten und die Route entlang des Flusses nahmen.

Lucas würde sie sicher bis zum Berg führen und auf dem Weg dorthin um die Drachen einen möglichst weiten Bogen machen. Und dann wäre Aurora an der Reihe. Keiner wusste mit Gewissheit, wie der Berg von innen aussah, aber Aurora stellte sich eine Art riesige Höhle vor, in die sie hineinmarschieren könnte, um tief in ihrem Herzen die Aufmerksamkeit der Drachen zu erlangen, und dann … dann wusste sie auch nicht weiter. Sie wusste nicht, wie viele von ihnen sie auf einen Schlag bändigen konnte.

Vielleicht wäre es ratsamer, sich vom Rand her zu nähern und erst einen unter ihre Kontrolle zu bringen und dann einen zweiten, bis sie merkte, dass sie ihr Limit erreicht hatte. Sie würde diese Drachen wieder in den Schlaf lullen und dann noch weitere, bis nur noch ein paar übrigblieben, die sie für Alyssinia brauchte.

Der Plan war nicht gerade sicher, doch woher sollte sie wissen, wie man am besten mit Drachen umging? Sie würde einfach auf ihre Instinkte vertrauen, so, wie sie es schon oft getan hatte. Sobald sie den Drachen gegenüberstünde, würde sie wissen, was zu tun war.

Als die Sonne unterging, erreichten sie den Fluss. Er war breiter als eine Allee, und das Wasser strömte kraftvoll vorbei, rauschte über Steine hinweg und schwappte gegen das Ufer.

Das Schilfgras an den Rändern neigte sich dem Wasser entgegen, als wollte es dem Flussgott huldigen.

»Ein Stück weiter stromaufwärts steht eines verlassenes Haus«, sagte Lucas. »Dort werden wir unser Nachtlager aufschlagen und uns noch einmal in Ruhe sammeln. Das wird für eine ganze Weile der letzte halbwegs sichere Unterschlupf sein.«

Haus war eine wohlwollende Bezeichnung für den kleinen Trümmerhaufen, den sie vorfanden, aber wenigstens hielt die zum Ufer gerichtete Mauer noch stand und bot ihnen ausreichend Sichtschutz. Die anderen Außenmauern hatten sehr viel stärker gelitten, doch ein besseres Versteck würden sie inmitten der Wildnis vermutlich nicht finden.

Sie traten durch eine Öffnung, die wohl einst eine Tür gewesen war. Das Erdgeschoss war ein einziger großer Raum, und obwohl die Wände sich gefährlich nach innen neigten und der Boden mit Schutt übersät war, machte alles einen recht stabilen Eindruck. Töpfe hingen über dem Herd, und ein umgekippter Tisch lag in der Mitte des Raums.

»Wir sollten sicherheitshalber auch oben nachsehen«, sagte Finnegan.

»Ein Drache passt hier nicht rein«, erwiderte Aurora.

»Ein Drache nicht, aber ein Geächteter schon. Wer weiß, wer noch alles denkt, dies sei ein guter Platz zum Rastmachen.«

Die Treppe führte hinauf in eine Dachkammer, die durch Feuer und den Zahn der Zeit halb zerstört worden war.

Schindeln und Staub waren durch die Sparren herabgefallen, und der klägliche Rest eines Bettgestells stand von Asche bedeckt in der Ecke. Im Dämmerlicht zeichnete sich unten am Boden beim Fußende eine unscharfe Kontur ab. Mit klopfendem Herzen beschwor Aurora einen kleinen Feuerball herbei, der den Raum in ein zuckendes Licht tauchte.

Es war ein Skelett. Es saß in sich zusammengesunken an die bröcklige Wand gelehnt. Aurora starrte es an. Es starrte mit leeren Augenhöhlen zurück, als wollte es sie eines unbekannten Verbrechens anklagen.

»Die Leute hier wollten nicht weg«, erklärte Finnegan. Sie schrak zusammen, und das Feuer verlosch. »Sie glaubten, sie wären in nächster Nähe zum Wasser in Sicherheit, und blieben. Aber es war nirgends sicher.«

Sie hatte noch nie zuvor ein Skelett gesehen. Ihr Leben war in den letzten Wochen angefüllt gewesen mit Sterben und Tod, aber sie hatte noch nie gesehen, was danach übrigblieb und wie die Zeit alles an sich riss.

»Hier oben scheint so weit alles in Ordnung zu sein«, sagte Finnegan. »Kommt, macht unten ein Feuer. Ich glaube, heute Nacht wird es kalt.«

Am Kamin kauernd ließen sie sich von Auroras Feuer Gesicht und Knie wärmen, während ihnen die Nachtkälte über den Rücken kroch. Lucas richtete ein einfaches Mahl aus Pökelfleisch und Brot an, aber Aurora aß nur wenig. Ihre Haut kribbelte unangenehm, so als würde das Skelett sie noch immer aus dem Schatten heraus beobachten.

Finnegan saß dicht neben ihr, und jedes Mal, wenn er sich bewegte, stieß er sie mit dem Ellenbogen an. Aurora rückte nicht näher an ihn heran, rückte aber auch nicht von ihm ab. Der Stoff seines Ärmels streifte ihren Arm, und sie verspürte das drängende Verlangen, ihn zu küssen.

Lucas beugte sich dichter ans Feuer heran. Im Licht der Flammen sah er furchtbar hohläugig aus. Er hatte bereits so viel erlebt, dachte Aurora, da draußen im Ödland. Er hatte es noch gekannt, bevor die Drachen aufgetaucht waren. Er hatte gesehen, wie es sich verändert hatte.

»Lucas«, sagte sie. »Könnt Ihr mir erzählen, was geschah, als die Drachen zurückkehrten. Woran erinnert Ihr Euch?«

Lucas rutschte noch näher ans Feuer heran. »Sie tauchten aus heiterem Himmel auf«, sagte er, »und wir hatten nichts, um uns gegen sie zu verteidigen. Die meisten Leute glaubten ja nicht mal, dass sie je existiert hatten, und plötzlich verbrannten sie alles zu Staub und Asche. Niemand hat die Geschichten derjenigen geglaubt, die die Angriffe überlebt hatten. Ein Drache, der eine Stadt in Brand steckt? Wohl eher ein Feuer, das außer Kontrolle geraten war, und ein Überlebender, der vor Verzweiflung darüber den Verstand verloren hatte. Oder vor Schuldgefühlen. Es dauerte eine Weile, bis die Leute begriffen, dass die Drachen real waren.«

»Wann habt Ihr es begriffen?«, fragte Aurora.

»Ich hatte es von Anfang an geahnt. Nach all den Dingen, die ich gehört und gelesen hatte – ich wusste, dass sie existiert hatten, und ich glaubte, dass sie zurückgekehrt waren. Ich war einer der Ersten, der sie sah und über sie berichtete. Ich war jung und töricht, und so zog ich los, um sie aufzuspüren. Um zu beweisen, dass die Gerüchte stimmten. Und so war es dann auch.«

Den Blick aufs Feuer gerichtet, versuchte Aurora, sich das Ganze bildlich vorzustellen. Wesen, die einer Legende entstiegen und die Welt, so wie man sie kannte, zu Asche verbrannten. »Wie hat es sich angefühlt?«, fragte sie und blickte ihn wieder an. »Als Ihr zum ersten Mal einen Drachen saht.«

Lucas starrte in die Flammen. Vom Widerschein des Feuers erhellt, traten seine Gesichtszüge und das Weiß seiner Augen noch deutlicher hervor. »Es war furchterregend«, sagte er. »Natürlich. Was auch sonst.« Doch so, wie er es sagte, klang es beinahe, als wollte er sich selbst von der Richtigkeit seiner Worte überzeugen.

Hatte er sich vielleicht genauso gefühlt, wie Aurora sich gefühlt hatte, als sie zum ersten Mal einem Drachen begegnet war? Ergriffen und so lebendig, als würde nichts anderes mehr auf der Welt existieren?

»Seid ihr manchmal glücklich deshalb?«, fragte sie. »Denkt Ihr je … wenigstens habe ich sie gesehen?«

»Nein.« Seine Antwort kam so scharf, dass Aurora leicht zusammenzuckte und die Finger fester um ihre Knie schloss. Lucas starrte noch immer ins Feuer und runzelte die Stirn, wodurch sich die Falten um seine Augen vertieften. »Niemals. Das Leid, die Schreie … Es gibt nichts, wofür sich so etwas lohnen würde.«

»Tut mir leid«, sagte sie. »Ich habe nicht richtig nachgedacht.«

»Nein«, murmelte Lucas. »Ich auch nicht.« Ein tiefer Seufzer entrang sich seiner Brust. »Ich werde mich jetzt ein wenig ausruhen. Löscht das Feuer, bevor Ihr Euch schlafen legt.« Dann streckte er sich ein paar Schritte entfernt mit dem Rücken zu ihnen auf dem Boden aus.

»Das war gedankenlos von mir«, sagte Aurora zu Finnegan mit gedämpfter Stimme. »Ich habe mich nur gefragt ...«

»Schon gut«, sagte Finnegan. »Ich habe mich das Gleiche gefragt.«

Sie nestelte am Saum ihrer Tunika und zwirbelte den Stoff zwischen den Fingern.

»Bereut Ihr es, hergekommen zu sein?«, fragte Finnegan.

Sie dachte an die Knochen in der Dachkammer. Auch sie würde zu Knochen zerfallen, morgen oder in hundert Jahren oder irgendwann. Knochen, zu denen sie längst zerfallen wäre, wenn alles normal verlaufen wäre.

Vielleicht war ihr Fluch ja auch ein Geschenk. Sie durfte in einer Zeit leben, die sie normalerweise nie erlebt hätte, und hatte so die Chance bekommen, sich mit Rodric anzufreunden, mit Finnegan zu flirten und in einer Wüste auf Drachenjagd zu gehen, die vor ihrem langen Schlaf noch ein Ort voller Leben gewesen war. Hier, am anderen Ufer des Meeres, boten sich ihr so viele Möglichkeiten, sogar jetzt noch, wo ihr eigenes Königreich sie zu vernichten drohte. Um nichts in der Welt wollte sie das aufgeben.

»Nein«, sagte sie. »Nein. Ich bin genau da, wo ich sein will.«

Als sie sich endlich zur Ruhe legte, kam es ihr so vor, als würde sie die Drachen *fühlen*, als spürte sie ihren Herzschlag an ihrer Haut.

Sie sehnte sich danach, sie am dunklen Nachthimmel leuchten zu sehen. Nur ein letztes Quäntchen Vernunft hielt sie davon ab, sich aus dem Haus zu schleichen. Sie musste warten.

Aber sie riefen nach ihr, noch lange, nachdem sie die Augen geschlossen hatte. Und alles, woran Aurora denken konnte, war *morgen*. Morgen würde sie sie endlich wiedersehen.

 EINUNDZWANZIG

Am nächsten Morgen weckte Finnegan sie mit einem sanften Rütteln an der Schulter. Aurora setzte sich auf und streckte ihre steifen Muskeln.

»Heute geht's weiter stromaufwärts«, erklärte Lucas.

»Ich hoffe, Ihr habt unser bescheidenes Quartier genossen«, sagte Finnegan. »Etwas Vergleichbares werden wir wohl nicht mehr finden, sobald wir Drachenterritorium betreten haben.«

»Wie wollen wir dann die kommende Nacht verbringen?«

»Mit äußerster Vorsicht«, entgegnete Finnegan. »Wir halten Wache. Sollten die Drachen sich nähern, müssen wir eben spontan schwimmen gehen.«

Aurora war noch nie in ihrem Leben geschwommen. »Gut«, sagte sie und hievte sich den Rucksack auf die Schultern.

Der Marsch gen Norden stellte sich als äußerst anstrengend

heraus, und das Gebirge am Horizont gewann beim Wandern dermaßen langsam an Größe, dass es Aurora so vorkam, als würden sie die ganze Zeit auf der Stelle treten. Im Gehen ließ sie ihre Hand durch das wogende Ufergras gleiten. Es pikste auf ihrer Haut.

Die Drachen waren jetzt deutlich am Himmel zu sehen. Aurora konnte genau erkennen, wo die Flügel am Körper ansetzten, und die Klauen an ihren Beinen. Sie beobachtete, wie sie sich durch die Lüfte schwangen.

Einer der Drachen landete in unmittelbarer Nähe der drei Abenteurer, wobei der Boden so stark bebte, dass Aurora sich nur mühsam auf den Beinen halten konnte. Sie blickte nach Osten, wo der Drache mit hin und her peitschendem Schwanz seine Flügel ausschüttelte. Er starrte zu ihr zurück. Selbst auf die Entfernung hin konnte sie seine Augen auf sich spüren, die sich ihr direkt ins Herz zu bohren schienen.

Aurora berührte ihr Amulett, und es kam ihr so vor, als würde das Drachenblut darin heiß glühen.

Während sie marschierten, dachte Aurora an das zerfledderte Fahndungsplakat und an die Worte, die darauf gekritzelt waren. *Hexe* hatten sie sie genannt. Sie würde ihnen zeigen, was für eine Hexe sie war.

Als die Nacht anbrach, schlugen sie am Fluss ihr Lager auf, so nah wie möglich am Wasser, ohne zu riskieren, im schlammigen Uferstreifen zu versinken. Aurora entzündete ein Feuer.

»Ich halte Wache«, erklärte Aurora, nachdem sie ein kärgliches Mahl zu sich genommen hatten. »Ich werde ohnehin nicht schlafen können.«

Sie rechnete mit Widerspruch, aber Finnegan nickte. »Weckt uns sofort, falls Ihr irgendwas hört«, sagte er. Da der Prinz sich einverstanden erklärt hatte, konnte Lucas schwerlich protestieren. Er und Finnegan streckten sich, in Decken gehüllt, auf dem harten Boden aus, und Aurora löschte das Feuer. Sie wollten die Drachen nicht auf ihre Anwesenheit aufmerksam machen.

Aurora mummte sich in ihre Decke ein und wartete, bis sich ihre Augen an die Dunkelheit gewöhnt hatten. Hunderte Sterne blinkten am Himmel, ein nicht enden wollender Teppich aus Lichtsprenkeln, so weit das Auge reichte. Sie legte den Kopf zurück und nahm den atemberaubenden Anblick in sich auf. Sie hatte sich auf eine gespenstisch lautlose Nacht eingestellt, darauf, dass die Stille ihr bis tief in die Knochen kriechen würde, aber selbst dieses trostlose Fleckchen Erde war angefüllt mit Geräuschen, wenn man nur angestrengt danach lauschte. Der Wind raunte in ihr Ohr, und sie hörte das sanfte Schwappen des Wassers gegen die Steine und Lucas' leise Atemzüge und das gedämpfte Rascheln, mit dem Finnegan sich im Schlaf bewegte. Das hier war eine andere Art von Schlaflosigkeit, dachte sie, und zog die Beine unter ihren Körper, während sie über das dunkle Wasser starrte. Es war eine Stille, die alles andere als still war. Um sie herum atmete die Welt.

Der Mond spiegelte sich auf der Oberfläche des Flusses,

auf der, wacklig und verschwommen, ein zweiter Himmel zu sehen war. Sie fasste an ihr Amulett und strich mit den Fingern über den Rand der Drachenflügel. Finnegan regte sich abermals, und seine Decke rutschte zur Seite. Obwohl er nichts sagte, wusste sie, dass er nicht schlief.

»Können Drachen im Dunkeln sehen?«, wisperte sie.

»Ich weiß es nicht«, antwortete Finnegan. »Das hat noch niemand ausprobiert.« Die Decke raschelte dumpf, und er setzte sich auf. »Sie können sich allerdings selbst Licht machen.«

»Ja«, sagte Aurora. »Das stimmt.« Sie drückte ihren Daumen unten gegen den Fuß des Schmuckdrachens, so dass er wie zum Abflug bereit auf ihrem Finger hockte. »Ihr schlaft ja gar nicht.«

»Nein, ich kann nicht«, sagte er. »Wenn Ihr wollt, übernehme ich und schiebe jetzt Wache.«

Sie lachte leise. »Ihr kennt wohl keine Angst, was?«

»Wovor sollte ich Angst haben? Vor Menschen fressenden Drachen? Ich doch nicht.« Er rutschte näher an sie heran. Seine Hand legte sich auf ihre Hand, und seine Finger verwoben sich mit ihren. Sie konnte die Konturen seines Gesichts erkennen, die gerade Linie seiner Nase. Sie vermochte nicht zu sagen, ob er lächelte.

Aurora sah weg, richtete ihren Blick wieder auf die Sterne und suchte am Horizont nach Spuren von Drachen. Rote Schlieren zogen durch den Himmel.

»Eine Sache verstehe ich immer noch nicht«, sagte sie.

»Wieso hat Rodric mich aufwecken können? Ich liebe ihn nicht, jedenfalls nicht so, wie man es bei einer wahren Liebe erwarten würde. Und er liebt mich genauso wenig. Und selbst wenn es die wahre Liebe wäre … Wieso hätte Celestine mir so etwas gegönnt? Warum mich ausgerechnet auf diese Weise vom Fluch erwachen lassen?«

»Vielleicht hat sie gelogen«, sagte Finnegan. »Vielleicht seid Ihr gar nicht deswegen erwacht.«

»Aber wieso dann? Purer Zufall?« Sie legte ihr Kinn auf die Knie. »Es passt natürlich perfekt zusammen, vermute ich. Es lässt alles so einfach und klar erscheinen. Die gütige Heilsbringerin, die von ihrer wahren Liebe gerettet wird, damit alle glücklich und zufrieden bis an ihr Lebensende sind. In der Vorstellung der Menschen kann ich sie auf diese Weise retten, ohne tatsächlich etwas zu tun. Und wenn sich dann herausstellt, dass es nicht die wahre Liebe ist und nichts perfekt zusammenpasst, ist es ein Leichtes, sich vorzustellen, dass ich die Böse bin. Weil ich gar keine wirkliche Person für sie bin. Ich bin nur ein Teil einer Geschichte.« Sie drehte sich halb zu ihm um, und dabei stießen ihre Knie zusammen. Sie versuchte angestrengt, im Dunkeln seinen Gesichtsausdruck zu erkennen. »Erinnert Ihr Euch noch an den Rebellen im Kerker von Petrichor?«, sagte sie. »Tristan. Bestimmt hat Distel Euch von ihm erzählt.« Finnegan schwieg. »Ich dachte, ich würde ihn mögen«, sagte sie. »Ich dachte, er wäre mein Freund, weil … weil er nett zu mir war und mit mir gescherzt hat und Welten entfernt war vom höfischen Leben und all dem, wie ich sein sollte. Doch anscheinend ... war das nichts als ein Hirngespinst. In Wahrheit war er ganz anders, als ich dachte. Er wollte mich nur benutzen, genau wie alle anderen.«

»Glaubt Ihr das auch von mir?«

»Nein«, sagte sie. »Ich habe Euch gehasst, als wir uns kennenlernten.« So arrogant, so selbstbewusst, so sicher, dass er sie auf Anhieb durchschaut hatte. »Es ist besser, wenn man meint, jemanden zu hassen, und dann bemerkt, dass er doch gar nicht so übel ist.«

»Nicht so übel?«, sagte er. »Ihr seid wirklich zu freundlich, Rora.«

Sie versetzte ihm einen sanften Stoß mit der Schulter, worauf er leicht nach hinten taumelte. »Ich mein's ernst, Finnegan«, sagte sie. »Ich bin nicht ... Ich kenne Euch. Da gibt's keine Hirngespinste.« Hier im Dunkeln, wo sie sein Gesicht nicht erkennen konnte, mit ihrem Knie an seinem, mit ihren ineinander verwobenen Händen, war es leicht, ehrlich zu sein.

Finnegan war nicht ihre wahre Liebe. Er war diese staubige Wendeltreppe hinaufgestiegen und hatte seine Lippen auf ihren Mund gepresst, während sie schlief, in der Hoffnung, ihre gemeinsame zukünftige Liebe würde sie erwecken. Aber das Schicksal hatte ihn zurückgewiesen. Er war nicht ihr Held, der sie rettete.

Und doch hieß das nicht, dass nicht *sie* ihn erwählen könnte. Bei dem Gedanken durchrieselte sie ein zarter Schauer. All die Möglichkeiten, die Finnegan verkörperte. Nichts Prophezeites, nichts Vorherbestimmtes. Nur sie beide.

Jetzt war es Finnegan, der den Kopf wegdrehte und in den Himmel blickte. Betrachtete er auch die roten Linien? Konnte er die Drachen erkennen, dort am Rande der Welt?

Morgen würde sie diese Drachen bändigen. Vielleicht war es ein Verrat an Alyssinia, dem Feind zu helfen, schon möglich … oder ein Verrat an König John, den sie ohnehin hasste. Diese Macht, dieses Feuer, das alles würde ihr gehören. Wenn sie wollte, könnte sie sich das ganze Königreich nehmen.

Bis jemand daherkäme, der *sie* stürzte. Bis das Misstrauen des Volkes wieder in eine Rebellion mündete.

»Ich bin froh, dass ich der Feind sein darf«, sagte sie mit kratziger Stimme. »Ich wollte nie auf den Thron. Ich will nicht über sie herrschen.«

Finnegan drehte sich wieder zu ihr um, und sie spürte seinen bohrenden Blick auf sich. »Was wollt Ihr dann?«

Das hier, dachte sie, aber diese Wahrheit war unerreichbar; diese zwei schlichten Worte, die sie nicht einmal im Dunkeln auszusprechen wagte. »Ich weiß nicht«, sagte sie stattdessen. »Ich weiß nur … Mein ganzes Leben lang habe ich mir von anderen Leuten sagen lassen, wer ich zu sein habe. Und doch hassen sie mich. Ich möchte einfach nur die Freiheit haben, ich selbst zu sein.«

»Die könnt Ihr haben«, sagte Finnegan. »Wenn das hier vorbei ist, werdet Ihr tun, was immer Ihr wollt.«

Sie merkte, dass sie nickte. Ihre freie Hand umfasste den

Drachenanhänger, dieses schlichte, unerwartete Geschenk. »Finnegan …« Sie ließ das Wort kurz in der Luft hängen, unschlüssig, was sie als Nächstes sagen wollte, unsicher, ob es überhaupt noch etwas zu sagen gab. Sie veränderte ihre Sitzposition und merkte plötzlich, dass ihr Oberschenkel an seinem lag.

Alles, wonach es sie verlangte, war so vage und schien unmöglich: Feuer und Leben und Abenteuer, halbgare Träume, die so weit weg waren. Und außerdem noch Finnegan. Der unglaubliche, wundervolle, eigenwillige Finnegan. Jemand, über den sie kaum etwas wusste, aber an den sie nicht aufhören konnte zu denken, jemand, der ihr jedes Mal, wenn er sie ansah, am ganzen Körper eine Gänsehaut bescherte. Sie sollte ihn nicht so gern haben, das wusste sie. Sie sollte sich nicht auf ihn einlassen wollen. Aber sollen und nicht sollen hatten sich in den letzten Wochen verworren, und das Einzige, worauf sie sich verlassen konnte, waren ihre Instinkte, dieser Teil von ihr, der sie dazu drängte, sich eng an ihn zu schmiegen, um bei ihm geborgen zu sein.

Ihr Herz schlug so heftig, dass sie es in ihrer Kehle spüren konnte. Alle anderen hatten sie immer zurückhalten wollen, Finnegan dagegen hatte sie ermutigt. Kämpfe! Sei zornig! Denk nach! Weine! Küsse! Sei frei!

Wieso sich also ausgerechnet dann beherrschen, wenn es um ihn ging?

Sie neigte sich vor. Sein Haar kitzelte sie an der Nase und am Mund. Sie zögerte, Millimeter von seinem Ohr entfernt.

Seine freie Hand legte sich auf ihr Knie und zog sie näher heran. Ihre Hand wanderte an seinem Arm hinauf und blieb in seinem Nacken liegen. Sie wagte kaum zu atmen.

Finnegan drehte den Kopf, so dass sich ihre Nasen beinahe berührten, und seine Finger pressten sich besitzergreifend in ihre Haut. Doch er machte keine Anstalten, sie zu küssen.

Ihre Lippen streiften seinen Mundwinkel, verfehlten im Dunkeln jedoch ihr eigentliches Ziel. Ein Kichern stieg aus ihrer Kehle auf, und sie beugte sich noch ein Stück weiter nach vorn. Ein schneller, sanfter Kuss. Unaufdringlich. Sie wich zurück. Sein Atem wärmte ihre Lippen. Sie umfasste seine Schulter und küsste ihn noch einmal, fester, inniger, als seine Hand sich in ihrem Haar vergrub und die andere ihren unteren Rücken berührte. Sie lehnte sich noch weiter in ihn hinein, in dem brennenden Bewusstsein, dass selbst die kleinste Entfernung noch zu groß war und dass sie platzen müsste, wenn sie jetzt aufhörte. Noch nie im Leben hatte sie so geküsst, ihr Verlangen und ihre Unerfahrenheit verschmolzen zu etwas Heißem, Kraftvollem und Ewigem.

Der Drache an ihrem Hals glühte rot.

ZWEIUNDZWANZIG

Das Morgenrot warf flammende Streifen über den Himmel. Aurora hatte die Nacht über nicht geschlafen, auch nicht, nachdem Finnegan sie nach unzähligen Küssen, die sie die Welt um sie herum vergessen ließen, mit einem Lächeln darum gebeten hatte, sich noch ein wenig hinzulegen. Er hatte Wache gehalten, und sie hatte ihn in dem Glauben gelassen, sie würde schlafen, während sie in Wahrheit nur an seine zärtlichen Blicke denken konnte und an die Worte, die sie einander im Dunkeln zugeflüstert hatten. Noch immer glaubte sie, seine warmen Lippen auf ihrer Haut zu spüren. Sie wollte diesen Moment nie wieder loslassen, selbst auf die Gefahr hin, dass sie dann nie wieder schlafen würde. Sie hatte bereits so viel geschlafen, dass es ein ganzes Menschenleben lang reichte.

Die Nachtwache wechselte, und als sie sich letztlich aufsetzte und ihr Kinn auf die angewinkelten Knie stützte, sagte Lucas nichts dazu.

Sie stand auf und reckte sich. Mit einem an Lucas gerichteten Nicken entfernte sie sich vom Lager und spazierte ein Stück am Ufer entlang. Sie musste einen Moment allein sein, um durchzuatmen.

Heute würden sie den Drachen entgegentreten, aber sie hatte keine Angst. Es fühlte sich richtig an, hier draußen zu sein und ins Drachengebiet einzudringen, lediglich mit Entschlossenheit bewaffnet. So unvernünftig und doch richtig, genau wie die Küsse in der Nacht.

Sie tauchte ihre Zehen ins Wasser und genoss die schneidende Kälte.

Als sie zum Lager zurückkehrte, waren alle Sachen bereits fertig gepackt und sämtliche Spuren ihrer nächtlichen Rast beseitigt. Finnegan und Lucas unterhielten sich leise miteinander, aber als Finnegan sie näherkommen sah, lächelte er. Aurora blickte zur Seite. Bei Tageslicht fühlte sie sich in seiner Gegenwart auf einmal wieder befangen. Ihn zu sehen rief ihr ins Bewusstsein, dass sie die Erinnerungen an ihre Zärtlichkeiten von nun für immer mit ihm teilen müsste, und dieser Gedanke behagte ihr nicht. Sie fühlte sich unwohl in ihrer Haut, so als wäre sie ihr zwei Nummern zu klein.

Sie setzte ihren Rucksack auf. »Wir sollten losgehen, sonst wird die Zeit knapp.«

Sie marschierten schweigend nebeneinanderher, erst eine

Stunde lang, dann eine zweite, ohne dass irgendwer die tödliche Bedrohung in der Luft erwähnte.

Die Mittagssonne stand gleißend am Himmel, als sie an eine Stelle kamen, wo das Terrain steil anstieg; lose Steine knirschten unter ihren Sohlen, und jeder Atemzug brannte in den Lungen.

Sie kletterten den Berg hinauf, ohne ein Wort zu sagen. Auroras Beine schmerzten vor Erschöpfung, aber sie zwang sich dazu, beharrlich einen Fuß vor den anderen zu setzen. Unter ihnen streckte sich das weite Ödland aus.

Dann wurde das Gelände wieder abschüssig, der Grund fiel steil ab, und eine Höhle tat sich auf, die tief in den Berg schnitt. »Na schön«, sagte Lucas, als sie am Eingang stehen blieben und ins Dunkel blickten. »Da wären wir.«

»Seid ihr schon mal hier gewesen?«, fragte Aurora.

»Ein Mal«, antwortete Lucas. »Erst ein einziges Mal.«

Sie atmete tief ein, und ihre Lungen füllten sich mit heißer Luft. Sie konnte noch immer die Hitze der letzten Nacht spüren, Finnegans Hände an ihrer Taille, die Kette, die auf ihrer Haut brannte. *Drachenmädchen* hatte er ihr ins Ohr geflüstert, wieder und wieder. Sie hatte keine Angst.

»Vielleicht solltet ihr zwei besser hier warten«, sagte sie. »Es ist sicherer, wenn ich allein gehe.«

Finnegan lachte kurz auf. »Seit wann ist sich aufteilen eine gute Idee? Wenn etwas schiefgeht, und du bist allein, ist das dein sicherer Tod. Wir kommen mit.«

»Aber die Drachen überlasst ihr mir«, sagte sie.

Mit jedem Schritt auf dem abfallenden Pfad bekam sie mehr Schwung, bis sie irgendwann in einen unbeholfenen Galopp verfiel. Die Männer folgten ihr.

Je tiefer sie vordrangen, desto dunkler wurde es um sie herum. Ein paar Sonnenstrahlen spähten noch durch die Öffnung, trotzdem konnte Aurora im Inneren der Höhle nichts sehen, so als absorbierten die Felsen alles Licht.

Sie streckte die Hand aus, spürte ihren Emotionen nach und beschwor einen kleinen Feuerball herauf, der orange leuchtendes Licht auf die Wände warf. Jetzt konnte sie die Struktur der Felsen neben sich erkennen sowie die Konturen von Finnegans Gesicht, doch der dahinter liegende Bereich wirkte dafür umso finsterer und bedrohlicher. Die Flammen zuckten zaghaft, aber Aurora zwang sie mit gerunzelter Stirn dazu, weiterzubrennen.

»Licht zu machen scheint mir etwas riskant«, sagte Lucas.

»Das ganze Vorhaben ist riskant«, konterte Aurora. »So können wir wenigstens sehen, wenn sich etwas nähert.«

Vorsichtig tasteten sie sich durch rutschiges Geröll vor, drangen tiefer und tiefer in den Höhlenschlund ein. Dann beschrieb der Pfad eine Biegung und gabelte sich. Aurora konnte nicht erkennen, was am jeweiligen Ende der beiden Tunnel lag, und so wählte sie den linken aus, dessen Boden weniger steil abfiel.

»Kannst du das Licht vielleicht ein Stück vorausschicken?«, fragte Finnegan, die Stimme zu einem kaum hörbaren Flüstern gesenkt.

Doch sobald Aurora versuchte, das Licht wegzustoßen, wurde es flackernd schwächer, und das Brennen in ihrer Brust ließ nach. Im Park war es ihr so leichtgefallen, aber hier, umgeben von massivem Gestein, hatte sie Mühe, das Feuer am Leben zu halten. Sie schüttelte den Kopf. »Ich gehe voran«, sagte sie.

Finnegan ergriff ihre freie Hand, aber er hielt sie nicht zurück.

Plötzlich schlug ihnen ein Hitzeschwall entgegen. Aurora zuckte erschrocken zusammen, als ein Drache auf sie zuschoss, mit rot schimmerndem Schuppenkleid und glühenden Augen wie schwelende Kohlen. Nur etwa zwei Meter von Aurora entfernt kam er zum Stehen. Er musste seine Flügel dicht am Körper halten, um in die schmale Höhle zu passen, aber Aurora wusste, dass es dennoch ein eher kleines Exemplar war, nichts im Vergleich zu den Biestern, die sie gesehen hatten. Sein Kopf fuhr vor und zurück, während er sie mit halboffenem Maul anstarrte. Das Licht von Auroras Feuerball spiegelte sich glitzernd in seinen rasiermesserscharfen Zähnen.

Er konnte sie alle auf einen Schlag vernichten. Er konnte sie verbrennen, bis nichts mehr von ihnen übrigbliebe, was noch an ihre Existenz erinnerte. Aber stattdessen schaute er sie einfach nur an, als wäre er neugierig, warum sie in sein Territorium eingedrungen waren.

»Aurora ...«, sagte Lucas, worauf der Drache seinen Kopf zur Quelle des Geräuschs herumriss und die Zähne fletschte.

»Hallo«, sagte Aurora mit sanft beruhigender Stimme. Sie ging einen Schritt auf den Drachen zu, den Feuerball in die Höhe haltend. »Hallo. Sieh mich an.«

Der Drache drehte den Kopf zu ihr herum und hielt inne, beinahe als versuchte er, schlau aus ihr zu werden. Aurora blickte ihm in die Augen und erschauderte vor Angst und Aufregung. Das Feuer schwoll an.

Finnegan griff wieder nach ihrem Arm, aber sie entzog sich ihm. Der Drache sah ihn an und schlug dabei mit dem Schwanz gegen die Felswand. Unbeirrt ging Aurora einen weiteren Schritt auf das Wesen zu und streckte ihm die Hand hin. »Na du«, sagte sie. »Keine Angst, wir tun dir nichts.« Der Drache senkte langsam den Kopf, bis Aurora seinen heißen Atem auf ihrer Haut spürte. Das Feuer in ihrer Hand verlosch mit einem Zischen. Sie nahm es kaum wahr. Sie hatte nur noch Augen für dieses majestätische Geschöpf. Sie wusste – *wusste* es aus tiefster Seele –, dass er ihr nichts zuleide tun würde. Er war von ihr genauso fasziniert wie sie von ihm.

Sie fuhr mit dem Finger über seine Schnauze. Die Schuppen fassten sich glatt und kühl an, so als würde der Drache so viel Hitze verströmen, dass nichts mehr für seine eigene Haut übrig war.

Finnegan war ohne Bedeutung. Lucas war ohne Bedeutung. Das Chaos in Alyssinia, der Hass und die Erwartungen ... alles war ohne Bedeutung, während sie gebannt dieses unglaubliche Geschöpf streichelte.

»Hallo«, sagte sie noch einmal.

Der Drache beobachtete sie.

»Vorsicht, Aurora«, raunte Finnegan.

Der Drache bewegte sich. Seine Augen richteten sich auf Finnegan. Aurora streichelte ihn sanft, um seine Aufmerksamkeit wieder auf sich zu lenken, aber er war ganz auf Finnegan fixiert, auf diesen Eindringling, der unerlaubterweise sein Terrain betreten hatte.

»Ganz ruhig«, sagte Aurora, aber der Drache beachtete sie nicht. Seine Muskeln zuckten vor Anspannung. Der Anhänger an ihrem Hals brannte. Sie wich einen Schritt zurück.

»Aurora«, sagte Finnegan.

Der Drache brüllte.

»Aurora!«

Fingernägel kratzten über ihren Hals. Aurora fuhr erschrocken herum, als Lucas ihr die Kette mit dem Amulett auch schon herunterriss.

»Was ...« Die Kette ging kaputt. Lucas schleuderte sie in die Luft.

Aurora reckte blitzschnell die Hände, um sie noch zu erwischen. Da landete die Kette mit einem metallischen Geräusch auf dem Boden, wo Sekundenbruchteile später auch Aurora landete. Mit hastigen Fingern klaubte sie sie aus dem Dreck.

Der Drache brüllte erneut. Sein Schrei ließ die Höhlenwände erzittern, während der Boden schwankte, als würde er von einer Welle erfasst. Er riss ruckartig den Kopf hoch, die Augen immer noch auf Finnegan geheftet. Sein Schwanz peitschte knallend gegen den Fels.

»Finnegan, pass auf!«, schrie Aurora. Finnegan hechtete in dem Moment zu Boden, als ein Feuerstrahl gegen die Wand prasselte, vor der er eben noch gestanden hatte. Die ganze Höhle war ein einziges Gleißen.

»Finnegan!« Sie stürzte zu ihm hin und griff seinen Arm. Er wimmerte. Seine Haut fühlte sich furchtbar heiß an, zu heiß, und sie war rot und schwer verbrannt.

Wasser flog durch die Luft, und der Drache zuckte zusammen. Lucas stand vor ihm, einen leeren Wasserbalg in der Hand. Hastig wühlte er in seinem Rucksack nach einem weiteren.

Aurora suchte verzweifelt nach ihrer Magie, fand aber nicht mal das kleinste Fünkchen. Sie begriff weder, was hier geschah, noch wusste sie, was sie als Nächstes tun sollte. Finnegans Hand umklammernd, zog sie ihn die Steigung hinauf, fort von dem tobenden Ungeheuer. Lucas starrte den Drachen an, mit aschfahlem Gesicht.

»Lauft!«, rief sie. Sie stieß Finnegan zu Lucas hinüber. »Los, schafft ihn hier raus!«

Das ließ Lucas sich nicht zweimal sagen. Mit überraschend großer Kraft hievte der alte Mann Finnegan hoch und lief los Richtung Höhleneingang.

»Aurora«, stieß Finnegan hervor, halb rufend, halb stöhnend, aber sie hatte sich bereits abgekehrt und trat dem Drachen erneut entgegen. Sie konnte nicht klar denken, konnte nicht atmen, ihr Herz raste. Eben noch war der Drache von ihr fasziniert gewesen, hatte sich ruhig und zahm verhalten;

sie musste ihn dazu kriegen, dass er ihr wieder seine Aufmerksamkeit schenkte. Sie war abgelenkt gewesen, und nun war Finnegan verletzt, womöglich sogar tödlich. Sie könnten alle sterben, wenn sie sich nicht augenblicklich wieder zusammenriss.

»Aufhören!«, rief sie. »Hör auf. Ich tue dir nichts!«

Der Drache brüllte weiter, während er sich wand und krümmte, aber er schnappte nicht nach ihr und spie auch kein Feuer mehr.

Sie musste ihn bändigen. Sobald sie ihn besänftigt hätte, wären sie alle außer Gefahr. Aber sie wusste nicht *wie*. Er hörte ihr nicht zu, und sie selbst war wie versteinert. Sie konnte nichts tun, außer den Drachen anzustarren und sich selbst zum Atmen zu zwingen.

Es war zu viel auf einmal: Ihre Angst um Finnegan, der Drache, der sie fixierte, ihr eigenes Versagen – das alles zusammen lähmte ihr Denken, sie bekam keinen klaren Gedanken zu fassen, kein einziges Gefühl, aus dem sie Magie schöpfen konnte.

Sie wich einen Schritt zurück, ihr Fuß zitterte beim Aufsetzen. Dann noch einen Schritt und noch einen, den Blick unverwandt auf den Drachen geheftet, in der sicheren Erwartung, dass sie jeden Moment hinfallen und sterben würde.

Der Drache machte eine Rückwärtsbewegung, die erhobenen Flügel hielt er über dem Kopf zusammengepresst.

Aurora drehte sich um und rannte los. Sie rannte schneller, als sie es je für möglich gehalten hätte. Mit fliegenden

Füßen jagte sie Finnegan und Lucas hinterher, die ein Stück weiter vorn den Pfad hinaufstolperten. Sie rannte, und hinter ihr hob der Drache ab, katapultierte sich unter kräftigem Flügelschlagen in die Luft. Aurora warf sich mit einem Hechtsprung nach vorn und riss Lucas und Finnegan mit sich zu Boden, genau in dem Moment, als der Drache über ihnen hinwegschoss und feuerspeiend durch die Höhlenöffnung nach draußen verschwand.

Sie blieben regungslos liegen. Auroras hämmerndes Herz schien sich durch ihre Kehle einen Weg nach oben bahnen zu wollen. Sie rappelte sich hoch, die entzweigerissene Kette noch immer in ihrer Faust geborgen, und starrte im Dunkeln auf Finnegan hinunter. Sie konnte nicht die Hand vor Augen sehen, jetzt, da der Drache fort war, aber sie fand nicht die Kraft, Licht herbeizuzaubern. Panik stieg in ihr hoch, dass Finnegan verletzt war, dass er verbrannt war und sie sie alle im Stich gelassen hatte.

»Aurora«, keuchte Finnegan. »Aurora, geht es dir gut?« Seine Stimme war von Schmerz erstickt.

»Ja, alles in Ordnung«, sagte sie. »Mir geht's gut. Finnegan, wir müssen dich schleunigst hier rausschaffen. Wir müssen hier weg, wir müssen …«

»Brichst du etwa in Panik aus, kleiner Drache?« Finnegan hustete. »Das ist jetzt aber nicht der richtige Zeitpunkt.«

»Kannst du aufstehen?«, fragte sie.

»Ich glaube schon.«

Sie und Lucas hievten ihn auf die Füße, und gemeinsam

wankten sie Richtung Höhleneingang. Finnegan stützte sich schwer auf Aurora und umklammerte mit einer Hand ihre Schulter. Das Oval aus Tageslicht vor ihnen schien unerreichbar.

Als sie aus der Höhle ins Freie traten, stach das plötzliche Sonnenlicht Aurora schmerzhaft in die Augen. Sie zwang sich dazu, den Blick stur geradeaus zu halten und Finnegan nicht anzusehen, nicht mal für einen Sekundenbruchteil, bis sie ein gutes Stück abseits der Höhle hinter einem Felsenhaufen erschöpft zu Boden sackten.

Erst da schaute sie ihn an. Seine linke Körperhälfte – jene, mit der er sich auf sie gelehnt hatte – sah weitgehend normal aus. Schmutzig und voller Schrammen zwar, doch ansonsten unversehrt. Aber die rechte Seite seines Gesichts war schwarz, sein Arm von Brandwunden bedeckt, und sein Hemd hatte sich am Bauch in die Haut eingeschmolzen.

»Finnegan!«

Lucas bettete Finnegan im Schutz der Felsen vorsichtig auf den Boden. Er betastete die Ränder der Wunden. »Holt die Salbe«, sagte er. »Aus meinem Rucksack.«

Mit zitternden Händen zog Aurora die Kordel des Rucksacks auf und wühlte darin herum. »Wird er damit wieder gesund?«

»Nein«, sagte Lucas. Er riss ihr den Tiegel aus der Hand, kaum dass sie ihn zutage gefördert hatte, und entnahm mit den Fingern etwas Salbe. Ein zischender Schmerzenslaut entrang sich Finnegans Kehle, als Lucas seine Brandwunden einrieb. »Aber es wirkt lindernd. Wir müssen ihn nach Vanhelm zurückbringen. Sofort.«

»Das bedeutet einen Zweitagemarsch!«

»Möglicherweise schaffen wir es an einem Tag«, erklärte Lucas. »Wenn wir die direkte Route nehmen. Abseits des Flusses. Aber ohne das Wasser wird's gefährlich. Wenn uns ein Drache aufspürt …«

»Das ist mir egal«, sagte Aurora. »Wir haben keine andere Wahl.«

Nichts, das mit Drachenfeuer in Berührung kam, überlebte. Das sagten alle, das schrie ihr die Ödnis entgegen, als sie den Berg hinabstiegen.

Die Sonne verbrannte Auroras Nacken, aber sie schleppten sich immer weiter, Schritt für Schritt für Schritt, ohne auf das Brüllen der Drachen zu achten, ohne auf irgendetwas anderes zu achten als darauf, einen Fuß vor den anderen zu setzen. Sie wanderten an ausgebrannten Dörfern vorbei, mitten durch trostlose Leere und lauernde Schatten, ständig begleitet vom Wispern des Windes. Und ganz langsam nahm Vanhelm in der Ferne Gestalt an, eine Anhäufung blasser Häuser, die sich bis in den Himmel zu erstrecken schienen.

DREIUNDZWANZIG

Es war bereits dunkel, als Finnegan sich wieder zu Wort meldete. »Halt«, sagte er zwischen zusammengebissenen Zähnen hindurch. »Ich muss mich ausruhen. Nur für eine Minute.« Sie ließen sich schwerfällig auf dem Boden nieder und lehnten sich an eine halb zusammengefallene Mauer.

»Wie lange brauchen wir noch bis Vanhelm?«, fragte Aurora.

»Spätestens mittags sollten wir da sein«, erwiderte Lucas.

Mittags. Und die Sonne war noch nicht einmal ganz untergegangen. Sie konnten Finnegan keine sechzehn Stunden oder länger mitschleifen. Und er konnte mit seinen schweren Brandwunden nicht ohne Hilfe gehen. Sie würden es niemals zurück ins Schloss schaffen.

Aber sie hatten keine andere Wahl. Sie *mussten* es schaffen.

»Bist du verletzt, Aurora?«, fragte Finnegan.

Jede Faser ihres Körpers tat weh, aber sie schüttelte den Kopf und zwang sich zu einem Lächeln. »Mir geht's gut«, sagte sie. »Gesund und munter. Aber um dich mache ich mir Sorgen.«

»Was ist mit deiner Hand? Du hältst sie so komisch.«

In ihrer fest geballten Faust steckte der Drachenanhänger. Er hatte bereits tiefe Rillen in ihre Haut gedrückt.

»Ach so, das ist nur meine Kette«, sagte sie. »Die habe ich ganz vergessen.« In ihrer Panik hatte sie alles vergessen. Sie blickte so abrupt zu Lucas hoch, dass ihr ein stechender Schmerz durch den Nacken fuhr. »Ihr habt sie kaputtgemacht«, sagte sie. »Ihr habt sie auf den Boden geworfen.«

»Ja, das hab ich«, entgegnete er. »Dieser Drache war kurz vorm Wildwerden. Ich dachte schon, jeden Moment tötet er Euch.«

»Und deswegen habt Ihr meine Kette kaputtgemacht?«

»Da steckt doch Drachenblut drin«, entgegnete er. »Ich dachte, wenn ich sie wegwerfe, dann jagt der Drache hinter ihr her, und wir können fliehen.«

Sie starrte den Anhänger an. Die Kette war in zwei Teile gerissen, die jetzt nutzlos auf ihrer Handfläche lagen. Sie glaubte Lucas nicht. Was er sagte, klang plausibel, aber das leichte Schwanken in seiner Stimme und die hastige Art, wie er sprach, ließen vermuten, dass er log. Und was auch immer ihn dazu bewegt hatte, ihr den Anhänger herunterzureißen, er hatte es nicht getan, um sie zu schützen.

»Ich brauche eine neue Kette«, sagte sie. »Sobald wir zurück sind.« Etwas anderes fiel ihr dazu nicht ein.

Finnegan lachte, doch es klang mehr wie ein Stöhnen. »Ich besorge dir eine neue«, sagte er. »Die hast du dir nach dem heutigen triumphalen Erfolg verdient.«

»Wer ist jetzt ein schlechter Lügner?«

»Immer noch du, Aurora.« Finnegan rappelte sich mühsam hoch und zog eine schmerzerfüllte Grimasse. »Wir sollten jetzt weiter«, sagte er. »Wir wollen doch nicht zu spät zum Mittagessen kommen.«

Der weite, dunkle Himmel war erhellt von einer Handvoll Sterne und einer kaum sichtbaren, schmalen Mondsichel, aber mit jedem Schritt, den Aurora tat, wurde die Silhouette der Stadt in ihrem Blickfeld immer größer.

Sie wagte es nicht, Licht zu zaubern.

»Wenn du doch nur Wassermagie besitzen würdest«, sagte Finnegan. »Das wäre hier draußen äußerst praktisch.«

Sie rang sich ein Lächeln ab. »Ich hätte diesen Drachen ausschalten können«, sagte sie. Aber seine Worte hallten in ihr nach, und sie überlegte, was zum Wasserzaubern wohl nötig war. Ruhe, Geschmeidigkeit, das Gefühl von absoluter Kontrolle. Alles, was ihr zu eigen sein *sollte*.

Am Vormittag erreichten sie die alte Stadt. Mit zittrigen Füßen tappte Aurora durch den Schutt. Das Boot lag noch immer sicher versteckt, und sie und Lucas trugen es gemeinsam zum Fluss. Aurora war sich sicher, dass ihre Kräfte sie jeden Moment im Stich lassen würden, aber sie hielt durch. Sie halfen Finnegan ins Boot und setzten Segel Richtung Vanhelm-Stadt.

Sie bemühte sich, nicht auf seine Wunden zu achten, nicht die Stunden zu zählen, die er nun schon Qualen litt, nicht zu bemerken, dass er mittlerweile keine Versuche mehr unternahm, Witze zu reißen. Stattdessen starrte sie zur Stadt hinüber, auf diese Silhouette, die ihr schier den Atem verschlagen hatte, als sie sie zum ersten Mal gesehen hatte.

Das Boot krachte gegen die Mole, und Aurora sprang mit letzter Kraft unter lautem Rufen und Armeschwenken von Bord. »Der Prinz«, rief sie. »Der Prinz wurde verbrannt. Er braucht Hilfe!« Plötzlich liefen von überall Leute herbei, so als hätten sie nur auf ihren Hilfeschrei gewartet. Wie ein Lauffeuer verbreitete sich die Kunde, und es dauerte nicht lange, bis die ersten Schlosswachen erschienen.

Sie brachten ihn eilig fort, und Aurora blieb auf der Straße zurück, schmutzig und erschöpft. Mit leerem Blick starrte sie auf die Stelle, wo Finnegan noch eben gelegen hatte.

Eine dichte Menschenmenge drängte sich um das Schloss.

Ja, der Prinz. Ich habe gehört, er ist verletzt. Ich habe gehört, er ist tot. Ich habe gehört, das waren Drachen.

Aurora drängelte sich zwischen den Leuten hindurch und humpelte die Treppe hinauf. Der Wachmann am Eingang öffnete ihr wortlos die Tür.

»Finnegan«, sagte sie mit erstickter Stimme. »Ist er ...«

»Er ist drinnen«, sagte der Wachmann. Mehr nicht. Er blickte sie nicht einmal an.

Sie trat durch die Tür. Dienstmädchen und Wachleute

huschten eilig durch die Empfangshalle, und aus dem links von ihr gelegenen Zimmerlabyrinth tönte lautes Rufen.

Sie packte eine der Zofen am Arm, einen Tick fester als beabsichtigt, und verlor beinahe das Gleichgewicht. »Wo ist Finnegan?«, fragte sie. »Ihr müsst mich zu ihm bringen.«

»Er ist in seiner Suite«, sagte die Zofe. »Hier entlang, Mylady.« Sie führte Aurora die Treppe hinauf und dann durch den oberen Flur. Die Schmerzen in ihren Füßen waren von einem Gefühl der Taubheit abgelöst worden. Es kam ihr so vor, als würde sie über den Boden schweben.

Zwei Wachposten standen vor Finnegans Tür.

»Ohne die ausdrückliche Erlaubnis der Königin darf niemand rein«, sagte einer der Männer.

Aurora würde sich jetzt von keinem Wachmann aufhalten lassen. »Ich muss Finnegan sehen«, erklärte sie. »Ich muss mich vergewissern, ob es ihm gutgeht.«

»Nicht ohne Erlaubnis der Königin.«

»Und wo ist die Königin?«, fragte sie. »Bringt mich zu ihr. Ich muss Finnegan sehen. Ich muss …«

»Hier bin ich.« Orla trat aus Finnegans Suite heraus. Ihr Gesicht war kalkweiß, ihr Haar hing ihr halblose um die Schultern, und ihr Mund war verkniffen vor Sorge.

Aurora wollte näher heran und schnell durch die offene Tür schlüpfen, aber ihre Beine gehorchten ihr nicht mehr. »Finnegan«, sagte sie wieder. »Wird er … wieder gesund? Wird er …«

»Ich glaube nicht. Es ist sehr unwahrscheinlich.«

Aurora schwankte. Mit einer Hand stützte sie sich an der Wand ab. »Was meint Ihr damit?«, sagte sie. »Wird er sterben?«

»Er wurde von einem Drachen verbrannt, Aurora. Glaubst du im Ernst, er kann wieder gesund werden? Niemand, der von einem Drachen verbrannt wird, kann sich davon jemals wieder vollständig erholen.«

»Aber ...«

»Aber was? Habt ihr beide euch für unsterblich gehalten? Habt ihr gedacht, ihr könntet gefahrlos durchs Ödland spazieren?«

Nicht wirklich. Sie hatte gewusst, dass es riskant war, aber Finnegan hatte so selbstsicher gewirkt, so über den Dingen stehend, dass es ihr geradezu unmöglich erschienen war, es könnte ernsthaft gefährlich für ihn werden. Sie hatte lediglich eine romantische Vorstellung von der Gefahr gehabt, ein aufregendes Abenteuer zum späteren Geschichtenerzählen, das sie jedoch mit heiler Haut überstehen würden.

»Unfassbar, dass ihr zwei so dumm ward. Habt ihr nicht mal einen Moment nachgedacht?«

»Es tut mir leid«, sagte Aurora. »Wirklich. Ich wollte nicht ...« Sie fand nicht die richtigen Worte. Sie wusste nicht mal genau, was sie sagen wollte.

»Dein Bedauern ist wertlos, wenn du sonst nichts tun kannst, um zu helfen. Ich nehme an, deine Zauberkräfte können hier nichts bewirken, oder du hättest ihn schon längst geheilt.«

»Nein«, sagte Aurora. Ihre Stimme brach. »Ich weiß nicht, wie ich ihm helfen kann.«

»Dann geh mir aus den Augen.«

Aurora rührte sich nicht von der Stelle. »Gebt Ihr mir Bescheid?«, fragte sie. »Wenn er … Wenn sich irgendetwas tut?«

Orla starrte sie nur an. »Ich werde jemanden zu dir schicken«, sagte sie schließlich mit eisiger Stimme.

»Danke.« Aurora wollte nicht weg, aber sie konnte nicht ewig in diesem Flur herumstehen und auf eine verschlossene Tür starren. Sie drehte sich zum Gehen um und hielt dann kurz inne. »Er dachte, er tut das Richtige«, sagte sie. »Er dachte, er könnte Vanhelm helfen.«

»Dann war er ein noch größerer Dummkopf, als ich dachte«, entgegnete Orla. »Verschwinde jetzt.«

Als Aurora davonging, hallten ihr ihre eigenen Schritte unerträglich laut in den Ohren wider.

Sie könnte sich einfach durch die Bibliothek in Finnegans Suite schleichen. Eine kleine Schmiergeldzahlung an den Wachposten, und dann wäre sie bei ihm. Sie wollte bereits zur Treppe abbiegen, blieb dann aber stehen. Was sollte das nützen? Sie konnte ihm nicht helfen. Wie Finnegan treffend bemerkt hatte: Sie besaß nur Feuermagie. Sie verstand nichts vom Heilen.

Celestine hingegen schon.

Celestine würde wissen, was zu tun wäre. Sie hatte bereits ein paarmal Leben gerettet, nicht wahr? Bestimmt besaß sie ein Heilmittel.

Aurora schleppte sich in ihr Zimmer und ließ sich von innen gegen die Tür fallen. Sie musste einen Weg finden, um Finnegan zu helfen, ohne die Hexe auf den Plan zu rufen. Aber es hatte Wochen gedauert, bis sie endlich das Feuer beherrscht hatte. Sie wusste nicht mal, ob sie außer Feuer und Licht machen noch andere Kräfte besaß. Und Finnegan konnte nicht warten. Finnegan lag im Sterben.

Er hatte ihr vertraut. Er hatte ihrer Magie vertraut. Und sie konnte nichts für ihn tun.

War dies die Art von rasender Verzweiflung, die die Menschen bereits vor über hundert Jahren in die Arme von Celestine getrieben hatte? Die Hoffnung, dass Celestine helfen könnte? Dass sie zumindest *irgendetwas* tun könnte?

Niemand ließ sich auf einen Handel mit Celestine ein und gewann. Aurora war der lebende Beweis dafür. Und Aurora wusste auch schon genau, welchen Preis Celestine von ihr fordern würde. Ein Bündnis. Dass sich Aurora mit ihr zusammenschloss.

Aber wenigstens würde Finnegan leben. Er war der einzige Mensch, der sie jemals *wirklich* gesehen hatte, mit all ihren Stärken und Schwächen, und der sie dennoch gemocht hatte. Durch ihn hatte sie ein Stück weit mehr zu sich selbst gefunden und das Gefühl gehabt, dazuzugehören. Und falls er starb, würden alle sagen, dass er selbst schuld dran wäre. Dass sein Egoismus und sein Leichtsinn ihn umgebracht hätten. Sie würden nicht erkennen, dass er den aufrichtigen Wunsch gehabt hatte, zu helfen.

Aurora stolperte über ihre eigenen Füße. Der langsam schleichende Verlust der Magie hatte Celestine schwach und halb wahnsinnig gemacht. Wenn Aurora nun einen klugen Handel abschlösse, wenn sie die Hexe überlisten könnte, indem sie nahm, was sie brauchte, und dann davonrannte, so wie sie schon einmal davongerannt war …

Sie könnte Celestine einen Gefallen anbieten, eine weitere kleine Dosis ihrer Magie. Und vielleicht könnte sie dann über Finnegans Rettung hinaus sogar noch mehr erreichen. Wenn sie sich der Hexe gegenüber verhandlungsbereit zeigte, würde diese im Laufe des Gesprächs womöglich irgendetwas verraten, was Aurora nützen könnte. Celestine würde Aurora für schwach halten, aber Aurora würde genau zuhören. Aurora würde stark sein.

Und selbst wenn sie Celestine *wirklich* helfen würde, wieso sollte sie das auch nur ansatzweise bekümmern? Die Menschen in Alyssinia hassten sie. Sie verachteten sie. Alle, die ihr je nahegestanden hatten, waren entweder tot oder lagen im Sterben, ihr Königreich stand in Flammen, und sie schimpften sie eine Verräterin. Und Schlimmeres.

Wieso also sollte sie ihnen zuliebe eines der wenigen guten Dinge opfern, die es in ihrem Leben gab? Für sie würden sie so etwas auch nicht tun.

Sie konnte nicht zulassen, dass Finnegan starb. Celestine war die einzige Antwort, die sie hatte.

Und sie wusste, dass die Hexe irgendwo in der Nähe war.

Die Bibliothek war menschenleer. Mit einem energischen Ruck schloss Aurora die Vorhänge und sperrte die grelle Nachmittagssonne und den Trubel der Straße aus. Dann beschwor sie Flammen herbei, die den höhlenartigen Raum abwechselnd in Licht und Schatten tauchten.

»Celestine«, sagte sie. Die schweren Vorhänge schluckten alle Geräusche. »Celestine!«, sagte sie wieder, diesmal etwas lauter. »Ich weiß, dass du mich hören kannst. Ich will dir einen Handel vorschlagen.«

Nichts geschah. Aurora war so angespannt, dass sich ihr die Haare im Nacken sträubten. Aber Celestine *wollte*, dass sie sie um Hilfe bat. Sie würde sie nicht ignorieren.

»Celestine!«

»Du hast geübt.« Aurora wirbelte herum. Celestine stand hinter ihr. Ihre Finger tanzten um eines von Auroras Flämmchen herum. Sie sah frischer aus als bei ihrer letzten Begegnung, ein Stück größer, das blonde Haar war dichter. Es fiel in Locken um das herzförmige Gesicht, und ihre lächelnden roten Lippen sahen aus wie eine Wunde. »Beeindruckend. Aber bei mir hättest du mehr gelernt.« Sie hob eine Hand, und die Flamme erlosch. »Armes Mädchen. Ich habe dich gewarnt, meine Liebe. Ich habe dir gesagt, dass es dir noch leidtun würde, wenn du dich von mir abwendest. Aber du wolltest es nicht wahrhaben, und jetzt sind wir hier.« Sie trat vor Aurora hin und ließ einen Finger über ihren Hals wandern. »Ohne die Hilfe von Magie wird Finnegan sterben. Das ist dir klar, nicht?«

»Was muss ich tun?«

»Na, na, na. So läuft das nicht, und das weißt du. Sag mir, was du wünschst, und dann sehen wir weiter.«

»Rette ihn«, sagte Aurora. »Heile seine Wunden. Mach, dass er wieder so wird wie vorher. So als hätte er sich nie verbrannt. *Bitte.*«

Celestine legte den Kopf schief. »Und als Gegenleistung? Was hast du mir zu bieten?«

»Eine weitere Dosis meiner Magie«, sagte Aurora. »So wie die, die du schon mal erhalten hast.«

Celestine lachte. Es war ein helles, scharfes Geräusch. »Komm schon, Aurora. Ist dir das Leben deines Prinzen nur so wenig wert?«

»Dann meinetwegen ein Bündnis.«

»Wieso sollte ich darum feilschen? Du gehörst doch sowieso schon mir. Wenn Finnegan stirbt, hast du keinen einzigen Freund mehr. Königin Orla wird dich davonjagen, weil sie dir die Schuld am Tod ihres Sohnes gibt. König John wird dich nicht am Leben lassen wollen, und Rodric kann dich nicht beschützen. Wenn Finnegan stirbt, wirst du angekrochen kommen und mich anflehen, an ihnen allen Rache zu üben. Und ich verhandle nicht über Dinge, die ich auch einfach so haben kann.«

»Was willst du dann?«

»Nur eine Kleinigkeit. Ich will, dass du zu dem Berg zurückkehrst und einen der Drachen tötest. Ich will, dass du mir ein Drachenherz bringst.«

Aurora rang nach Atem. Sie hatte recht gehabt. Mit all ihren Vermutungen über Celestine, über ihre Pläne, dass sie die Drachen zurückgeholt hatte ... Sie hatte recht gehabt.

»Bring mir ein Drachenherz, Prinzessin. Leg es mir in die Hände, und ich werde deinen kostbaren Prinzen retten.« Sie hob einen Finger und strich über Auroras Kinn. »Was ist? Hast du Skrupel, einer Kreatur, die Zehntausende von Menschen auf dem Gewissen hat, das Herz rauszureißen, um deinen Prinzen zu retten? Bist du dafür zu *gut*?«

Nein. Sie war nicht gut. Sie verhandelte schließlich bereits mit Celestine. Aber wenn sie dies tat, würde Celestine bekommen, was sie wollte – die Fähigkeit, Drachen zu bändigen, genau wie Aurora.

Aber Celestine hatte nur verlangt, dass Aurora es ihr in die Hände legen sollte. Die Wortwahl war bei dieser Art von Handel von Bedeutung. Sobald Aurora Celestine das Herz gegeben hätte, wäre der Handel perfekt. Die Hexe hatte nichts davon gesagt, dass Aurora sie das Herz *behalten* lassen müsste. »Warum holst du dir das Herz nicht selbst, wenn du doch so viel mächtiger bist als ich?«, fragte Aurora.

»Ich kann nicht«, sagte Celestine. »Du musst es tun.«

Die Worte an der Turmwand. *Nur sie.* Sie hatte recht gehabt.

»Und wenn ich tue, was du verlangst, wird Finnegan leben.«

»Er wird leben.«

»Nicht nur leben«, sagte Aurora. »Er wird wohlauf sein und

vollkommen gesund, genau wie vorher. Es werden keinerlei Spuren der Drachen zurückbleiben.«

»Es werden keinerlei Spuren zurückbleiben, aber er wird sich an die Sache noch erinnern.«

Wenn Aurora der Hexe ein Drachenherz gab, würde sie die Drachen beherrschen. Aber Finnegan würde leben.

Und Aurora konnte Celestine überlisten. Sie würde ihren Teil des Handels erfüllen und ihr dann das Herz entreißen. Sie könnte es selbst gebrauchen. Sie könnte ihre Verbindung zu den Drachen nutzen, um Celestine ein für alle Mal zu vernichten. Möglicherweise würde das Herz bei Celestine auch gar nicht funktionieren. Die Hexe hatte sich, was die Drachen betraf, schon einmal geirrt. Sie hatte angenommen, selbst imstande zu sein, ein Herz zu holen. Vielleicht würde sie es gar nicht benutzen können, wenn es in ihren Händen lag.

Aber Aurora konnte sich dessen nicht sicher sein.

»Was willst du mit dem Herz?«, sagte sie.

»Das ist weder Teil des Handels, noch geht es dich etwas an.«

»Das reicht mir nicht. Wenn ich dir das Herz gebe, will ich dafür auch Antworten. Und zwar ehrliche.«

»Du hast mir deinen Preis aber schon genannt«, erwiderte Celestine. »Doch weil ich großzügig gestimmt bin, werde ich dir drei Fragen beantworten. Das ist eine gute Zahl, meinst du nicht? Drei Fragen und das Leben deines kostbaren Prinzen für ein Drachenherz. Abgemacht?«

Aurora schloss die Augen. Hier im Dunkeln sah sie wieder Finnegans verbrannte Haut. Sie konnte seine Hände an ihrer Taille spüren, seine Lippen auf ihrem Mund, wie jede Faser ihres Körpers zum Leben erwachte. Es war eine egoistische Entscheidung. Eher würde sie Petrichor eigenhändig bis auf die Grundmauern niederbrennen, als Finnegan sterben zu lassen.

»Ja«, sagte Aurora. »Abgemacht.«

Celestine packte Aurora am Handgelenk und zog sie so dicht an sich heran, dass Aurora den Atem der Hexe an ihrer Wange spürte. »Gut entschieden«, sagte sie.

VIERUNDZWANZIG

Aurora wäre am liebsten sofort aufgebrochen. Doch die Erschöpfung steckte ihr zu tief in den Knochen, und sie würde ihre ganze Kraft brauchen, wenn sie überleben wollte. Sie musste den Tag nutzen, um sich auszuruhen und Vorbereitungen zu treffen.

Ihr Rucksack war noch gut gefüllt mit Vorräten, und nach einem kleinen Abstecher in die Hofküche hatte sie auch wieder frisches Brot und Wasser. Ihre Füße waren mit Blasen übersät und blutig, und so legte sie sich Verbände an, wobei sie bemüht war, sie so gut hinzubekommen wie Distel Wochen zuvor. Wenn Distel doch bloß hier wäre!

Sie fand eine weitere Silberkette in dem Schmuckkästchen auf ihrem Frisiertisch, aber sie war kürzer als die vorherige, so dass der Drache nun knapp unter ihrer Schlüsselbeinmulde hing. Jedes Mal, wenn sie sich bewegte, klimperte es.

Am nächsten Tag ging sie im Morgengrauen los, mit sauberer Tunika und Hose bekleidet, das Haar in einem Dutt nach hinten gesteckt. Ihren Dolch hatte sie unter den Gürtel geschoben. Die flache Seite der Klinge tippte bei jedem Schritt an ihren Oberschenkel.

Der Hafen war nahezu menschenleer, abgesehen von zwei Fischern, die ihre Boote für den Tag rüsteten. Finnegans Boot wartete noch immer dort, wo sie es zurückgelassen hatte. Irgendeine treue Seele hatte es an der Mole vertäut, nachdem Aurora in heller Aufregung zum Schloss zurückgerannt war. Sie ging direkt darauf zu. Niemand beachtete sie.

»Mädchen!«

Lucas marschierte hinter ihr über den Hafenplatz.

»Was tut Ihr da, Aurora? Ihr wollt doch wohl nicht allein los?«

Sie griff nach dem Tau, um es vom Poller loszumachen. »Es geht nicht anders«, sagte sie. »Es gibt da etwas, was ich tun muss.«

»Da draußen? Ihr werdet dabei umkommen. Und inwiefern sollte Finnegan das helfen?«

Sie starrte ihn an. Seine Körperhaltung sah angespannt aus, beinahe aggressiv. Instinktiv wanderte ihre Hand zum Drachenamulett.

»Ich will zum Berg zurück«, erklärte sie. »Um nachzusehen, was dort ist. Genau, wie wir es geplant hatten. Mir fällt nichts ein, womit ich sonst helfen könnte.«

»Ich verstehe, was Euch antreibt. Aber es wird keinen Unterschied machen.«

»Vielleicht nicht«, entgegnete Aurora. »Aber ich muss es trotzdem versuchen.« Sie sah ihn weiterhin unverwandt an. »Was macht Ihr hier? Hattet Ihr vor, ins Ödland zu reisen?«

»Ja«, sagte er mit beinahe schon provozierendem Unterton. »Ich dachte, wenn ich noch ein paar mehr Informationen sammele, kann ich vielleicht ein Heilmittel finden. Doch ich bin Experte auf diesem Gebiet. Ich weiß, worauf ich mich einlasse. Ihr könnt nicht gehen.«

Er log. Er wusste über ihre Kräfte Bescheid. Wusste, wozu sie in der Lage war. Für sie war es im Ödland weit weniger gefährlich als für ihn. Lucas verheimlichte ihr etwas.

»Ihr könnt mich nicht aufhalten«, sagte sie. »Ihr solltet bei Finnegan bleiben. Er braucht Eure Expertise.«

Lucas schüttelte den Kopf. »Ich kann ihm gerade nicht helfen«, sagte er. »Und wenn Ihr Euch partout nicht aufhalten lasst, sollten wir am besten zusammen gehen. Zwei Augenpaare sehen mehr als eines. Und Finnegan würde mir nie verzeihen, wenn Euch etwas zustößt.« Behände löste er den Knoten und machte das Tau los.

Sie sollte ihn wegschicken. Sie konnte nicht noch mehr Komplikationen gebrauchen. Aber sie musste sich beeilen, und Lucas kannte sich im Ödland besser aus als irgendwer sonst. Wenn sie sich verirrte, würde sie Finnegan nicht helfen können. Und außerdem war sie neugierig. Was genau hatte Lucas vor? Er hatte ihre Feuermagie mit eigenen Augen gesehen.

Er wusste, dass er ihr nichts würde anhaben können. Also was befand sich da draußen, zu dem er so unbedingt hinwollte?

»Na schön«, sagte sie. »Los geht's.«

Sie wanderten schweigend durchs Ödland, nahmen die gleiche Route wie bei ihrem Gewaltmarsch mit Finnegan. Nur dass ihr da die Welt ganz still erschienen war, als würde das Königreich den Atem anhalten. Oder vielleicht hatte Aurora sich auch nur zu sehr auf Finnegans Schmerzen und ihre eigene Panik konzentriert, um irgendetwas anderes um sich herum wahrzunehmen. Doch jetzt schien die Luft vor Drachen zu wimmeln. Ständig wurden sie von lautem Brüllen oder aufziehenden Schatten dazu gezwungen, ihre Reise zu unterbrechen. Und jedes Mal, wenn sie dann wieder den Schutz der verfallenen Häuserruinen verließen und sich zurück ins offene Gelände wagten, verfielen sie in eine Art huschendes Laufen in geduckter Haltung, so als würden ein paar Zentimeter weniger Körpergröße sie davor bewahren, von den Drachen entdeckt zu werden.

Zum ersten Mal überkam Aurora beim Anblick der Drachen nackte Angst. Sie hatte es nicht geschafft, den Drachen in der Berghöhle zu bändigen. Und wenn sie sich nun geirrt hatte? Was, wenn sie sie gar nicht bändigen *konnte*? Womöglich marschierte sie geradewegs in eine Falle.

Aber nein. Celestine wollte ein Drachenherz haben, und um es zu bekommen, brauchte sie Aurora. Das bedeutete, dass Aurora recht gehabt hatte und eine besondere Verbindung zwischen ihr und den Drachen bestand. Dass sie das gleiche Blut teilten. In der Höhle hatte sie die Nerven verloren, aber das würde ihr nicht noch einmal passieren.

Sie und Lucas sprachen kein Wort. Stunde um Stunde zermarterte Aurora sich den Kopf, wie sie am geschicktesten mit Celestine umgehen sollte. Und mit Lucas. Der Forscher machte die Sache noch komplizierter. Möglicherweise würde Celestine sich weigern, in seiner Gegenwart mit Aurora zu sprechen, und Aurora wusste nicht, wohin sie sich in dieser trostlosen Öde für ein Privatgespräch zurückziehen sollte.

Unter Umständen könnte seine Anwesenheit aber auch von Vorteil für sie sein. Vielleicht ließ sich Celestine durch ihn ablenken. Andererseits würde die Hexe ihn, ohne zu zögern, umbringen, wenn er ihren Plänen in irgendeiner Weise im Weg war.

Aurora spielte in Gedanken ihren eigenen Plan durch. Sie würde Celestine das Herz anfassen lassen, es in ihre Hände legen und es dann zu Asche verbrennen. Wenn sie mit den Drachen tatsächlich durch eine wie auch immer geartete Verwandtschaft verbunden war, wenn sie das gleiche Blut teilten, wäre es ihr unter Umständen möglich, die Zauberkräfte des Herzen anzuzapfen und es von innen heraus zu verbrennen. Celestine würde mit leeren Händen dastehen, und Aurora hätte den Handel erfüllt.

Es war kein guter Plan, aber es war der einzige, den sie hatte.

Und außerdem hätte sie noch drei Fragen frei. Drei ehrliche Antworten von der Hexe. Das würde bei weitem nicht ausreichen. Sie könnte sie zum Fluch befragen, zu ihrer Mutter, ihrer Magie, den Drachen und zu Celestines Vergangenheit. Sie könnte herausfinden, was Celestine wollte oder was sie vorhatte, jetzt zu tun. Daran gemessen waren drei Fragen geradezu lächerlich, egal, wie umfassend sie sie auch formulieren würde.

Vor allem müsste sie mehr über Celestines Pläne in Erfahrung bringen. Obwohl es andere Fragen gab, die ihr viel mehr auf den Nägeln brannten. Sollte sie ihre einmalige Chance, Antworten zu erhalten, opfern, damit sie Menschen helfen konnte, die sie hassten?

Sie wusste es nicht.

Bei Sonnenuntergang erreichten sie ein Dorf, das noch halbwegs intakt war. Ein paar der Häuser besaßen sogar noch ein Dach, und in der Mitte des Marktplatzes befand sich ein kleines Becken mit Wasser. Aurora kniete sich davor auf den Boden und schöpfte etwas Wasser mit den hohlen Händen. Es schmeckte nach Asche, so wie alles hier, und doch war es herrlich erfrischend. Die Sterne funkelten, und der Himmel war von Spuren aus Feuer durchzogen.

»Wir sollten Rast machen«, erklärte Lucas. Er klang außer Atem. »Heute Nacht noch weiterzuwandern wäre zu gefährlich, und das Dorf hier ist der sicherste Ort, um bis morgen auszuruhen.«

»Wir müssen so schnell wie möglich vorankommen«,

wandte Aurora ein. Ihr Körper war ein einziger Schmerz, aber sie mussten weiter. »Finnegan kann nicht warten.«

»Besser eine Nacht warten, als überhaupt nicht zurückzukehren.«

»Wir können uns eine Stunde lang ausruhen«, willigte Aurora ein. »Aber dann gehe ich weiter, mit oder ohne Euch.«

Lucas ließ sich neben ihr auf dem Boden nieder und seufzte schwer. »Das ist riskant«, sagte er.

»Hierzubleiben genauso.«

Aurora ließ ihre Finger durchs Wasser gleiten, während sie schweigend nebeneinandersaßen und in den Himmel starrten. Überall um sie herum waren Drachen, sie kamen blitzend in Sicht und verschwanden dann wieder.

»Und habt Ihr sie Euch so vorgestellt?«, fragte sie. »Ihr hattet sie doch schon jahrelang erforscht, bevor sie zurückkamen. Sind sie so, wir Ihr gedacht habt?«

»Nein«, sagte er. »Das sind sie nicht.«

»Was hattet Ihr denn erwartet?«

»Ich hatte nicht erwartet, dass sie so brutal sind«, erklärte Lucas. »Ich hatte nicht erwartet, dass sie das Königreich vernichten würden. Natürlich wusste ich, dass Drachen töten und Feuer entfachen, das ist ja kein großes Geheimnis, aber es gibt einen Unterschied zwischen wissen und akzeptieren. Etwas wirklich verstehen. Ich *wusste* es, als ich das erste zu glühender Asche zerfallene Dorf sah. Und hat man so etwas erst mal gesehen, verändert das für immer, wie man über diese Kreaturen denkt.«

»Ja«, sagte Aurora. »Vermutlich.« Es kribbelte in ihren Beinen, und sie verspürte den Drang, sich zu bewegen, dieses Geisterdorf hinter sich zu lassen und zu Ende zu bringen, was sie sich vorgenommen hatte. Sie rappelte sich hoch. »Ihr könnt hier warten, wenn Ihr wollt«, sagte sie. »Aber ich gehe jetzt.«

Wortlos stand Lucas auf, und zusammen marschierten sie weiter durch die verödete Ebene.

Die Sonne ging auf, und der Berg vor ihnen wuchs, bis er Auroras gesamtes Blickfeld einnahm, den Himmel aussperrte und die ganze Welt ausfüllte. Ein paar Drachen umkreisten den zerklüfteten Gipfel. Aurora machte sich an den Aufstieg und schleppte sich mit brennenden Waden, an Felsvorsprünge und Gesteinsbrocken geklammert, den Berghang Stück für Stück weiter hoch.

Dann fiel der Boden jäh ab, und die Höhle verschlang sie. Alle Geräusche wurden erstickt. Diesmal wagte Aurora nicht, Licht zu machen. Sie würden blind in die Tiefe hinabsteigen und sich durch das Licht der Drachen leiten lassen.

Vielleicht war es das leichte Beben der Erde, das sie warnte, das Scharren von Schritten unmittelbar hinter ihr. Vielleicht war es Lucas' angstvoller, schwerer Atem an ihrem Ohr oder das geflüsterte *Tut mir leid*, mit dem er sich nach vorn lehnte. Vielleicht war es die Vorahnung der kalt blitzenden Klinge, die ihre Kehle ansteuerte. Ein scharfer Schmerz schnitt in ihr Kinn, und die Magie schoss aus Aurora hervor.

Lucas schrie. Das Messer fiel aus seiner Hand, glühend rot. Es fiel klappernd zu Boden, und Aurora kickte es weg, während sie ihn gleichzeitig mit dem ausgestreckten Arm wegdrängte und nach ihrem Dolch griff. Licht flackerte zwischen ihnen auf und erhellte Lucas' panisches Gesicht.

»Was tut Ihr da?«, fauchte sie.

»Ich musste«, sagte er. »Versteht doch ...«

»Ihr musstet was? Versuchen, mich umzubringen?«

»Es tut mir leid«, sagte er. »Ich kann Euch nicht da runtergehen lassen.«

»Warum nicht?«, zischte sie. »Weil es zu *gefährlich* ist?« Ihre Finger schlossen sich um den Dolch. Sie machte einen Schritt vorwärts und drängte Lucas rückwärts gegen die Felswand. »Warum habt Ihr mich angegriffen?«, fragte sie.

»Das versteht Ihr nicht.« Er warf einen verstohlenen Blick den Tunnelgang hinunter. Jetzt zitterte er am ganzen Körper. »Finnegan und Ihr, ihr seid beide Dummköpfe. Die Drachen haben bereits einen Großteil des Königreichs zerstört. Und niemand weiß, was sie anrichten werden, wenn Ihr Euch einmischt. Was, wenn sie das Meer überqueren? Das kann ich nicht zulassen.«

Weiter vorn im Tunnel brüllte ein Drache.

»Und da seid Ihr den ganzen langen Weg bis hierher marschiert, um mich zu töten?« Ihre Hand mit dem Dolch zitterte. »Warum habt Ihr's nicht schon am Hafen getan, dann wäre die Sache erledigt.«

»Ich habe gehofft, Ihr würdet umkehren«, erklärte Lucas. »Ich wollte es nicht so weit kommen lassen.«

»Ihr habt mir die Kette vom Hals gerissen«, sagte sie, »weil

Ihr dachtet, dadurch könntet ihr uns aufhalten. Ihr wusstest, dass es die Drachen in Rage versetzen würde. Es ist Eure Schuld. Ihr wart es, der Finnegan verletzt hat.«

»Nein«, sagte er, ohne eine Miene zu verziehen. »Das wart Ihr.«

Aber Aurora würde jetzt keinen Rückzieher machen. Sie musste das zu Ende bringen. »Los«, sagte sie und deutete mit dem Dolch den Tunnel hinunter. »Ihr geht voran.«

FÜNFUNDZWANZIG

Der Weg wurde ebener und so schmal, dass nicht mehr als drei Leute nebeneinandergepasst hätten. Jetzt verstand sie auch, weshalb ihnen auf dem Weg nach unten nur ein einziger Drache begegnet war. Die meisten der Biester waren zu groß für den Tunnel. Es musste noch viele weitere Gänge geben, Hunderte von Wegen, die in das Herz des Berges führten, und breite Durchlässe, die für die Drachen gut passierbar waren.

Sie folgten einer Biegung, und Lucas blieb so plötzlich stehen, dass Aurora beinahe mit ihm zusammenprallte. Im letzten Moment riss sie ihre Hand herunter, so dass der Dolch seinen Rücken knapp verfehlte.

Der Tunnel endete in einer riesigen Höhle, ein Gewölbe aus Hitze und Stein.

Die Wände schimmerten von Juwelen, und die Decke war so hoch, dass Aurora sie fast nicht sehen konnte, abgesehen von den Stellen, die hier und da von den glühenden Flügeln vorbeifliegender Drachen erhellt wurden. Ihre Schreie wurden, hundertfach verstärkt, zwischen den Wänden hin und her geworfen.

Einen Moment lang war sie zu nichts anderem fähig, als mit staunend offenem Mund alles um sich herum aufzunehmen. Es waren so viele Drachen. So viel Feuer.

Langsam tastete sie sich in die Mitte der Höhle vor, schlängelte sich vorsichtig zwischen Stalagmiten hindurch. Sie glitzerten, als hätten sie einen magischen Kern. Aurora strich mit der Hand über einen der Tropfsteine, insgeheim damit rechnend, sich die Finger zu verbrennen. Er fasste sich kühl an und rau und rieb an ihrer Haut.

Sie reckte den Hals und beobachtete die Schatten, die an der Decke um die Stalaktiten herumhuschten.

Kommt, dachte sie.

Die Luft wurde schwer von Hitze, und Auroras Zauberkräfte fingen an, in ihr zu brodeln, dass ihr schwindelte. *Kommt her*, dachte sie wieder, und diesmal sandte sie ein wenig Magie aus, einen kleinen Feuerball, der um sie herumflitzte.

Hinter ihr brüllte ein Drache. Aurora drehte sich in dem Moment um, als er dumpf auf dem Boden aufsetzte und mit blitzenden Augen seinen Kopf hin und her warf.

Vorsichtig ging sie einen zittrigen Schritt vorwärts. Er würde ihr nichts tun, das wusste sie. Sie ähnelten einander, durch ihre Adern flossen Feuer und Blut und Celestines Magie.

Sie streckte ihre Hand nach ihm aus. Hitze drang durch ihre Haut.

Sie betrachtete die Brust des Drachen, suchte nach einer Schwachstelle, nach einem Weg, wie sie an sein Herz kommen könnte. Aber sie brachte es nicht über sich, einem Geschöpf weh zu tun, das so erhaben und Ehrfurcht einflößend war wie dieses hier. Sie konnte ihm nicht das Herz aus der Brust reißen, um es ihrem Willen zu unterwerfen.

Der Drache behielt sie die ganze Zeit im Auge.

Aber keiner von beiden behielt Lucas im Auge. Mit einer schnellen Bewegung packte er Auroras Handgelenk und drehte es herum, bis der Dolch scheppernd zu Boden fiel. Sie kreischte, und die Magie in ihrem Inneren ließ Funken stieben, aber Lucas hatte sich die Waffe bereits geschnappt. Er stieß zu, doch im gleichen Moment sprang sie zur Seite. Die scharfe Spitze der Klinge ritzte ihre Haut auf. Ein roter Fleck bildete sich auf ihrer Tunika.

Erneut stürzte Lucas sich auf sie, den Dolch in der Hand, und sie duckte sich weg. Der Drache stellte sich auf die Hinterbeine. Sein markerschütternder Schrei ließ die steinernen Wände der Höhle erbeben. Er riss den Kopf herum und starrte mit geblähten Nüstern auf Auroras Wunde. Sein Kopf fuhr zu Lucas herum, der schwankend zurückwich, den Dolch in der zitternden Hand. Der Anblick des Blutes hatte etwas in der Kreatur ausgelöst, und sie würde sie beide verbrennen.

Aurora regierte instinktiv, angetrieben von ihrer Angst um Finnegan, von ihrem Verlangen nach Antworten. Ihre freie

Hand streckte sich nach der Brust des Drachen aus, während sie versuchte, die Verbindung zu erspüren, ihr gemeinsames Blut. Das Drachenamulett an ihrem Hals glühte so heiß, dass die Flügel einen roten Abdruck auf ihrer Haut hinterließen.

Und dann berührte ihre Hand die glatten Schuppen des Drachen und versank in seiner Brust, glitt hinein in pure Hitze, die pulsierte und strudelte und ihre Haut liebkoste. Mühsam unterdrückte sie einen Schrei. Ihre Hand packte das Feuer. Mit einem Ruck zog Aurora sie wieder heraus, und der Schrei löste sich aus ihrer Kehle.

Sie hielt ein Herz in der Hand, nicht sehr viel größer als ihr eigenes. Ein feurig rotes Ding, das in der Dunkelheit glomm.

Der Drache sah sie an. Sie sah zurück. Und sie fühlte die Traurigkeit, die in seinem Blick lag, als wäre sie ihre eigene. Es zerriss sie innerlich, und durch ihre Adern strömte ein Schmerz, so scharf, dass sie beinahe das Herz zurückgetan, beinahe Finnegan aufgegeben, beinahe alle ersehnten Antworten hier in der Höhle zurückgelassen hätte, um diesem blutrünstigen Wesen sein Leben zurückzugeben. Um ihm die Freiheit zu schenken, die sie für sich selbst gewollt hatte.

Doch dann war der Moment vorüber, und der Drache begann zu schwelen. Qualm drang aus seinen Nüstern, und Rauch stieg von seinen Schuppen auf, begleitet von einem knisternden Brennen, das die Luft zu versengen schien. Der Drache öffnete das Maul, und seiner Kehle entrang sich ein erstickter Schrei. Dann fingen seine Schuppen, seine mächtigen Flügel und die Augenhöhlen zu glühen an, schrumpften zusammen wie brennendes Papier, bis die Hitze der Glut ihn von innen heraus auffraß. Das Geschöpf löste sich auf, Haut und Schuppen fielen, vom Feuer geschwärzt, zu Boden.

Aurora ergriff die Flucht. Das Herz an sich gepresst, rannte sie los, wich im Laufen den Stalagmiten aus, stolperte über Geröll. Das Herz schlug im gleichen Takt wie ihres. Jetzt begannen die übrigen Drachen zu schreien, ein wütendes, hasserfülltes Gebrüll. Aurora rannte schneller. Sie riskierte einen Blick über die Schulter und sah, dass Lucas ihr folgte. Hinter ihm war aus dem eben noch so imposantem Drachen ein riesiger Ball aus Feuer und Rauch geworden, der immer größer wurde und die ganze Höhle so hell erleuchtete, dass Aurora die Risse in den Wänden sehen konnte. Der Boden grollte, und sie rannte und rannte, so schnell sie konnte, huschte in den engen Tunnelgang und preschte die Steigung hinauf, voller Angst, dass das Feuer sie jede Sekunde einholen würde, dass einer der Drachen auf sie hinabstoßen und sie verbrennen würde.

Hinter ihr schrie Lucas auf.

Mit einem Hechtsprung warf Aurora sich durch die Höhlenöffnung, purzelte über den Boden und schürfte sich am Schotter die Knie auf. Mit ihrer freien Hand versuchte sie verzweifelt, den Sturz abzubremsen, und spürte, wie sich kleine Steinchen schmerzhaft in ihr Fleisch bohrten. Wenige Meter von der Höhle entfernt blieb sie schließlich hinter einem großen Felsbrocken liegen.

Sie blickte auf das Herz in ihrer Hand. Es war so klein, beinahe zart, dass sie Angst hatte, es versehentlich zu zerdrücken. So ein zerbrechliches Ding, das diese furchterregende Kreatur am Leben erhalten hatte. Aber sie konnte spüren, wie es noch schlug. Ihre Hand war rußgeschwärzt.

Sie hob ihre Tunika hoch, um ihre Wunde zu begutachten. Sie war nicht so tief, wie sie vermutet hatte, und das Blut war bereits getrocknet. Schmerzhaft, aber nicht lebensbedrohlich. Sie hatte schon Schlimmeres erlebt.

Taumelnd rappelte Aurora sich hoch und ignorierte das Stechen in ihren Knien und ihrer Seite. Falls Lucas lebend aus der Höhle kam, müsste er allein zurückgehen. Vielleicht wartete er, bis sie weg war. Vielleicht wäre es ohnehin sicherer, wenn sie getrennt bis in die Hauptstadt zurückwandern würden. Vielleicht.

Sie kletterte und stolperte den Hang hinunter. Der Berg rumorte unter ihren Füßen, und sie konnte noch immer das Brüllen der Drachen hören. Sie rutschte über die Steine hinweg, schneller und schneller, wollte verzweifelt flaches Gelände und die Geisterdörfer erreichen, und so lange rennen, bis die grässlichen Schreie der Drachen kilometerweit hinter ihr lägen.

Celestine wartete auf sie in dem Dorf am Fuß des Berges. Die Hexe stand neben einer zusammengeschmolzenen Mauer, eingerahmt von schwarzem Ruß und weißem Stein. Sie warf einen Blick auf das Herz in Auroras Hand und lächelte ein wahnsinniges, gieriges Lächeln, das zu ihren hungrigen Augen passte.

»Du hast es geschafft«, sagte Celestine. »Ich wusste es.« Sie ging einen Schritt nach vorn und griff nach dem Herz, aber Aurora wich zurück und barg es an ihrer Brust. Sie konnte es schlagen spüren. Für einen wilden Moment dachte sie an Finnegan, daran, wie sein Herz an ihrer Brust gepocht hatte, als sie sich irgendwo da draußen in der Wildnis geküsst hatten. Doch dieser Herzschlag hier war ungestümer, beharrlich und furchteinflößend.

»Ich kann es dir wegnehmen«, sagte Celestine. »Ich kann es dir wegnehmen und deinen kostbaren Prinzen einfach sterben lassen. Wir hatten eine Vereinbarung.«

»Du hast versprochen, dass du mir meine Fragen beantwortest, wenn ich dir das Herz bringe«, sagte Aurora. »Und das habe ich nun getan. Die Fragen fürs Bringen. Finnegan dafür, dass ich es dir in die Hand lege. Abgemacht ist abgemacht.«

»Ja«, sagte sie. »Abgemacht ist abgemacht. Stell mir deine Fragen.«

Die Hitze des Herzens ging auf Aurora über und ließ sie kühner werden. *Drei Fragen*, das hatte Celestine ihr versprochen. Nur drei, und es gab so vieles, was sie wissen wollte. Sie musste ihre Worte mit Bedacht wählen. »Du hast die Drachen zurückgeholt.«

»Das ist keine Frage.«

»Du hast aus meinem Blut ein Zaubermittel hergestellt.«

Celestine lächelte nur.

»Mein Blut enthält Magie, weil ich mit Hilfe von Magie erschaffen wurde, sti–« Fast hätte sie *stimmt's?* gesagt, biss sich aber im letzten Moment auf die Zunge und schluckte die Frage herunter. Celestines Grinsen wurde breiter.

»Du hast sehr lange gebraucht, um dahinterzukommen, warum deine Magie so besonders ist. Ehrlich gesagt, hätte ich dich für schlauer gehalten. Ich habe dir alles erzählt, was du wissen musstest. Aber du bist mit deinem Prinzen durch die Gegend gestolpert und hast gerätselt, *warum* du über diese spektakuläre Zauberkraft verfügst, *wieso* ausgerechnet du? Du hättest wissen müssen, dass das mein Werk war. Alles ist mein Werk.«

»Du bist schwach«, erwiderte Aurora. »Ohne mich wärst du nie an das Herz gekommen. Ohne mich besitzt du hier keine Magie.«

»*Schwach* würde ich nicht sagen«, entgegnete Celestine. »Immerhin bist du auf mich angewiesen, damit ich deinen Prinzen rette. Ich hatte übrigens nie Magie in Vanhelm. Es gab nirgends Magie in der Luft zum Abschöpfen … doch jetzt fließt dein Blut in meinen Adern, deine Magie, zumindest vorläufig. Und dafür bin ich dankbar. Aber es wird dir nicht gelingen, mir durch geschickte Manöver mehr Antworten als vereinbart zu entlocken. Drei Fragen. Leg los.«

Auroras Finger schlossen sich fester um das Herz. »Wieso willst du dieses Drachenherz haben?«

»Ich will haben, was rechtmäßig mir gehört, Aurora. Ich will meine Magie zurück. Ich bin nur noch ein Schatten meines früheren Ichs, und die Drachen … Durch sie werde ich eine Magie erhalten, die so ist wie deine. Magie, die mir niemand mehr nehmen kann.«

Aurora biss sich auf die Lippen. Sie durfte Celestine nicht wieder zu ihrer alten Stärke verhelfen. Niemals. Aber die Hexe lachte nur. »Mach nicht so ein ängstliches Gesicht. Ich werde dir schon nichts tun. Ich will nur wiederhaben, was früher mir gehörte. Und ich will den Menschen dieser Königreiche die Magie zurückbringen, nach der sie sich so sehnen.«

»Und mit der du ihnen schaden wirst.«

»Den Schwachen schadet Magie immer. Den Menschen, die unfähig sind, zu erkennen, was sie mit ihren Wünschen womöglich anrichten. Den Menschen, die glauben, die Erfüllung ihrer Träume würde ihnen geschenkt. So wie deine Mutter.«

»Und ich«, sagte Aurora. »Jetzt.«

»Nein«, sagte Celestine. »Du nicht. Du bist wie ich, Aurora. Ich will dich an meiner Seite haben.«

Wenn Celestine immer noch wollte, dass Aurora sich mit ihr zusammentat, verfolgte sie mit Sicherheit noch weitere Pläne. Dann war es mit dem Drachenherz und der Wiederherstellung ihrer Magie nicht vorbei. Aber wenn Celestine erst wieder ausreichend mit eigener Macht ausgestattet wäre, wozu brauchte sie dann noch Aurora?

Sie musste in Erfahrung bringen, was Celestine vorhatte. »Was soll deinem Wunsch nach geschehen, wenn ich mich dir anschließe?«

Celestine legte den Kopf schief, und ihr Lächeln bröckelte ein wenig. »Ich will dich als Verbündete«, sagte sie. »Das ist alles. Das war von Anfang mein Wunsch. Es gab niemanden wie mich, Aurora. Und jetzt gibt es dich. Darum hatte ich mich auf den Handel mit deiner Mutter eingelassen, verstehst du. Ich wusste, wer du einmal werden würdest. Ich wusste, dass wir zusammen einmalig sein könnten.« Sie rückte Aurora ganz nahe und strich ihr über das Haar. »Es braucht natürlich seine Zeit. Zuerst musst du erkennen, wie die Welt in Wahrheit ist. Alle wollen irgendetwas von dir, und am Ende wenden sich alle gegen dich. Doch sobald du die Wahrheit einmal erkannt hast, wirst du das Gleiche denken wie ich, das Gleiche fühlen. Ich will dich als meine Verbündete, damit du die Freiheit hast, die zu sein, die du sein sollst. Damit dir nie wieder irgendwer seinen Willen aufzwingt.«

»*Du* wirst mir dann deinen Willen aufzwingen.«

»Nein«, entgegnete Celestine. »Wieso sollte ich das? Du wirst die Dinge so sehen, wie ich sie sehe. Vielleicht noch nicht jetzt, aber bald.« Sie streckte die Finger nach dem Herzen aus. Mit ihrem zuckenden Lächeln und dem schief gelegten Kopf wirkte sie irre, aber sie schien absolut überzeugt von dem, was sie sagte. Sie dachte tatsächlich, dass Aurora sich ihr anschließen würde. Aufgrund des Fluchs. Aufgrund des Lebens, das Celestine für sie geschaffen hatte.

Aurora rang den Drang nieder, wegzuzucken und zurückzuweichen. Die Drachen kreischten über ihnen. *Sollen sie kommen*, dachte sie. Sollten sie sie ruhig zu Asche verbrennen. Sie würde nicht klein beigeben.

»Was hat meine Mutter dir angeboten?«, fragte Aurora. »Als Gegenleistung für mich?«

»Ach mein liebes Kind«, sagte Celestine. »*Dich* hat sie angeboten.«

Aurora Herz schlug im gleichen Takt wie das des Drachen. »Wie bitte?«

»Ich schwöre, es ist wahr. Sie bat um ein Kind und versprach, dass das Kind dafür *mir* gehören würde. Sie verkaufte dich, damit du geboren werden konntest. Deine Mutter glaubte, sie könnte mich überlisten, indem sie offenließ, *wann* sie dich mir geben würde. Sie wollte es hinauszögern, um dich zu beschützen. Sie sagte, dass ihr Baby zwar mir gehören würde, aber dass ich nicht erwähnt hätte, es mit in meinen Turm nehmen zu wollen. Sie hielt sich für sehr clever und erklärte mir, dass kein Mensch einem anderen gehören könne, weswegen unser Handel null und nichtig sei.«

»Also hat sie dich nicht betrogen. Sie war einfach schlauer als du.«

»Nein«, schleuderte Celestine ihr entgegen. »Sie hat dir dadurch den Fluch eingebrockt. Ich hätte dich mitgenommen und zu einer gefürchteten Hexe ausgebildet, wenn sie mich nur gelassen hätte. Aber das tat sie nicht. Da ich dich nicht aus dem Schloss herausbekommen konnte, verfluchte ich dich, um meinen Willen durchzusetzen und deine Mutter für ihren Hochmut zu bestrafen. Inzwischen bin ich ihr richtig dankbar. Denn sie verschaffte mir die einmalige Gelegenheit, eine Frau genau nach meinem Bild zu erschaffen. All die Macht, all der Verrat, all der *Hass* … dem jungen Mädchen erwuchs daraus eine innere Stärke, die es unter normalen Bedingungen wohl nie entwickelt hätte, meinst du nicht auch?«

»Aber ich sollte doch durch den Kuss der wahren Liebe erweckt werden. Das scheint nicht gerade dazu geeignet, mich zugrunde zu richten.«

»Ach Aurora, du bist noch so naiv. Hast du denn nichts gelernt, seitdem du erwacht bist? Die wahre Liebe ist bedeutungslos. Du hättest Rodric lieben können. Du *hättest* ihn sogar geliebt, hätte man dich nicht dazu zwingen wollen, weil das Wohl des ganzen Königreichs von deinem Glück abhängt. Wenn jedoch die angebliche Liebe zu einem Käfig wird, der einen hindert, das Leben zu führen, das man führen möchte … Nein. Unter diesen Umständen konntest du Rodric natürlich nicht lieben. Du hattest es in dir, ihn zu lieben, aber es wurde kaputtgemacht.« Celestines Lächeln wurde breiter. »Ohne den Fluch wärst du ihm nie begegnet, aber mit dem Fluch konntest du ihn nicht lieben. Schon seltsam, wie Magie wirkt, nicht?«

»Sie wirkt nur so, weil du sie so erschaffen hast.«

»Vielleicht. Im Laufe der Jahre gab es viele Menschen, die du hättest lieben können. Viele Menschen, die zu dir passten. Möglicherweise haben dich ein paar von ihnen sogar geküsst. Aber mein Fluch war nicht dazu gedacht, dich *glücklich* zu machen, Prinzessin. Sondern dazu, dass du leidest. Dass alle Liebe in deinem Leben bereits zum Scheitern verurteilt ist, bevor sie überhaupt begonnen hat. Denn genau das ist, was wahre Liebe ausmacht, Aurora, keine Flirts mit fremden Prinzen. Und deine Mutter gab mir die Chance, dich diese Lektion zu lehren. Neben einigen anderen Dingen.«

Das konnte nicht wahr sein. Niemals hätte ihre Mutter so etwas getan! Aber Celestine hatte geschworen, die Wahrheit zu sagen, und die Hexe war eine Frau, die zu ihrem Wort stand.

»Meine Mutter hätte niemals mein Leben als Preis ausgesetzt, um mich bekommen zu können«, sagte Aurora. »Das ergibt gar keinen Sinn!«

»Verzweifelte Menschen tun verzweifelte Dinge«, erwiderte Celestine. »Und wenn eine Königin jahrelang kinderlos bleibt, wenn das Volk sie ohnehin schon ablehnt, wenn man bereits munkelt, dass man sie zum Wohle des Königsreich davonjagen sollte … Tja, dann kommt sie möglicherweise zu dem Schluss, dass dieser Handel das Risiko wert ist.«

»Aber …«

»Na, na, na.« Celestine zog die Augenbrauen hoch. »Drei Fragen, Aurora. Ich habe meinen Teil des Handels erfüllt. Jetzt gib mir das Herz. Es sei denn, du willst, dass Prinz Finnegan stirbt.«

Sie durfte Celestine nicht wieder zu Macht verhelfen. Sie durfte nicht zulassen, dass die Hexe zu ihrer alten Stärke zurückfand.

Aber Finnegan lag immer noch im Sterben, mit vom Drachenfeuer verbrannter Haut, und wenn Aurora Celestine nicht half, wenn sie sich nicht zu ihrer Komplizin machte, würde einer der wenigen Menschen, denen sie am Herzen lag, qualvoll dahinsiechen.

Und was wollte sie dabei eigentlich schützen? Ein Königreich, das bereits in Flammen stand? Einen König, der sie hatte töten wollen und bei diesem Versuch seine eigene Tochter umgebracht hatte? War es wirklich schlimmer, Celestine mit Macht auszustatten, als allein weiterzukämpfen, um das bestehende Chaos aufrechtzuerhalten?

Ja, sagte ihr eine innere Stimme. *Ja, es war schlimmer*. Doch sobald sie an Finnegan dachte oder an die Beschimpfungen auf diesem Plakat, kam sie zu dem Schluss, dass es sie im Grunde nicht weiter kümmerte. Ihre eigene Mutter hatte sie verkauft. Alle hatten sie verraten, gehasst und benutzt. Weshalb sollte sie jetzt keine egoistische Entscheidung fällen?

Und Celestine hatte gesagt, sie würde Finnegan heilen, wenn Aurora ihr das Herz in die Hand legte. Das Einzige, was sie also tun musste, war, *es ihr in die Hand zu legen*. Dann könnte sie es vernichten. Dann könnte sie Celestine aufhalten.

Sie glaubte nicht, dass sie es schaffen würde. Aber möglich war es. Es war *möglich*.

»Ich kann es dir auch einfach wegnehmen«, sagte Celestine. »Daran solltest du keine Sekunde lang zweifeln.«

Langsam lockerte Aurora den Griff um das Herz und hielt es der Hexe mit zitternden Händen hin. Celestine schnappte es, wieder mit diesem Hunger im Blick. Als Aurora das Herz hergab, strömte ein jäher Schwall Hitze aus ihr heraus und mit ihm auch ein Teil ihrer Wut, und die so entstandene Leere wurde von einem tiefen Bedauern erfüllt. Celestine drückte sich das Herz an die Lippen, küsste es beinahe, liebkoste es fast. Dann biss sie hinein und riss mit den Zähnen daran, bis ihre untere Gesichtshälfte blutverschmiert war. Aurora schnappte entsetzt nach Luft, versuchte, ihre Zauberkraft zu entfesseln, um Feuer zu entfachen. Doch die Magie flirrte außerhalb ihrer Reichweite, und Celestine grub noch einmal ihre Zähne ins Herz, mit funkelnden Augen. Auroras Instinkte drängten sie, der Hexe das Herz zu entreißen, jetzt sofort, bevor es zu spät wäre. Aber Celestine verschlang es bereits, und ihre Haut glühte so rot wie gerade noch das Herz und vorher die Haut des Drachen.

Mit einer blitzschnellen Bewegung griff Aurora nach dem Herzen. Ihre Finger erwischten ein Stück und zerrten daran; Blut rann über ihre Fingerknöchel.

Eben noch hielt sie den Herzfetzen in der Hand, nur wenige Zentimeter von Celestines blutigen Lippen entfernt, dann steckte Aurora ihn sich auch schon in den Mund. Es war ein verzweifelter Versuch, ihn vor der Hexe zu retten und wieder Kontrolle über die Situation zu gewinnen.

Es schmeckte anders als erwartet. Ihre ganze Mundhöhle brannte, Hitze überkam sie, und ein Schwall feuriger Energie strömte ihre Kehle hinab und füllte ihre Lungen. Inzwischen waren ihre eigenen Lippen blutverschmiert. Aurora schauderte. Die Hexe grinste sie an, und ihre Zähne waren rot. Rot von Blut und Magie.

»Das wirst du bereuen«, sagte Celestine. »Aber das ist mir gleich.«

»Finnegan«, stieß Aurora mit heiserer Stimme hervor. »Du hast versprochen, ihm zu helfen. Du hast es versprochen.«

»Ja«, sagte Celestine. »Und im Gegensatz zu deiner Mutter halte ich *immer* Wort.« Sie kam mit ihrem Gesicht ganz dicht an Auroras heran. »Und ich glaube, ich habe da etwas für dich, das wird dir gefallen.« Sie hob die Hand und drückte einen blutbeschmierten Finger auf Auroras Mund. Sie schob ihn ein Stückchen zwischen ihre Lippen, so dass Aurora für einen kurzen Moment noch einmal das Drachenblut schmeckte, dann schlüpfte der Finger wieder heraus. Auroras Lippen prickelten dort, wo die Hexe sie berührt hatten.

»Ein Kuss«, sagte Celestine. »Geh zu ihm und küsse ihn, während du daran denkst, wie sehr du dir wünschst, dass er genesen möge. Wenn du das tust, wird er leben. Vorläufig wenigstens.«

Aurora hob unwillkürlich eine Hand an ihre Lippen. »Ist das der Kuss der wahren Liebe?«, fragte sie.

Celestine lachte. »Es ist bloß ein Kuss, meine Teure.«

SECHSUNDZWANZIG

Auroras Beine zitterten vor Erschöpfung, als sie endlich die Stadt erreichte. Die Sonne war unter- und wieder aufgegangen, und Aurora hatte sich immer weitergeschleppt, einen Fuß vor den anderen gesetzt, bis an die Schlosspforte und dann durch die Zimmerschluchten hindurch, hinein in die Bibliothek, die Wendeltreppe hinauf, Windung um Windung, so wie Finnegan einst in ihrem Turm hochgestiegen sein musste, so wie Rodric es getan hatte, während sie schlief.

Irgendwo draußen vor den Türen von Finnegans Suite waren gedämpfte Stimmen zu hören. Orla, schoss es Aurora durch den Kopf, und noch jemand anders. Ein Arzt womöglich. Sie konnte die Worte nicht verstehen. Die Tür zu seinem Schlafzimmer schwang geräuschlos auf. Der Raum lag im Dunkeln, schwere Vorhänge sperrten das Sonnenlicht aus.

Aurora zauberte einen kleinen Lichtball, darauf achtend, dass die Magie ruhig und verhalten blieb. Die Flamme flackerte und tanzte, als spielte ein sachter Wind damit, aber sie schwoll nicht an, und sie ging auch nicht aus.

Sie hielt das Licht in die Höhe. Finnegan lag unter mehreren Deckenschichten in seinem Bett, und nur der Kopf guckte heraus, sein schwarzes Haar war vom Schlaf zerwühlt. Aurora eilte durchs Zimmer, das Geräusch ihrer Schritte wurde vom dicken Teppich verschluckt. Sie hinterließ staubige Abdrücke darauf, und von ihren Kleidern rieselten Asche und Schmutz herab.

Finnegans rechte Gesichtshälfte war dick mit Salbe bestrichen, darauf war eine Schicht Kräuter verteilt. Trotzdem nahm Aurora den stechenden Geruch des verbrannten Fleisches darunter wahr. Ein paar Schnipsel schwarzer Haut waren noch zu sehen.

Ein Kuss. Dann wäre er wieder gesund. Er musste wieder gesund werden. Sie legte ihm eine Hand auf die Schulter. »Finnegan«, flüsterte sie, »Finnegan, wach auf.«

Er stöhnte, bewegte sich aber nicht.

»Finnegan, du musst kurz aufwachen, bitte«, flehte sie. »Komm schon. Wir haben eine Abmachung, erinnerst du dich? Du kannst mich jetzt nicht im Stich lassen.«

Er stöhnte erneut auf, doch diesmal schlug er die Augen auf. »Rora«, krächzte er. »Siehst du denn nicht, dass ich versuche zu schlafen?«

»Es ist bereits Nachmittag«, erwiderte sie. »Zeit, aufzuwachen.« Sie setzte sich auf die Bettkante. Die Matratze sank unter ihrem Gewicht ein, und sie rutschte näher an den Prinzen heran.

Er schenkte ihr ein kleines Lächeln, dann verzog er das Gesicht zu einer schmerzerfüllten Grimasse. »Willst du mich etwa verführen, Drachenmädchen?«

»Sicher nicht.« Sie streckte die Hand aus und griff nach dem Zipfel der Decke. »Das wäre auch gar nicht nötig.«

»Du bist clever«, sagte er. »Deshalb mag ich dich so.«

»Ich werde dich jetzt allerdings küssen«, erklärte sie. »Darf ich?«

»Ist schon ein paar Tage her seit dem letzten Mal. Fühlt sich beinahe wie eine Ewigkeit an.«

Sie zwang sich zu einem Lächeln. Dann beugte sie sich vor und streifte mit ihren Lippen seinen Mund. Ein sachter Kuss. Seine Lippen waren heiß wie Drachenfeuer. Dann wurde der Kuss intensiver, und die Hitze versiegte und verwandelte sich in etwas Wohltuendes, wie ein erfrischender Regenschauer am Ende eines schwülen Sommertags. Und dabei schob Aurora jegliche Gedanken an das Feuer, an leidenschaftliche Küsse unter einem dunklen Sternenhimmel und an grinsende Hexen mit Blut an den Zähnen gewaltsam beiseite. Stattdessen dachte sie an Finnegan, der sie in den Armen hielt, sein Gesicht ihrem ganz nahe, während das Kribbeln der Magie ihren Körper durchlief. Sie dachte daran, wie sie nebeneinander im Park lagen, und an das dunkle Leuchten seiner Augen, als er ihr sagte, sie könnte sie alle besiegen.

Sie wich zurück, und ihr Atem strich sacht über seine Wange.

»Was war das?«, fragte Finnegan.

Sie folgte mit dem Finger der Linie seines Kinns. Bereits jetzt war die Haut kühler und weicher. »Ein Kuss«, erwiderte Aurora. »Was sonst?«

»Magie«, sagte er. »Du hast Magie benutzt.«

»Ja«, sagte sie. »Damit du wieder gesund wirst.«

»Traust du mir etwa nicht zu, dass ich von selbst gesund werde?«

Sie küsste ihn noch einmal, und es fühlte sich wieder so an wie seinerzeit in der Wildnis, als zählte nichts mehr auf der Welt außer ihnen beiden. Er legte seine Hand auf ihren Hinterkopf und vergrub seine Finger in ihren Haaren, und sie umfasste seine Schultern, wollte noch die letzte kleine Lücke zwischen ihnen schließen. Finnegan war hier. Er war *hier*, und er gehörte ihr, zumindest für den Moment. In dieser Sekunde. Und der nächsten.

Schließlich kehrte sie zum Schlafen in ihr eigenes Zimmer zurück. In dieser Nacht brannte in ihren Träumen loderndes Feuer.

Aurora erwachte mit dem Geschmack von Asche im Mund. Sie blinzelte gegen die hereinfallende Sonne, die lange Streifen auf die Wand warf. Ihre Beine taten weh. Dann erinnerte sie sich wieder. Das Blut auf ihrer Zunge. Das Herz zwischen ihren Zähnen. Das rote Blut auf Celestines Lippen, als die Hexe lachte und lachte und sie *meine Teure* nannte.

Sie hatte einen Drachen getötet. Sie hatte Celestine ein Drachenherz gegeben.

Aurora krabbelte aus dem Bett, schnappte sich das nächstbeste Behältnis und übergab sich. Dann setzte sie sich auf die Fersen. Ihre Augen tränten, und bittere Galle brannte in ihrer Kehle.

Ihre rechte Hand war noch immer rußgeschwärzt.

Sie krümmte und streckte die Finger. Zwar schmerzten sie nicht, hatten aber die Farbe der Ruinen im Ödland. Dass sie ein Nachthemd trug, deutete darauf hin, dass sie sich wenigstens noch umgezogen haben musste, bevor sie vor Erschöpfung auf dem Bett zusammengebrochen war. Ihre Erinnerung an das, was nach dem Genesungskuss geschehen war, lag im Nebel; nichts davon war mehr in ihr übermüdetes Hirn vorgedrungen. Aber Finnegans Brandwunden waren unter ihren Händen geheilt, und das genügte ihr.

Celestine hatte ihr Versprechen tatsächlich gehalten. Finnegan würde leben.

Eilig zog sie sich an, streifte ein blaues Baumwollkleid über und versuchte, die Knoten in ihren Haaren zu entwirren. Die Sonne stand schon hoch am Himmel – so wie's aussah, waren seit ihrem Zusammenbruch mindestens vierundzwanzig Stunden vergangen. Ein ganzer Tag. Und dabei hätte sie Pläne machen und sich überlegen sollen, was sie als Nächstes tun wollte. Stattdessen hatte sie geschlafen.

Es klopfte an der Tür, und der Knauf drehte sich, bevor sie Zeit zum Reagieren hatte. Finnegan trat über die Schwelle.

»Aurora«, sagte er. »Wusste ich doch, dass ich dich rumoren höre. Du hast lange geschlafen.« Seine schwarzen Haare standen noch immer in alle Richtungen ab, aber die Brandwunden waren verheilt, und seine Haut sah so glatt und weich aus wie immer, abgesehen von einer kleinen roten Narbe an seinem Kinn.

»Du hast eine Narbe«, stellte sie fest.

»Findest du nicht, dass ich damit richtig verwegen aussehe?«

Sie ging zu ihm hinüber und berührte sein Gesicht vorsichtig mit den Fingerspitzen. Eine pulsierende Wärme drang aus seinen Poren, ähnlich dem Feuer, das die Drachen verströmten. Es war keine Brandnarbe. Es war ein Schnitt.

Sie hatte ihn gezeichnet. Die Narbe zog sich über sein Kinn, genau an der Stelle, wo Aurora ihn nach ihrem Kuss berührt hatte.

»Traurig, dass mein Gesicht jetzt nicht mehr so vollkommen ist?«

»Nein«, sagte sie. »Nein, natürlich nicht.« Doch sie konnte ihren Blick nicht losreißen von der Narbe.

»Und kein bissiger Kommentar, dass mein Gesicht doch noch *nie* vollkommen war?«, sagte er. »Keine Beteuerungen, dass die Narbe gar nicht *so* schlimm ist? Ich bin fast ein wenig enttäuscht.«

Sie erwiderte nichts.

»Also«, sagte er. »Was hast du getan?«

Sie sah weg. »Magie«, flüsterte sie. »Ich habe einen Zauberspruch entdeckt.«

»Ist schon merkwürdig«, sagte er, »dass du mir auf dem ganzen langen Weg zurück in die Stadt nicht helfen konntest und mich dann hier im Schloss mit einem einzigen Kuss heilst.«

»Ich war in Panik«, erklärte Aurora. »Die Drachen, deine Verletzungen … Ich konnte mich nicht konzentrieren. Nach meiner Rückkehr fand ich dann die Lösung in einem Buch. Tut mir leid, dass es so lange gedauert hat.«

»Ein Buch?«, sagte Finnegan. Er griff nach ihrer Hand. »Welches?«

»Ich erinnere mich nicht.« Sie entzog sich ihm und verschränkte die Arme vor der Brust. »Irgendein Buch aus der Bibliothek.«

»Entweder du lügst richtig, oder du lässt es bleiben. Eins von beiden.« Er fixierte ihr Gesicht, und seine Narbe schien wie zur Anklage grell zu leuchten.

»Ich musste dir helfen«, sagte sie. Sie zupfte an ihren Haaren. »Ich wusste nicht, was ich tun sollte.«

»Ich fühle mich geschmeichelt, dass ich dir so wichtig bin«, sagte Finnegan. »Was hast du getan?«

»Das kann ich dir nicht sagen. Ich kann einfach nicht.«

»Wie ich hörte, wird Lucas vermisst. Man erzählte mir, ihr wärt beide verschwunden, aber nur du bist zurückkehrt. Hat das vielleicht irgendetwas damit zu tun?«

Sie schaffte es nicht, ihn noch länger zu belügen. Aber die Wahrheit erschien ihr geradezu verwerflich, so als würde sie einen Mord gestehen. »Ja«, sagte sie. »Und nein. Er wird nicht mehr zurückkommen.«

»Aurora«, sagte Finnegan. »Was hast du getan?« Er legte ihr die Hände auf die Schultern und musterte eindringlich ihr Gesicht, als würde die Wahrheit darin geschrieben stehen. »Bist du ins Gebirge zurück? Hast du dort etwas gefunden?« Sein Blick wanderte nach unten und verharrte. »Aurora, deine Hand«, sagte er. »Was ist mit deiner Hand passiert?«

»Ein Drache«, entgegnete sie. Sie zog die Hand weg. »Spielt doch keine Rolle.«

»Tut es doch. Wie sollte ein Drache … Hat er dich verbrannt? Es ist mir egal, Aurora. Ich werde dir keine Vorwürfe machen, selbst wenn du ganz Petrichor niedergebrannt hast, um es zu tun. Du weißt, wie ich darüber denke.«

Das tat sie. Genau deshalb konnte sie es ihm nicht sagen. Sie musste sich über ihre Gefühle allein klarwerden, ohne Finnegan, der ihr sagte, was sie fühlen sollte. Der es abtat, als wäre es nicht der Rede wert.

Verbrenne sie alle, kleiner Drache.

»Ich habe dich gerettet«, sagte sie. »Mehr gibt es dazu nicht zu sagen.«

»Früher oder später werde ich es sowieso herausfinden«, erwiderte er. »Und das weißt du.«

»Na dann werden wir früher oder später sowieso darüber reden«, entgegnete Aurora.

Er lachte. »Na schön, Aurora«, sagte er. »Ich bin dir jedenfalls dankbar, was immer du auch getan hast. Danke.«

Einem Impuls folgend, schnellte sie vor und küsste ihn. »Ich bin froh, dass es dir wieder gutgeht«, sagte sie. Celestine hatte

Wort gehalten. Ein Kuss, und er war wieder ganz der Alte. Oder fast.

»Ich bin auch froh, dass es mir wieder gutgeht.«

Sie lehnte sich zu ihm hin, um ihn noch einmal zu küssen.

Da gellte ein Schrei durch die Luft. Aurora fuhr zum Fenster herum.

Feuer zuckte über den Himmel.

Drachenfeuer.

Siebenundzwanzig

Aurora und Finnegan stürmten aus dem Palast, über den Schlosshof und hinaus auf die Straße. Flammen versengten das Pflaster. Der Drache war weg, aber Aurora konnte noch aus dieser Entfernung seine Hitze spüren.

Plötzlich legte sich ein Schatten auf sie, und Aurora und Finnegan sprangen gleichzeitig zurück. Eine Menschenmenge strömte ihnen entgegen, einige Leute brachten sich in Häusern in Sicherheit, andere versuchten, ins offene Gelände zu fliehen. Und über die Schreie, über die Panik hinweg dröhnte ein Chor von Stimmen: »Tut Buße. Tut Buße!«

Es waren vier. Sie fühlte es. Wusste es, ohne zu verstehen woher. Vier Drachen hatten das Wasser überquert.

Eine Kanonenkugel schoss vorbei. Krachend schlug sie hinter ihnen in einem Gebäude ein, und es hagelte Splitter und Schutt. Riesige Armbrüste und Katapulte hatten vom

Dach aus das Feuer eröffnet. Doch keine Waffe der Welt vermochte einen Drachen zu töten. Möglicherweise würden die Kanonen sie verschrecken, aber beenden konnten sie die Sache nicht.

Lucas hatte sie gewarnt, sie solle die Drachen nicht aufstören. Er hatte bei dem Versuch, sie davon abzuhalten, sein Leben gelassen. Und jetzt griffen sie die Stadt an.

»Ich muss sie aufhalten.« Aurora machte einen Schritt vorwärts, aber Finnegan packte sie am Arm und zog sie zurück.

»Sie werden dich töten.«

»Nein«, sagte sie. »Das werden sie nicht. Ich bin die Einzige, die es mit ihnen aufnehmen kann.«

Finnegan sah sich nach allen Seiten um, sein Gesicht war leichenblass. Er nickte. »Was willst du tun?«

Der Himmel über ihnen brannte rot. »Bring mich zum höchsten Gebäude der Stadt.«

Sie rannten die Straße hinunter, schlängelten sich an verkohlten Steinen und zusammengeduckten Menschen vorbei. Sogar das Pflaster unter ihren Füßen glühte.

»Prinz Finnegan!«, rief jemand herüber. »Was sollen wir tun?«

»Geht zum Wasser!«, erwiderte Finnegan. »Zum Hafen.«

»Aber sie sind doch übers Wasser gekommen. Sie haben ...«

»Sie sind drüber hinweggeflogen«, entgegnete Finnegan, ohne das Tempo merklich zu verlangsamen. »Sie sind nicht herübergeschwommen. Wasser ist noch immer die beste Waffe gegen Feuer.«

Ein weiterer Schatten zog über sie hinweg, eine weitere Welle sengender Hitze. Der Drache spie Feuer und setzte ein nahe stehendes Gebäude in Brand. Er landete inmitten der Flammen auf dem Dach. Ein riesiges grünes Auge erfasste Aurora, und sie blieb stolpernd stehen.

»Aurora!«

Eine Kanonenkugel traf das Gebäude, nur knapp unterhalb der Drachenklauen. Mit einem spitzen Schrei schwang sich der Drache in die Luft, während er seinen Kopf mit dem langen Hals auf der Suche nach dem Angreifer hin und her schwenkte.

»Das höchste Gebäude«, drängte Aurora. »Schnell!«

Sie bogen in eine weitere Straße ein, die schmaler war als die davor. Eine Handvoll Menschen kauerte an einer Hauswand, so als würden die Schatten sie schützen. Eine Frau hielt schluchzend ihr Knie umfasst. Ihr ganzer Unterschenkel war schwarz.

»Kannst du …«, setzte Finnegan an, aber Aurora schüttelte sogleich den Kopf. Welche Art von heilender Magie Celestine ihr auch immer gegeben hatte, sie war sich sicher, dass sie verbraucht war. Sie hatte damit nur einen einzigen Menschen retten können.

Ein Turm ragte vor ihnen auf. Er war erst halb fertig, mit einem Metallgerüst an der Fassade und einer langen Treppe, die sich spiralförmig bis ganz nach oben wand. Ein Schild an einer Absperrkette warnte *Nicht betreten! Lebensgefahr*. Aurora rannte zur Treppe hinüber und riss das Schild herunter.

Die Treppe erzitterte, als sie sie hinaufrannte. Aurora hielt sich am Geländer fest, und das metallische Scheppern ihrer Schritte vermengte sich mit dem Brüllen der Drachen und dem Schreien der Menschen. Rauch erfüllte die Luft um sie herum. Finnegan war wenige Stufen hinter ihr.

Ein Drache zischte an ihnen vorbei und schmetterte seinen Schwanz mit Wucht gegen das Gebäude. Der Turm schwankte, und Aurora stürzte auf die Knie, schürfte sich am Metall die Haut auf. Auch Finnegan fiel vornüber und landete mit den Händen auf ihrem Rücken. Mit festem Griff umklammerte er ihren Oberarm, halb, um Halt zu finden, halb, um sie wieder hochzuziehen.

Der Drache kreischte. Ein Schwung Wasser klatschte gegen seinen Körper, worauf seine Schuppen zu zischen begannen. Einige Dächer weiter legten Soldaten neue Fässer in die Wurfschalen ihrer Katapulte. Der Drache fletschte die Zähne und stürzte sich auf sie, doch ein Fass traf ihn an der Brust, und die Wasserexplosion ließ ihn jäh taumeln, wobei er sich selbst die Zähne in den Schwanz hieb. Aurora zuckte zusammen.

Der Drache rang noch um Gleichgewicht, als er, von einem weiteren Fass getroffen, gegen das nächste Haus geschleudert wurde. Er prallte vom Dach ab und riss seine Flügel auseinander, doch er war kleiner als andere Drachen und hatte nicht die Kraft, sich aufzurichten. Zappelnd verlor er den Halt in der Luft und kippte im Fliegen seitwärts, rauschte an den Dächern vorbei, mit brutzelnder Haut, bevor er, erneut getroffen, wie ein Stein in die Tiefe fiel.

In dem Moment, als er im Fluss landete, jagte Aurora ein Schauer durch den Körper, als würde sie in ein Eisbad getaucht. Sie rang nach Luft und klammerte sich Halt suchend am Geländer fest. Eine Fontäne schoss in die Höhe, so hoch, dass auch Aurora noch nass wurde, und ergoss sich als Flutwelle in die Straßen.

»Der ist außer Gefecht«, bemerkte Finnegan.

»Das war ein kleiner«, erwiderte Aurora. »Das reicht nicht.« Wenn man mit Wasserwerfern Drachen töten könnte, dann hätten die Menschen von Vanhelm dies wohl schon vor langer Zeit getan.

An der Spitze des Turms war eine Plattform mit einem teilweise losen Bretterboden, der beim Betreten wackelte und rutschte. Aurora hielt sich mit beiden Händen an der Brüstung fest und schaute über die Stadt, während der Wind an ihren Haaren und Kleidern zerrte. Weit unter ihr, westwärts, brodelte der Fluss und schwappte in kraftvollen Wellen ans Ufer, während der Drache im Wasser noch immer brüllend um sich schlug. Auf dem Dach eines anderen Hauses hockte ein weiterer Drache, den Kopf tief gebeugt, fletschte er die Zähne und spie Feuer in die Straßenschlucht. Zwei weitere zogen am Himmel ihre Kreise, als machten sie sich für einen Angriff bereit.

Während Aurora sie anstarrte, wurde die Welt ganz still. Die Schreie ringsum verhallten, bis sie nur noch die Hitze und die Gegenwart der Drachen spürte. Sie konnte sie *fühlen,* tief in ihrer Brust, wo die Magie brannte, so als wäre der

Zorn der Drachen ein Teil von ihr, und sie wäre ein Teil von ihnen.

Sie konnte alles fühlen: die Wut, den Hunger, das Verlangen, das die Geschöpfe antrieb, ein Verlangen nach etwas Unbestimmtem, Unbeschreiblichem und Unerreichbarem. Ein Verlangen, das einfach nur existierte. Ein schlagender Rhythmus wie ein Herz, winzig, unregelmäßig und kraftvoll, und beinahe konnte sie wieder das Fleisch des Herzens auf ihren Lippen schmecken.

Die Drachen hielten inne. Ihre Köpfe fuhren zu ihr herum.

»Halt!«, sagte sie mit ruhiger, fester Stimme. »Halt. Geht nach Hause.«

Die Drachen rührten sich nicht. Griffen nicht an, zogen sich nicht zurück.

Und Aurora spürte, wie Neugier in den Kreaturen wuchs und gegen ihre Rippen drängte. Neugier auf dieses Mädchen, das ein Drache war und doch keiner war, ein Mädchen mit demselben Feuer, mit demselben Blut, mit dem Herzen, das sie verloren hatten, oder zumindest etwas ganz Ähnlichem. Sie hörten ihr zu, aber Aurora wusste, dass sie sie nur vorübergehend unter ihre Kontrolle gebracht hatte. Sie hörten ihr zu, weil sie es *wollten*.

Einer von ihnen ließ sein Maul auf- und zuschnappen, und seine Augen waren so schwarz wie verbranntes Fleisch. Mit der Zunge fuhr er sich über die Zähne. »Nein!«, schrie Aurora. Knisternde Flammen schlugen zu ihren Füßen hoch. »Nein. Geht wieder nach Hause.«

Sie rührte sich nicht, zuckte nicht mit der Wimper. Sie starrte sie an, Finnegan stand dicht neben ihr, während die Luft um sie herum brannte.

»Geht!«, schrie sie. »Oder ich reiße euch allen das Herz heraus.«

Die Kreaturen sahen sie immer noch an. Dann schwang sich der Drache vom Haus in die Luft und riss dabei einen Teil des Daches mit sich. Er flog erst einmal im Kreis, dann ein zweites Mal, wich dabei mühelos den heranschießenden Fässern und Steinen aus.

Aurora bemerkte etwas aus dem Augenwinkel. Ein Aufblitzen von blonden Haaren, vertraut und schrecklich. Sie riss den Kopf herum, wusste intuitiv, dass sie Celestine sehen würde, dass die Hexe lächeln und knicksen und sie verspotten würde. Doch als sie sich umdrehte, war da niemand, nichts außer einer kleinen drachenförmigen Brandstelle im Stein.

Ein Drache rauschte heran und verharrte dann in der Luft, wippte mit jedem Flügelschlag auf und nieder. Aurora starrte ihn an. Er starrte zurück. Dann schnappte er einmal mit dem Maul, drehte sich um und flog in östlicher Richtung übers Wasser davon. Die anderen folgten ihm, und ihre gellenden Schreie zerrissen die Luft.

Aurora blickte ihnen nach, bis sie nur noch kleine Punkte am morgendlichen Himmel waren.

»Du hast es geschafft«, sagte Finnegan.

Sie sackte auf die Knie, alle Kraft schien auf einen Schlag aus ihrem Körper gewichen. Ihre Hände zitterten. »Nein«, sagte sie. »Das war nicht bloß ich. Da war noch etwas anderes ...«

Celestine, dachte sie. Sie war hier gewesen. Sie hatte ihre Finger im Spiel, hatte die Drachen losgelassen und sie dann wieder zurückgerufen, nachdem sie ihre Botschaft überbracht hatte. Das Feuer, dieser Angriff ... es hatte nichts zu bedeuten. Sie hatte lediglich demonstrieren wollen, wozu sie imstande war, jetzt, wo Aurora ihr geholfen hatte. Jetzt, wo auch durch ihre Adern Drachenblut floss.

Sie hatte gelogen, was ihre Absichten betraf. Sie hatte in allem gelogen.

»Aurora«, sagte Finnegan. »Was hast du getan? Wie hast du mich geheilt?«

»Ich habe einen Handel abgeschlossen«, sagte sie. Sie zwang sich dazu, ihn anzusehen und zu gestehen, was sie getan hatte. »Ich musste es tun.«

»Was für einen Handel?«

»Mit Celestine. Sie versprach mir Magie, mit der ich dich retten könnte, wenn ich ins Ödland zurückkehren und ihr ein Drachenherz holen würde.«

»Und das hast du getan.« Es war keine Frage.

»Ich habe ihr das Herz geholt. Und dabei den Drachen getötet. Er starb. Es war, als wäre er von innen heraus verbrannt. Als hätte er ohne sein Herz das Feuer nirgendwo in sich bewahren können. Und als ich Celestine das Herz gab ... hat sie es gegessen, um so die Magie in sich aufzunehmen.« *Und sie hat mir ein paar Dinge erzählt*, dachte Aurora. *Sie hat mir gesagt, wer ich wirklich bin.* »Und dann schenkte sie mir die Magie, mit der ich dich retten konnte. Mit einem Kuss, weil sie grausam ist, und ... und völlig verrückt. Sie ist wahnsinnig, Finnegan, sie hat komplett den Verstand verloren, und ich weiß nicht, was sie noch vorhat, aber ich habe ihr trotzdem geholfen, und jetzt ...«

Er schnitt ihr das Wort mit einem Kuss ab. Seine Lippen brannten auf ihren, und er zog sie so nah an sich heran, dass ihr kaum noch Luft zum Atmen blieb. Sie klammerte sich an ihm fest, ihre Finger gruben sich in seine Schultern, und für einen Moment fühlte es sich so an, als wären sie wieder draußen in der Wildnis, fernab vom Rest der Welt, fernab ihrer Sorgen.

»Falls sie wiederkommt«, flüsterte Finnegan, so nah an ihrem Gesicht, dass sie seinen Atem spürte, »solltest du sie zu Asche verbrennen.«

»Sie ist stärker als ich«, sagte Aurora. »Sie wird immer stärker sein als ich.«

»Nicht immer«, entgegnete Finnegan. »Nicht für immer.«

»Sie hat die Drachen.«

»Hast du's nicht gemerkt?«, wisperte er. »Du hast sie auch.«

ACHTUNDZWANZIG

Eine kleine Menschenmenge hatte sich an der Stelle am Ufer versammelt, wo der Drache abgestürzt war. Soldaten hatten ihn an Ketten aus dem Fluss gehievt, und jetzt lag er bäuchlings auf dem Boden, und seine Flügel hoben und senkten sich mit der Kraft einer sterbenden Fliege.

»Halt!«, sagte einer der Soldaten, als sie sich näherten. »Er ist noch immer gefährlich.«

Aurora ignorierte ihn. Sie ging zu dem Drachen hin und berührte seine Flügelspitze. Sie fühlte sich kalt und klamm an.

»Er hat Schmerzen«, sagte sie.

»Gut«, entgegnete der Soldat. »Aber er wird wieder zu Kräften kommen, sobald er trocken ist.«

Finnegan trat heran, darauf achtend, dem Kopf des Drachen nicht zu nahe zu kommen. »Was soll jetzt mit ihm geschehen?«, fragte er.

»Das haben wir noch nicht entschieden, Eure Hoheit«, sagte der Soldat. »Wir haben überlegt, ihn unter Wasser anzuketten, aber dafür brauchen wir das Einverständnis Eurer Mutter, und es könnte eine Weile dauern, bis …«

»Nein.« Aurora ließ den Drachenflügel los und drehte sich zu ihm um. »Das könnt ihr nicht machen.« Sie fühlte den Schmerz des Drachen wie eine Wunde, die nie richtig verheilt war und sich nun pochend wieder in Erinnerung rief. Sie konnten ihn nicht unter Wasser festbinden, um ihn dort leiden zu lassen, bis die Drachen wieder aus der Welt verschwunden waren. Es musste noch einen anderen Weg geben.

»Wer seid Ihr, dass Ihr glaubt, mir Vorschriften machen zu können?«, sagte der Soldat.

»Ich bin diejenige, die den Drachen Einhalt geboten hat«, sagte sie mit leiser, klarer Stimme. Es fühlte sich kaum wie eine Lüge an. »Also werdet Ihr gefälligst gehorchen.«

»Du hast ihnen Einhalt geboten, ja?« Orla kam herangeschritten. Ihr Gesicht war von Erschöpfung gezeichnet, doch ihr Blick war scharf und wachsam. »Wir müssen uns unterhalten, aber allein.« Orla wandte sich an den Soldaten. »Sorgt dafür, dass die Leute auf Abstand bleiben«, befahl sie, »und haltet ausreichend Wasser parat. Ich werde bald zurückkommen und Euch mitteilen, wie ich entschieden habe.«

»Bei allem Respekt, Eure Majestät«, sagte ein anderer Soldat. »Aber wir sollten ihn auf der Stelle töten. Bevor er sich erholen kann.«

Sie schüttelte den Kopf und drehte sich weg. »Man kann einen Drachen nicht töten.«

»Man kann es versuchen.«

»Nein«, sagte sie. »Kann man nicht. Macht Eure Arbeit und hört auf das, was ich sage.«

Mit einem Winken befahl sie Aurora und Finnegan wortlos, ihr zu folgen. Dann ging sie davon.

Aurora strich mit der Hand über den Rand des Drachenflügels, berührte die zarte Flughaut, spürte die Kraft darin. Die Schuppen wurden bereits wieder wärmer.

Halt still, dachte sie und streichelte die Worte in die Drachenhaut ein. *Ich komme zurück.*

»Du hast einem Drachen das Herz rausgerissen.«

Orla stützte sich an ihrem Schreibtisch ab. Ihr langer schwarzer Zopf hing ihr über die Schulter, und ihr Gesicht war mit Ruß bedeckt. Der Angriff und Auroras Geständnis schienen wie ein Gewicht auf ihren Schultern zu lasten, das ihren ganzen Körper zu Boden drückte. Sie klang, als könnte sie nicht glauben, was Aurora ihr soeben erzählt hatte.

»Ja.«

»Mit Magie?«

»Ja.«

»Und jetzt sind fünfzig Menschen tot«, sagte Orla. »Fünfzig. Bis jetzt. Ich bin mir sicher, die Zahl wird noch steigen, wenn wir alle zerstörten Gebäude durchsucht haben. Wenn noch weitere Opfer ihren Verletzungen erlegen sind.« Sie sah

Finnegan an, der ein paar Schritte hinter Aurora stand. Erin saß mit aufrechtem Rücken in der Ecke, ihr rotes Haar floss ihr um die Schultern und hing ihr bis über die Ellenbogen. »Hoffentlich weiß mein Sohn sein Leben sinnvoll zu nutzen. Es wurde teuer erkauft.«

Aurora schloss die Augen. Fünfzig Menschen, tot ihretwegen. Tot, weil sie es nicht ertragen konnte, dass Finnegan starb. Das war der Preis für ihren Egoismus.

»Du musst verhindern, dass so etwas noch einmal geschieht.« Orla blickte auf Auroras verbrannte Hand. »Du behauptest, das Herz des Drachen zu nehmen habe ihn getötet und das Herz zu essen verleihe einem Macht über die Drachen. Dann besteht darin unsere größte Chance. Du wirst ein weiteres Herz holen, und wir bedienen uns der Drachen, um unsere Stadt gegen weitere Angriffe zu schützen.«

»Nein«, sagte Aurora. Sie durfte nicht noch mehr von dieser Macht in die Welt setzen. Celestine hatte bereits ein Drachenherz. Was würde geschehen, wenn sie noch weitere bekäme? Was würde geschehen, wenn sich noch mehr Menschen dieser Magie bemächtigten? »Ich werde es nicht noch einmal tun.«

Orlas Augenbraue schoss in die Höhe. Sie schaute Aurora einen Moment lang an, ihr fehlten sichtlich die Worte. »Wirst du nicht? Du würdest zahllose Leben retten.«

»Oder sie zerstören. Wir können nicht vorhersehen, was passieren wird, wenn ich noch weitere Herzen nehme. Celestine könnte noch mehr Macht erlangen.«

»Diese Hexe hat bereits meine halbe Stadt zerstört. Was macht es da aus, ob sie noch *mehr* Macht gewinnt, wenn sie doch so oder so schon viel mehr besitzt als wir? Das ist unsere Chance, sie bekämpfen zu können.«

»Wenn Ihr *allen* Drachen das Herz herausreißen würdet«, überlegte Erin laut, »gäbe es nichts mehr, worüber die Hexe Kontrolle haben könnte.«

»Ihr wollt, dass ich sie ausrotte?«

»Nein«, entgegnete Orla scharf. »Aber mit einem oder mehreren Herzen, mit dir hier in Vanhelm, wären wir imstande, sie zu beherrschen. Sie könnten zu unserem Vorteil werden.«

»Und Ihr wollt, dass ich Euch diese Macht überlasse?«

Gewiss, sie schuldete es ihnen. Sie war schuld daran, dass die Drachen das Wasser überquert und die Stadt angegriffen hatten. Orla hatte Aurora geholfen, sie in Schutz genommen, und diese Zerstörung war nun der Dank dafür.

Aber Drachen eigneten sich nicht zur Verteidigung. Was würde Orla denn mit all dem Feuer tun, wenn sie darüber gebieten könnte? Alle anderen Königreiche würden vor ihr erzittern. Sie würden sich ihren sämtlichen Forderungen unterwerfen müssen. Und obgleich Orla gerecht und wohlmeinend schien, hatten für sie die Belange ihres eigenen Königreichs stets Vorrang vor allem anderen. Und mit Sicherheit auch vor Alyssinia.

Aurora erinnerte sich an ihre Unterhaltung mit Orla, bei der sie erwähnt hatte, dass Vanhelm einen rechtmäßigen Anspruch auf Alyssinia habe. Sie hatte gesagt, dass sie nicht auf Rache aus sei. Aber sie hatte sich nicht zu ihren Plänen hinsichtlich des Thronanspruchs geäußert.

Aurora wollte ihr helfen. Wollte ihr vertrauen. Aber als Prinzessin, als Hexe, als jemand, der eine große Verantwortung trug, die sie schon viel zu lange ignoriert hatte, durfte sie dieses Risiko nicht eingehen.

»Tut mir leid«, sagte sie. »Ich kann nicht.«

»Du kannst nicht?« Orla starrte sie ungläubig an. »Du kannst nicht dafür sorgen, dass meine Stadt keinen weiteren Drachenangriff erlebt? Jetzt sind sie zwar wieder weg, aber sie werden wiederkommen. Wir müssen gegen sie gewappnet sein.«

»Das werdet ihr auch«, sagte Aurora. »Ich werde Euch helfen. Aber ich kann Euch nicht die Drachen überlassen.«

Orlas Lippen waren zu einer schmalen Linie zusammengekniffen. »Du und Finnegan, ihr habt diesen Schlamassel angerichtet«, sagte sie. »Ihr seid gedankenlose Holzköpfe, alle beide. Ihr seid dafür verantwortlich, die Sache wieder in Ordnung zu bringen.«

»So wie ich auch dafür verantwortlich bin, Alyssinia zu schützen.«

Finnegan trat einen Schritt nach vorn. »Sie hat ihr Bestes getan, Mutter«, sagte er.

»Wage es ja nicht, mir zu widersprechen!«, fauchte Orla. »Bete lieber dafür, dass sie zustimmt. Wenn du das Zeug zum König hättest, wäre es gar nicht erst so weit gekommen. Vanhelm kann keinen König gebrauchen, der die Stadt aus einer kindischen Laune heraus gefährdet.«

»Ich habe alles daran gesetzt, um die Stadt zu beschützen«, erwiderte Finnegan. »Die Drachen rücken schon seit Jahren immer näher. Ich wollte einen Weg finden, wie wir uns gegen sie verteidigen können.«

»Doch stattdessen wurden wir *angegriffen*.«

»Und wir haben sie abgewehrt.«

»Das reicht nicht«, sagte Orla. »Und solltest du das nicht wieder in Ordnung bringen, kann ich dich nicht zum König machen.«

»Drohst du mir damit, mich zu enterben?«

»Ich sage nur, dass du jetzt besser das Richtige tun solltest«, erklärte Orla. »So wie deine Schwester es auch tun würde.«

»Das ist nicht fair«, meldete Erin sich zu Wort. Ihre Stimme war sanft und klar. »Ich weiß nicht, was ich tun würde.«

»Du hättest uns diese Schwierigkeiten gar nicht erst eingebrockt.«

Aurora hatte genug gehört. »Ich werde es nicht tun«, sagte sie. »Und es hat nichts mit Finnegan zu tun, und es hat nichts mit Erin zu tun. Es hat nur mit *mir* zu tun. Und Ihr werdet mich nicht umstimmen können.«

Orla funkelte sie an, und auf ihrem Gesicht spiegelte sich tiefe Abscheu wider. »Dann geh mir aus den Augen.«

Aurora nickte, nahm wortlos Orlas Zorn hin und verließ das Zimmer.

Sie war zu lange in Vanhelm geblieben. Sie hatte ihre Magie so weit gebändigt wie nur eben möglich, hatte von diesem Königreich so viel gelernt, wie sie konnte. Und sie hatte die ihr entgegengebrachte Gastfreundschaft bereits über Gebühr beansprucht.

Wenn sie wegginge, würde Celestine ihr gewiss folgen, so wie sie ihr auch schon hierher gefolgt war. Es wäre für alle am sichersten, wenn sie verschwände.

Aurora eilte in ihr Zimmer. Ihre Haare rochen nach Rauch, ihre Füße brannten, und die Welt um sie herum lag nach tagelangem Schlafmangel wie im Nebel, aber sie holte ihre Tasche heraus und fing an, ihre wenigen Habseligkeiten einzupacken.

Draußen im Flur erklangen Schritte. Sie musste nicht nachsehen, um zu wissen, dass es Finnegan war.

»Bist du gekommen, um mich umzustimmen?«

Die Schritte verharrten.

»Nein«, sagte Finnegan. »Ich weiß, dass ich das nicht kann.«

»Woher weißt du das?«

»Du bist eine furchtbar schlechte Lügnerin, falls du dich erinnerst. Ich kann in deinem Gesicht lesen wie in einem offenen Buch.« Schweigen. Dann: »Ich habe Neuigkeiten.« Sein Tonfall war betont ruhig, zu beiläufig. Also schlechte Nachrichten.

»Über die Drachen?«

»Über Alyssinia.«

Sie drehte sich um und sah ihn an. Er stand in der Tür, in der Hand hielt er eine kleine Papierrolle. »Was ist das?«

Er trat ein und schloss die Tür. »Während ich verletzt im Bett lag, ist ein Brief für mich gekommen«, sagte er. »Ein Wachmann hat ihn mir gerade gegeben. Er ist von Distel.«

»Was steht drin?«

»Es wird dir nicht gefallen.«

»Dann spann mich nicht länger auf die Folter.«

Finnegan rollte den Brief auseinander, warf aber keinen Blick darauf, als er sagte: »John hat Rodric in den Kerker geworfen. Inzwischen wird es sich im ganzen Königreich herumgesprochen haben, aber Distel sagt, sie habe schon vorher davon erfahren. Aus einer verlässlichen Quelle. Sie schreibt, man habe ihn des Hochverrats angeklagt.«

Hochverrat. Aurora hatte Angst gehabt, dass so etwas passieren würde. Allerdings davor. Vor Finnegans Verbrennungen, vor Celestine, vor den Drachen. Angesichts all der akuten Gefahren hatte sie Rodric fast vergessen. Aber man hatte ihn gefangen genommen.

Und John ließ Leute wegen Hochverrats verbrennen. Er ließ Leute wegen weitaus Geringerem verbrennen.

Die Vorstellung war zu unglaublich, zu entsetzlich nach allem, was bereits geschehen war, und so griff sie sich ein anderes Detail heraus, auf das sie sich konzentrieren konnte. »Eine verlässliche Quelle?«, fragte sie. »Was soll das heißen?«

»Ich vermute mal, jemand aus dem Schloss. Hast du mir überhaupt richtig zugehört? Rodric ist des Hochverrats angeklagt.«

Sie hatte es gehört. Aber was gab es dazu zu sagen? »Dann stimmten die Gerüchte offenbar.«

»Vielleicht«, sagte Finnegan. »Du und Rodric, ihr wart in gewisser Weise miteinander verbunden. Und der König ist nun mal kein sehr klar denkender Mensch. John muss zu dem Schluss gekommen sein, dass sein Sohn eine zu große Bedrohung darstellt.«

Aurora streckte die Hand nach dem Brief aus, so als könnte sie Distels verschlüsselte Zeilen entziffern und eine neue Bedeutung herauslesen. Finnegan gab ihn ihr nicht. »Das ist noch nicht alles«, sagte er.

»Was denn noch?«

»Er behauptet, er hätte dich ebenfalls in Gewahrsam genommen. Euch soll gemeinsam der Prozess gemacht werden, das Urteil steht allerdings schon fest.«

Aurora schloss die Augen, aber es half nicht gegen das Dröhnen in ihrem Schädel. »Er hat ein Mädchen eingekerkert, von dem er behauptet, dass ich es sei?«

»Distel geht davon aus, ja.«

Gut möglich, dass der König nur bluffte. Aber wieso sollte er so ein Risiko eingehen, wenn er ebenso gut irgendein x-beliebiges Mädchen von der Straße nehmen konnte? Letztlich war sie nur Teil einer Geschichte. Jedes Mädchen konnte ihren Part übernehmen. »Wann?«, fragte sie. »Wann findet der Prozess statt?«

»In sieben Tagen.«

Das war eine lange Wartezeit zwischen Gefangennahme

und Schauprozess. Steckte womöglich Absicht dahinter? Wollte John sie herauslocken und sie so zu einer Rettungsaktion verleiten? Oder zog er es in die Länge, um ein Geständnis aus Rodric herauszuquetschen oder um den größten Nutzen aus der zugesicherten Hinrichtung der Prinzessin herauszuschlagen?

»Ich muss zurück nach Alyssinia«, sagte sie. »Sofort!«

»Willst du gegen ihn kämpfen?«

»Ja«, sagte sie. »Ich muss.«

»Wegen Rodric?«

»Natürlich wegen Rodric. Er ist ein guter Mensch. Er ist mein Freund.« Sie konnte doch keinen Handel mit Celestine abschließen, um Finnegan zu retten, aber nicht mal den Versuch unternehmen, Rodric zu helfen. Nicht, nachdem er sie so freundlich behandelt hatte, nicht, nachdem sie weggelaufen war und ihn mit der Aufgabe, den Menschen von Alyssinia beizustehen, alleingelassen hatte. »Er muss überleben, damit er König werden kann. Damit die Dinge sich zum Guten wenden.« Sie hatte alle Antworten, die sie gewollt hatte. Sie beherrschte ihre Magie. Ihr gehörte ein Stück Drachenherz, das neben ihrem eigenen schlug. Sie war bereit.

»Und wie sieht dein Plan aus?«, fragte Finnegan. »Meine Mutter wird dir jetzt nicht mehr helfen.«

»Ich habe etwas, das sie will«, sagte Aurora. »Sie wird mich anhören.« Aurora hatte sich nie gut aufs Verhandeln verstanden, aber jetzt hatte sie keine Wahl mehr. Und die Beziehung zwischen ihren beiden Königreichen war seit jeher geprägt von unausgewogenen Abkommen und gebrochenen Versprechen.

Sie eignete sich vielleicht nicht zur Königin, aber sie hatte die Macht, zu helfen. Und die musste sie einsetzen, egal wie.

»Und was den König angeht … Ich kann gegen ihn kämpfen«, sagte sie mit wachsender Gewissheit. Endlich war sie zu einer Entscheidung gelangt. Endlich wusste sie, was sie tun musste. »Ich habe Magie. Und ich habe einen Drachen.«

Neunundzwanzig

»Das sind meine Bedingungen.« Aurora war entschlossen, wie eine Königin auszusehen, die mit ihresgleichen auf Augenhöhe verhandelte. »Ich nehme den gefangen genommenen Drachen nach Alyssinia mit und werde den König entmachten, was zu unserem beiderseitigen Vorteil ist.«

Orla zog eine Augenbraue hoch. »Willst du den Thron nun doch an dich reißen?«

»Ich will gar nichts an mich reißen«, erklärte Aurora. »John tötet mein Volk, einschließlich seines Sohnes, weil dieser mit mir in Verbindung gebracht wird. Vielleicht wird Rodric König, vielleicht jemand anders, vielleicht werde ich selbst regieren. Wie auch immer, für mich steht fest, was zu tun ist.«

»Und du erwartest von mir, dass ich dich den Drachen mitnehmen lasse? Woher weiß ich denn, dass du nicht kehrtmachen und mein Königreich angreifen wirst?«

»Ihr könnt mir gern einen Trupp Eurer Soldaten zur Seite stellen«, erklärte Aurora. »So viele, wie Ihr nur wollt. Helft mir, John zu besiegen. Und sobald das erledigt ist, werde ich Euch helfen, mit den Drachen fertigzuwerden. Ich tue, was immer Ihr verlangt.«

Orla legte einen Finger ans Kinn. Aus ihrer Miene war nichts herauszulesen. »Und wie kann ich dir trauen?«

»Ihr habt keine Wahl«, entgegnete Aurora. »Ich bin die Einzige, die Euch helfen kann.«

»Wenn Ihr fortgeht«, meldete Erin sich zu Wort, »wie sollen wir die Drachen zurückhalten, falls sie uns erneut attackieren? Wir werden ihnen wehrlos ausgeliefert sein.«

»Das wird nicht passieren«, erwiderte Aurora. »Die Drachen sind hinter mir her. Die Botschaft von Celestine war an *mich* gerichtet. Sie wird nicht angreifen, wenn ich nicht hier bin.«

»Das kannst du nicht wissen.«

»Nein«, entgegnete sie. »Das kann ich nicht. Aber ich bin mir sicher.«

Orla trat um ihren Schreibtisch herum, den Blick unverwandt auf Aurora geheftet. »Ich habe dir Zuflucht gewährt«, sagte sie. »Und dir diverse Mittel zur Verfügung gestellt. Ich finde, du stehst bereits in meiner Schuld.«

»Ich weiß zu schätzen, was Ihr alles für mich getan habt«, sagte Aurora. »Wirklich. Und es tut mir leid, dass ich Euch in so eine schwierige Lage gebracht habe. Aber ich *muss* zuerst an Alyssinia denken. Wenn Ihr ein Bündnis wollt, dann müsst Ihr mir so weit entgegenkommen.«

»Und was ist der Grund für diesen plötzlichen Sinneswandel?«, fragte Orla. »Noch vor einer Stunde hast du gesagt, du würdest mir auf gar keinen Fall helfen.«

»Ich habe die letzten Tage damit verbracht, durchs Ödland zu wandern und gegen Drachen zu kämpfen. Ich brauchte Zeit, um mir alles durch den Kopf gehen zu lassen.«

»Zeit, um Pläne zu schmieden, meinst du wohl.« Aber Orla sah nachdenklich aus. »Na schön«, sagte sie. »Du kannst den Drachen mitnehmen, und ich schicke dir Soldaten als Geleit mit. Aber als Gegenleistung will ich ein Drachenherz. Haben wir eine Vereinbarung, oder nicht?«

»Ja«, sagte Aurora. »Sobald ich mit John fertig bin. Nachdem Ihr mir geholfen habt. Dann kriegt Ihr von mir ein Drachenherz.« Die Lüge blieb ihr fast im Hals stecken, aber sie presste sie heraus, ohne mit der Wimper zu zucken. Finnegan sagte immer, sie sei eine schlechte Lügnerin, aber nun kam es darauf an, dass sie überzeugend wirkte. Sie musste Orla weismachen, dass sie kooperieren würde. Es gab jetzt kein Zurück mehr.

Sie spürte, dass Finnegan sie beobachtete, und sie *wusste*, dass er genau sah, was sich hinter ihrer Stirn abspielte. Sie würde keinen weiteren Drachen töten. Die Macht über die Kreaturen würde sie nicht teilen.

Orla streckte ihr eine Hand entgegen, und Aurora schlug ein. »Abgemacht«, sagte Orla.

»Abgemacht.«

»Du hast meine Mutter belogen«, raunte Finnegan ihr zu, als sie zum Hafen zurückgingen. »Ich bin beeindruckt.«

»Meinst du, sie hat es gemerkt?«

»Dann hätte sie keine Vereinbarung mit dir getroffen.« Er blickte über den Fluss. »Also, wie wollen wir diesen Drachen übers Meer kriegen?«

Sie blieb stehen. »Willst du wirklich mit mir mitkommen?«

»Meine Mutter irrt sich. Der beste Weg, um Vanhelm zu schützen, ist, dass du von hier verschwindest. Und du wirst mich jetzt nicht los, Rora. Ich bleibe, bis die Sache zu Ende ist.«

»Und der Drache?«, sagte sie. »Hat das keinen Einfluss auf deine Entscheidung?«

»Der letzte Versuch, die Drachen zu benutzen, um Vanhelm zu helfen, ging ziemlich schief. Ich habe nicht vor, denselben Fehler noch einmal zu machen und einen von ihnen in meinen Besitz zu bringen.« Er ergriff ihre Hand und zog sie nah an sich heran. »Ich werde dich jetzt nicht im Stich lassen, Aurora.«

Sie legte ihren Kopf schief und sah ihn an. »Ich glaube dir«, sagte sie. Und das tat sie. Sie vertraute ihm, egal, was passierte.

Der Drache lag noch immer am Ufer. Die Soldaten hatten ihn am Boden festgekettet, aber das Feuer in ihm erwachte bereits wieder zum Leben. Alle paar Minuten schlug er mit dem Schwanz oder zuckte mit den Flügeln, woraufhin die Männer um ihn herum zu dem bereitstehenden Wasser griffen. Aurora rannte zu ihm hin, als er erneut den Schwanz hob und ihn zu Boden klatschen ließ.

»Macht ihn los!«, sagte sie in gebieterischem Ton. »Königin Orla hat verfügt, dass er mit mir kommt.«

Die Blicke der Soldaten wanderten zu Finnegan, der ihnen ein Schriftstück hinhielt, das das königliche Siegel trug. »Es steht alles hier drin«, sagte er. »Wir werden ein kleines Boot nehmen. Die Soldaten folgen uns in einem anderen. Und ... was meinst du, Aurora? Sollen wir den Drachen an unserem Schiff anbinden, damit er uns hinterherfliegt?«

»Nein«, entgegnete Aurora. Sie legte dem Drachen eine Hand auf den Nasenrücken. Er verfolgte mit trägem Blick jede ihrer Bewegungen. Sie spürte die Verbindung zwischen ihnen, den zweiten Herzschlag in ihrer Brust, die Gier und die Wut in ihrem Inneren, die nun jedoch einer Art Sehnsucht wichen. *Du wirst bei mir bleiben*, dachte sie, während sie die Drachenschnauze streichelte. *Wir sind füreinander bestimmt, du und ich.*

Und der andere Herzschlag flüsterte: *Ja.*

»Keine Ketten«, sagte sie. »Er wird uns auch so folgen.«

»Miss, ich glaube nicht ...«

»Ich bin nicht Eure Miss«, sagte Aurora schroff. »Ich bin Prinzessin Aurora, die Thronerbin von Alyssinia, und Eure Königin hat befohlen, dass Ihr mir helft. Wollt Ihr Euch vielleicht widersetzen? Wie ich höre, kann sie Dummköpfe schlecht ertragen.«

Der Mann starrte sie einen Moment lang an, dann verneigte er sich.

»Ganz, wie Ihr wünscht, Mylady.«

»Beeindruckend«, flüsterte ihr Finnegan ins Ohr. Der Klang des Wortes ließ sie erschauern.

»Was soll ich sagen?«, murmelte sie. »Ich bin nun mal dafür geboren.«

Aurora stand aufrecht im Boot und blickte zum Horizont, bis Vanhelm außer Sicht war. Der Drache kreiste über ihnen. Ab und zu stieß er einen Schrei aus oder schlug kräftig mit seinen Flügeln, aber ein Blick von Aurora genügte, und er wurde wieder ruhig. Die schwelende Hitze, die er verströmte, war hier auf dem offenen Meer deutlich schwächer, so als wäre ein großer Teil davon am Ufer zurückgeblieben. Aber die Hitze in Auroras Körper, das Brennen in ihrem Herzen, war dafür umso intensiver; ein Herzschlag, der mit jedem Kilometer, die sie sich vom Ufer entfernten, stärker wurde, so als würde sie den Drachen vorwärtstreiben, als würde ihr eigenes Herz ihn am Leben erhalten.

Es wurde Nacht, und der Drache drehte weiter seine Runden, erhellte den dunklen Himmel. Kein einziger feuriger Atemstoß entschlüpfte ihm. Er flog einfach unentwegt im Kreis, als wäre er an sie gefesselt und wartete bloß auf den Augenblick, wieder landen zu können.

Finnegan wartete unter Deck in ihrer Kabine. »Ich weiß nicht, ob ich es schaffe«, sagte sie, als sie auf der Schwelle stehen blieb. Im Schutz der Dunkelheit fiel es ihr leichter, die Wahrheit einzugestehen.

Finnegan lehnte sich auf ihrem Bett zurück. »Du kannst alles schaffen, was du willst, Drachenmädchen. Das habe ich von Anfang an gewusst.«

»Ich weiß aber nicht, ob ich will«, sagte sie. »Wenn ich ihn töte … dann bin ich genauso skrupellos wie er. Oder etwa nicht?«

»Manchmal muss man schreckliche Dinge tun«, erwiderte Finnegan. »Manchmal bleibt einem nichts anderes übrig.«

»Das sollte so nicht sein.«

»Sollte es nicht, ist es aber.«

»Celestine …« Sie brach ab und suchte nach Worten. »Sie sagte, dass ich geschaffen wurde, um zu zerstören. Vielleicht hat sie recht. Vielleicht ist das hier genau, was sie will.«

»Vielleicht«, sagte Finnegan. »Aber wirst du dich davon aufhalten lassen?«

Sie dachte an Rodric, an lodernde Feuer, an den Hunger in Celestines Augen, sobald sie sie ansah. An das Flüstern der Drachen und die Macht, die ihr gehörte, ihr ganz allein. »Nein«, sagte sie. »Das werde ich nicht.«

Die Reise nach Petrichor schien ewig zu dauern. Sie wanderten durch Wälder und Dörfer, marschierten Tag und Nacht, um die Hauptstadt noch rechtzeitig vor Rodrics Prozess zu erreichen. Wo immer sie hinkamen, versammelten sich große Menschenmengen, und die Leute starrten die Soldaten und den Drachen an, mit vor Staunen weit aufgerissenen Mündern und Augen voller Angst. Niemand sprach sie an oder fragte, was sie wollten. Wussten sie, wer sie war?, fragte sich Aurora. Oder vermuteten sie beim Anblick des Drachen, dass nun der seit langem gefürchtete Feind aus Vanhelm gekommen war, um sie zu erobern? Sie hatte sich früher so ohnmächtig gefühlt und die Menschen gehasst für ihre verzweifelte Hoffnung auf Rettung durch sie, aber nun war es fast noch schlimmer. Nun war sie eine Gestalt aus ihren Albträumen, die aufgetaucht war, um sie in Stücke zu reißen.

Aurora hielt das Drachenfeuer in ihrer Brust sorgfältig unter Verschluss, aber noch mehr Verheerung hätte sie ohnehin nicht anrichten können. Sie zogen an niedergebrannten Feldern vorbei, an ganzen Dörfern, die plattgemacht und zu Asche verwandelt worden waren. Endlose Trecks von Flüchtlingen wälzten sich über die Straße, stadtein- und stadtauswärts. Während Auroras Abwesenheit war es offenbar nirgendwo sicher gewesen.

Aurora schluckte das schlechte Gewissen herunter. Noch einige Feuer, noch einen Kampf mehr, und dann gäbe es einen Neubeginn.

Aber vielleicht würde es auch gar nicht so weit kommen. Die Angst vor Drachen war eine mächtige Waffe. Wer würde sich nicht lieber ergeben, als es mit einem Drachen aufzunehmen?

Ihnen begegnete kein einziger alyssinischer Soldat. Entweder hatte König John beschlossen, nicht zu kämpfen, oder er hatte alle seine Männer abgezogen, um die Hauptstadt zu schützen.

An einem Tag machte die Gruppe unweit von Petrichor am Rand des Waldes Rast, um sich auszuruhen und etwas zu essen. Die Bäume ragten über ihnen auf, und die Blätter flüsterten im Wind, während Aurora am Feuer sitzend versuchte, sich auf Finnegans Erzählungen zu konzentrieren und nicht darüber nachzudenken, was wohl der nächste Tag bringen würde. Die Soldaten hatten einen Hirsch zum Abendessen erlegt, der nach mehreren Tagen mit fader Wegzehrung absolut köstlich schmeckte, aber ihr Magen gab keine Ruhe, und sie brachte kaum einen Bissen herunter.

Der Drache flog oben am Himmel, verschwand aus ihrem Blickfeld und tauchte kurz darauf wieder auf. Er war mit jedem Schritt, den sie sich vom Wasser entfernt hatten, kräftiger geworden, und Aurora nahm wieder die Hitze seiner Haut wahr, die Wut und das Verlangen, die ihn durchströmten. Zuerst hatte es ihr ein Höchstmaß an Willenskraft abverlangt, ihn unter Kontrolle zu halten, aber jetzt fiel es ihr leichter.

Einer der Wachmänner räusperte sich. »Ihr habt einen Besucher, Eure Hoheit«, sagte er.

Finnegan stand auf. Seine Hand legte sich um das Heft seines Schwerts. »Handelt es sich um die Art von Besuch, die uns willkommen ist?«

»Das behauptet sie jedenfalls.« Der Wachmann rief über seine Schulter nach hinten. »Bringt sie her!« Zwei Männer schritten heran, zwischen ihnen eine Frau.

Distel. Obwohl die Wachen sie im Knebelgriff hielten, bewahrte sie die würdevolle Haltung einer Königin.

»Finnegan, sagt ihnen bitte, dass sie mich loslassen sollen.«

Finnegan winkte mit einer Hand, und die Wachen zogen sich zurück. Aurora eilte auf Distel zu, doch im letzten Augenblick überkam sie Unsicherheit, und sie blieb ein paar Schritte von ihr entfernt stehen. Distel lächelte, streckte die Hand aus und berührte Auroras Haar. »Geht's dir gut?«, fragte sie.

»So gut, wie es mir im Moment gehen kann. Es ist schön, dich zu sehen.«

»Ich freue mich auch.« Distel ließ sich an der Feuerstelle zu Boden sinken. Aurora setzte sich neben sie. »Ich habe dich vermisst.«

»Aus Distels Mund kommt das einer Liebeserklärung gleich«, bemerkte Finnegan. Er setzte sich nicht. »Warum bist du hier? Nicht, dass es mich nicht freuen würde, dein hübsches Gesicht hier zu sehen, aber wir hatten abgesprochen, dich vor den Toren Petrichors zu treffen.«

»Ich habe Neuigkeiten«, sagte sie. »Und es war nicht sonderlich schwer, Euch ausfindig zu machen.« Sie sah vielsagend zum Himmel hinauf.

Aurora ergriff ihren Arm. »Hat es mit Rodric zu tun? Geht's ihm gut?«

»Ja und nein«, erwiderte Distel. »Er und das Mädchen sitzen im Kerker des Schlosses und warten auf ihren Prozess. Wenn man es überhaupt als Prozess bezeichnen kann. Man wird sie so oder so wegen Hochverrats verurteilen.«

»Bist du sicher?«, fragte Aurora.

»Ja, Prinzessin. Sie errichten bereits den Scheiterhaufen. Der König will demonstrieren, dass er den Thron verteidigen wird, koste es, was es wolle. Er will zeigen, dass alle Verräter gleich behandelt werden, ohne Ausnahme. Außerdem behauptet er, dass mit deinem Tod alle Probleme des Königreichs beendet wären und auch der Fluch über Alyssinia gebrochen würde, egal, ob die Magie nun zurückkehrt oder nicht.«

»Und das glauben die Leute?«

»Nicht alle. Aber ausreichend viele. Und viele andere *wollen* es gern glauben. Verzweifelte Menschen klammern sich an jeden Strohhalm.«

»Dann glauben sie auch, dass dieses andere Mädchen ich bin?«

Distel nickte.

Aurora zog sich die Knie an die Brust und dachte an die falsche Prinzessin. Ein Mädchen, das allein im Kerker saß, ohne dass es irgendetwas verbrochen hatte. »Wer ist sie?«

»Ihr Name ist Eliza«, sagte Distel. »Sie sieht dir ähnlich. Klein, blond und bildhübsch. Sie wirkt, als könnte der leiseste Hauch sie umwehen, andererseits strotzt sie vor Stolz. Ich glaube, sie ist die Tochter irgendeines in Ungnade gefallenen Adligen. Die Leute werden ihre wahre Identität nicht erkennen, und ihre Eltern sind bereits wegen angeblichen Hochverrats getötet worden.«

»Bevor oder nachdem beschlossen wurde, dass man sie für mich ausgeben könnte?«

»Kurz nach deiner Flucht«, sagte Distel. »Aber noch bevor sie festgenommen worden ist. Niemand wird sie in Schutz nehmen, und niemand wird ihr glauben, dass sie eine andere ist, als der König behauptet.«

»Aus welcher Quelle stammen diese Informationen?«, fragte Finnegan. »Gerüchte?«

»Ich verlasse mich nicht auf Gerüchte«, entgegnete Distel. »Die Königin hat es mir erzählt.«

»Die *Königin*?« Auroras Finger schlossen sich fester um Distels Arm. »Du hast mit Iris gesprochen?«

»Ja, habe ich«, erklärte Distel. »Sie ist unglücklich darüber, dass ihr Mann Rodric in Gewahrsam genommen hat. So unglücklich, dass sie mit mir gesprochen hat und euch unterstützen will, insofern es Rodric hilft.«

»Wie will sie uns helfen?«, fragte Finnegan.

»Auf indirektem Weg. Sie will euch mit Informationen versorgen. Wobei das überaus nützlich ist.«

»Was hat sie dir erzählt?«

Distel hob einen Stock vom Boden auf und fing an, in den Staub zu malen. Sie zog einen großen Kreis, der den Stadtwall darstellte, und einen kleineren für das Schloss, dazwischen Straßen und verschieden große Quadrate. »Die Stadtmauer ist bemannt, und die Tore sind verschlossen«, sagte sie. »Da kommt ihr nicht dran vorbei, ohne dass man euch bemerkt. Ebenso wenig werdet ihr es schaffen, vor Prozessbeginn zu Rodric und Eliza vorzudringen. Sie sitzen unter strenger Bewachung im Kerker, und zwar genau hier.« Sie tippte mit der

Stockspitze auf eine Stelle im Schloss. »Möglicherweise könntet ihr an sie herankommen, wenn man sie aus dem Schloss bringt, allerdings müsstet ihr dafür ein Blutbad unter den Wachen anrichten. Am besten stehen die Chancen also während der Verhandlung selbst. Alle Bürger der Stadt sind gezwungen, dem Prozess beizuwohnen, der im Schlosshof stattfinden wird. Hier dürfte der Drache wohl für ein bisschen Ablenkung sorgen, denke ich.«

»Gut«, sagte Aurora. »Ich möchte, dass es unvergesslich wird.« Sie sah sich die in den Staub gezeichnete Karte an. »Aber was, wenn wir noch vor Prozessbeginn die Stadt erreichen? Oder wenn John hierherkommt, um uns zu bekämpfen?«

»Letzteres wird nicht passieren. Der König will ein Spektakel daraus machen, genau wie ihr. Die Betrügerprinzessin, die in sein Königreich einfällt, um seinen abtrünnigen Sohn zu retten. Er wird wollen, dass du vor aller Augen scheiterst.«

»Dafür würde er seine Strategie aufgeben?«

»Das *ist* seine Strategie. Er ist ein Wichtigtuer, Aurora. Ihm geht's vor allem darum, ein Exempel zu statuieren. Er will, dass die Leute deine Niederlage miterleben. Und er ist so arrogant, dass er für keinen Augenblick daran zweifelt, dass es in einer Niederlage für dich enden wird.«

»Und das Volk?«, sagte Aurora. »Werden die Leute mich unterstützen, was meinst du?«

»Rodrics Verurteilung hat große Unruhe ausgelöst, aber die Leute haben zu viel Angst, um die Stimme zu erheben, und die Rebellen sind größtenteils untergetaucht. Aber ein paar Unterstützer wirst du mit Sicherheit finden. Und ich habe Tristan in der Stadt gesehen. Er wird dir helfen, so gut er kann.«

»*Tristan?*« Er konnte ihr nicht helfen. »Er ist in Vanhelm. Ich habe ihn dort gesehen.«

»Er hat sich entschieden, zurückzukehren. Offenbar glaubt er, dass doch noch nicht alle Hoffnung verloren ist.«

Sie freute sich, das zu hören. Sie war mit seinen Methoden nicht immer einverstanden gewesen, aber Tristan war für sie einfach nicht *Tristan* gewesen ohne diese tiefe, leidenschaftliche Überzeugung. »Aber warum will er mir helfen?«, fragte sie.

»Ihr wollt beide den König loswerden, Prinzessin. Und da du über eine Armee und einen Drachen verfügst, hast du, was das angeht, vermutlich bessere Chancen als er.«

Der Widerschein des Feuers tanzte über Distels Gesicht, betonte ihre schmale Nase und das eckige Kinn. Aurora fröstelte. War sie inzwischen so weit verroht, dass Tristan sie zu schätzen wusste? Oder waren sie beide nur derart verzweifelt, dass ihnen jetzt jeder Plan recht war?

Distel stand auf. »Ich sollte mich langsam auf den Rückweg machen«, sagte sie. »Ich werde die Lage in Petrichor weiterbeobachten, bis ihr morgen kommt.«

Aurora nickte und verabschiedete sich von ihr. Dann verkroch sie sich unter ihrer Decke, konnte aber nicht einschlafen. Ihr ganzer Körper vibrierte vor ängstlicher Erwartung, und ihr schwirrte der Kopf von den vielen Bildern, die vor ihrem geistigen Auge aufblitzten, sobald sie an morgen dachte. Sie sah Rodrics Tod, Finnegan, der von einem Schwert aufgeschlitzt wurde, und die brennende Stadt.

Sie würde jetzt nicht aufgeben. Morgen würde sie es allen zeigen. Sie würden schon sehen, was alles in ihr steckte.

DREISSIG

Am nächsten Tag erwartete Distel sie bei Sonnenuntergang an der Straße, die nach Petrichor führte.

»Der König hat den Prozess verschoben«, sagte sie statt einer Begrüßung. »Auf heute Abend. Seine Männer fingen gerade an, die Leute zusammenzutreiben, als ich mich weggeschlichen habe.«

Damit war die Sache entschieden. Aurora würde gegen den König kämpfen und dem Schicksal seinen Lauf lassen. »Wie viel Zeit bleibt uns?«, fragte sie.

»Ich bin nicht sicher«, erwiderte Distel. »Höchstens ein oder zwei Stunden. Vielleicht wartet der König noch, bis ihr vor den Toren Petrichors seid. Vielleicht beschleunigt er die Sache aber auch, um euch zu provozieren, sobald er mitkriegt, dass ihr im Anmarsch seid. Er ist unberechenbar.«

»Dann sollten wir uns beeilen«, sagte Aurora.

So weit sie sehen konnten, reckten sich Bäume in den Himmel, und die Luft war schwer. Sie wanderten schweigend, flankiert von Finnegans Männern.

Und dann tauchte der Stadtwall vor ihnen auf. Die Straße verlief schnurgerade, schnitt mit beinahe brutaler Präzision durch den Wald, so dass die Tore der Stadt bereits von weitem zu sehen waren. Mit jedem Schritt schärften sich Konturen, Farben und Formen. Das metallene Fallgatter, das den Weg versperrte. Die Soldaten, die die Mauer säumten. Armbrüste, die Richtung Straße zielten.

Als sie auf Rufnähe herangekommen waren, hob ein Wachmann den Arm. »Halt!«, schrie er.

Aurora blieb stehen. Sie starrte die Soldaten an. »Lasst uns passieren«, rief sie. »Wir sind gekommen, um dem König Einhalt zu gebieten. Euch wollen wir nichts tun.«

Ihr Drache kreischte laut auf. Er kreiste über ihr und ließ dabei sein Maul auf- und zuschnappen. Aurora musste ihre ganze Willenskraft aufbringen, um ihn zu beherrschen, das Feuer in seiner Kehle zu kühlen und ihn nah bei sich zu halten. »Ergebt Euch«, rief einer der Soldaten. Er hielt eine Armbrust in Anschlag, zielte genau auf ihr Herz.

»Lasst uns passieren«, sagte sie noch einmal. »Oder ich bin gezwungen, Euch anzugreifen.«

Ein Pfeil schoss durch die Luft. Aurora ließ ihn in Flammen aufgehen. Sie sah den Soldaten an, der ihn abgefeuert hatte, prägte sich sein Gesicht genau ein.

Sie konnte keine leeren Drohungen ausstoßen.

»Brenne den Weg frei«, flüsterte sie. Mehr brauchte es nicht. Mit einem lauten Schrei stieß der Drache herab und spie einen Flammenstrahl aus. Das Tor fing Feuer. Das Metall schmolz beinahe augenblicklich, und sogar der Stein krümmte sich unter der Hitze zusammen. Die Wachleute sprangen panisch beiseite, und Aurora lenkte ihre Magie auf die Waffen der Männer, verwandelte sie zu Flammen in ihren Händen.

Die Wachen schrien und schleuderten die Armbrüste von sich. Ein Gefühl des Triumphes überkam Aurora. Das Feuer gehorchte ihr.

Aber der Eingang zur Stadt, der am nächsten lag, war nun durch Drachenfeuer versperrt. »Wir können nicht warten«, sagte sie. »Ich kann nicht hierbleiben, bis der Stein so weit abgekühlt ist, dass wir passieren können. Ich nehme einen anderen Weg.«

»Ich gehe mit dir«, sagte Finnegan. »Und Distel auch.«

»Gut«, erwiderte Aurora. »Aber die Soldaten sollen bleiben.«

Sie würden hier für Ablenkung sorgen. Sie sah zum Drachen hinauf. Er flog immer noch im Kreis, schlug kraftvoll die Flügel. Ihn hierzulassen wäre zu riskant. Wie weit würde sie sich entfernen können, bevor er sich ihrer Kontrolle entriss? Bevor er den ganzen Wald zu Asche verbrannte? Aber wenn er weithin sichtbar über ihr flöge, wäre jedes Überraschungsmoment dahin.

Ihr Auftreten hier war entscheidend. Sie war keine Thronräuberin. Sie war keine Spionin, keine Meuchelmörderin, die sich klammheimlich anschlich. Sie war die Prinzessin, und sie sollten wissen, dass sie wieder da war.

»Ich habe mich umentschieden«, sagte sie. »Du und Distel, ihr bleibt hier bei den Soldaten. Ich kann euch nicht mitnehmen.«

»Aurora ...«

»Du besitzt keine Magie, und du kannst nicht gegen dieses Heer von Wachen kämpfen. Deine Anwesenheit würde lediglich bewirken, dass ich aussehe wie eine Handlangerin Vanhelms. Ich werde mich dem König allein entgegenstellen. Nur mit meiner Magie und meinem Drachen.«

»Aber ...«

»Pass auf dich auf, Finnegan«, sagte sie. »Wir sehen uns, wenn das alles vorbei ist.«

Und noch bevor er reagieren, Einwände erheben oder Lebewohl sagen konnte, drehte sie sich um und rannte los. Sie folgte der Biegung der Stadtmauer, bis sie die Sträucher und Bäume wiedererkannte. Es war die Stelle, an der ihre Flucht vor vielen Wochen begonnen hatte.

Sie zögerte nicht. Sie kroch durch den Schacht in die Stadt.

Nirgendwo regte sich Leben. Es gab keine Panik, keine Angst, nur die leeren Straßen, die verlassen im Schatten der Mauer lagen.

Sie blickte gen Westen zu den Stadttoren. Rauch kräuselte empor, beinahe unbekümmert, beinahe zärtlich. Die Flammen warfen ihr orangefarbenes Licht über den dämmrigen Himmel. Der Drache krallte sich am Dach des Wachturms fest, den Schwanz um die steinernen Zacken geschlungen. Sie würde ihn schon bald zu sich rufen.

Noch immer drang kein Laut aus der Stadt zu ihr herüber. Aurora rannte.

Ein Stück weiter vorn sah sie ihren Turm, das Schloss, so unnahbar und verboten und unberührt vom Chaos. Das Kreischen des Drachen hallte in ihren Ohren wider, aber jetzt konnte sie noch ein weiteres Schreien hören, die dröhnende Stimme des Königs, die so klang wie das Gebrüll der Prediger, die Vanhelm zur Buße mahnten.

»Fürchtet Euch nicht vor dem Feuer der Feiglinge!«

Aurora stieg auf einen Kistenstapel und kletterte auf ein niedriges Dach. Sie kroch bis zur Kante, um besser sehen zu können. Ein Scheiterhaufen war oben an der Schlosstreppe errichtet worden, das Holz türmte sich so hoch, dass es die großen Portale beinahe überragte. Davor stand König John mit einer goldenen Krone auf dem Kopf. Während er sprach, stach er mit einem langen, juwelenbesetzten Schwert in die Luft. Das Metall glänzte.

Der Schlossplatz war voller Menschen. Sie waren umringt von bewaffneten Wachen, die dastanden wie eine fleischgewordene Mauer. Nur wenige Menschen achteten auf den König. Die meisten blickten in die Richtung des Feuers und der Drachenschreie, und ein paar von ihnen versuchten zurückzuweichen, doch keiner verließ den Platz. Es war nicht erlaubt.

»Habt keine Angst!«, rief der König erneut. »Diese Abtrünnigen, diese *Monster*, haben das Schloss infiltriert, haben sogar meinen eigenen Sohn verdorben. Und jetzt sind sie gekommen, um zu verhindern, dass er seiner gerechten Strafe zugeführt wird, aber das wird ihnen nicht gelingen. Wir dulden keine Verräter, und wir dulden keine Drohungen. Alyssinia ist stark!«

Iris stand ein paar Schritte von ihrem Mann entfernt. Ihr schwarzes Haar war nach hinten gesteckt, ihr Kleid schlicht und ihr Gesicht blass. Rodric stand auf der anderen Seite des Scheiterhaufens, festgehalten von Soldaten. Sein Haar war länger geworden, seit sie ihn das letzte Mal gesehen hatte, und leicht verfilzt. An seinem Kinn leuchtete ein Bluterguss, und seine Kleidung war schmutzig und zerrissen, doch er hielt sich aufrecht und gerade, ohne eine Spur von Angst im Gesicht. Neben ihm sah Aurora ein Mädchen stehen, sein Haar war silbrig weiß und fein wie Spinnweben. Sie war ebenfalls verdreckt und zerlumpt, starrte aber mit emporgerecktem Kinn in die Menge. Mit jeder Faser ihres Körpers schrie sie ihnen ihre Verachtung entgegen.

»Vor zwei Wochen wurde mein Sohn erwischt, als er sich in unserer Stadt mit Rebellen und Abtrünnigen traf. Um im Namen der falschen Prinzessin unseren Untergang zu planen.« Auroras Finger schlossen sich fester um die Dachkante. »Mein Sohn hat die Unruhen angezettelt, bei denen die halbe Stadt zerstört wurde. Er hat die Rebellion entfacht, die so viele geliebte Menschen getötet hat. Ich hatte, blind vor Vaterliebe, gehofft, dass ich mich irrte, aber nun hat er unseren

Feind übers Meer geholt, um uns den Flammen zu übergeben und seine eigene Haut zu retten. Das ist der ultimative Verrat. Sie wollen uns verbrennen, aber vorher werde ich sie ins Feuer werfen! Und den Anfang macht die sogenannte Prinzessin!«

Die Wachen schleiften das blonde Mädchen rabiat nach vorn. Sie sträubte sich mit Händen und Füßen, stemmte die Fersen in den Boden, und versuchte, sie mit den Armen abzuwehren. Sie sah Aurora ähnlich, aber nicht ähnlich genug. Die Leute konnten nicht tatsächlich glauben, dass sie und dieses Mädchen ein und dieselbe Person waren. Jedenfalls nicht, wenn sie ihr ein Mindestmaß an Beachtung geschenkt hatten.

Aber die Menge war noch immer abgelenkt durch die Schreie des Drachen.

»Diese Hexe hat unsere Stadt unterwandert«, sagte der König. »Sie hat uns verhöhnt und unsere Hoffnungen verspottet. Wir werden ihr zeigen, was wir mit Leuten tun, die uns verraten! Sie wird brennen, und das wird der Beginn einer neuen Ära in Alyssinia sein!«

Aus der Zuschauermenge ertönten vereinzelt zustimmende Rufe, aber es war nicht die enthusiastische Reaktion, die sich der König erhofft hatte. Die meisten Leute starrten wie gelähmt auf den Drachen, zu ängstlich, um sich vom Überschwang des Moments mitreißen zu lassen.

Die Wachen zerrten die falsche Prinzessin zum Scheiterhaufen hinüber.

Aurora stand auf. Sie spürte die Hitze des Drachen in der

Luft, die Flammen, die die Mauern umschmeichelten. Sie streckte sich nach der Magie in ihrem Inneren aus, nach dem zweiten Herzschlag. *Komm*, dachte sie. Und der Drache gehorchte.

»Halt!«, rief sie.

Einige Köpfe drehten sich zu ihr um. Armbrüste klickten und richteten sich auf ihre Brust. König John hob eine Hand, und die Soldaten, die das Mädchen mit sich schleiften, blieben stehen. John lächelte. »Oh, wir haben *noch* eine Hochstaplerin«, sagte er. »Wie viele falsche Prinzessinnen will Vanhelm uns denn noch schicken?«

»Keine«, sagte sie. »Für wie dumm haltet Ihr die Leute eigentlich, dass Ihr glaubt, sie hätten mein Gesicht vergessen?« Sie trat vor. Die Armbrüste zuckten, aber keine wurde abgefeuert. »Ihr wollt eine Prinzessin? Tja, jetzt habt Ihr eine. Der Thron gehört mir. Er hat immer mir gehört, über Generationen hinweg, schon lange, bevor Ihr überhaupt geboren wurdet. Deshalb rate ich Euch aufzuhören. Jetzt sofort.«

John lachte. »Und wenn ich das nicht tue?«

Aurora ballte die Hände zu Fäusten, und hinter ihr explodierte ein Stück des Dachs. Schindeln und Schutt flogen durch die Luft. Die Menge schrie.

Unter lautem Brüllen schwang sich der Drache aus dem Himmel herab, und der Schatten seiner Flügel legte sich über Aurora. Die Menge wogte. Menschen stolperten beim Versuch zu fliehen über ihre eigenen Füße, über Kinder. Sie prallten gegen die Mauer aus Wachen, von denen einige selbst

Reißaus nahmen und sich in die anliegenden Straßen flüchteten. Andere hingegen stemmten sich mit gezogenen Schwertern gegen die drängende Masse. Panik breitete sich wie eine Welle über den Platz aus, die Menge hob und senkte sich. Und dazwischen standen einige Zuschauer nur reglos da und starrten mit großen Augen auf den Drachen.

Aurora hielt den Blick unverwandt auf den König gerichtet.

»Du glaubst, du kannst uns so besiegen?«, sagte er. »Du glaubst, du kannst dir den Thron gewaltsam aneignen?«

»Warum nicht? Das habt Ihr doch auch getan.«

Zu ihrer Linken kletterte jemand das Dach hoch. Sie drehte sich um, bereit zu kämpfen, innerlich gewappnet, eine Waffe auf sich gerichtet zu sehen. Das Feuer in ihrem Inneren schwoll an.

Es war Tristan. Einen Moment lang trafen sich ihre Blicke, dann drehte er sich um und richtete das Wort an die Menge. »Der König hat euch belogen«, rief er. »*Das* hier ist Prinzessin Aurora. Und jeder, der sie auch nur eine Sekunde länger ansieht, weiß das. Und wenn der König in diesem Punkt gelogen hat, was verheimlicht er wohl noch alles? Wenn er sogar bereit ist, seinen eigenen Sohn und ein unschuldiges Mädchen zu töten, was würde er da erst uns antun?«

Die Leute hörten nicht zu. Sie versuchten immer noch verzweifelt, Abstand zwischen sich und den Drachen zu legen, drängten weiter gegen die Wachleute an. Eine Armbrust wurde abgefeuert. Der Bolzen schlug mitten in der Menge ein, und die Schreie wurden zornig, klangen wie nicht von dieser Welt, während der Pulk über den verantwortlichen Wachmann herfiel. Der Mann riss sein Schwert hoch, bereit, sich den Weg freizuhauen.

Tristan sprang vom Dach herunter und verschwand in der Menge. Doch inzwischen war der Wachmann von jemandem erstochen worden. Er glotzte auf den Dolch in seiner Brust, so als wunderte er sich, wie er dahin gekommen war, dann sackte er auf die Knie. Die Soldaten neben ihm zückten ebenfalls die Schwerter, ein paar hieben auf die Leute ein, einige forderten einander heraus, und andere zeigten auf den König.

»Halt!«, schrie Aurora. »Wir werden Euch nichts tun. Wir werden keinem von Euch etwas tun, vorausgesetzt der König tritt ab.«

Der Drache ließ die Kiefer schnappen, der Geruch nach Gewalt und Chaos ließ sein Blut pulsieren. Und auch Aurora konnte es fühlen, ein Brennen.

Sie musste der Sache ein Ende bereiten.

Sie sprang ebenfalls vom Dach hinunter, landete unsanft auf den Knien, rappelte sich hoch und rannte los. Die Menge teilte sich und bildete eine Gasse für sie, ob nun aus Angst oder aus dem Wunsch heraus zu helfen oder wegen ihrer Magie – Aurora wusste es nicht. Aber sie rannte quer über den Platz, und ihre Füße bewegten sich so schnell, dass sie das Gefühl hatte zu fliegen, vorbei an den Wachen, die Stufen hinauf bis zum obersten Treppenabsatz, wo einst alles begonnen hatte, wo aus dem Hochzeitsbogen ein Scheiterhaufen geworden war.

»Du kleine Hexe«, rief der König. Er hob sein Schwert und ließ es auf sie niedersausen. Aurora duckte sich weg, die Luft um sie herum knisterte und knackte. Er schwang sein Schwert erneut und rief dabei laut nach seinen Wachen, doch sie steckten in dem brodelnden Menschenkessel fest. Aurora bot all ihren Willen auf und ließ das Schwert des Königs in Flammen aufgehen. Es glühte weiß, und John warf es schreiend von sich. Als sie es auffing, fühlte es sich kühl in ihrer Hand an. Sie richtete es gegen seine Brust.

Er lachte. »Du wirst mich nicht töten«, sagte er. »Dazu fehlt dir der Schneid.«

»Ihr habt keine Ahnung, wozu ich fähig bin.«

Er versuchte, das Schwert zu schnappen. Sie drängte ihn zurück, mit scharfer Klinge, mit brennender Magie. Er stolperte und fiel rücklings auf den Stein, nur etwa einen Meter vom Scheiterhaufen entfernt.

Ihre Schwertspitze drückte sich in sein Kinn. Und wieder spürte Aurora das Flüstern des zweiten Herzschlags in sich, das sie weiter antrieb.

Sie sah auf die rasende Menge hinunter. »Aufhören!«, rief sie wieder, diesmal begleitet vom Schreien des Drachen, der Feuer in den Himmel spie. »Aufhören!« Die Luft vibrierte bei ihrem Befehl, und die Menschen auf dem Platz erstarrten. Aller Augen waren auf Aurora gerichtet.

Das ist wieder Magie, dachte sie. Unvermutete, ungebändigte

Magie. Sie beherrschte nicht nur das Feuer. Sie konnte auch Menschen beeinflussen, genau wie Celestine. Sie konnte sie kontrollieren.

Wie viel Macht besaß sie?

Sie wollte Ruhe, sie wollte Frieden, aber sie wollte nicht, dass sich alle ihrem Willen beugten, so als würde sie einen magischen Käfig über die Menschen herabsenken. »Bitte, hört auf!«, sagte sie. »Ich werde dafür sorgen, dass der König seiner gerechten Strafe zugeführt wird, und es soll wieder Magie geben. Die Dinge werden sich zum Besseren wandeln. Aber das hier muss aufhören.«

»Tötet ihn!« Erst erhob sich nur eine Stimme aus der Menge, dann noch eine und noch eine, bis die geballte Panik und Blutlust im Chor zu ihr heraufscholl. *Tötet den König.*

Von der Spitze des Schwertes bedroht, kam sein Atem stoßweise hervor. Er hatte versucht, sie gefangen zu nehmen, sie zu beherrschen, sie zu ermorden. Er hatte so viele Menschen auf dem Gewissen. Noch eben hatte er Rodric töten wollen, seinen eigenen Sohn. Er verdiente den Tod. Aber ihre Hände zitterten. Das Schwert zitterte. War sie wirklich fähig, einem Menschen das Leben zu nehmen, selbst wenn es so einer war wie er? Wollte sie ihre Hände mit seinem Blut besudeln und damit genauso grausam werden wie der König?

»Tut es nicht!«

Sie blickte hoch. Rodric hatte sich von seinen Wachen losgerissen. Er sah dünn und ausgemergelt aus, aber er eilte mit entschlossener Miene auf Aurora zu.

»Rodric!«

»Tötet ihn nicht, Aurora.«

»Ich muss!«, sagte sie. »Es muss ein Ende haben.«

»Das wird es.« Er sprach jetzt lauter, und seine Stimme hallte über die Menschenmenge hinweg. »Sperrt ihn ein. Macht ihm den Prozess. Er wird für seine Taten büßen. Aber Ihr seid keine Mörderin, Aurora. Ihr seid kein Monster. Tut es nicht.«

Sie war ein Monster. Drachenfeuer, Drachenblut. Das war sie. Und doch zögerte sie, die Schwertspitze am Kinn des Königs zitterte.

»Tut das Richtige, Prinzessin. Seid nicht wie er.«

Keiner von beiden beachtete den König. Er umfasste das Schwert und stieß es nach hinten. Das Heft bohrte sich in Auroras Magen, und sie sackte nach Luft ringend auf die Knie. John zog ein Messer aus seinem Stiefel, und dann packte er Rodric und drückte ihm die Klinge an die Kehle.

»Ich bin der König«, sagte er mit einer Stimme, die kaum lauter als ein Flüstern war. »Ihr könnt mich nicht aufhalten. Ihr könnt mich nicht besiegen. Ich bin …«

Er stieß einen gurgelnden Laut aus. Blut quoll aus seinem Mund. Sein Griff wurde lockerer, und er ließ von Rodric ab. Der König fiel auf die Knie. Blut rann ihm über die Brust. Er kippte nach vorn, und sein Kinn knallte auf den steinernen Boden.

Königin Iris stand hinter ihm. Sie hielt einen kleinen Dolch in der Hand. Ihr Kleid war blutgetränkt.

Sie starrte auf ihren Mann hinunter, wie überrascht von

dem, was sie getan hatte. Dann blickte sie hoch, ihr Gesicht war gerötet. Sie nickte.

Die Menge war still. Sie starrten die Treppe hinauf, reglos vor Schock.

»Rodric!« Aurora legte ihm eine Hand auf den Arm. Sie war überrascht, wie stark er sich anfühlte. Er war am Leben. »Geht es Euch gut?«

Der Prinz schaute wie benommen auf seine Hand. »Ich glaube schon«, sagte er. »Ja. Ich habe nicht damit gerechnet, Euch hier zu sehen.« Er schlang ihr einen Arm um die Schultern und zog sie zu sich heran. Ihre Hand prallte gegen seine Brust und kam dann an seiner Taille zur Ruhe. In Sicherheit. »Geht es Euch gut?«

»Ja«, sagte sie. »Ja.« Sie schob sich von ihm weg. »Wie ich hörte, habt Ihr die Rebellion unterstützt.«

»Rebellion hat mein Vater dazu gesagt«, entgegnete Rodric. Er senkte den Kopf. »Für mich war es eher ein Weg, den Menschen zu helfen. Die Situation wurde immer schlimmer, nachdem ihr fort wart. Die Nahrungsknappheit, die vielen Toten ... Irgendjemand musste etwas tun. Und mein Vater ... tja. Ihr habt meinen Vater gesehen.« Er blickte zum Himmel hinauf. »Möchtet Ihr mir den Drachen erklären?«

»Dafür muss ich ein bisschen weiter ausholen«, sagte sie. »Aber er ist nicht im Namen Vanhelms hier, sondern gehört mir. Er folgt mir.«

»Wie genau ...«

Magie ließ die Luft knistern. Aurora spürte, wie ein Stoß

Hitze durch sie hindurchfuhr, ein Schwall Wut und ein Verlangen, das ihr beinahe den Atem raubte. Und noch bevor sie sich umdrehte, wusste sie, was sie sehen würde. Sie wusste es, bevor das Feuer über den Platz fegte.

Ein Schwarm Drachen, der aus dem Himmel herabstieß.

EINUNDDREISSIG

Die Drachen umkreisten das Schloss, ihre Schreie zerrissen die Luft. Einer spie einen Flammenstrahl aus, und der Westturm fiel durch die gewaltige Hitze in sich zusammen.

»Vanhelm«, sagte Rodric. »Sie greifen an.«

»Nein«, sagte Aurora. »Das sind nicht ihre.«

»Aurora?«

Sie lief an den Rand des Treppenabsatzes, streckte sich nach der Verbindung zu den Drachen aus. Wenn sie sie spüren könnte, wenn sie die Drachen beruhigen und aus dem Himmel locken könnte ... aber die Drachen glühten zu heiß, angetrieben von Rachsucht und Zorn.

Ihr Drache war immer noch da, er schrie, glühte aber nicht, griff nicht an ... noch nicht.

Rodric rannte zu ihr hin. »Wenn nicht Vanhelm dahintersteckt, wer dann?«

»Celestine«, sagte Aurora. Ein weiterer Drache schoss über den Platz hinweg. Feuer prasselte auf das Pflaster nieder. »Das ist meine Schuld.«

»Celestine?« Eine neue Salve Drachenfeuer ließ Rodric zusammenzucken. »Die Hexe? Sie ist tot.«

»Nein«, erwiderte Aurora. »Ist sie nicht.«

Sie hastete die Stufen hinunter, konnte aber nichts sehen außer Feuer. Sie hatte keine Ahnung, wo Celestine sich verstecken würde. Wo sollte sie nach ihr suchen? Das Brüllen der Drachen schrillte laut in ihrem Kopf.

Wenn sie Celestine wäre, wenn sie von Aurora gefunden werden wollte, um ein Exempel zu statuieren … Wo würde sie warten?

Und dann wusste Aurora es.

Sie sah zum Schloss hoch und suchte nach ihrem Turm. Ein grünes Licht tanzte vor dem kleinen Fenster. Die Schreie der Drachen verzerrten sich und vermischten sich mit fernem Gelächter und einem Singsang, der Aurora eine Gänsehaut über den Rücken jagte.

Sie stürmte los. Das Licht schwebte jetzt direkt vor ihr, berührte ihr Haar, lockte sie weiter. Mit eingezogenem Kopf lief sie am Scheiterhaufen vorbei, um die restlichen Wachposten herum und durch das Schlossportal.

»Aurora!«

Rodrics Schritte donnerten hinter ihr her. »Bleibt da!«, rief sie. »Bringt die Leute zum Fluss. Ich werde diesem Spuk ein Ende bereiten.«

»Wie?«, fragte er. »Was werdet Ihr tun?«

Sie ignorierte ihn. Sie rannte schneller, als sie es je für möglich gehalten hätte, preschte durch die langen Korridore, riss im Vorbeilaufen Tische und Blumenvasen um, bis sie die Tür zum Turm erreichte. Sie war noch immer unverschlossen. Sie stürmte die Stufen hinauf, Windung um Windung, durch dicken Staub, vorbei an den Wandteppichen, bis sie in ihr Schlafzimmer kam. Der Raum war leer, aber der Kamin stand offen. Grünes Licht glomm über der Asche.

Celestine wartete in der Kammer darüber. Sie saß auf einem Schemel und drehte mit flinken Fingern am Spinnrad. Die Luft flirrte.

»Es ist ein Jammer«, sagte Celestine, »dass so ein bildhübsches Ding wie du sein Leben eingesperrt zwischen diesen Turmmauern verbracht hat. Diese Spindel hat dir am Ende die Freiheit geschenkt. Meinst du nicht auch?« Sie drehte den Kopf und sah Aurora an. Ihr Lächeln war breit und hungrig und ließ sie selbst wie einen Drachen aussehen.

»Stopp sie«, sagte Aurora. Ihre Stimme klang heiser. »Halte die Drachen auf.«

»Sie aufhalten?« Celestine legte den Kopf schief. »Aber du warst doch diejenige, die sie hergeholt hat.«

»Ich habe nicht ...«

»Du hast was nicht? Du hast kein Drachenherz gestohlen?«

»Ich habe sie nicht gerufen.«

Celestine lachte, und das Spinnrad schnurrte. »Bist du wirklich so schwer von Begriff, Aurora? *Du* hast sie hergeholt.

Du. Ich habe dir ja gesagt, dass es dir noch leidtun wird, von dem Drachenherz gegessen zu haben. Die Biester werden von dir angezogen. Sie wurden in Vanhelm von dir angezogen, und sie werden jetzt von dir angezogen. Sie folgen *dir*.«

Aurora trat einen Schritt auf sie zu. »Nein«, sagte sie. »Ich habe dich in Vanhelm gesehen, als die Drachen angriffen …«

»Ich habe dir in Vanhelm *geholfen*«, entgegnete Celestine. »Du hast so verzweifelt versucht, die Drachen wegzuschicken, aber sie haben nicht auf dich gehört, richtig? Du armes Ding, ringst mit deiner Magie und der Verbindung zu den Drachen, und weißt dabei so gut wie nichts. Du bist zu schwach, um mit all dem zurechtzukommen, deshalb wollte ich dir helfen. Dank dir verfügen wir jetzt beide über eine Verbindung, und da ich im Gegensatz zu dir damit umzugehen weiß, dachte ich mir, ich könnte helfen.«

»Und ist es das, was du gerade tust – *helfen*?«

»Ich beobachte«, sagte Celestine, »um zu sehen, was du tun wirst. Um zu sehen, ob du doch noch akzeptierst, wer du bist.«

Aurora war sich sicher, dass Celestine log. Es ergab keinen Sinn. »Aber du hast die Drachen aufgeweckt«, sagte Aurora. »Du hast mein Blut benutzt, du wolltest meine Magie …«

Celestines Lachen war jetzt spöttisch. »Du bist so wild entschlossen, alles Übel der Welt mir zuzuschreiben. Vermutlich sollte ich mich geehrt fühlen. Hat es dir eigentlich geschmeichelt, dass dein Blut die Drachen erweckt hat, der Gedanke, dass du ein Teil von ihnen bist? *Ich* habe sie nicht aufgeweckt.

Wie hätte ich das anstellen sollen? Ich habe in Vanhelm keine Magie besessen, und die Drachen sind sehr eigensinnig. Sie sind aufgewacht, weil sie aufgewacht sind, Aurora. Weil es an der Zeit war. Ich habe nur die Umstände ausgenutzt.«

»Aber ... was ist mit den Dingen, die du an die Wände in Alysses Haus geschrieben hast ...«

»Ich war schwach. Es war nur noch so wenig Magie übrig, und in Vanhelm gab es gar keine, zu der ich Zugang hatte. Ich erkannte das Potential der Drachen, erinnerte mich an die Legenden, aber ohne Magie konnte ich das Herz nicht selbst holen. Dafür brauchte ich dich. Seit dem Moment, als du erwachtest, *wollte* ich, dass du es tust. Ich wollte dir zeigen, wie grausam du in Wahrheit bist. Denk darüber nach, Aurora, bevor du mich verurteilst.«

»Aber meine Verbindung zu den Drachen. Meine Feuermagie ...«

»Du besitzt keine *Feuermagie*. Du besitzt Magie. Doch du warst zu verbohrt, um irgendetwas anderes als Feuer damit zu zaubern. Die Drachen fühlten sich zu dir hingezogen, weil du ein Geschöpf der Magie bist. Und du hast dir selbst vorgegaukelt, du würdest sie beherrschen. Du hast gedacht, du könntest sie benutzen wie Werkzeuge. Weil es das war, was du insgeheim wolltest.«

Celestine stand auf und schwebte auf sie zu. »Du hättest deinen Prinzen ganz allein heilen können, weißt du. Ich habe dir keine Macht verliehen. Ich habe dir einfach nur gesagt, was zu tun ist. Wenn du doch nur auf mich gehört hättest, meine Teure. Hättest du dich mir doch nur angeschlossen, als ich dich darum bat. Überleg mal, wie anders jetzt alles wäre.«

Auroras Herz hämmerte gegen ihren Brustkorb. Die Luft stank nach Blut und verbranntem Fleisch, und das Drachenfeuer pulsierte wütend durch ihre Adern, mit einem schier unstillbaren Verlangen nach Zerstörung. »Was willst du?«, sagte sie. »Ich kann einen neuen Handel mit dir abschließen …«

Celestine lachte. »Oh, du süßes Ding. Erst vor ein paar Wochen hast du deine Mutter noch so gehasst, weil sie sich auf mich eingelassen hat. Und jetzt will du einen neuen Handel mit mir?«

»Wenn du weißt, wie man die Drachen aufhalten kann, dann halte sie auf.«

»Das werde ich nicht tun«, sagte Celestine. »Noch nicht. Diese Menschen wollten doch Magie haben, oder? Und sie verdienen eine Strafe dafür, wie sie dich behandelt haben. Sie sollen sich ruhig daran erinnern, wie furchterregend Magie sein kann.«

Aurora machte einen Schritt rückwärts und suchte wieder die Verbindung zu den Drachen. Wenn sie doch nur diesen Zorn dämpfen und die Drachen beruhigen könnte. Wenn sie sie weglocken könnte …

Celestines Fingernägel gruben sich in ihren Arm. »Verstehst du mich nicht, Aurora? Du bist nicht diejenige, die es aufhalten kann. Du solltest es nicht aufhalten wollen. Denn das ist es, wozu du bestimmt bist. Du hast dich so bemüht, gut zu sein und die Heldin zu spielen, und sieh nur, wohin dich das geführt hat. Sieh, was du getan hast. Du bist nicht die gütige, liebenswerte Heldin in dieser Geschichte. Es gibt hier keine gütige, liebenswerte Heldenfigur. Du bist verdorben, meine Teure. Genau wie ich.«

»Du kennst mich nicht«, sagte Aurora. »Ich bin kein bisschen wie du.« Aber sie musste an die Worte denken, die sie vor knapp zwei Wochen zu Finnegan gesagt hatte. *Wenn ich all meinen Gefühlen freien Lauf ließe, dann würde ich die ganze Stadt zu Asche verbrennen.*

»Das bist du eben doch!« Celestine nahm Auroras Gesicht zwischen ihre Hände und drückte dabei eine Spur zu fest zu. Ihre Stimme war plötzlich ganz sanft. »Glaubst du, dass ich früher nicht auch gut sein wollte? Dass ich nicht auch geliebt werden wollte? Aber genau wie du habe auch ich einst lernen müssen, dass das nun einmal nicht möglich ist. Sie werden dich hassen, weil du so mächtig bist, und gleichzeitig immer mehr von dir wollen. Du hast gern die Böse gemimt, nicht wahr? Die Hexe, vor der sich alle fürchten – solange es nützlich war. Du warst aber zu naiv, um zu verstehen, dass die Dinge nicht schwarz und weiß sind, gut und böse. Du warst zu engstirnig, um auf den Gedanken zu kommen, dass es mir einst genauso ergangen ist wie dir.« Sie strich Auroras Haar glatt. »Genau wie du wollte auch ich, dass sie mich lieben. Und sie haben mich verraten, so wie sie dich verraten haben. Sie wiesen mich zurück, fürchteten mich, hassten mich, obwohl ich doch alles, was ich tat, allein für sie getan habe.«

Ihre Nägel bohrten sich in Auroras Kopfhaut. »Der Thron hat mir gehört«, sagte sie. »Und ich habe auf meine Art geherrscht. Ich war die Einzige, die ihnen ihre Wünsche erfüllen konnte, sosehr sie mich auch fürchteten.«

»Wovon sprichst du?«, sagte Aurora. »Was …«

»Das weißt du genau«, entgegnete Celestine. »Du musst es wissen. Ich bin Alysse, Aurora.«

Nein! Alysse war gestorben, vor vielen hundert Jahren. Das wusste jeder. Alysse war nicht Celestine. Alysse war nicht böse.

Celestine strich Aurora eine Strähne aus der Stirn. »Du willst es nicht glauben«, sagte sie. »Ich weiß, ich weiß. Aber es ist wahr. Ich habe sie alle gerettet. Sie haben allerlei Legenden um mich herum gesponnen, aber mich selbst haben sie abgelehnt. Sie lehnten meine Macht ab.« Ihre Stimme überschlug sich und wurde schrill, und das wahnsinnige Grinsen breitete sich wieder auf ihrem Gesicht aus. »Sie machten mich zu einer Ausgestoßenen. Doch wenn es ihnen nützte, war ich ihre Königin. Sie kamen zu mir gelaufen und bettelten mich um Magie an. Flehten mich an, damit ich ihnen half. Sie liebten mich auf ihre Weise oder fürchteten mich. Oh, ich war die Königin. Und jetzt werde ich es wieder sein. Jetzt habe ich dich. Wir teilen dieselbe Geschichte, siehst du? Wir gehören zusammen. Wir können Alyssinia die Magie geben, nach der sich die Menschen so verzehren. Wir geben ihnen, was sie brauchen. Und sie werden sich vor uns verneigen. Auch wenn sie uns dafür hassen.«

»Das will ich nicht!«, flüsterte Aurora.

»Obwohl sie dich verstoßen haben? Obwohl sie dich töten wollten, dich Hexe und Hure geschimpft haben? Sie haben versucht, dich umzubringen, und mit dir jene, die du liebst. Sie haben dich um Magie angefleht und dich gleichzeitig gefürchtet, weil du welche hattest. Und verdiene ich nicht dein Mitleid, Aurora? Für all das, was ich erlitten habe? Für das, was sie mir angetan haben?«

»Du hast mich verflucht«, sagte Aurora. »Du hast mir mein Leben genommen.«

»Ich habe dir dein Leben *gegeben*. Ein Piks in deinen Finger, und du warst frei. Um Drachen zu sehen und Prinzen zu küssen und zu erfahren, wie sich echte Macht anfühlt. Ist das etwa kein großartiges Geschenk, Aurora? War ich nicht gut zu dir?« Ihre Stimme klang wieder sanft. »Das ist es, was deine Mutter sich wünschte. Das beinhaltete unser Handel. Und sicher erkennst du jetzt, wie heikel Magie sein kann. Wieso eine Hexe nicht zwangsläufig böse ist, wenn ihr Zauber schlimme Folgen hat. Wir geben den Leuten, was sie sich wünschen, und dann nehmen die Dinge ihren Lauf.« Sie legte eine Hand auf Auroras Wange, ihre langen Fingernägel kratzten an ihrer Haut. »Vertrau mir, Aurora. Du liegst mir am Herzen. Ich kann dir so vieles beibringen. Wir werden das Königreich gemeinsam von diesen Drachen befreien. Ich habe es ernst gemeint. Ich will wieder meinen rechtmäßigen Platz einnehmen. Den Menschen kann man nicht trauen, Aurora. Sie *brauchen* uns. Und du wärst eine glorreiche Königin.«

Die Worte wanden sich durch Auroras Gedanken. So simpel. So verlockend.

»Ich werde der Sache ein Ende machen, sobald du einwilligst. Ich werde dich lehren, wie *du* das alles beenden kannst. Weise mich nicht wegen eines uralten Grolls zurück, Aurora. Sind die Menschen nicht immer genauso mit dir umgegangen?«

Celestine würde Aurora mächtig machen, so wie versprochen. Celestine hatte es selbst gesagt: Sie konnte Magie benutzen, aber Aurora *war* Magie. Mit ein bisschen Übung könnte sie mächtiger sein, als Celestine es sich je erträumen konnte.

Und falls Celestine Alysse war ... Aurora wusste, wie es sich anfühlte, wenn Lügen über einen verbreitet wurden, wenn die Fakten so verdreht wurden, dass am Ende etwas völlig Neues und Falsches entstand.

Sie spürte Celestines Herzschlag an ihrem Arm. Nicht Alysses. *Celestines.*

»Nein!« Sie schubste Celestine von sich, so dass die Hexe gegen die steinerne Wand prallte. Feuer loderte um die Hexe herum auf, und sie lachte. Sie beobachtete Aurora durch die Flammen hindurch, mit klaffendem Mund, sich ausschüttend vor Lachen, bis der Zauber verebbte und Aurora einen Schritt zurücktrat, erschöpft und verunsichert. Celestine lachte weiter, vollkommen unversehrt.

»Wolltest du mich so Lügen strafen? Ich drohe dir nicht. Ich tue dir nichts. Und doch willst du mich verbrennen, weil du felsenfest davon überzeugt bist, dass du gut bist. Akzeptiere es endlich, Aurora. Du weißt, dass du dazu bestimmt bist, mit mir zusammen zu sein.«

Sie würde es nie akzeptieren. Celestine log. Es musste eine Lüge sein! Die Hexe hatte die Drachen hergebracht, sie versuchte, Aurora zu manipulieren, so wie sie einst ihre Mutter manipuliert hatte, so wie sie jeden manipulierte. Aurora musste sie aufhalten.

Celestines Macht stammte aus dem Drachenherz. Sie hatte das Herz verschlungen, und seitdem besaß sie wieder Magie. Wenn Celestine nun ihr eigenes Herz verlöre, würde sie mit ihm dann auch ihre Magie verlieren?

Aurora warf sich nach vorn. Ihre Finger kratzten über Celestines Brust, aber die Hexe packte ihre Handgelenke und drehte Aurora den Arm auf den Rücken. Celestines Nägel gruben sich in Auroras Fleisch. Sie griff mit einer Hand in Auroras Haar und riss mit einem Ruck ihren Kopf nach hinten.

»Du glaubst also, du könntest es mit mir aufnehmen?«, zischte Celestine in ihr Ohr. »Meinst du etwa, du könntest diese Sache hier ohne mich beenden?« Sie zerrte den Kopf des Mädchens tief in den Nacken, während Aurora krampfhaft einen Schmerzensschrei unterdrückte. »Soll ich es dir zeigen?«, sagte sie. »Die letzte Lektion? Möchtest du sehen, was du mit deinem Trotz angerichtet hast? Ja«, sagte sie. »Komm, wir wollen es uns ansehen.«

Celestine schleifte Aurora die Wendeltreppe hinunter, durch die Turmtür hindurch, bis auf den Absatz der Haupttreppe. Flammen tanzten um sie herum, die Hitze war so intensiv, dass Aurora zurückzuckte. Der Schlossplatz unter ihnen war mit schwarz verkohlten Leibern übersät, dazwischen gab es noch ein paar Überlebende, die schwer verletzt und vor Angst erstarrt am Fuß des Schlosses kauerten, so als hofften sie, dort Schutz zu finden. Der Scheiterhaufen brannte, und das Feuer sprang von Dach zu Dach, breitete sich rasend schnell bis zur Stadtmauer aus.

»Sieh hin«, sagte Celestine. »Sieh, was du getan hast. Du brauchst mich, Aurora. Du musst dich mit mir zusammentun.«

»Niemals«, sagte Aurora. Sie wand sich unter Celestines brutalem Griff, konnte sich aber nicht losreißen. »Ich werde mich niemals mit dir zusammentun. Nicht mal, wenn du die ganze Welt niederbrennst.«

Aus dem Augenwinkel sah sie Iris, die verzweifelt versuchte, Rodric davon abzuhalten, ihr mit gezücktem Schwert zu Hilfe zu eilen.

»Du hörst noch immer nicht richtig zu«, sagte Celestine. »Du bist diejenige, die die Stadt niederbrennt.«

Finnegan und Distel tauchten auf dem Platz auf, ein Trupp Soldaten humpelte hinterdrein. Sie waren von grauer Asche bedeckt und voller Schrammen, schienen aber nicht ernsthaft verletzt. Finnegans Mund formte Auroras Namen, aber sie konnte ihn nicht hören. Sie konnte nichts hören außer das Rauschen ihres eigenen Blutes und das Zischeln von Celestines Stimme. Aber sie sah seine Augen, die sich auf etwas richteten, das sich hinter Celestine befand. Dann spürte sie Hitze in der Luft, das sehnsuchtsvolle Ziehen in ihrer Brust. »Ohne mich bist du ein Nichts. Also schau auf die Welt. Schau auf die Welt, die du erschaffen hast, und sag mir, dass du besser bist als ich.«

Aurora schlug mit der freien Hand zu. Ihre Nägel kratzten über Celestines Gesicht, schürften über ihre Augenlider und ritzten ihre Wangen auf. Celestine kreischte, und Aurora stieß mit dem Ellbogen nach hinten, traf die Hexe in den Magen und entwand sich ihrem Griff.

Begleitet vom Schreien ihres Drachen beschwor Aurora Flammen herauf und hüllte Celestine in einen Umhang aus Feuer. Die Hexe lachte und kreischte, die Laute vermengten sich, während ihr Haar knisterte und Strähne um Strähne wegschmolz.

Der Drache landete hinter Aurora, und die Hitze seiner schuppigen Haut erfüllte die Luft. Celestine grinste sie an, mit vom Feuer geschwärzter Haut und blutigem Gesicht. »Ich kann Drachenverbrennungen heilen«, rief sie. Ihre Stimme drang kratzig aus ihrer Kehle, so als würde auch sie zu Asche verfallen. »Du auch?«

»Das werden wir sehen.«

Rodric trat hinter Aurora, hielt sein Schwert kampfbereit. Finnegan erschien ebenfalls und stellte sich neben sie, unbewaffnet, aber zum Äußersten entschlossen. Der Drache bleckte die Zähne.

Celestine warf die kümmerlichen Reste ihrer Haare über

die Schulter zurück, während ihre Haut wegblätterte. Sie verzog die zusammengeschrumpften Lippen zu einem breiten Grinsen. »Ich wollte dir helfen, Aurora«, sagte sie. »Es sollte wieder gelten, was von alters her recht ist. Aber wie ich sehe, bist du noch nicht so weit. Du hast noch nicht akzeptiert, wer du bist.« Ihr Blick wanderte von einem Prinzen zum nächsten, sie erfasste den Drachen, das halbzerstörte Schloss, die Flammen. »Du wirst dich selbst zerstören. Oder sie werden es tun. Du wirst schon sehen. Du wirst sehen, dass ich recht hatte.« Sie drehte sich weg und ließ den Blick über den zerstörten Platz schweifen. »Ihr wollt Magie?«, schrie sie. »Ihr wollt Gerechtigkeit? Ihr wollt, was ihr *verdient* habt? Dann kommt zu mir. Eure neue Königin lehnt die Macht ab, die ich ihr zu bieten habe, aber sie ist eine Närrin. Wenn ihr Magie wollt, kommt zu mir.« Sie fuhr wieder zu Aurora herum. »Ich bin nicht deine Feindin«, sagte sie. »Ich will dir nicht schaden. Das wirst du noch verstehen.« Sie machte einen schwungvollen Knicks. »Genießt Euer neues Königreich, Eure Majestät. Ich werde dich wiedersehen.«

Und dann war sie verschwunden, und zurück blieb nichts außer dem Geruch von verbranntem Fleisch und einer Horde kreischender Drachen.

ZWEIUNDDREISSIG

Einer der Drachen saß auf dem Ostturm des Schlosses, seine Klauen zermalmten den Stein unter sich. Ein anderer krallte sich an der Stadtmauer fest, und etliche mehr segelten über den Himmel, verdeckten mit ihren Flügeln die Sterne.

»Aurora«, sagte Rodric. »Was sollen wir tun?«

Sie wusste es nicht. Sie starrte in die Dunkelheit, während ein weiterer Drache über die Stadt hinwegfegte und mit einem einzigen Atemstoß gleich mehrere Dächer in Brand setzte.

Sie hatte sich geirrt. Sie hatte sich in allem geirrt.

Sie hatte Celestines Warnungen in den Wind geschlagen, und jetzt brannte eine Horde Drachen die Stadt nieder, und die Menschen wollten von ihr wissen, wie ihr Plan aussah. Sie alle vertrauten darauf, dass Aurora sie retten würde.

Sie hatte jetzt keine Zeit für Selbstzweifel.

»Bringt so viele Menschen wie möglich zum Fluss«, sagte sie. »Das Wasser wird sie schützen, wenigstens fürs Erste.«

»Der Fluss liegt auf der anderen Seite der Stadt«, wandte Rodric ein. »So weit werden es die Leute nicht schaffen.«

»Dann bringt sie ins Schloss«, sagte sie. »Nach unten, ins Verlies.« Der Kellerraum in Alysses Haus war vom Drachenfeuer weitgehend unberührt gewesen. Vielleicht wären die Leute auch hier unter der Erde einigermaßen geschützt. Sie wandte sich an die wenigen Wachen, die noch übrig waren. »Worauf wartet ihr? Holt die Leute her. Rodric, sorgt dafür, dass sie in Sicherheit gebracht werden. Bringt sie ins Schloss, beruhigt sie ... Ihr werdet wissen, was zu tun ist.«

Ein König für ein anderes Zeitalter, hatte sie einst von ihm gedacht. Doch er war genau der richtige König für das Hier und Jetzt. Rodric ergriff ihre Hand und drückte sie. Sein Gesicht war aschfahl vor Angst, aber seine Augen blickten entschlossen. »Ich tue, was ich kann«, sagte er.

»Ich weiß.«

Er eilte davon und lief zu einer Gruppe Menschen hinüber, die mit eingezogenen Köpfen dicht zusammenstanden. Er legte einem Mädchen die Hand auf den Rücken und zeigte mit der anderen Richtung Schloss. Das Mädchen nickte und rannte los.

»Finnegan, du solltest dich besser verstecken. Wenn sie dich erkennen, werden sie dir die Schuld an allem geben. Ich will nicht, dass sie dir etwas antun.«

»Und du?«, fragte Finnegan. »Was wirst du machen?«

»Ich werde die Drachen aufhalten.«

Er packte sie am Arm. »Dann komme ich mit dir.«

»Das kannst du nicht. Celestine sagte, dass die Drachen von mir angezogen werden. Wenn das stimmt, ist jeder, der sich in meiner Nähe aufhält, in Gefahr.«

»Dann bin ich eben in Gefahr«, sagte er. »Ich werde dich jetzt nicht verlassen.«

»Nein.« Sie stieß seine Hand weg. »Ich muss das allein tun.«

Das letzte Mal, als Finnegan ihr beigestanden hatte, war er von einem Drachen verbrannt worden; er wäre fast gestorben. Sie konnte nicht riskieren, dass so etwas noch einmal passierte. »Du weißt mehr über die Drachen als jeder andere hier. Wenn du dich nicht verstecken willst, dann hilf den Leuten. Sag ihnen, was sie tun sollen. Und pass auf, dass niemand versucht, gegen die Drachen zu kämpfen. Und komm lebend zurück.«

Er zog sie hoch auf die Zehenspitzen und presste ihr einen Kuss auf die Lippen. »Du auch, Drachenmädchen«, sagte er. Dann drehte er sich um und rannte los.

Die Luft war mittlerweile schwer von Rauch, gesättigt von Brandgeruch. Die Drachen brüllten, und die Menschen schrien, die Menge drängte Richtung Schloss, und Aurora konnte alles spüren – die Panik, die Wut, die Verzweiflung.

Ihr musste schnell etwas einfallen. Sie könnte aus der Stadt hinauslaufen und die Drachen weglocken. Aber Petrichor wäre restlos zerstört, noch bevor sie die Tore erreicht hätte. Sie musste die Drachen kontrollieren und sie zwingen, den

Angriff zu stoppen. Sie in einen Schlaf versetzen, so wie es schon einmal ihre Absicht gewesen war.

Der damalige Plan hatte auf Hirngespinsten basiert. Es hatte nie irgendeine Verbindung zwischen ihr und den Drachen gegeben, außer, dass sie beide Magie besaßen. Aurora hatte sich so verzweifelt Antworten ersehnt, dass sie ihre eigenen fabriziert hatte, und ihre Blindheit hatte zur Folge gehabt, dass Finnegan verletzt wurde, Celestine an Macht gewann und die Drachen die Stadt Vanhelm und jetzt Petrichor niederbrannten.

Sie hatte alles erreicht, was sie sich gewünscht hatte. Sie hatte Finnegan gerettet, mehr über ihre Magie erfahren und war König John losgeworden. Sie war von ihrer besonderen Verbindung zu den Drachen so überzeugt gewesen, dass sie sie selbst erschaffen hatte. Aber so hatten die Dinge nicht enden sollen.

Und die Drachen hatten Aurora auch nicht in ihren Bann geschlagen, jedenfalls nicht so, wie sie es vermutet hatte. Sie war weder von der Verbindung zu ihnen noch von ihrer Magie überwältigt worden, hatte sich nicht in jemand anderen verwandelt, sobald sie den Kreaturen nah war oder Magie benutzt hatte. Ihr Taumel, ihre Verzückung, ihr Leichtsinn … das alles war sie selbst gewesen. Sie war nicht Gefahr gelaufen, verdorben zu werden. Sie war es bereits gewesen.

Doch nun gab es die Verbindung, die Aurora gewollt hatte. Jetzt musste sie sich ihrer bedienen, um zu helfen. Sie suchte den brennenden Platz nach einer geeigneten Stelle ab. König

Johns Scheiterhaufen stand bereits in Flammen, genau wie die Häuser am Rand des Platzes. Das Schloss schien ideal, aber wegen der Leute, die sich darin versteckt hielten, konnte sie nicht dorthin. Aber ein Überrest des Brunnens, den sie bei ihrer Hochzeit gesprengt hatte, stand noch da, ein Mahnmal zur Erinnerung an die Niedertracht der Prinzessin. Sie kletterte auf die Trümmerreste und schloss die Augen, fühlte nach dem Drachenherz in ihrem Inneren, streckte sich nach der Magie aus, die spürbar den Himmel erfüllte.

Da. Herzschläge, die neben ihrem eigenen zu hören waren. Sie zog sie näher an sich heran, und eine heiße Wut brodelte in ihr hoch, die ihr fast den Atem raubte. Sie spürte das Feuer, und sie wollte mit ihm zusammen brennen.

Hört auf, dachte sie. *Ihr müsst aufhören.* Aber ihre Verzweiflung schien die Drachen nur weiter anzutreiben, die Wut zu befeuern, Auroras eigenen Zorn anzustacheln. Die Stadt hatte es verdient zu brennen, oder nicht? Weshalb sollte sie sich um die Menschen hier scheren?

Sie schob den Gedanken beiseite und holte tief Luft, versuchte, ihr wild hämmerndes Herz zu beruhigen. Was hatte Finnegan zu ihr im Übungsraum gesagt? Man konnte nicht durch bloßes Denken zaubern. Genauso wenig konnte man die Füße bewegen, indem man nur ans Gehen dachte. Zu ihrem eigenen Drachen hatte sie sofort eine Verbindung hergestellt, instinktiv, wie von selbst. Sie konnte die Drachen nicht mittels Gedanken lenken. Sie musste es fühlen. *Ruhig.*

Sie dachte an den Moment im Park, als ihre Magie sich

so leicht angefühlt hatte, so befreiend, und an die Liebe und Hoffnung, die sie in den heilenden Kuss gelegt hatte. Ein weiterer Drache schrie, und sie kniff die Augen fest zusammen, um das Geräusch auszublenden. Wenn sie die Drachen beruhigen wollte, musste sie selbst ausgeglichen sein.

Sie atmete tief ein und aus. Ihr Herzschlag verlangsamte sich. Und als sie zur Ruhe gekommen war, spürte sie in sich wieder die Drachen auf. Der Zorn der Geschöpfe brannte noch immer, aber sie hielt ihn zurück, so dass er sie nicht überwältigen konnte. Sie befanden sich für einen Moment im Gleichgewicht, spürten die Gegenwart des jeweils anderen, die Kraft. Dann nahm sie die friedliche Ruhe und sandte sie Richtung Drachen.

Das Feuer wurde sanfter. Das wilde Rasen ihrer Herzen verlangsamte sich zu einem gleichmäßigen Rhythmus.

Sie öffnete die Augen. Die Drachen hatten eine Pause eingelegt. Die Leute um sie herum schrien noch immer, aber die Geräusche klangen verzerrt, wie weit weg. Das Einzige, was zählte, waren die Drachen, die Verbindung zu ihnen, diese Welt des Friedens und Feuers.

Aber sie konnten nicht hierbleiben, das wusste Aurora. Nicht, wenn sie so mächtig waren, nicht, wenn allein der Gedanke an die Drachen sie schon einmal verführt hatte. Nicht wenn Celestine ebenfalls Einfluss auf sie hatte. Sie musste sie dazu bringen, sich wieder schlafen zu legen, wenigstens vorübergehend.

Aurora atmete langsamer und tiefer ein und aus, vertrieb

so die Anspannung. Schlaf, dachte sie und spürte am eigenen Leib, wie eine bleierne Schwere sie überkam, die Müdigkeit einer jahrhundertealten Bestie.

Aber wenn sie die Verbindung aufrechterhalten musste, wie könnte sie sie in den Schlaf lullen, ohne selbst einzuschlafen?

Panik wogte in ihr auf, und die Drachen kreischten. Sie wollten nicht wieder schlafen. Sie wollte nicht wieder in dieses Vergessen eintauchen, wollte nicht die Augen öffnen und sich abermals in einer neuen Welt wiederfinden, wollte nicht alles verlieren, das sie gewonnen hatte, um wieder von vorn zu beginnen. Sie würde sich nicht selbst opfern. Um keinen Preis würde sie das tun.

Aber es gibt noch einen anderen Weg, dachte sie. Sie holte tief Luft und konzentrierte sich wieder darauf, zur Ruhe zu kommen. Drachen konnten ohne Magie nicht existieren. Sie brauchten die Kraft in ihren Herzen, eine Kraft, die sie nunmehr zu teilen schien.

Aber wäre sie dazu fähig? Könnte sie ihre Magie benutzen, um so viel Schönheit, so viel Leben zu zerstören, egal, wie viel Leid und Tod die Drachen auch gebracht hatten. Sie würde genauso werden, wie Celestine es ihr prophezeit hatte. Mächtig. Grausam. Hochmütig genug, um zu glauben, sie könnte die Welt nach ihrem Willen formen.

Die Drachen gerieten in Bewegung, nervös geworden durch Auroras Zweifel. Noch einmal atmete sie tief durch und ließ die Gedanken in ihrem Kopf schweben, unaufgeregt, distanziert. Als sie Orla gesagt hatte, sie wäre dazu niemals fähig, hatte sie sich geirrt. Sie war bereits zu der Person geworden, in die Celestine sie verwandeln wollte. Sie hatte die Drachen hierhergeholt. Sie musste dafür sorgen, dass es aufhörte. Und sie hatte bereits bewiesen, dass sie nicht halb so *gut* war, wie sie selbst glaubte.

Und so streckte sie sich aus und berührte jede einzelne Feuersäule, liebkoste sie mit ihrer Magie.

Ruhig, dachte sie. *Ruhig.*

Und sobald Aurora es spüren konnte, sobald sie sich sicher war, ergriff sie die mächtigen Flammen, eine nach der anderen, und riss sie mit einem Ruck fort. Nur die ihres Drachen und ihre eigene ließ sie brennen.

Die Drachen kreischten auf, aber nicht aus Wut und Hass. Es war ein markerschütternder Schrei, so wie der, den Aurora damals in der Höhle vernommen hatte, und es klang so, als würde man ihnen das Liebste auf Erden entreißen. Sie knisterten und brannten, laut brüllend, während Feuer um Aurora herum explodierte, umherwirbelte und über ihre Haut tanzte. Sie sackte auf die Knie, das Feuer versengte ihre Kehle. Sie Welt brannte und war glühend rot.

Dann waren die Flammen verschwunden und mit ihnen die Drachen, außer dem einen, den Aurora gerettet hatte. Der Wind trieb Asche über den menschenleeren Platz.

Es herrschte absolute Stille.

DREIUNDDREISSIG

Die verbliebenen Wachen legten König Johns Leichnam im Thronsaal auf den Boden. Iris stand über ihn gebeugt und betrachtete das Gesicht ihres Ehemanns. Sie sah bestenfalls halbzufrieden aus, so als hätte sie in einer eher unbedeutenden Angelegenheit recht behalten.

Rodric schritt im Raum auf und ab, rastlos und aufgewühlt.

Aurora konnte noch immer ihren Drachen spüren, der über dem Schloss kreiste. Den letzten Rest dieser Macht, vorausgesetzt, es gab jenseits des Meeres nicht noch weitere Drachen. Eine Legende, die Aurora ihrem Willen unterworfen und dann in Stücke gerissen hatte.

Aber darüber konnte sie jetzt nicht nachdenken. Nicht, solange das Königreich in Trümmern lag.

»Rodric«, sagte sie. »Geht es Euch gut?«

»Ob es mir gutgeht?« Er schüttelte erstaunt den Kopf. »Mein Vater hat heute versucht, mich zu töten. Zweimal. Meine Mutter hat wiederum ihn getötet. Meine Heimat ist von Drachen angegriffen worden. Und dann taucht Ihr aus dem Nichts auf und bekämpft diese Ungeheuer mit Magie. Ob es mir gutgeht?«

»Tut mir leid«, sagte Aurora. »Ich hätte Euch nicht im Stich lassen dürfen.«

»Im Stich?« Rodric blieb nur wenige Schritte von ihr entfernt stehen. »Ihr habt mich nicht im Stich gelassen. Ihr habt getan, was Ihr tun musstet. Und der Plan ist aufgegangen, oder?«

»Die Stadt steht in Flammen«, sagte sie. »Menschen sind gestorben, die Drachen haben angegriffen …«

»Aber es ist ein Anfang«, wandte Rodric ein. »Der Anfang einer neuen Welt. Genauso, wie wir es uns gewünscht hatten.«

Aurora verspürte plötzlich den übermächtigen Drang, ihn zu umarmen. Die Muskeln in ihren Armen zuckten, aber es fehlte ihr die nötige Kraft. Doch Rodric schien zu verstehen. Seine Arme umschlangen sie. Ausnahmsweise war seine Umarmung weder steif noch unbeholfen. Einen Moment lang fühlte Aurora sich sicher und geborgen.

»Warum seid Ihr zurückgekommen?«, hörte sie Rodric fragen. »Ihr seid entkommen. Ihr hättet nicht zurückkehren müssen.«

Sie blickte zu ihm hoch, sein Gesicht war voller Sorge

um sie, dieses Gesicht, vor dem sie davongerannt war, dieser Prinz, den sie mochte, aber nicht liebte. Für den sie nicht so empfinden konnte, wie die Leute es von ihr erwarteten. Dieser Prinz, der davon überzeugt war, dass sie ihm nicht hätte helfen sollen. »Natürlich bin ich zurückgekehrt«, sagte sie leise. »Euer Vater ... Irgendwer musste ihn aufhalten.« Sie schmiegte sich eng an seine Brust, nur einen kurzen Augenblick, dann löste sie sich von ihm.

»Glaubt Ihr, Celestine stellt noch eine Bedrohung dar? Wird sie noch mehr Drachen herbeirufen, um uns anzugreifen?«

»Das denke ich nicht«, erwiderte Aurora. »Und ich glaube nicht, dass sie vorhat, uns weiter zu schaden. Allerdings vermag keiner zu sagen, was sie anrichten wird, sobald sich die Menschen mit ihren Wünschen an sie wenden.«

»Das spielt keine Rolle. Nicht sie ist unsere größte Sorge.« Iris stand noch immer neben ihrem Mann, starrte noch immer auf seine Leiche, aber ihre Stimme hallte klar und deutlich durch den Raum. »Celestine kann man mit Magie bekämpfen. Mit dem Volk hingegen wird man nicht so leicht fertig.«

»Was meint Ihr damit?«

»Glaubst du etwa, du hast sie unter Kontrolle? Schon seit langem schwelt die Revolution. Seit Jahrzehnten herrscht Chaos. Und jetzt wurden die Menschen hier von Drachen angegriffen, jetzt ist der König tot, und zwei Hexen stellen Herrschaftsansprüche. Mein Mann hat dich als Verräterin beschimpft, und vielleicht bist du ja auch eine, denn immerhin wurdest du von Vanhelm unterstützt. Du bist erst mal nichts weiter als eine Fremde, die hier eingedrungen ist und von sich behauptet, eine Prinzessin zu sein. Und glaub mir, Fremden gegenüber sind sie nicht gerade wohlgesinnt.«

»Dann soll eben Rodric herrschen«, sagte Aurora. »Jemand, dem sie vertrauen ...«

»O nein, Aurora«, sagte Iris. »Du kannst nicht den König entmachten, ihn Kronräuber nennen und dann seinen Sohn auf den Thron hieven. Wenn du diejenige bist, die du behauptest zu sein, dann musst *du* herrschen. Sonst wird alles wieder zusammenbrechen.«

»Es ist doch bereits alles zusammengebrochen.«

»Und es ist deine Aufgabe, es wieder aufzubauen. Niemand sonst kann die Ordnung wiederherstellen.«

Jemand lachte, irgendwo links von Aurora. Sie hatte völlig vergessen, dass ihr Ebenbild, mit dem König John versucht hatte, die ganze Welt zu täuschen, dort zerlumpt auf dem Boden saß. In dem Blick des Mädchens lag etwas Wildes. Sie stand auf, immer noch lachend. »Vielleicht sollte *ich* den Thron besteigen, Eure Hoheit?« Sie sank in einen ironischen Knicks. »Prinzessin Aurora, stets zu Diensten. Aber Ihr könnt mich auch einfach Eliza nennen.«

»Eliza«, sagte Aurora. »Was dir passiert ist, tut mir leid.«

»Das sollte es auch.« Unter den verschlissenen Kleidern war sie nur noch Haut und Knochen, gezeichnet von der Kerkerhaft, aber Aurora verstand, warum John sie ausgewählt hatte.

Sie strahlte etwas Majestätisches aus, etwas Gebieterisches, eine Art von Würde, die Aurora selbst nie besessen hatte. Ihr Gesichtsausdruck passte zu dem Bild des Mädchens auf dem Fahndungsplakat – ein bisschen hochmütig, energisch und kampflustig.

»Es tut mir leid«, wiederholte Aurora und meinte es auch so. »Und ich bin froh, dass ich es noch rechtzeitig geschafft habe.«

»Ich hätte nicht zugelassen, dass sie mich töten«, erwiderte Eliza, aber ihre Stimme zitterte. Aurora fragte nicht nach, was sie denn hätte tun wollen, um es zu verhindern.

»Ich bin einfach nur erleichtert«, sagte Aurora. »Es wäre schrecklich, eine solche Schuld auf mich laden zu müssen.« Aber das gehörte zum Königin-Sein dazu, dachte sie. Es gehörte zu ihrem Fluch. Zu ihrer Magie.

Aurora sah zu Iris hinüber. Sie hatte den Blick von der Leiche ihres Mannes abgewandt und den Wortwechsel zwischen Aurora und Eliza aufmerksam verfolgt. »Rodric«, sagte Aurora. »Bring Eliza irgendwohin, wo sie sich ausruhen kann, ja? Ich muss mit Iris sprechen.«

Eliza runzelte die Stirn. »Ihr wollt mich loswerden?«

»Nein«, entgegnete Aurora. »Wir haben später noch genug Zeit, um miteinander zu reden.«

Eliza senkte den Kopf und knickste noch einmal übertrieben demütig, wobei sie trotz dürrer Beine und Lumpenkleid ein Bild vollendeter Anmut abgab. »Bis dahin, Eure Majestät.«

Rodric verbeugte sich ebenfalls vor Iris und Aurora, allerdings ehrlich respektvoll, dann führte er die noch immer wütend dreinblickende Eliza aus dem Thronsaal.

»Die Kleine sollte man gut im Auge behalten«, sagte Iris. »Sie könnte gefährlich werden.«

»Nein«, sagte Aurora. »Sie ist nur wütend. Das wäre ich an ihrer Stelle auch.«

»Das ist kein Benehmen für eine Prinzessin.«

»Dann trifft es sich ja gut, dass sie keine echte Prinzessin ist.« Aurora ging langsam auf die Königin zu, auf diese Frau, die sie belehrt und eingesperrt hatte und die so mächtig und doch ohnmächtig war. »Ihr habt Euren Ehemann erstochen«, sagte sie. »Wieso?«

Iris starrte ihr entgegen, ohne die kleinste Spur von Schuldbewusstsein im Blick, ohne Schmerz oder Resignation. Sie trug den gleichen leicht verkniffenen, aber würdevollen Ausdruck im Gesicht, den Aurora schon so oft bei ihr gesehen hatte. Die Miene einer Königin. »Er wollte meinen Sohn töten«, sagte sie. »Und meine Tochter hat er vermutlich auch getötet. Das Maß war voll.«

»Er plante, Euren Sohn auf dem Scheiterhaufen zu verbrennen«, sagte Aurora. »Und Eliza ebenfalls. Dagegen wolltet ihr jedoch nichts unternehmen.«

»Und dessen bist du dir sicher?« Iris ließ ihren Blick über den Leichnam ihres Mannes wandern. »Ich habe dir geschrieben. Als du in Vanhelm warst. Ich hatte mich diesem unerträglichen Prinz Finnegan anvertraut. Und seinen Spitzel mit Informationen versorgt. Ich hoffte, du würdest noch rechtzeitig in Petrichor eintreffen. Andernfalls wäre ich selbst zur Tat geschritten. Ich bin sehr wohl in der Lage, einen Dolch in meinen Kleidern zu verbergen.«

»Ihr seid jetzt nicht mehr Königin.«

Iris presste die Lippen zusammen. »Und du meinst, das macht mir etwas aus?«

»Ja«, sagte Aurora. »Ich glaube, das macht Euch sogar viel aus.«

»Rodric ist mir wichtiger«, erwiderte sie. »Und was nützen mir Macht und Einfluss, wenn ich nicht verhindern kann, dass mein eigener Sohn vor meinen Augen stirbt? Vielleicht war es an der Zeit, dass ich mich davon befreie. Dass ich dir den Ärger überlasse.«

Aurora dachte an Orla, die so selbstbewusst, so entschlossen und kompetent war. An die elegante, kultivierte Erin. So war Aurora nicht. So würde sie niemals sein. »Ich weiß nicht, wie eine Königin sein soll«, sagte sie.

Iris verschränkte die Hände vorm Körper und sah wieder auf ihren Mann hinunter. Ihre Miene blieb unverändert, aber als sie sprach, klang ihre Stimme beinahe zärtlich. »Ich könnte es dir beibringen.«

Aurora zögerte. »Ich will nicht so eine Königin werden wie Ihr.«

»Das wollte ich auch nicht.« Iris seufzte. »Man kann nicht die Oberhand behalten, weißt du. Es sei denn, man sorgt dafür, dass sie einen fürchten, so wie mein Mann es getan hat. Und wenn sie einen fürchten, bekämpfen sie einen unter

Umständen noch heftiger. Denn gibt es etwas Furchterregenderes und Unnatürlicheres als eine Frau, die nicht tut, was man ihr sagt?«

»Ich muss es auf einen Versuch ankommen lassen«, sagte Aurora. »Ich will Veränderungen, ohne Furcht zu verbreiten. Das muss möglich sein.«

Jetzt sah Iris sie an. »Willst du Königin sein?«

»Nein«, sagte Aurora. »Ich will frei sein.«

»Keiner von uns ist frei.«

»Darum bin ich Königin.«

Iris strich mit den Händen über ihren Rock, als würde sie unsichtbare Krümel von dem blutbefleckten Stoff bürsten. »Wie gesagt, ich kann dich beraten«, erklärte sie. »Ich habe viel Nützliches gelernt. Wie man das Vertrauen des Volkes gewinnt, wie man das Spiel spielt. Ich kenne das Königreich und die Menschen, die darin leben. Ich habe stets gut zugehört und weiß Bescheid. Du wirst alle Unterstützung brauchen, die du bekommen kannst, Aurora. Nimm meine Hilfe an.«

Aurora dachte an all die Lehren, die Iris ihr bisher erteilt hatte, an die Standpauken, die verschlossenen Türen, die Aufforderungen, zu knicksen und fügsam zu sein. An die schallende Ohrfeige nach Isabelles Tod und daran, wie sie subtil versucht hatte zu helfen, auf ihre ganz eigene Weise, die Aurora schier zur Weißglut gebracht hatte. Aurora musste nicht auf sie hören, jedenfalls nicht immer. Aber sie brauchte Hilfe. Sie brauchte jemanden an ihrer Seite, der wusste, wie eine Königin zu sein hatte. »Gut«, sagte sie. »Ja. Danke.«

»Ich werde mich an die Vorbereitungen für die Krönungsfeier machen«, erklärte Iris. »Sie sollte so bald wie möglich stattfinden.«

Das waren Worte, die Aurora schon einmal gehört hatte. Ihr drehte sich der Magen um. Sie konnte bereits das Gewicht der Krone auf ihrem Kopf spüren, die Last der Verantwortung, die Enge, die sie umschloss.

Sie würde keine Angst haben. Sie würde tun, was nötig war.

Aurora fand Finnegan im Schlossgarten, wo er unruhig auf und ab ging. Die Blumen hatten sich inzwischen voll entfaltet, eine Farbenexplosion in Gelb und Rot, und die von den Bäumen abgeworfenen Blüten lagen wie ein rosafarbener Teppich auf dem Weg.

»Eure Majestät«, sagte Finnegan, als er sie näher kommen sah. »So lautet jetzt wohl deine standesgemäße Anrede.«

»Ich bin noch nicht Königin«, sagte sie. »Zumindest nicht offiziell.«

»Aber bald wirst du es sein.«

»Ja«, murmelte sie. »Das werde ich.« Sie ließ sich auf der Bank nieder. Im Garten herrschte Stille, außer Finnegan und ihr war niemand da, aber sie konnte immer noch die Anwesenheit ihres Drachen spüren, der über der Stadt am Himmel segelte, während sein Herz neben dem ihren schlug.

Finnegan setzte sich neben sie. Aurora fasste beinahe instinktiv an ihre Halskette und ließ dabei den Blick an den

Schlossmauern hochwandern. Das letzte Mal hatte sie hier mit Rodric gesessen, das aufgeschlagene Buch mit der Geschichte von der Schlafenden Schönheit zwischen ihnen. Sie hatte ihm gesagt, dass sie ihn nicht liebte, und damit ein Tabu gebrochen. Und jetzt war sie wieder hier, in *ihrem* Schloss, mit einem anderen Prinzen, und ihre Gefühle lagen offen und unverhüllt da. Und doch wusste sie nicht, was sie tun sollte.

Finnegan rutschte unbehaglich auf der Bank hin und her, seine Schultern waren steif. »Wirst du Rodric jetzt heiraten? Und mit deiner wahren Liebe zusammen sein?«

Sie lachte. Es war unangebracht, das wusste sie, aber dass der allwissende Finnegan sie so falsch einschätzte, war beinahe schon komisch. »Er ist nicht meine wahre Liebe«, sagte sie. »Und nein. *Nein*. Ich werde zwar Königin, da bleibt mir wohl nichts anderes übrig, aber falls du denkst, ich würde jemanden heiraten, weil eine Prophezeiung es so will, irrst du dich gewaltig. Ich habe die Vorsehung ziemlich satt. Du nicht auch?«

Finnegan ergriff ihre Hand. Als er sprach, klang seine Stimme fast zaghaft. »Es gibt noch andere Möglichkeiten, weißt du«, sagte er. »Das ist doch nicht, was du wirklich willst, Aurora. Du willst nicht Prinzessin spielen. Du willst nicht Königin sein. Komm mit mir! Nimm Reißaus und lass das alles einfach hinter dir. Das hast du schon einmal getan.«

»Ich kann nicht«, sagte Aurora.

»Doch, du kannst. Du kannst tun und lassen, was du willst.«

»Und ich will hier sein.« Sie sah ihn an, sein Gesicht war

nur wenige Zentimeter von ihrem entfernt. Sämtliche Zweifel waren wie weggeblasen. Wenn sie es sich aussuchen könnte, würde sie alles über den Haufen werfen, Finnegan küssen, mit ihm davonlaufen und niemals wieder zurückblicken. Aber das konnte sie nicht. Sie musste ihre Fehler wiedergutmachen und den Menschen hier helfen. Und das konnte sie nicht aus der Ferne. »Später«, sagte sie und ließ das Wort zögernd in der Luft hängen. »Wenn alles geregelt ist, dann vielleicht …«

»Später«, sagte er. »Sicher doch.« Er sah weg und starrte auf die wenigen Blüten, die sich mit letzter Kraft an die Zweige eines nahe stehenden Baums klammerten. »Ist das jetzt der Moment, in dem du mir sagst, dass ich gehen muss und du dich nicht mehr mit mir abgeben kannst?«

»Wie?« Sie drückte seine Hand. »Nein. Warum sollte ich so etwas sagen?«

»Na ja, du musst jetzt an deine königlichen Pflichten denken. Und wie meine Mutter ja bereits erwähnte, ich wäre ein miserabler König.«

Ein verunsicherter Finnegan. Sie musste fast schon wieder lachen. »Du wirst nicht König von Alyssinia, Finnegan. Aber deshalb will ich noch lange nicht, dass du von hier verschwindest. Wer soll mich denn zur Raserei bringen, wenn du nicht mehr da bist?«

»Ich bin mir sicher, dass Iris dieser Aufgabe absolut gewachsen ist.«

»Finnegan.« Sie zupfte an seiner Hand. »Ich hätte dich wirklich für klüger gehalten. Ich habe Celestine zu alter

Macht verholfen, um dir das Leben zu retten. Warum also sollte ich dich jetzt wegschicken wollen?«

»Na ja«, sagte er lächelnd. »Das wäre schon ziemlich verrückt. Aber man erzählt sich so allerhand über dich.« Er entspannte sich merklich. »Du weißt schon, dass es die Sache recht kompliziert macht, wenn du Königin wirst. Vor allem in Anbetracht dessen, was du meiner Mutter versprochen hast. Ich kann nicht nach Vanhelm zurückgehen.«

Sie verstärkte den Griff um seine Hand. »Warum nicht?«

»Meine Mutter hat es klipp und klar gesagt. Entweder kehre ich mit einem Drachenherz zurück oder gar nicht.«

»Aber du bist doch der Thronerbe.«

»Ich bin *ein* Erbe. Und meine Mutter traut mir nicht zu, dass ich diese Rolle ausfüllen kann. Sie gibt mir die Schuld an dem, was passiert ist. Ohne das Herz kann ich nicht zurück.«

»Aber die Drachen sind weg«, sagte sie. »Ich habe sie vernichtet.«

»Nicht alle.« Zur Verdeutlichung sah er zum Himmel hinauf. Auroras Drache umkreiste beharrlich das Schloss, und womöglich gab es noch weitere im Ödland auf der anderen Seite des Meeres.

Sie ließ seine Hand los. »Das kann ich nicht tun. Du weißt, dass das nicht geht.«

»Ich weiß«, sagte er. Aber tat er das wirklich? Aurora hatte selbst erlebt, dass Finnegan bereit war, bis zum Äußersten zu gehen, um sich zu behaupten. Er war scharfsinnig und gerissen und verfolgte mit furchtloser Entschlossenheit seine Absichten. Wenn er dieses Drachenherz brauchte, um König zu werden ... Sie war nicht sicher, wozu er fähig wäre.

Sie musste ihre eigenen Bedürfnisse und die Anforderungen des Königreichs miteinander ins Gleichgewicht bringen. Aber sie würde nicht alles wegwerfen, nicht für das Volk, für niemanden. Sie würde es schaffen. Sie konnte beides sein, Königin und Aurora. Sie würde ihre Magie einsetzen, um zu helfen, und dennoch sich selbst treu bleiben. Orla hatte es geschafft. Es musste also möglich sein.

»Ich möchte dich bei mir haben«, erklärte sie. »Ich will, dass du hierbleibst.«

»Na ja«, erwiderte er. »Das wäre schon möglich. Wenigstens für eine Weile. Wenn du drauf bestehst.«

»Ja, das tue ich.«

»Dann hast du mich jetzt wohl am Hals.«

Sie legte ihren Kopf an seine Schulter. »Wie soll ich das alles bloß schaffen?«

»Du bist einfallsreich, Aurora. Du wirst eine Lösung finden, da bin ich sicher.«

Auroras Turm war immer noch in Staub gehüllt. Die Wandleuchter waren erloschen, und so zauberte sie einen Feuerball in ihre Hand, um den Weg zu beleuchten. Die Wandteppiche mit den Bildern ihrer Geschichte hingen dort, beinah anklagend. Sie würde sie irgendwohin verbannen lassen, wo sie außer Sicht wären.

Als sie ihr Zimmer erreichte, ließ sie die Flamme neben

sich herschweben und eilte hinüber zum Kamin. Er ließ sich mit Leichtigkeit öffnen, und dann stieg sie wieder die Treppe hinauf, bis sie unterm Gebälk stand, mitten in der Dachkammer, die nie hätte existieren sollen.

Das Spinnrad drehte sich.

Aurora setzte sich auf den Schemel und starrte an das Wandstück oberhalb der Treppe, auf die Worte, die dort in den Stein gebrannt waren: *Sie gehört mir*, hatte Celestine vor langer Zeit geschrieben. Und darunter: *Nichts kann es mehr aufhalten*. Aurora fixierte die Worte und lauschte auf das Klick-klick-klick des Spinnrads.

Sie gehörte nicht Celestine. Sie gehörte niemandem. Sie würde Verantwortung übernehmen und ihre eigenen Entscheidungen treffen, und kein Drachenfeuer, keine Drohungen uralter Hexen oder irgendwelche vor langer Zeit erfundenen Geschichten konnten sie davon abhalten.

Sie fuhr mit der Hand über das Spinnrad, ließ die Finger über die Speichen hüpfen. Die Nadel glänzte so verlockend wie bereits vor hundert Jahren. Magie prickelte unter ihrer Haut, und sie war versucht, sie freizulassen, um dieses Spinnrad zu einem Haufen Ruß und Asche zu verbrennen. Aber die Spinnräder zu verbrennen hatte den Fluch seinerzeit nicht aufgehalten.

Eine innere Stimme sagte ihr, dass sie warten und dieses Relikt vergangener Zeiten bewahren sollte, diesen einen harmlosen Gegenstand, der alles verändert hatte. Sie konnte ihre Vergangenheit nicht den Flammen übergeben.

Stattdessen stieg sie die Stufen zu ihrem alten Schlafzimmer hinab und trat ans Fenster. Die Aussicht hatte sich verändert, seitdem sie das letzte Mal hinausgeschaut hatte; die Stadt unter ihr bestand aus Häuserruinen, die in Rauchschwaden gehüllt waren. Abermals war eine Ära zu Ende, und eine neue Welt begann.

Mit ihr als Königin. Und sie würde dafür sorgen, dass diese Welt gut würde.

Sie streckte die offene Hand aus und wandte sich dem zweiten Herzschlag zu, der neben ihrem eigenen flüsterte. Ein sanfter Luftzug strich zwischen ihren Fingern hindurch, dann wurde es heiß, und ihr Drache kam in Sicht. Unter kaum sichtbarem Flügelschlagen schwebte er in der Luft. Aurora strich über die Schuppen an seinem Nacken, fühlte die glatte Haut und das Feuer.

So viel Macht. Und sie gehörte *ihr*.

Sie ließ ihren Blick über das Königreich schweifen – halb Schönheit, halb Asche – und lächelte.

DANKSAGUNG

So viele großartige Menschen haben an der Entstehung dieses Buches mitgewirkt, und ich vermag nicht, mit Worten auszudrücken, wie dankbar ich ihnen allen bin.

Als Erstes geht ein riesen Dankeschön an meine hervorragende Agentin Kristin Nelson, deren Weisheit, Hingabe und Humor alles möglich macht.

Mein Dank gilt den tollen Mitarbeitern bei HarperTeen, allen voran meiner Lektorin Catherine Wallace, die meine Worte nimmt und richtige Romane daraus macht. Des Weiteren danke ich Jennifer Klonsky; meiner genialen Pressefrau Stephanie Hoover; Jenna Stempel, die dem Buch sein grandioses Aussehen gab; und allen anderen, die diesen Roman mit auf den Weg gebracht haben.

Alexandra Zaleski war die Erste, die diese Geschichte las und mich darin bestärkte, dass sie das Zeug zu mehr hat. Was würde ich nur ohne ihre Anregungen, ihre Unterstützung und Liebe tun?

Rachel Thompson gab mir viele wertvolle Tipps und ihre noch wertvollere Freundschaft obendrein. Falls ihr Plan, die ganze Welt von Krankheit zu heilen, nicht aufgeht, sollte sie unbedingt über eine zweite Karriere als Lektorin nachdenken. Ich danke ihr für all ihre Geduld und Hilfe, ihre turboschnellen Lesedurchgänge, wenn ich dringend eine zweite Meinung brauchte, und dafür, dass sie durchweg einfach nur toll ist.

Als ich Phoebe Cattle erzählte, ich würde gerade meine Danksagung schreiben, sagte sie, ich solle sie nicht erwähnen, da sie die Geschichte »ja noch gar nicht gelesen habe«. Sie hat eindeutig keine Ahnung, wie viel sie mir bedeutet und wie sehr mir ihre Freundschaft beim Schreiben hilft. Danke, Phoebe, fürs Witzemachen und Rumalbern, für Eierkuchen am Sonntag und die gelegentlichen »Und ich bin Javert!«-Ausrufe, kurzum dafür, dass du die beste Freundin überhaupt bist und mich (halbwegs) vorm Durchdrehen bewahrst.

Ich bin so ein Glückspilz, auf beiden Seiten des Atlantiks phantastische Freunde zu haben. Ein gigantisches Dankeschön geht an James Cattle, Matt Goodyear und Oz Shepherdson; an Kelly Smith, Shelina Kurwa, an meine Mitbewohnerinnen Meg Lee und Anna Liu sowie an Will Nguyen.

Ewig dankbar bin ich auch Tracy Cochran, die mir mit Erfahrung und Freundlichkeit half, alle Höhen und Tiefen der Buchveröffentlichung durchzustehen.

Doch das größte Dankeschön von allen gilt meinen Eltern Brian und Gaynor Thomas, die die Liebe zum Geschichtenerzählen an mich weitergaben und mich als Allererste ermutigten, diesen Weg zu beschreiten.